Retour à Black Creek

La crainte sur ton visage

AMANDA STEVENS

Retour à Black Creek

Traduction française de
HÉLÈNE COLOMBEAU

BLACK ROSE

HARLEQUIN

Collection : BLACK ROSE

Titre original :
LITTLE GIRL GONE

HARPERCOLLINS FRANCE
83-85, boulevard Vincent-Auriol, 75646 PARIS CEDEX 13
Service Lectrices — Tél. : 01 45 82 47 47 - www.harlequin.fr
ISBN 978-2-2804-7463-4 — ISSN 1950-2753

Composé et édité par HarperCollins France.
Imprimé en mai 2022 par CPI Black Print (Barcelone)
en utilisant 100% d'électricité renouvelable.
Dépôt légal : juin 2022.

FSC
www.fsc.org
MIXTE
Papier issu de sources responsables
FSC® C159065

Pour limiter l'empreinte environnementale de ses livres, HarperCollins France s'engage à n'utiliser que du papier fabriqué à partir de bois provenant de forêts gérées durablement et de manière responsable.

1

La berline bleue avait connu des jours meilleurs – tout comme sa conductrice, une femme maigre et déterminée nommée Reggie Lamb. Les yeux plissés, elle scrutait la foule des passagers qui sortaient de l'aéroport international de Tallahassee. Le soleil et la vie avaient creusé de profondes rides sur sa peau tannée, et les boucles blondes de sa jeunesse étaient devenues grises et rêches. Elle n'avait que quarante-neuf ans, mais en faisait au moins dix de plus.

Tu es dure, songea Thea, qui l'observait de loin. Elle n'était pas là pour critiquer sa mère. Une autre enfant avait été kidnappée à Black Creek, en Floride, et Thea avait fait le voyage depuis Washington pour apporter son aide.

Black Creek… Le « ruisseau noir ». Sa ville natale avait quelque chose de menaçant jusque dans son nom, qui lui évoquait immédiatement les hectares de forêts épaisses et verdoyantes recouvrant un labyrinthe de grottes creusées par une rivière souterraine. Un lieu où les cris restaient sans réponse et où des ossements pouvaient demeurer cachés pour l'éternité.

Un parfum de mousse et de terre humide s'insinua dans ses narines ; Thea inspira profondément, laissant l'odeur bien réelle des gaz d'échappement chasser celle de ses cauchemars.

Vingt-huit ans plus tôt, une première fillette avait disparu : sa sœur jumelle, Maya, arrachée à son lit dans la chambre où elles dormaient toutes les deux. Aujourd'hui encore, les images de cette nuit hantaient son esprit, et il lui fallait se répéter qu'elle était à présent une adulte, une agente fédérale libérée des terreurs nocturnes de son enfance et des rumeurs qui s'étaient alors propagées dans la petite cité. Pourtant, certaines peurs ne l'avaient jamais quittée. Certains soupçons ne s'étaient jamais dissipés.

Elle avait beau être venue ici avec les meilleures intentions, le passé planait au-dessus d'elle comme un nuage d'orage. Elle ne pouvait s'empêcher de penser que les retrouvailles avec sa mère ne produiraient rien de bon après toutes ces années d'éloignement... Poussant un soupir, elle épaula son sac à dos et tira sa valise jusqu'au trottoir.

La voiture s'arrêta dans un bruit de ferraille. Reggie en descendit, vêtue de la tenue typique des Floridiennes – short, débardeur, tongs. Malgré sa frêle carrure, elle souleva le bagage et le rangea dans le coffre comme s'il ne pesait pas plus lourd qu'un sac à main. Puis elle posa son regard bleu sur sa fille.

— Je suis contente que tu sois venue.

Thea la remercia intérieurement de ne pas chercher à l'embrasser. Le goudron renvoyait la chaleur, et elle sentait de fines gouttes de transpiration rouler dans son dos.

— Comment vas-tu, Reggie ? lui demanda-t-elle en s'efforçant de dissimuler son malaise.

— Tu m'appelles Reggie, maintenant ?

— Je t'appelle comme ça depuis que j'ai dix ans.

— J'ai toujours préféré « maman ».

— Ça ne m'a jamais semblé adapté, répliqua Thea sans réfléchir.

Un voile de douleur et de regret passa sur les traits fatigués de sa mère.

— J'imagine que je ne peux pas t'en vouloir de penser ça,

dit-elle. J'ai fait de mon mieux, mais ce n'est pas vraiment une excuse, n'est-ce pas ?

Thea sentit son cœur se serrer. C'était tellement plus dur qu'elle ne s'y attendait ! Elle éprouvait à l'égard de Reggie un mélange complexe de colère et de ressentiment, sur fond de doutes persistants. Malgré tout, cette femme restait sa mère, celle qui avait enchaîné les heures supplémentaires au petit restaurant de la ville pour faire bouillir la marmite et garder un toit au-dessus de leur tête. Celle qui avait soigné ses genoux écorchés et renvoyé les petits tyrans dans les jupes de leurs mamans quand ils la faisaient pleurer.

— Je ne suis pas venue pour remuer le passé, assura-t-elle.

— Les gens ne t'ont pas attendue pour ça, rétorqua platement Reggie. Une enfant a été kidnappée chez moi. Vu mes antécédents, je te laisse imaginer ce que les flics pensent et ce que les voisins racontent. La moitié d'entre eux me voient déjà en prison.

Thea n'avait pas besoin d'imaginer quoi que ce soit. Âgée d'à peine plus de quatre ans lorsque sa sœur avait été enlevée, elle avait vécu dans l'ombre de ce drame jusqu'à son départ pour l'université, à dix-sept ans. Elle aurait aimé pouvoir affirmer qu'elle avait appris à ignorer les médisances, mais en vérité elle n'était pas aussi forte que Reggie. Les railleries l'avaient toujours atteinte. *Ta mère a assassiné ta sœur jumelle. Comment peux-tu dormir à côté de ce monstre ? Tu ne te demandes jamais si ce n'est pas toi qu'elle voulait tuer ?*

— Ça ne s'est donc pas arrangé ? s'enquit-elle.

— Pas vraiment.

Reggie détourna les yeux.

— Je n'ai pas dormi à la maison hier soir, mais j'y suis passée ce matin pour me changer avant de prendre mon service…

— Attends, l'interrompit Thea. Tu es allée travailler, aujourd'hui ?

— Pourquoi je n'y serais pas allée ? La ville grouille de policiers et de volontaires, et le restaurant manque de personnel. Il faut bien que quelqu'un fasse manger tous ces gens.

— Bien sûr. Je pensais juste qu'étant donné les circonstances… mais peu importe. Tu es donc repassée chez toi ?

— Et quelqu'un avait tagué *Meurtrière* sur le mur.

— Je suis désolée.

— C'est comme ça. J'ai essayé de nettoyer, mais on voit encore le contour des lettres. Je préférais te prévenir.

Thea acquiesça. À première vue, sa mère était restée une dure à cuire, mais sous cette façade elle lui apparaissait soudain vulnérable.

— Je n'ai pas très bien compris ce que Taryn Buchanan et sa fille faisaient chez toi, dit-elle.

— C'est une longue histoire. Je vais tout t'expliquer, mais pour l'instant on ferait mieux de partir. On gêne la circulation.

Comme pour souligner son propos, un pick-up noir aux vitres teintées klaxonna impatiemment. Reggie fusilla le conducteur du regard, avant de reporter son attention sur Thea.

— Monte.

La jeune femme laissa son sac à dos dans le coffre, mais garda avec elle la sacoche dans laquelle se trouvaient son Sig Sauer 9 mm et sa carte du FBI. Elle s'installa du côté passager pendant que Reggie s'asseyait au volant. L'habitacle de la voiture n'était pas en meilleur état que la carrosserie. La garniture était trouée par endroits, l'autoradio manquait. Néanmoins, le moteur démarra sitôt que Reggie tourna la clé. Thea n'était pas surprise : sa mère s'y connaissait en mécanique. Elle n'avait pas le choix, les réparations chez le garagiste coûtaient trop cher.

En revanche, la climatisation n'était pas son fort, songea Thea en attachant ses longs cheveux. Elle retira sa veste et la posa sur la banquette arrière, près de sa sacoche.

— Tu t'habilles toujours comme ça ? Comme si tu allais à un enterrement ? lui demanda Reggie. Tu vas fondre, avec cette chaleur.

— Je m'habille pour le travail, pas en fonction de la météo. Les gens coopèrent davantage quand ils sont intimidés.

— Pourtant, tu n'es pas en mission. Tu m'as dit que tu avais pris des congés. Qui veux-tu impressionner ?

— Personne. Je suis ici pour aider.

Alors qu'elle commençait à s'insérer dans la file des véhicules qui quittaient le terminal, Reggie freina brusquement pour laisser le pick-up la dépasser. Elle étouffa un juron.

— Il avait l'air pressé, celui-là, marmonna Thea.

— Les gens conduisent comme des fous, aujourd'hui.

— Je suis étonnée que tu ne lui aies pas lancé un doigt d'honneur. J'admire ta retenue.

— Je ne fais plus ce genre de choses, répondit Reggie. À vrai dire, il y a beaucoup de choses que je faisais avant et que je ne fais plus. Si tu venais me voir, tu le saurais.

— Je suis là, non ? répliqua Thea, agacée.

— Oui, et je t'en remercie. Mais ne nous racontons pas d'histoires sur la véritable raison de ta présence ici, Althea.

Personne ne l'avait appelée par son vrai prénom depuis bien longtemps. Thea fronça les sourcils tandis qu'elle enfilait ses lunettes de soleil.

— Et pourquoi suis-je ici, alors ?

— Sois honnête. Tu penses que la disparition de Kylie est liée à celle de Maya.

— Maya a été enlevée il y a près de trente ans, répondit Thea. Il y a peu de chances qu'il y ait un lien.

— Les deux petites filles ont été kidnappées chez moi, dans la même chambre, insista Reggie. Tu veux me faire croire que c'est une coïncidence ?

— Non. Mais le ravisseur de Kylie Buchanan a peut-être imité l'enlèvement de Maya pour cacher son vrai mobile.

Reggie se mordit la lèvre, concentrée sur la route. La circulation était dense aux abords de l'aéroport.

— La profileuse du FBI m'a dit à peu près la même chose, confia-t-elle. Elle et ses collègues sont arrivés vite, cette fois-ci. À peine quelques heures après que la police locale les a prévenus.

— C'est une bonne chose. Plus vite les CARD entament les recherches, plus grandes sont les chances d'aboutir à une issue positive.

Thea faisait référence aux équipes de déploiement rapide envoyées par le FBI en cas d'enlèvement d'enfant.

— Ces agents sont tous expérimentés, ajouta-t-elle. Ils ont un taux de réussite de presque quatre-vingt-dix pour cent pour l'identification et l'arrestation des kidnappeurs.

— Et quel est leur taux de réussite pour ce qui est de ramener les enfants sains et saufs chez eux ? répliqua Reggie sans détour. Ça fait plus de vingt-quatre heures que Kylie a disparu. On sait toutes les deux ce que ça veut dire.

— Essaye de ne pas trop te focaliser là-dessus, lui conseilla Thea. Chaque cas est différent.

Elle avait pourtant bien conscience – plus que n'importe qui d'autre, peut-être – que les enlèvements non parentaux se terminaient souvent mal, surtout quand l'enfant était très jeune.

— Qui est chargé de l'enquête ? demanda-t-elle.

— Attends, j'ai cette information quelque part…

Reggie tâta les poches de son short et en sortit une carte de visite qu'elle tendit à Thea.

Celle-ci sentit son pouls s'accélérer en découvrant le nom inscrit sur le rectangle de papier. Agent spécial Jacob Stillwell. *Jake.* Elle s'était bien doutée en venant ici que leurs chemins se croiseraient. Jake dirigeait l'équipe CARD de Jacksonville, la plus grande agglomération de Floride.

Qu'il ait été envoyé à Black Creek n'avait rien de surprenant, bien au contraire.

Qu'à cela ne tienne : elle survivrait à un face-à-face avec lui. Ce qu'ils avaient vécu ensemble était terminé depuis longtemps. Jake Stillwell était juste un type qu'elle avait connu par le passé. Un collègue-amant qui avait fait ses valises et quitté Washington sans un regard en arrière.

C'était du moins comme cela que Thea avait vécu son départ à l'époque. Avec le recul, leur relation avait été bien plus compliquée qu'ils n'avaient voulu l'admettre. Ils l'avaient entamée sans se faire d'illusions, soi-disant. Le travail passerait toujours avant le reste. Pas de culpabilité. Pas de rancœur. Si leur histoire devait se terminer, elle se terminerait, point.

Quelles fadaises, se dit-elle amèrement. Au bout de quatre ans, elle n'avait toujours pas digéré la façon dont il lui avait annoncé sa mutation.

Elle posa la carte sur le siège et regarda par la fenêtre.

— Tu le connais ? s'enquit Reggie.

— L'agent Stillwell a une excellente réputation, répondit prudemment Thea.

— Ce n'est pas ce que je voulais dire. Est-ce que tu le connais personnellement ?

— Qu'est-ce que ça change ?

— Je suis curieuse, c'est tout. Il avait l'air de te connaître assez bien, lui. Il m'a demandé de tes nouvelles. Évidemment, j'ai été bien en peine de lui en donner, dans la mesure où j'ignore tout de ta vie à Washington. Je ne sais même pas ce que tu fais de tes journées.

— Je les passe essentiellement devant un écran d'ordinateur. Quant à l'agent Stillwell, je suis sûre qu'il essayait juste d'être poli.

— Peut-être. Mais la manière qu'il a eue de prononcer

ton nom… J'ai vraiment eu l'impression qu'il s'intéressait à toi. J'ai dû me faire des idées.

Thea n'allait certainement pas discuter de sa vie privée avec sa mère. Au fil des ans, elles s'étaient mises d'accord de manière tacite pour ne pas s'immiscer dans les affaires l'une de l'autre. Thea craignait toutefois que son silence n'en révèle davantage qu'elle ne le souhaitait sur ses sentiments. Mieux valait lui dire une partie de la vérité, sans quoi Reggie risquait de commettre une bourde devant Jake.

— On a travaillé ensemble il y a quelques années, lâcha-t-elle à contrecœur. On était dans la même équipe.

— Que s'est-il passé ?

Thea lança un regard irrité à sa mère derrière ses lunettes de soleil.

— Il ne s'est rien passé. Il a été promu et transféré au bureau de Jacksonville.

— Ah, je comprends mieux.

— Qu'est-ce que tu comprends ?

— Sa promotion t'est restée en travers de la gorge. Tu as toujours eu l'esprit de compétition, même toute petite. Avec tes camarades de classe, avec ta sœur. Même avec moi.

Thea se tourna brusquement vers elle.

— C'est faux. Je me suis donné du mal pour attirer ton attention, mais jamais au détriment de Maya.

Reggie eut l'air contrit.

— Excuse-moi, je n'aurais pas dû dire ça. Maya et toi avez toujours été proches. Je ne pouvais pas en punir une sans que l'autre la défende.

— C'est sûr que je l'ai bien défendue, à la fin, grommela Thea.

— Tu avais quatre ans. Tu n'es pas responsable de ce qui est arrivé. Personne ne l'est, à part celui qui l'a kidnappée. Ça n'empêche pas les gens du coin de me considérer comme coupable… Ils pensent que j'étais le genre de femme à tuer sa propre fille et à l'enterrer dans les bois.

Reggie coula un regard à Thea.

— Et peut-être que tu le penses toi aussi. Peut-être que c'est pour ça que tu ne viens plus me voir.

Jake Stillwell descendit de son SUV et observa un moment les rangées de vieilles maisons en briques. Hormis la couleur des façades qui variait, elles étaient toutes dotées des mêmes abris de voiture et des mêmes porches aux poteaux en métal ouvragé. Aucune n'avait été rénovée, mais certaines paraissaient bien mieux entretenues que d'autres.

Ce quartier tranquille était situé à quelques centaines de mètres du centre de Black Creek, et pourtant l'âge des arbres et des habitations lui conférait une atmosphère rurale. Les branches des chênes formaient une voûte épaisse au-dessus des trottoirs, plongeant la rue dans l'ombre.

Dans d'autres circonstances, Jake aurait apprécié cette fraîcheur bienvenue, mais il ne pouvait s'empêcher de voir dans tous les recoins sombres des jardins et dans les bois qui s'étendaient au-delà autant de cachettes où se tapir pour un kidnappeur.

— Hé ! Je peux vous aider ?

Jake se retourna et aperçut le voisin d'en face, qui s'avançait dans son allée, flanqué d'un bluetick coonhound. Proche de la soixantaine, l'homme était grand et maigre, et avait des cheveux blond grisonnant qui commençaient à se clairsemer. Il portait un short couvert de taches et un T-shirt blanc miteux orné d'un dessin de requin. À ses pieds, le chien paraissait vieux et léthargique ; sa carrière de chasseur était clairement loin derrière lui.

— Si vous cherchez Reggie, elle n'est pas chez elle. Elle

est partie il y a plusieurs heures. Vous devriez essayer au restaurant.

— Je ne suis pas venu voir Reggie, répondit Jake.

L'homme s'arrêta au bout de son allée pour boire une longue gorgée dans sa tasse isotherme. Son attitude nonchalante contrastait avec la lueur de suspicion dans son regard. Il s'essuya la bouche du dos de la main.

— Alors que faites-vous là, si je puis me permettre ?

Bonne question. Même s'il l'avait voulu, Jake aurait été incapable d'expliquer ce qui l'avait poussé à revenir ici, devant la maison de Reggie Lamb.

— Je suis du FBI, déclara-t-il. Jake Stillwell.

— FBI ? répéta l'autre en s'appuyant contre sa boîte aux lettres branlante. J'avais deviné que vous étiez de la police, mais je ne serais pas un bon voisin si je me contentais de vous croire sur parole.

Jake brandit sa carte pour qu'il puisse distinguer l'insigne doré depuis l'autre côté de la rue. Les yeux plissés, l'homme traversa d'un pas tranquille, ses tongs claquant sur le goudron. Il appela son compagnon, qui le suivit sans se presser. Après avoir examiné la photo de Jake, il rassura son chien d'un gratouillis derrière l'oreille. L'animal alla trouver un coin à l'ombre où s'allonger, la tête sur les pattes.

— Pardon d'être aussi casse-pieds, monsieur Stillwell, mais je préfère être prudent, après ce qui s'est passé.

— Vous avez raison. C'est bien de veiller sur vos voisins.

Jake rangea son badge sans quitter son interlocuteur des yeux.

— Et vous êtes ?

— Lyle Crowder. J'habite juste là, mais vous vous en doutiez sûrement.

Il fit mine de tendre l'oreille.

— Vous entendez ça ?

— Non, je n'entends rien, dit Jake.

— Exactement. Hier, il y avait des policiers partout dans le quartier, qui frappaient aux portes et fouillaient les garages et les cabanons de jardin. Aujourd'hui on se croirait dans une ville fantôme. Même l'hélicoptère est parti.

Il poussa un soupir.

— Vous êtes là parce que vous avez retrouvé la fillette ? Vous êtes venu prévenir sa mère et Reggie en personne ?

— Kylie Buchanan est toujours portée disparue, répondit Jake. S'il y a moins d'animation dans le quartier, c'est parce que nous avons étendu nos recherches à d'autres zones. Nous essayons de couvrir un maximum d'espace en un minimum de temps.

Lyle Crowder hocha la tête d'un air entendu.

— Il y a beaucoup de forêts dans la région. Beaucoup de lacs et de ruisseaux.

— Le terrain est difficile, reconnut Jake.

— J'ai repensé à cette vieille grotte sur la propriété de Douglas McNally. Ce n'est vraiment pas loin d'ici, à deux kilomètres à peine en coupant à travers bois, précisa Crowder en désignant d'un signe de tête l'arrière de la maison de Reggie. Pour quelqu'un qui aurait besoin de se cacher quelques jours, c'est l'endroit idéal. Très peu de monde connaît toutes les galeries et les cavernes. Les gens du coin n'y descendent plus, de nos jours. Deux jeunes s'y sont perdus il y a quelques années, et ils ont fini par se noyer dans une rivière souterraine. McNally a posé une barrière devant l'entrée avec des pancartes pour signaler le danger, mais ce ne serait pas dur de l'escalader et de jeter un corps dans le gouffre.

— Vous y êtes déjà allé ?

— Dans ma jeunesse, oui. Il faut ramper dans certains passages, et mes genoux ne sont plus ce qu'ils étaient, mais je pourrais encore en explorer une bonne partie si j'emmenais le vieux Blue avec moi.

Le chien dressa une oreille en entendant son nom.

— N'y allez pas tout seul, surtout si c'est dangereux, lui conseilla Jake. Nous préférons donner nous-mêmes les instructions aux volontaires pour savoir à tout moment où chacun d'eux se trouve. Ainsi, personne ne risque de se perdre, et nous n'avons pas à couvrir plusieurs fois les mêmes zones.

— Je comprends.

— Vous pouvez vous inscrire au poste de commandement que nous avons établi dans les locaux de la police de Black Creek. En attendant, accepteriez-vous de répondre à quelques questions ?

— J'ai déjà été interrogé hier par des policiers. Je leur ai raconté tout ce que je savais, c'est-à-dire pas grand-chose.

— Parfois, des détails nous reviennent au bout de un jour ou deux.

Crowder s'appuya contre le SUV, les bras croisés sur le torse.

— Je vous écoute.

— Étiez-vous chez vous entre dimanche soir et lundi matin ?

— Non, je pêchais avec mon frère à Pensacola.

— Quand êtes-vous parti ?

— Samedi, dès l'aube. Je voulais éviter les embouteillages autour des plages. Je suis allé chercher mon frère à Crestview, puis on a roulé jusqu'au golfe. On y est restés tout le week-end. Je n'ai entendu parler du kidnapping qu'en rentrant chez moi, vers 16-17 heures. C'est à ce moment-là que les policiers sont passés.

— Vous n'avez pas reçu l'alerte enlèvement sur votre téléphone, lundi matin ?

Lyle Crowder se frotta la nuque.

— Je ne crois pas. Ça m'aurait marqué, vu que c'est une gamine du coin. J'avais certainement éteint mon portable. J'aime bien être tranquille quand je pêche.

— Vous vous êtes donc absenté de samedi matin à hier après-midi ?

— C'est ça. Mon frère ne travaille pas le lundi, mais il reprenait ce matin. Il n'est pas à la retraite, lui.

— Et avant de partir, samedi, vous n'avez rien remarqué d'inhabituel ? Des personnes étrangères au quartier, une voiture inconnue ? Quelqu'un qui se serait intéressé à la maison de Reggie ?

— Je m'en serais rendu compte, j'habite juste en face.

— Cette personne était peut-être discrète, insista Jake. Êtes-vous certain que vous n'avez pas vu de véhicule passer plusieurs fois dans la rue ?

— Comme je vous l'ai dit, s'il y avait eu quoi que ce soit d'anormal, je l'aurais remarqué.

Il retira le couvercle de sa tasse pour jeter les glaçons dans le caniveau.

— Quand je suis à la maison, rien ne m'échappe, ajouta-t-il.

— Depuis vos fenêtres, vous avez une vue directe sur la propriété de Reggie, reprit Jake. Avez-vous déjà aperçu Kylie Buchanan en train de jouer seule dans le jardin ?

— Seule ? Non. Sa mère n'était jamais loin. Elle avait l'air de la surveiller de près… Je ne savais pas qui elles étaient avant que ce drame arrive. Comme Reggie a une fille adulte, Thea, j'ai pensé que celle-ci avait eu un enfant depuis la dernière fois que je l'avais vue, et qu'elle était venue rendre visite à sa mère.

— Vous n'avez donc pas reconnu Taryn Buchanan ? Elle et son mari, Russ, vivent à Black Creek depuis cinq ans. Ils ont une maison à Crescent Hill.

— Ce quartier est un peu trop chic pour moi. Je n'y vais presque jamais.

Il marqua une pause, les sourcils froncés.

— D'ailleurs, comment une femme qui possède une maison à Crescent Hill peut-elle se retrouver chez Reggie Lamb ?

— L'enquête le dira, répondit Jake. Vous vivez seul, monsieur Crowder ?

— Si vous ne comptez pas mon chien. Il est la seule famille qui me reste en dehors de mon frère. Mais on s'en sort bien tous les deux, n'est-ce pas, Blue ?

Le coonhound remua mollement la queue.

— Depuis quand habitez-vous dans cette maison ? s'enquit Jake.

— J'en suis propriétaire depuis plus de trente ans, mais je n'ai pas beaucoup été là. J'étais soudeur offshore de métier. J'ai passé plus de temps sur des plates-formes pétrolières que chez moi. Ça m'arrivait de partir deux ou trois mois d'affilée.

— Étiez-vous ici quand Maya Lamb a disparu ?

Subitement, Lyle Crowder se renfrogna.

— C'était il y a longtemps.

— Vingt-huit ans, pour être exact, précisa Jake. Mais ce genre d'événements ne s'oublie pas, surtout quand ils se produisent dans votre rue.

— Pourquoi me parlez-vous de Maya Lamb ? demanda Crowder avec un mélange de défiance et d'incertitude dans la voix. Vous ne pensez quand même pas que c'est la même personne qui a enlevé les deux fillettes ? Après tout ce temps...

— Nous ne négligeons aucune piste quand un enfant disparaît.

— OK.

L'homme poussa un soupir.

— Si je me souviens bien, j'avais commencé une nouvelle mission. Je travaillais sur une plate-forme près de La Nouvelle-Orléans. Je ne suis pas souvent rentré chez moi, cette année-là.

Deux petites filles avaient été enlevées dans la maison juste en face de la sienne, et Lyle Crowder avait été absent les deux fois. Pour quelqu'un à qui « rien n'échappait », selon ses propres termes, il semblait avoir le don de s'éclipser pile aux moments où des crimes étaient commis…

— Tout le monde a entendu parler de la disparition de Maya, poursuivit celui-ci. On ne pouvait pas allumer la télé ni ouvrir un journal sans voir sa photo. Il y a eu beaucoup de conjectures sur ce qui lui était arrivé. Certains pensaient qu'elle était morte avant d'avoir disparu, si vous voyez ce que je veux dire. Mais au bout d'un moment les gens se sont lassés et sont passés à autre chose.

— Quelles relations aviez-vous avec Reggie ?

Crowder étudia intensément la maison de sa voisine, comme s'il cherchait à se replonger dans le passé.

— Dans une petite ville, tout le monde se connaît plus ou moins, répondit-il. Reggie était bien plus jeune que moi, on ne se parlait donc pas beaucoup. Mais on était bons voisins, même si elle faisait un peu n'importe quoi à l'époque.

— Comment ça, n'importe quoi ?

— L'alcool, les hommes… Elle est partie en vrille quand le garçon qui l'avait mise enceinte s'est encastré dans un lampadaire. De toute façon, il ne l'aurait pas épousée. Sa mère n'était pas d'accord ; Reggie n'était pas assez bien pour lui. Après la mort de son fils, June Chapman n'a pas voulu entendre parler des deux fillettes. Elle n'a jamais aidé Reggie financièrement, alors qu'elle en avait largement les moyens. Vous vous rendez compte ? Elle a rejeté ses propres petits-enfants.

Les confidences de Crowder tournaient au commérage, mais Jake le laissa parler. Il fallait le mettre à l'aise, l'amener à baisser la garde. Et, pour être parfaitement honnête, il était fasciné par ces détails sur la vie passée de Thea. Alors qu'ils étaient séparés depuis quatre ans, elle restait la femme la plus énigmatique qu'il ait connue. Pendant tout le temps où ils avaient été en couple, il n'avait jamais réussi à percer ses mystères – et c'était peut-être pour cela qu'il n'avait pas réussi non plus à l'oublier.

— Reggie devait être jeune quand elle a eu ses jumelles, fit-il remarquer.

— C'était encore une gamine, dans sa tête en tout cas, approuva Lyle Crowder. On aurait pu s'attendre à ce qu'elle se calme un peu avec deux bébés… Tu parles ! Tous les samedis soir, elle invitait des amis. C'était peut-être une façon pour elle de faire un pied de nez à sa belle-mère et à toutes les vieilles bonnes femmes qui chuchotaient derrière son dos. Ils mettaient la musique à fond et passaient une bonne partie de la nuit dans le jardin, à boire de la bière et à fumer des joints. Parfois, ça chahutait un peu. Je ne sais pas comment les petites arrivaient à dormir dans tout ce bazar.

— Avez-vous déjà participé à l'une de ces soirées ?

— Vous plaisantez ? Au milieu de ces gens, je serais passé pour un vieux schnock.

Était-ce une pointe d'amertume que Jake percevait dans sa voix ?

Lyle Crowder croisa son regard et détourna les yeux.

— Reggie n'était pas une bonne mère sur bien des aspects, reprit-il, mais il faut au moins lui reconnaître une chose : c'était une bosseuse. Elle a toujours fait en sorte que ses enfants aient des vêtements propres et de quoi manger à leur faim. À la mort de son propriétaire, elle a réussi à se constituer un petit apport personnel et à convaincre l'héritier de lui vendre la maison. Je ne vous dis pas le nombre d'heures supplémentaires qu'elle a dû faire pour rembourser son emprunt… Malgré tous ses défauts, on ne peut que l'admirer pour ça.

Jake laissa son regard errer sur le jardin. L'espace d'un instant, il crut voir les deux petites filles jouer sur la vieille balançoire suspendue à un chêne. Il eut même l'impression d'entendre l'écho de leurs rires oubliés. Mais une des fillettes avait disparu, et la seconde avait érigé autour d'elle des défenses impénétrables.

— Avez-vous vu quelqu'un d'autre ici ce matin, à part Reggie ?

— La personne qui a tagué son mur, par exemple ? Non, mais ce n'est pas la première fois que ça arrive. Vous savez ce que c'est, dans les petites villes. Les gens ont l'esprit étroit et la mémoire longue. Il y en a encore ici qui pensent que Reggie est responsable de la disparition de sa fille.

— Et vous ?

Crowder fixa d'un air songeur le mot *Meurtrière* à moitié effacé.

— Personne n'a envie de croire que quelqu'un qu'il connaît depuis toujours ou qui vit juste en face de chez lui serait capable de faire une chose pareille à son enfant. Reggie avait ses défauts, bien sûr, mais elle aimait ses filles. S'il est arrivé quelque chose à Maya par sa faute, c'était forcément un accident. Reggie était jeune et impulsive. Elle peut avoir paniqué et s'être débarrassée du corps avant d'appeler la police.

— C'est ce qui s'est passé, à votre avis ?

— C'est possible, non ? Même si, à vrai dire, Reggie n'a jamais été du genre à perdre ses moyens. Personnellement, je me suis plutôt posé des questions sur le type qu'elle fréquentait à l'époque.

— Vous vous rappelez son nom ?

Une grimace de mépris tordit les traits de Crowder.

— Derrick Sway. Une vraie brute, qui sortait de ses gonds pour un oui ou pour un non.

— Qu'est-ce qui vous fait croire qu'il a quelque chose à voir dans la disparition de Maya ? s'enquit Jake.

— Une intuition, c'est tout. Si c'est lui qui l'a tuée, il est capable d'avoir menacé Reggie de s'en prendre à Thea pour qu'elle tienne sa langue.

— On dirait que vous le connaissiez bien, ce Derrick Sway.

— Tout le monde à Black Creek le connaissait au moins de réputation. Il volait tout ce qui lui tombait sous la main. Il a aussi vendu de la méthamphétamine quand cette drogue est arrivée dans la région. Je n'ai jamais compris comment une femme aussi belle et aussi intelligente que Reggie avait pu s'intéresser à un voyou comme lui.

— Savez-vous s'il était là le soir où Maya a disparu ?

— C'est ce que j'ai entendu dire, mais je ne peux pas l'affirmer, puisque je travaillais. Les policiers ont dû l'interroger, à l'époque. Ça doit être dans un dossier quelque part.

— Combien de temps Reggie et lui sont-ils restés ensemble après l'enlèvement de Maya ?

— Pas longtemps. Elle a fini par ouvrir les yeux et le mettre à la porte. Peut-être qu'elle soupçonnait quelque chose… D'après la rumeur, il a essayé de revenir une ou deux fois, et elle l'a chassé à coups de fusil.

— Il y avait de l'eau dans le gaz, visiblement.

Crowder approuva d'un hochement de tête.

— Pendant les années qui ont suivi, Sway a enchaîné les séjours en prison pour des délits mineurs. Puis il a été arrêté pour vol à main armée et envoyé directement à Lake City. Vous connaissez l'endroit, j'imagine ?

— L'institut correctionnel de Columbia est l'une des prisons les plus violentes de Floride, répondit Jake.

— Violente ? C'est le mot. Personne ne peut y survivre pendant dix ans sans recourir à ses plus bas instincts. Et maintenant Derrick Sway est un homme libre… Je vais vous dire, je n'aimerais pas le croiser dans une ruelle sombre. Ni en plein jour, d'ailleurs.

— Quand est-il sorti ?

— Je ne sais pas. Depuis un bout de temps, je pense. Aux dernières nouvelles, il vivait chez sa mère, à Yulee. Il lui pique sans doute toute sa retraite.

Jake observa Crowder un moment. L'homme semblait réellement troublé par la libération de Derrick Sway.

— L'avez-vous revu à Black Creek ? lui demanda-t-il.

— Non. Mais il y a environ un mois un de mes amis pense l'avoir aperçu au bord du lac Séminole. Carl était en train de pêcher, et tout à coup un homme est sorti de la forêt. Il avait le regard fou, le cou et les bras couverts de tatouages bizarres – des crânes, des cornes, des serpents… Sûrement des symboles de gangs. Mon ami est presque certain qu'il s'agissait de Derrick Sway.

— Que s'est-il passé ?

— Rien. Le type n'a pas dit un mot. Il s'est approché de l'eau et a regardé Carl fixement, puis il est reparti dans les bois. Mon copain a vraiment cru que sa dernière heure était venue. Je crois qu'il ne retournera pas pêcher dans le coin de sitôt !

— Connaissez-vous l'endroit exact où c'est arrivé ?

— Non, mais Carl tient un magasin de pneus au sud de la ville. Vous pouvez aller lui poser la question directement. Dites-lui que c'est moi qui vous envoie.

— Merci, monsieur Crowder. Vous m'avez été d'une grande aide.

— Il n'y a pas de quoi.

Le voisin de Reggie plongea la main dans une poche de son short et fit cliqueter les pièces qui s'y trouvaient.

— Je pense à autre chose, lâcha-t-il, mais je ne sais pas si c'est important.

— Je vous écoute.

— Quand Sway a été arrêté, il s'est dit que Reggie l'avait dénoncé. Il est bien capable de lui en vouloir encore, et dans ce cas je ne donne pas cher de sa peau.

Sur ces mots, Lyle Crowder appela son chien, et ils s'en retournèrent tous les deux vers leur maison.

2

Alors que le silence l'enveloppait de nouveau, Jake eut l'impression qu'on l'observait. La sensation n'était pas nouvelle : d'aussi loin que remontaient ses souvenirs, il avait toujours eu une sensibilité exacerbée à son environnement. Il ignorait d'où cela lui venait. De son enfance en foyer d'accueil, sans doute, pendant laquelle il avait appris à se fier à son instinct. Cela lui avait sauvé la vie plus d'une fois.

Lentement, il passa en revue la rangée de maisons défraîchies. Ce n'était peut-être qu'un voisin curieux qui le regardait depuis sa fenêtre... Les gens se posaient forcément des questions quand il se produisait un drame dans leur rue. Ils suivaient discrètement les événements, bien à l'abri chez eux, en se disant qu'une chose aussi horrible n'arriverait jamais dans leur famille.

Mais, parfois, parmi ces spectateurs invisibles figurait aussi le kidnappeur. Et si celui de Kylie Buchanan était encore dans le quartier, à surveiller les allées et venues de la police ? À se délecter du chaos qu'il avait semé, persuadé d'avoir été plus malin que les autorités ?

Jake retint son souffle, à l'affût du moindre mouvement de rideau. Rien ne bougeait dans la rue endormie. Il reporta son attention sur la maison de Lyle Crowder. L'homme avait beau s'être montré bavard, il le soupçonnait de n'avoir pas tout dit. N'aurait-il pas été amoureux de Reggie par le passé ? L'opinion qu'il avait d'elle semblait osciller entre la désapprobation et le respect, et Jake avait détecté une pointe de ressentiment dans sa voix lorsqu'il avait évoqué les soirées auxquelles il n'avait jamais été convié. Un amour non réciproque tournait facilement à la rancœur. Mais pouvait-on réellement en vouloir à quelqu'un – ou l'aimer sans retour – pendant plus de trente ans ? Jake était certain d'une chose : Lyle Crowder avait fait tout son possible pour diriger l'attention du FBI sur Derrick Sway.

Il appela le chef de la police locale afin de lui demander de vérifier l'alibi de Crowder auprès de son frère et d'envoyer un agent chez la mère de Sway pour tenter de localiser ce dernier. Statistiquement parlant, il y avait peu de chances que Derrick Sway ait quelque chose à voir avec la disparition de la petite Kylie. Contrairement à ce que la plupart des gens pensaient, les enlèvements par des personnes étrangères à la famille étaient rares, et Sway n'avait pas de lien connu avec les Buchanan. En revanche, il en avait avec Reggie Lamb. Le FBI se devait d'explorer toutes les pistes, de ne négliger aucun suspect. Et Reggie en faisait partie.

Jake avait parlé deux fois avec elle depuis son arrivée à Black Creek : la première chez elle, la seconde au poste de commandement, où elle avait accompagné Taryn Buchanan. De toute évidence, cette femme était dotée d'une volonté de fer et n'hésitait pas à dire ce qu'elle pensait sans se soucier des conséquences. Jake l'avait tout de suite appréciée. Il lui avait fallu se rappeler que Reggie Lamb était le dénominateur commun de deux enlèvements, et qu'il ne pouvait pas se permettre d'être indulgent avec elle sous prétexte qu'elle était la mère de Thea.

Même s'il ne croyait pas Reggie responsable de la disparition de Kylie, il était presque certain qu'elle cachait quelque chose elle aussi.

D'où sa présence ici.

Jake enfila ses lunettes de soleil et promena son regard sur la lisière du bois. Il imaginait très bien le kidnappeur se glissant furtivement entre les arbres, la nuit de l'enlèvement, et attendant que les lumières s'éteignent dans la maison de Reggie. La lune avait été voilée par les nuages. De la rue, personne n'aurait rien pu voir.

Il traversa le jardin de Reggie et s'arrêta devant la barrière qui en faisait le tour. Un cabanon était adossé au garage. Les deux structures avaient été repeintes récemment, de la même couleur que les moulures de la maison. On entendait le chant des oiseaux dans les chênes et le clic-clic régulier d'un moulin d'ornement qui tournait dans le vent. Une étrange oppression pesait sur cette oasis paisible et odorante. Jake ouvrit le portail et s'enfonça dans les bois.

Il n'avait aucune idée de ce qu'il cherchait. La police avait fouillé les lieux avec des chiens renifleurs le lundi matin, et une véritable armée composée de membres des forces de l'ordre et de volontaires civils avait ratissé la forêt en rangs serrés un peu plus tard dans la journée. Chaque centimètre carré avait été couvert. Jake serait sans doute plus utile au PC, mais il ne pouvait se résoudre à faire demi-tour. Une force mystérieuse le poussait sur le petit chemin.

À quelques centaines de mètres de la maison, il cessa brusquement de marcher, scrutant les buissons devant lui, puis la cime des arbres. Il avait perçu un bruit.

C'était peut-être cela qui l'avait guidé jusqu'ici plus qu'une prémonition. Le cliquetis avait dû se confondre dans son esprit avec celui du moulin à vent.

Là, presque cachés dans les feuilles au-dessus de lui, deux personnages en bois étaient pendus à une branche. Des brindilles faisaient office de bras et de jambes, attachées aux corps avec du raphia. Un cœur en tissu rouge avait été collé sur chacun des torses, et les têtes étaient garnies de mèches de cheveux blonds.

Jake resta immobile, comme hypnotisé par ces étranges poupées qui s'entrechoquaient dans la brise. Leur mélodie un peu creuse, un peu triste, lui rappelait celle d'un carillon en bambou.

Tandis que Reggie quittait l'autoroute pour rejoindre Black Creek, Thea appuya la tête contre le siège et essaya de se détendre. Plus elles approchaient de leur destination, plus elle se sentait anxieuse.

Par la fenêtre ouverte, elle inspira à pleins poumons l'odeur luxuriante de la campagne. De puissants souvenirs y étaient associés dans sa mémoire, aussi envahissants que les plantes grimpantes qui s'enroulaient autour des poteaux téléphoniques abandonnés et couraient le long des lignes. Il y avait quelque chose de mystique dans ce riche parfum, quelque chose de sinistre aussi dans le paysage rempli d'ombres.

Thea jeta un coup d'œil vers sa mère. Est-ce qu'elle ressentait cela, elle aussi ?

Les mains agrippées au volant, Reggie restait concentrée sur la route. Le silence s'était installé entre elles depuis plusieurs kilomètres. Thea n'avait pas pris la peine de relancer la conversation, profitant de ces quelques minutes de calme pour faire son introspection. Ce retour au pays était si perturbant ! Après des années de séparation, voilà que sa mère et elle se retrouvaient ensemble dans l'espace confiné d'une voiture, avec toutes les vieilles rancœurs qui saturaient l'atmosphère…

À quand remontait la dernière fois qu'elle était venue ici ? se demanda-t-elle. Quatre ans ? Cinq ans ? Où donc avait filé tout ce temps ?

Bizarrement, elles ne s'étaient même pas disputées. Elles avaient pris leurs distances progressivement : les coups de fil qui s'espacent, les visites qui ne se concrétisent pas…

C'était tellement plus simple de vivre chacune de son côté. D'ignorer le fantôme qui hantait depuis toujours leur relation.

L'enlèvement de Maya avait bouleversé leurs vies, et pourtant son nom était devenu tabou. Très tôt, Thea avait appris à garder ses questions pour elle, sous peine de voir sa mère se renfermer. Ces longs silences avaient laissé des séquelles. Thea avait fini par ériger des murs autour d'elle, et elle était partie à la première occasion.

Aujourd'hui, elle n'avait aucune envie de se replonger dans le passé, mais comment pouvait-il en être autrement alors qu'une deuxième enfant venait d'être kidnappée dans la même chambre ? Kylie Buchanan était peut-être encore en vie. Elle était peut-être en train d'appeler sa maman, terrifiée, comme Maya l'avait sans doute fait avant de mourir.

Thea respira profondément et s'autorisa à remonter le temps.

La nuit où Maya avait disparu, Reggie les avait couchées tôt. Il faisait encore jour, et déjà la musique et les rires s'échappaient du porche où les convives s'étaient rassemblés. Thea n'aimait pas quand sa mère invitait du monde. Avec tout ce bruit, elle n'arrivait pas à fermer l'œil, et elle restait éveillée des heures pendant que sa sœur dormait paisiblement dans le lit d'à côté.

Il faisait particulièrement chaud et humide ce soir-là. Le système de climatisation installé dans la pièce à vivre n'était pas suffisamment puissant pour rafraîchir les chambres. Étendue au-dessus des couvertures, Thea n'avait pas cessé de se tourner et de se retourner, incapable de trouver le sommeil. Plus tard, Reggie était entrée dans la pièce pour ouvrir la fenêtre qui donnait sur le jardin.

— Lis-moi une histoire, maman.

— Pas ce soir, ma puce. Ta sœur s'est endormie, je ne veux pas la réveiller. Et puis, tu sais bien que maman a des amis à la maison.

— Je ne les aime pas. Ils sentent mauvais.

— C'est parce qu'ils fument des cigarettes. L'odeur partira avec le vent. Allez, rallonge-toi et ferme les yeux. Quand tu les rouvriras, ce sera déjà le matin.

Thea avait fait semblant d'obéir, mais à travers ses paupières mi-closes elle avait observé sa mère qui se tenait debout devant la fenêtre, le regard perdu dehors. Puis Reggie était venue la border et l'embrasser sur la joue, avant de sortir de la chambre sur la pointe des pieds en refermant la porte derrière elle.

Aussitôt, Maya s'était assise dans son lit.

— J'ai peur, Sissy.

— Peur de quoi ?

— J'ai entendu un bruit.

— C'est juste un chien qui aboie dans la forêt. Regarde, maman a ouvert la fenêtre.

— Ce n'est pas un chien.

Sa poupée dans les bras, Maya avait rejoint Thea sous ses draps.

— Il y a quelqu'un dehors, Sissy, j'en suis sûre.

— Mais non, il n'y a personne ! Arrête de faire ta poule mouillée.

Thea avait tapoté l'épaule de sa sœur jusqu'à ce que celle-ci se tourne sur le côté et se rendorme. Pour sa part, malgré le léger courant d'air, elle avait eu encore trop chaud avec le corps de Maya pressé contre le sien. La fenêtre ouverte laissait entrer toutes sortes de bruits. Le hurlement du chien d'un voisin et, plus près, le concert des grillons et des grenouilles, parfois interrompu par le hululement d'une chouette. Des bruits inquiétants qui lui donnaient la chair de poule.

Thea s'était relevée et avait tiré une chaise pour regarder dehors, comme elle avait vu sa mère le faire. Pendant une éternité, elle était restée là, à contempler les ombres qui dansaient dans le jardin au rythme des branches agitées par le vent. Quand elle avait senti qu'elle commençait à s'assoupir, elle s'était glissée dans le lit de sa sœur, avait remonté les couvertures jusqu'à son menton et s'était enfin endormie.

C'est la meilleure amie de sa mère, Gail, qui l'avait réveillée le lendemain en la secouant gentiment mais fermement.

— Thea, où est ta sœur ? Où est Maya ?

Ils l'avaient cherchée partout, dans la maison, dans la rue, dans le jardin. Puis les policiers étaient venus avec des chiens. Puis le FBI.

Une semaine plus tard, une caisse en bois avait été trouvée dans la forêt ; à l'intérieur, la poupée de Maya et une couverture sur laquelle son ADN avait été identifié. Les enquêteurs en avaient déduit, sans pouvoir rien prouver, que la sœur de Thea avait d'abord été enterrée dans cette boîte avant d'être déplacée.

Reggie et son petit ami, Derrick Sway, avaient été à nouveau interrogés. S'ils avaient fini par être relâchés, les rumeurs ne s'étaient pas pour autant dissipées à Black Creek. Elles avaient poursuivi Thea pendant toute sa scolarité, faisant parfois écho à ses propres doutes.

Celle-ci avait réussi à s'en affranchir en partant à l'université. Ces quatre années avaient été les plus paisibles de sa jeune existence, jusqu'à ce que, devenue agente fédérale, elle accède au dossier de Maya… Or, dans sa déposition officielle, Reggie n'avait pas précisé qu'elle était repassée dans la chambre pour ouvrir la fenêtre. Peut-être l'avait-elle tout simplement oublié, trop bouleversée par la disparition de sa fille. Ce n'était pas grand-chose, après tout.

Pourtant, Thea était bien placée pour savoir que ce qui était tu était souvent bien plus important que ce qui était dit lors d'un interrogatoire.

Et cette omission en apparence insignifiante avait recommencé à la tourmenter.

— Pourquoi tu me regardes comme ça ? demanda Reggie.

La voix de sa mère tira brusquement Thea de sa rêverie.

— Excuse-moi, j'étais perdue dans mes pensées. Je ne m'étais pas rendu compte que je te dévisageais.

— Et à quoi pensais-tu donc si fort ?

— À l'enlèvement, répondit-elle sans hésiter. Tu étais censée m'expliquer pourquoi Taryn et Kylie Buchanan s'étaient installées chez toi.

Reggie poussa un soupir.

— Comme je te l'ai dit, c'est une longue histoire. Je ne sais même pas par où commencer.

— Comment vous êtes-vous rencontrées ?

— Elles se sont mises à fréquenter mon église il y a quelques semaines. On a un nouveau pasteur, frère Eldon, et beaucoup de gens du coin ont voulu voir comment il était. Tout le monde l'adore. Même toi, tu l'apprécierais. Il a déjà fait beaucoup pour la communauté, et sa présence a été une vraie bénédiction pour Taryn.

Thea haussa les sourcils, intriguée.

— C'est-à-dire ?

— Il l'a conseillée tout au long de sa séparation avec son mari. Je ne sais pas si elle aurait pu tenir le coup sans lui… Il lui a proposé de travailler à l'église pour qu'elle puisse garder Kylie dans la journée, et il l'a même aidée à trouver un petit appartement en ville. Elles devaient emménager à la fin de la semaine. Le propriétaire a accepté que Taryn s'y installe un peu plus tôt, puisque ma maison est considérée comme une scène de crime. Frère Eldon est resté avec elle presque tout le temps depuis la disparition de Kylie.

— Ils ont une liaison ?

La question parut choquer Reggie.

— Pourquoi me demandes-tu une chose pareille ? Ne salis pas ce qui n'est rien d'autre qu'une bonne action.

— Pardon. Loin de moi l'idée de les accuser ou de

les juger. J'essaye juste de comprendre la situation. Mais revenons au point de départ : tu as donc rencontré Taryn et Kylie à l'église…

— Oui, elles ont commencé à venir le mercredi soir, ce qui m'a paru un peu bizarre. Il y a un prêche ce jour-là, mais on a en général très peu de visiteurs en dehors des fidèles. Les gens préfèrent venir le dimanche matin. Plus tard, Taryn m'a expliqué que son mari passait souvent la nuit du mercredi au jeudi à Tallahassee. Bref, elle s'asseyait tout au fond de la salle avec la petite Kylie à côté d'elle. Elle la tenait par la main et n'arrêtait pas de regarder par-dessus son épaule, comme si elle avait peur que quelqu'un vienne la lui prendre.

Reggie coula un regard à Thea.

— Je voyais bien qu'elle avait besoin d'une amie. J'ai donc essayé d'échanger quelques mots avec elle après chaque service.

— Que s'est-il passé ensuite ?

— Un jour, elle s'est présentée au restaurant avec sa fille. Elle voulait me parler. J'ai pris ma pause et on est allées s'asseoir dans le parc pour avoir un peu plus d'intimité. Au début, elle était timide, visiblement gênée par sa situation. Et puis elle m'a raconté toute son histoire. Elle m'a dit qu'elle n'avait que dix-neuf ans le jour où elle avait rencontré Russ Buchanan. Elle venait de perdre son père, après avoir perdu sa mère étant enfant. Elle avait utilisé le peu d'argent que ses parents lui avaient laissé pour partir à Tallahassee, où elle pensait trouver plus facilement du travail. Russ était plus âgé qu'elle, il était beau et charmant et s'était déjà taillé une réputation en tant qu'avocat. Ils se sont croisés à l'accueil de son cabinet et ça a été le coup de foudre. Deux mois plus tard, ils étaient mariés.

— Laisse-moi deviner, l'interrompit Thea. Le rêve s'est transformé en cauchemar ?

— Comme souvent. Au début, Russ était parfait, mais ça a vite changé. Taryn était la victime idéale pour un prédateur comme lui. Il l'a installée dans une maison qu'il avait achetée à Black Creek, loin de tous les gens qu'elle connaissait à Tallahassee. Puis il a commencé à lui demander de s'habiller d'une certaine façon, de se coiffer d'une certaine façon, de lui préparer ses repas et de nettoyer la maison d'une certaine façon. Au bout d'un moment, il a arrêté de demander.

« Le temps que Taryn comprenne quel genre d'homme elle avait épousé, elle était enceinte et n'avait nulle part où aller. Tout était au nom de Russ, bien sûr. La maison, les véhicules, les comptes bancaires. Il lui donnait de l'argent, mais elle devait justifier toutes ses dépenses. Quand il restait la nuit à Tallahassee, il vérifiait le compteur kilométrique de sa voiture en rentrant. Ça n'a fait qu'empirer après la naissance du bébé. Il s'est mis à la menacer de lui prendre Kylie si elle essayait de le quitter.

— Il a été violent avec elle ?

— J'en suis persuadée, répondit Reggie, la mine sombre. Mais elle prétend qu'il l'a juste un peu bousculée.

— « Juste » ? réagit Thea en regardant sa mère. Tu penses qu'elle a minimisé sa violence ?

— C'est l'impression qu'elle m'a donnée. Elle était clairement terrorisée. Je lui ai dit que ce serait de pire en pire si elle restait. Qu'elle devait vite faire ses valises et sortir Kylie de cette situation avant qu'il arrive quelque chose de grave. Je lui ai proposé de les héberger aussi longtemps qu'elles en auraient besoin.

— Tu n'as pas eu peur que ce type s'en prenne à toi ?

Reggie eut un geste blasé.

— Qu'est-ce que tu voulais qu'il me fasse qu'on ne m'a pas déjà fait ?

— Continue, murmura Thea en réprimant un frisson.

— Quelques jours plus tard, Taryn et Kylie ont débarqué

chez moi avec leurs bagages. J'ai installé la petite dans ton ancienne chambre et Taryn a dormi sur le canapé. J'ignore comment Russ a retrouvé leur trace aussi vite. Peut-être qu'il faisait surveiller sa femme, ou qu'il avait placé un mouchard sur sa voiture… Quand je l'ai vu se garer devant chez moi le lendemain matin, j'ai appelé la police et j'ai essayé de l'empêcher d'entrer. Il m'a poussée sans ménagement, puis il a attrapé Taryn et a voulu la traîner dehors. Kylie hurlait, c'était horrible. Dieu merci, des policiers patrouillaient dans le quartier à ce moment-là. Je ne sais pas ce qui serait arrivé, sinon.

— Ils l'ont mis en garde à vue ?

— Penses-tu ! Russ Buchanan a le bras long. Il joue au golf avec un sénateur de Floride. Les flics ont réussi à le calmer et l'ont laissé partir. Le chef Bowden a conseillé à Taryn de demander une mesure d'éloignement, mais elle craignait que ça ne l'énerve encore plus. Finalement, les choses se sont apaisées. Russ ne l'a plus embêtée. Il l'a même appelée une fois pour voir sa fille. Taryn a commencé à croire qu'ils pourraient divorcer sereinement… Et puis Kylie a été enlevée. Maintenant, Russ dit que tout est sa faute.

— Évidemment. Raconte-moi ce qui s'est passé ce jour-là.

— Je suis allée travailler. En temps normal, j'ai mes dimanches, mais une des serveuses était malade et j'ai accepté de la remplacer. Quand je suis rentrée le soir, j'étais épuisée. Taryn se préparait à aller à l'église. Je lui ai proposé de garder Kylie à la maison. Après tout ce qu'elles avaient traversé, je pensais que ça ferait du bien à Taryn d'avoir un peu de temps pour elle. Mais frère Eldon avait une surprise pour Kylie.

— Quel genre de surprise ?

— Lui et d'autres fidèles avaient installé de nouveaux jeux pour enfants derrière l'église, et il avait promis à Kylie qu'elle serait la première à tester le toboggan. Elles sont donc parties toutes les deux. Moi, j'ai pris un bain et je me suis couchée tout de suite après. Je ne les ai même pas entendues rentrer. Ce sont les cris de Taryn qui m'ont réveillée le matin. Kylie avait disparu. J'ai couru dans ta chambre. J'ai vu la fenêtre ouverte et…

Reggie déglutit péniblement.

— Et j'ai su ce qui s'était passé. J'ai su que ça avait recommencé, comme il y a trente ans.

Thea sentit son pouls s'accélérer.

— Est-ce que la fenêtre était ouverte quand Taryn a couché Kylie ? s'enquit-elle.

— Non. Elle reste tout le temps fermée.

— Tu es sûre que Taryn ne s'est pas relevée dans la nuit pour rafraîchir un peu la pièce ?

— Elle n'avait aucune raison d'ouvrir. J'ai fait installer une climatisation centralisée il y a quelques années. Les chambres restent fraîches, même quand il fait très chaud dehors.

— Est-ce qu'une porte ou une autre fenêtre a été forcée ?

— D'après la police, il n'y avait aucune trace d'effraction dans la maison.

— Qui a les clés, à part toi ?

— Personne. Taryn utilisait celle que je laisse sous le pot de fleurs à côté de l'entrée.

— Elle la remettait à sa place à chaque fois ?

— Les policiers ont vérifié : la clé était bien là le lundi matin. Pourquoi ?

— Si quelqu'un surveillait ta maison, il a vu Taryn prendre la clé sous le pot de fleurs et la remettre. Il lui suffisait d'attendre que vous partiez pour entrer et déverrouiller la fenêtre de la chambre.

— Quand tu dis « quelqu'un », tu penses à Russ Buchanan, devina Reggie, les yeux rivés sur la route.

— Vu son comportement et les menaces qu'il a proférées, je suis sûre qu'il est dans le viseur de la police, répondit Thea.

Sa mère lâcha un rire sans joie.

— Je t'ai dit qu'il avait le bras long. Si c'est lui qui a enlevé sa fille, vous n'arriverez jamais à l'inculper.

— Pourquoi en es-tu si sûre ?

— Parce que beaucoup de méchants commettent des crimes sans jamais être inquiétés.

— Pas tous, répliqua Thea. Les prisons sont pleines de méchants qui se sont fait attraper.

— Mais les gens comme Russ Buchanan n'en font pas partie.

Tandis que le silence retombait, Thea jeta un coup d'œil dans le rétroviseur extérieur. Un pick-up noir les suivait depuis leur sortie de l'autoroute. Jusque-là, elle n'y avait pas vraiment prêté attention, mais elle se rendait compte à présent que le conducteur avait maintenu la même distance entre elles et lui.

— Regarde le véhicule derrière nous, dit-elle à sa mère.

— Le pick-up noir ? Eh bien ?

— Je me demande si ce n'est pas lui qui t'a fait une queue de poisson à l'aéroport.

Reggie observa le camion plus attentivement.

— Ça m'étonnerait. Il y en a plein dans la région. Ce serait une sacrée coïncidence qu'il s'agisse du même.

— Il roule à la même allure que nous depuis un bout de temps, insista Thea. Ça me semble bizarre.

— Pourquoi ? On respecte tous les deux la limitation de vitesse, ce n'est pas très original.

— Accélère un peu. J'ai envie de voir s'il nous suit.

— Et c'est toi qui payeras l'amende ?

— J'ai dit « un peu ». Pas besoin d'aller à cent cinquante.

Reggie marmonna dans sa barbe, tout en appuyant sur l'accélérateur. Le pick-up s'éloigna derrière elles.

— Tu vois ? Il n'y avait pas de quoi s'inquiéter. Ton boulot te rend parano.

— Ou prudente, objecta Thea en lançant un regard par-dessus son épaule. Est-ce que tu sais si Russ Buchanan possède un pick-up noir ?

— Ce n'est pas son genre. Et il conduisait une Mercedes grise quand il est venu chez moi. Où est-ce que tu veux en venir ? Tu penses qu'il nous fait suivre ? Pourquoi se donnerait-il cette peine ?

— Pour t'intimider. Tu as recueilli sa femme et sa fille. Il estime peut-être que c'est ta faute si Taryn l'a quitté.

Ou bien Russ Buchanan avait entendu les rumeurs concernant Reggie et soupçonnait cette dernière d'être à l'origine de la disparition de Kylie…

À peine cette idée lui avait-elle traversé l'esprit que le véhicule réapparut dans le rétroviseur.

— Reggie…

— Je le vois. Qu'est-ce que je fais ?

— Rien. Maintiens ta vitesse. S'il essaye de te dépasser, laisse-le faire.

Reggie fronça les sourcils.

— Et s'il nous fonce dessus ?

— En plein jour, ce serait osé.

— Osé ou pas, je trouve qu'il arrive bien vite !

Thea se retourna pour surveiller le pick-up par la lunette arrière. Il était tellement près qu'elle pouvait voir la calandre et le pare-chocs maculés de boue. La plaque d'immatriculation était en partie recouverte. À l'aéroport, elle n'avait pas remarqué que le véhicule était sale, mais son attention avait alors été focalisée sur ses retrouvailles avec sa mère.

— J'ai un pistolet dans la boîte à gants, déclara cette dernière.

Thea la dévisagea.

— Tu n'es quand même pas en train de suggérer que je lui tire dessus ?

— Je te tiens juste informée, au cas où.

Elle s'adossa de nouveau à son siège. Derrière, le pick-up continuait de gagner du terrain. Par réflexe, Reggie accéléra.

— N'essaye pas de le semer. Laisse-le te dépasser.

Juste au moment où il allait les emboutir, le conducteur donna un coup de volant pour changer de file. Pendant quelques instants, ils se retrouvèrent côte à côte sur la route. Thea tenta de distinguer le visage de l'homme, mais il portait une casquette et des lunettes de soleil et regardait droit devant lui.

Soudain, un véhicule surgit du virage en face d'eux. Reggie enfonça la pédale de frein. Le pick-up se rabattit brusquement, accrochant au passage l'avant de la voiture et projetant celle-ci vers le bas-côté.

Reggie tenta de redresser le volant, mais les roues dérapèrent sur les graviers et la berline plongea dans le fossé. Thea eut le temps de voir le visage crispé de sa mère avant qu'elles ne heurtent un rocher et s'envolent. Elle se recroquevilla sur son siège, se préparant à encaisser le choc. Après un bref instant d'apesanteur, la voiture retomba lourdement sur le sol et effectua plusieurs tonneaux.

Quand le monde cessa de tourner autour d'elle, Thea s'aperçut qu'elle avait la tête en bas. Elle était toujours attachée et les airbags s'étaient déployés. Lentement, elle remua chacun de ses membres. *Tout va bien,* se dit-elle. *Tout va bien.*

Mais lorsqu'elle jeta un coup d'œil à côté d'elle elle crut que son cœur s'arrêtait de battre. Sa mère était avachie contre la portière, immobile.

— Reggie ? dit-elle en lui touchant l'épaule. Tu es blessée ?

Pas de réponse.

Elle coupa le moteur et tâtonna autour d'elle pour retrouver le sac où elle avait rangé son téléphone. Se retenant d'une main au plafond, elle détacha prudemment sa ceinture et rampa à travers la fenêtre ouverte. Tandis qu'elle se relevait en titubant, un automobiliste descendit le talus et accourut vers elle. Un SUV bleu marine était garé au bord de la route. Le pick-up noir avait disparu.

— Ça va, madame ?

— Je vais bien, mais ma mère est inconsciente, répondit Thea, tout en cherchant son portable.

— Je viens d'appeler les secours. Une ambulance est en route.

— Merci.

Thea fit le tour de la voiture et s'agenouilla par terre, prenant soin de garder l'homme dans sa ligne de mire pendant qu'elle tentait d'évaluer les blessures de sa mère. Reggie avait une profonde entaille dans le haut du bras. Elle saignait abondamment.

— Je suis secouriste, précisa le témoin en venant s'accroupir à côté d'elle. Il ne vaut mieux pas tenter de la sortir de là avant l'arrivée des pompiers. Sa colonne vertébrale pourrait être touchée.

— Son pouls est faible, murmura Thea. Elle a la peau moite.

— C'est sans doute dû à la perte de sang.

Il ôta son T-shirt et l'appliqua contre la plaie.

— Maintenez la pression. Je vais chercher une trousse de secours et une couverture dans ma voiture.

Thea prit le relais.

— Le pick-up qui nous a percutées, où est-il passé ? s'enquit-elle avant que l'homme ne s'éloigne.

— Ce mufle a continué son chemin sans ralentir, répondit-il.

Il la dévisagea un moment.

— Vous êtes sûre que ça va ?

— Oui mais, je vous en prie, faites vite !

Quand il fut parti, Thea ajusta sa position pour accéder plus facilement à l'intérieur de l'habitacle. Le T-shirt était déjà trempé de sang.

— L'ambulance arrive, ça va aller, promit-elle à sa mère. Reste avec moi, d'accord ?

Elle tenta de contenir sa panique, mais Reggie était si pâle ! Ses lèvres commençaient à bleuir. *S'il te plaît, ne meurs pas,* pria-t-elle. *S'il te plaît, s'il te plaît…*

— Tu m'entends, maman ? Ne t'avise pas de mourir.

3

Après une course effrénée à travers les couloirs de l'hôpital, Jake trouva enfin Thea dans la salle d'attente du service de chirurgie. Debout devant la fenêtre, elle lui tournait le dos. Il s'avança vers elle en prononçant son nom pour signaler sa présence, mais cela ne l'empêcha pas de sursauter.

Elle fit volte-face et ses yeux bleus s'agrandirent de surprise. Il crut y déceler une pointe de soulagement, voire de plaisir, avant qu'elle ne reprenne le contrôle de ses émotions.

— Jake ! s'exclama-t-elle. Qu'est-ce que tu fais là ?

— Le chef Bowden m'a raconté ce qui s'est passé. Je voulais m'assurer que tu allais bien.

Ce n'était pas tout à fait le cas, visiblement : elle avait le visage couvert d'hématomes et de coupures, et son chemisier blanc était taché de sang.

— Thea…

— Ce n'est pas aussi grave que ça en a l'air, lui assura-t-elle en dégageant de son front une mèche de cheveux blonds. Je vais bien. Ce sang est surtout celui de ma mère.

— Comment va-t-elle ?

— Elle a repris conscience dans l'ambulance, ce qui est plutôt bon signe. Elle souffre de plaies et de contusions, et le scanner a révélé une hémorragie interne. Ils sont en train de l'opérer.

Thea lança un regard anxieux vers l'horloge.

— C'est long… Tu sais ce que c'est, quand on attend : les minutes durent des heures.

— Tu veux que j'aille voir où ils en sont ?

— Non, ils m'ont dit qu'ils me préviendraient dès qu'ils auraient du nouveau. En revanche, j'aimerais bien me nettoyer le visage. Ça ne te dérange pas de rester là au cas où quelqu'un viendrait ?

— Pas du tout. Prends ton temps.

En la regardant s'éloigner dans le couloir, Jake se demanda depuis quand il ne l'avait pas vue. Quatre ans et des poussières. Et pourtant il avait l'impression que cela datait d'hier. Thea était toujours aussi svelte – elle avait dû continuer la natation. Toujours aussi sérieuse dans sa façon de s'habiller et de se comporter. Néanmoins, même avec ses vêtements souillés de sang, elle dégageait un charme qui allait bien au-delà de la beauté physique. Elle était solide comme un roc quand la situation l'exigeait, demeurait stoïque face au danger, mais Jake l'avait déjà vue fondre en larmes devant un chaton blessé. Si elle prenait soin de camoufler cet aspect de sa personnalité, il était bel et bien présent, sous la surface dure. Jake savait ce que dix années passées au service de la protection des mineurs pouvaient vous faire. Vous aviez intérêt à avoir de bonnes défenses.

Lorsqu'elle revint, il lui adressa un sourire affable, alors qu'il brûlait de la serrer dans ses bras. Ce n'était ni le lieu ni le moment, bien sûr. L'eau avait coulé sous les ponts et Thea n'avait jamais aimé les démonstrations d'affection. Quatre ans auparavant, un simple geste aurait pourtant suffi à convaincre Jake de rester à Washington, aussi longtemps qu'elle aurait voulu de lui.

C'est du passé, se dit-il.

— Tu as vu un médecin ? lui demanda-t-il. Cette coupure au-dessus de ton œil a l'air assez profonde.

Thea porta une main à son visage.

— Oui, j'ai été examinée aux urgences. Ils m'ont retiré des morceaux de verre et m'ont fait un rappel de tétanos. Apparemment, je n'avais pas besoin de points. La voiture a surtout pris du côté de Reggie.

— Tu me racontes ce qui s'est passé ?

— J'ai déjà tout dit aux policiers qui sont venus faire les constatations. Tu trouveras ça dans leur rapport.

— J'aimerais l'entendre de ta bouche.

Elle sembla hésiter, puis haussa les épaules.

— Un véhicule était en train de nous doubler. Il nous a envoyées dans le fossé en se rabattant pour éviter une voiture qui arrivait en face.

— Peux-tu me décrire le véhicule en question et son conducteur ? As-tu eu le temps de noter le numéro d'immatriculation ?

— Je n'ai pas bien vu le type au volant. Tout ce que je sais, c'est qu'il était blanc, plutôt baraqué et d'âge moyen, la cinquantaine peut-être. Il conduisait un pick-up noir d'un modèle récent, avec des jantes chromées. Je n'ai pas vu la marque, et l'avant était couvert de boue, si bien que la plaque n'était pas lisible.

— Tu penses que c'était un acte délibéré ?

— C'est possible. Le reste du pick-up avait l'air très propre. Pour tout dire, je l'avais repéré bien avant l'accident. Je trouvais cela bizarre qu'il maintienne la même distance entre nous depuis des kilomètres. Il n'y avait presque personne sur la route, et d'habitude les gens ne respectent pas vraiment les limitations de vitesse, surtout avec des engins aussi puissants. J'ai demandé à Reggie d'accélérer. On l'a perdu un moment, puis il est revenu très vite et nous a doublées.

— Depuis combien de temps vous suivait-il ?

— Au moins depuis la sortie de l'autoroute.

— Est-ce que le conducteur avait des signes particuliers, comme des piercings, des tatouages ou des cicatrices ?

— Je ne crois pas. Mais comme je te l'ai dit je ne l'ai pas bien vu.

Elle posa sur lui un regard scrutateur.

— Pourquoi toutes ces questions, Jake ? Tu sais quelque chose que je ne sais pas ?

— Les esprits s'échauffent vite à Black Creek, répondit-il, mal à l'aise. Il y a eu un incident chez ta mère.

— L'inscription sur le mur ? Elle m'a raconté. Vous avez un suspect ? Est-ce pour cela que tu me parles de cicatrices et de tatouages ?

— Non, on n'a aucune piste. On sait juste que la maison a été taguée tard hier soir ou tôt ce matin.

— Et tu crois que les deux incidents sont liés ?

— Je ne crois rien pour l'instant. J'essaye juste de reconstituer le puzzle.

Thea eut une moue désapprobatrice.

— Pourquoi t'occupes-tu de ça ? L'acte de vandalisme relève des compétences de la police locale, et l'accident, de la police de la route. Pourquoi ne pas les laisser faire leur travail ? Ton seul objectif devrait être de retrouver Kylie Buchanan.

— Je n'ai pas d'autre objectif, répliqua-t-il calmement, même si sa remarque avait touché un point sensible. Je t'assure que tout est fait pour retrouver cette petite fille.

— Excuse-moi. Je ne voulais pas remettre en question ton intégrité ni tes priorités. Tu es le meilleur pour ce genre de missions. C'est juste que…

Elle baissa les yeux sur ses mains.

— Je me demande ce que tu fais vraiment là. Tu aurais pu te contenter de m'appeler pour prendre des nouvelles.

— J'aurais pu, concéda-t-il. Et c'est vrai que j'avais une autre idée en tête.

Jake choisit ses mots avec soin.

— Ton point de vue sur cette affaire est unique, expliqua-t-il. Du fait de ton histoire et de tes liens avec Reggie, il me paraît logique de m'adresser à toi.

Et ce, malgré notre *histoire,* ajouta-t-il en pensée.

— D'accord… Que puis-je faire pour t'aider ? demanda-t-elle d'une voix tendue.

— Asseyons-nous.

Il désigna deux fauteuils qui avaient l'air particulièrement inconfortables.

— Tu veux un café ?

— Non merci.

— Tu viens de vivre une expérience traumatisante. Peut-être préfères-tu que je repasse plus tard ?

— Non, mais avant de commencer pourrais-tu au moins m'informer des dernières avancées ? Reggie m'a raconté ce qu'elle savait, mais j'ignore tout des recherches qui sont menées. J'imagine qu'il n'y a rien de nouveau, sinon tu ne serais pas là à me demander mon avis sur l'affaire…

— Tu connais la procédure, répondit Jake en se passant une main dans les cheveux. On en est encore à ratisser les environs et à recueillir les témoignages. On a installé des barrages sur les routes principales. Depuis un jour et demi, un hélicoptère et des drones survolent la région, mais le travail est colossal, avec toutes ces forêts, ces ruisseaux, ces lacs et ces marécages.

— Oui, ça fait beaucoup d'endroits où faire disparaître quelqu'un, acquiesça Thea. Crois-tu qu'il existe une chance qu'elle soit toujours en vie ? Le temps ne joue pas en sa faveur.

— Elle est vivante tant qu'on n'a pas retrouvé son corps, répliqua Jake avec détermination.

Leurs regards se croisèrent.

— Trois pour cent, murmura-t-elle.

— Trois pour cent.

Ils gardèrent le silence un long moment. Jake savait que les statistiques défilaient aussi dans la tête de Thea.

Soixante-quatorze pour cent des enfants enlevés par une personne extérieure à la famille étaient retrouvés morts dans les trois heures qui suivaient l'annonce de leur disparition. On atteignait les quatre-vingts pour cent au bout de vingt-quatre heures, et quatre-vingt-dix-sept après une semaine. Trente-deux heures s'étaient écoulées depuis que Kylie Buchanan avait été kidnappée. Bientôt, les gens qui la recherchaient n'auraient plus que ces trois petits pour cent auxquels se raccrocher.

— Oublions les chiffres, suggéra Thea. Que dit ton instinct ? Tu as toujours eu de bonnes intuitions pour ces choses-là.

— Pas cette fois.

— Pourquoi cela ?

Jake hésita, incapable de décrire l'impression troublante que produisaient sur lui certaines personnes de l'entourage de Kylie Buchanan, ou d'expliquer ce qui l'avait poussé à retourner chez Reggie, puis à s'enfoncer dans les bois.

— Ce n'est pas une affaire comme les autres, se contenta-t-il de dire.

Thea semblait sur le point d'insister pour en savoir plus quand un chirurgien passa la tête par la porte. Jake eut un choc en sentant la main de la jeune femme se glisser instinctivement dans la sienne. Surmontant sa surprise, il la lui serra en signe de réconfort tandis qu'ils se levaient pour aller à la rencontre du médecin.

— Dr Vaughn. Vous êtes la fille de Mme Lamb ?

— Oui, c'est ça, répondit Thea.

Elle s'aperçut soudain qu'elle avait agrippé la main de Jake. Mortifiée, elle la lâcha bien vite et croisa les bras sur la poitrine.

— Comment va-t-elle ?

— Votre maman est une battante. L'opération s'est très bien passée, ses constantes sont stables. Nous allons la garder un jour ou deux pour surveiller sa commotion cérébrale, et si tout va bien vous pourrez la ramener chez elle à la fin de la semaine.

— Quand pourrai-je la voir ?

— Elle va rester en salle de réveil pendant un moment. Dès qu'elle sera transférée dans sa chambre, vous pourrez la rejoindre.

— Merci, docteur.

Vaughn lui serra la main, salua Jake d'un signe de tête et quitta la pièce.

— Bonnes nouvelles ! s'exclama ce dernier avec un grand sourire. J'imagine que tu es soulagée.

— Plutôt, oui.

Thea garda les bras serrés autour d'elle, comme pour se protéger de son sourire. Elle n'avait jamais pu y résister. Le coin de ses lèvres qui se relevait légèrement, cette petite fossette qui apparaissait sur sa joue droite…

— Je me sentirai encore mieux quand je l'aurai vue, ajouta-t-elle.

— Ce ne sera plus long, maintenant. En attendant, tu es sûre que je ne peux pas t'offrir un café ? On dirait que tu as bien besoin d'un petit stimulant.

Thea faillit décliner, mais la vague d'adrénaline provoquée par l'accident était retombée depuis longtemps et elle se sentait en effet épuisée. Un peu de caféine lui permettrait de tenir encore quelques heures.

Elle regarda son chemisier couvert de sang.

— Je ne sais pas comment je vais être accueillie à la cafétéria. Je n'ai pas de quoi me changer.

— Tu es dans un hôpital, répondit Jake. Si les gens ne supportent pas de voir un peu de sang, ils devraient envisager une reconversion.

Par chance, la cafétéria était presque déserte. Thea trouva une table un peu à l'écart pendant que Jake achetait les boissons.

— Tu le prends toujours noir ? s'enquit-il en posant un gobelet devant elle.

— Oui.

Elle but une petite gorgée et fit la grimace.

— Je sais, il a un goût de goudron, dit Jake en versant une bonne dose de crème dans le sien. Mais il est chaud et corsé, c'est l'essentiel.

— Ça ira très bien. Vous avez des pistes ?

Jake releva les yeux.

— Pardon ?

— Tu étais en train de me parler de l'enquête quand le médecin est arrivé. Vous devez avoir réduit votre liste de suspects, maintenant.

— Pas autant qu'on l'espérait, répondit-il, tout en replaçant le couvercle sur sa tasse. On n'a pas encore fini d'identifier et d'interroger toutes les personnes qui ont été en contact avec Kylie ou sa mère ces derniers temps. On espère toujours que quelqu'un aura vu ou entendu quelque chose. On a aussi vérifié les emplois du temps des délinquants sexuels connus dans la région, mais cet angle-là n'a rien donné pour l'instant.

Il paraissait frustré et préoccupé.

— En vérité, on n'a pas grand-chose. Pas d'empreintes ni d'indices sur la scène du crime. Pas de témoins. C'est comme si cette petite s'était volatilisée.

— Aucun enfant ne se volatilise tout seul, affirma Thea.

Ils échangèrent un autre regard. Ils se comprenaient.

Thea avait oublié ces moments de complicité qu'ils avaient partagés jadis. Trop occupés à se convaincre l'un et l'autre qu'ils n'avaient pas besoin d'une relation sérieuse, ils n'avaient pas su apprécier la force et la rareté de leur amitié. Au fil des ans, Thea s'était efforcée d'ignorer à quel point ce lien lui manquait. De revoir Jake lui en faisait prendre conscience douloureusement.

Elle avala une autre gorgée de café pour tenter de dissimuler son trouble. En face d'elle, les yeux bruns de Jake la fixaient avec une telle intensité qu'elle sentit les battements de son cœur s'accélérer.

— Et Russ Buchanan ? demanda-t-elle après s'être éclairci la gorge. Selon Reggie, il frappait sa femme et l'a déjà menacée de lui prendre Kylie si elle essayait de le quitter. Quand il a découvert qu'elles s'étaient réfugiées chez ma mère, il a fait une scène terrible.

— On a parlé à Buchanan chez lui et au poste de police. C'est un type arrogant qui se croit intouchable, mais il s'est montré coopératif et n'a jamais changé de version. Son assistante et lui soutiennent qu'ils étaient ensemble dans son appartement de Tallahassee la nuit où Kylie a été kidnappée. Ils ont dîné au restaurant le dimanche soir, et plusieurs personnes du cabinet d'avocats les ont vus arriver en même temps le lundi matin.

— On dirait qu'ils ont tout fait pour être vus tous les deux. Ce ne serait pas la première fois qu'une employée amoureuse de son patron lui fournit un alibi.

Deux infirmières venaient d'entrer dans la cafétéria. Elles ne prêtèrent aucune attention au chemisier de Thea, mais regardèrent Jake avec gourmandise. Thea ne pouvait pas leur en vouloir. C'était un bel homme de trente-quatre ans, grand, bien bâti et séduisant.

— Même si son assistante dit la vérité, reprit-elle, ça ne signifie pas que Buchanan est innocent. Un type comme lui ne se salirait jamais les mains. Il a un mobile et les moyens d'arriver à ses fins.

— On le surveille, lui assura Jake.

— Et Taryn ?

Une expression indéfinissable traversa le visage du policier. Thea s'adossa à sa chaise, les bras croisés.

— Ça, c'est intéressant.

— Quoi donc ?

— Ta réaction quand je t'ai parlé de Taryn.

Il poussa un soupir.

— Cette femme est difficile à cerner. Peut-être plus que son mari, à certains égards. Sa peur est palpable et sincère, et elle se fait un sang d'encre pour sa fille…

— Mais ?

— Je ne peux pas m'empêcher de m'interroger sur ce qui l'inquiète vraiment.

— C'est-à-dire ?

Jake se pencha vers elle et baissa la voix.

— Elle a emmené Kylie à l'église dimanche soir. Plus d'une dizaine de personnes les ont vues sur l'aire de jeux, puis à l'intérieur. Mais, en revenant après le prêche pour récupérer un parapluie qu'elle avait oublié, une des fidèles aurait vu Taryn sortir du bâtiment, monter dans sa voiture et repartir sans Kylie.

— Que dit Taryn ?

— Qu'elle était venue chercher des papiers dans l'église. Kylie dormait sur la banquette arrière de la voiture et elle n'a pas voulu la réveiller. Selon elle, sa fille a été seule pendant à peine quelques minutes.

— Et tu ne la crois pas ?

— Un des voisins de Reggie m'a dit que Taryn restait toujours près de la petite quand celle-ci jouait dans le jardin. Qu'elle ne la quittait jamais des yeux.

Jake remua son café, l'air absent.

— À la lumière de ce témoignage, cela me paraît étrange qu'elle ait pu laisser sa fille toute seule dans la voiture en pleine nuit, même pour quelques minutes.

— Et Reggie ne les a pas entendues rentrer ce soir-là,

parce qu'elle dormait, renchérit Thea. Qu'est-ce que tu sous-entends, Jake ? Tu penses que Taryn est impliquée dans la disparition de sa fille ?

Il détourna le regard, embarrassé.

— Nous explorons toutes les pistes.

— Ne fais pas ça, grommela-t-elle.

— Quoi donc ?

— Tu m'exclus, alors que c'est toi qui me demandais mon point de vue.

— D'accord. Qu'est-ce que tu penses de tout ça ?

Thea haussa les épaules.

— Je n'ai pas parlé avec Taryn Buchanan. Je ne la connais même pas, alors je ne peux qu'avancer des hypothèses. Mais une idée m'a traversé l'esprit quand tu m'as décrit son comportement. Elle va sans doute te paraître un peu folle.

— Dis toujours.

— J'ai une collègue aux affaires classées qui travaille depuis plus de trente ans sur les disparitions non élucidées. Elle pense qu'il existe un réseau clandestin qui s'occupe de mettre en sécurité les enfants en danger quand le système a échoué.

— Et cela fonctionnerait comment ? s'enquit Jake, dubitatif.

— Je vais te donner un exemple. Imagine une femme qui se trouve dans une situation similaire à celle de Taryn Buchanan. Elle a épuisé tous les moyens légaux pour se protéger et protéger son enfant. Elle ne sait plus vers qui se tourner. La police et la justice se sont montrées impuissantes, ou bien elles ne réagissent pas assez vite. Un membre du réseau prend alors contact avec elle, directement ou par le biais d'un intermédiaire, et lui propose une solution radicale. Si elle accepte, l'enfant disparaît. Il se volatilise, ajouta-t-elle avec ironie.

« On le cache dans différents lieux sûrs, jusqu'à ce que les choses se tassent et que lui et sa mère soient réunis sous de nouvelles identités. Je simplifie à l'extrême, mais tu vois l'idée.

— Qui sont ces gens qui opèrent clandestinement ?

— Des travailleurs sociaux, des policiers, des agents du FBI ou de la Sécurité intérieure. Des personnes qui occupent des postes de confiance et disposent de ressources nombreuses et variées. Des professionnels qui connaissent très bien le système et qui savent comment le contourner quand un enfant est en danger immédiat.

— Tu crois que cette organisation est à l'origine de certaines disparitions non résolues ?

— Aux affaires classées, on considère très sérieusement cette possibilité, répondit Thea. Supposons que quelqu'un ait approché Taryn et lui ait offert un moyen d'échapper définitivement à Russ Buchanan. Cela pourrait expliquer pourquoi, malgré la sincérité de sa peur, tu as perçu chez elle quelque chose qui sonnait faux. Et cela expliquerait aussi qu'un témoin l'ait vue quitter l'église dimanche sans Kylie.

Jake réfléchit un moment.

— Un tel plan comporte de nombreux risques, fit-il remarquer. L'agent en question serait forcément quelqu'un en qui Taryn aurait confiance. Quelqu'un qui serait au courant de sa situation. J'imagine que tu as une personne en tête ?

— Le pasteur de l'église est nouveau dans la région, et il a beaucoup soutenu Taryn. D'après Reggie, ils ont vite été très proches. Il l'a aidée à trouver un appartement, lui a proposé un job à l'église… Et il ne l'a pas quittée d'une semelle depuis la disparition de Kylie.

— Il s'appelle Eldon Mossey, précisa Jake. On a fait des recherches sur lui. Il n'a pas de casier judiciaire.

— Ça ne m'étonne pas. Mais il utilise peut-être un faux nom.

— Il n'apparaît pas non plus dans le fichier des empreintes génétiques. Par contre, le numéro de téléphone qu'il nous a donné pour joindre son ancienne église à Butler, en Géorgie, n'est plus attribué.

Thea se redressa sur sa chaise.

— C'est louche.

— Peut-être, peut-être pas. Le bureau d'Atlanta a envoyé quelqu'un là-bas pour enquêter.

Il la regarda fixement.

— Quoi ? dit-elle, sur la défensive.

— Nous connaissons tous les deux une personne à Black Creek en qui Taryn avait confiance.

— Tu parles de Reggie. Je me doutais bien que tu en viendrais là.

— Vu ce qu'elle a vécu avec l'enlèvement de ta sœur, ce n'est pas difficile d'imaginer qu'elle ait pu ressentir le besoin de protéger Kylie.

— Elle n'a pas le profil, rétorqua Thea. Elle n'a ni le savoir-faire ni les ressources pour organiser une action de ce genre. Sans compter que je ne la vois pas faire subir à quelqu'un d'autre, même à un sale type comme Russ Buchanan, le même enfer qu'elle a traversé avec la disparition de Maya.

— Sauf si elle était persuadée de sauver Kylie.

Thea s'apprêtait à répliquer quand les paroles de sa mère lui revinrent en mémoire. *Beaucoup de méchants commettent des crimes sans jamais être inquiétés.*

— Qu'attends-tu de moi, Jake ?

— Simplement que tu regardes et que tu écoutes.

— Tu veux que j'espionne ma mère.

Elle poussa un soupir, soudain très lasse. La requête de Jake l'accablait d'une manière inexplicable. Cela faisait remonter trop de souvenirs, trop de doutes. Pourquoi avait-elle cru que revenir ici serait une bonne idée ?

La réponse était simple. Parce qu'il n'était pas question d'elle, mais d'une enfant qui avait été enlevée. Dans le monde que Jake et elle s'étaient choisi, rien d'autre ne devait compter.

— Je vais faire ce que je peux, promit-elle, mais Reggie est gravement blessée. Il ne faut pas la brusquer.

— Bien sûr. Jamais je ne te demanderais de faire quoi que ce soit qui entraverait sa guérison.

Leurs regards se croisèrent, sans la moindre trace d'amitié cette fois-ci. Tout bien considéré, c'était peut-être mieux ainsi.

— Pourquoi ai-je l'impression que tu ne m'as pas tout dit ? s'enquit-elle d'un ton un peu plus accusateur qu'elle ne l'aurait souhaité.

Jake la fixa sans répondre, puis il sortit son téléphone et le fit glisser vers elle sur la table.

— As-tu déjà croisé ce genre d'objet ? demanda-t-il.

Thea eut la chair de poule en découvrant les deux personnages en bois qui s'affichaient sur l'écran. Elle zooma sur leurs visages grotesques.

— On dirait une sorte de talisman ou de totem, dit-elle d'un ton songeur. En tout cas, ça ne ressemble à aucune poupée vaudoue que j'ai pu voir dans ma vie. D'où vient cette photo ?

— C'est moi qui l'ai prise. J'ai trouvé ces figurines pendues dans un arbre derrière la maison de ta mère. Quelqu'un a dû les accrocher là après les premières fouilles.

— Où sont-elles, maintenant ?

— Je les ai envoyées au labo pour les faire analyser.

— Et les cheveux, tu penses que ce sont des vrais ? demanda-t-elle avec effroi.

— On le saura bientôt.

— Maya était blonde.

— Kylie Buchanan aussi.

— Tu penses que ces poupées représentent les deux fillettes ?

— Cela ne me semblerait pas illogique.

Thea lui rendit le téléphone.

— Je veux bien que tu m'envoies cette photo. J'aimerais la montrer à quelqu'un qui s'y connaît en sciences occultes.

— Tu as toujours le même numéro ?

— Toujours.

Lorsqu'il lui eut transmis l'image, ils se levèrent et quittèrent la cafétéria ensemble. Une fois dans le couloir, Jake sembla hésiter à la laisser seule. Il garda un moment les yeux baissés, avant de les plonger dans les siens.

— Ça faisait longtemps, murmura-t-il.

Thea sentit sa gorge se nouer.

— Oui, répondit-elle, incapable d'en dire plus.

— Je suis heureux que tu sois venue, Thea.

Il fit volte-face et s'éloigna. Et cette fois-ci elle fut soulagée qu'il ne se retourne pas, car alors il l'aurait vue essuyer une larme.

4

Thea resta auprès de sa mère jusqu'au soir. Encore sous l'effet de l'anesthésie, Reggie somnola la majeure partie du temps et ne s'éveilla que pour avaler quelques cuillérées de compote. Thea attendit que le plateau du repas ait été débarrassé et que le médecin soit passé, puis elle s'éclipsa. Sa mère s'était rendormie.

Un des policiers qui étaient intervenus sur les lieux de l'accident avait récupéré son sac à dos et sa valise dans le coffre de la voiture avant que celle-ci ne soit remorquée. Il avait promis à Thea de les faire porter à l'hôtel Magnolia, où elle avait réservé une chambre. Ayant gardé sur elle sa sacoche contenant sa carte du FBI et son pistolet, Thea n'avait plus pensé au reste de ses affaires, jusqu'à ce que le besoin de prendre une douche chaude et de se changer devienne irrésistible.

Elle hésita à appeler un taxi, mais l'hôtel n'était qu'à quelques rues de l'hôpital. Malgré sa fatigue, elle décida qu'un peu d'air frais lui ferait du bien.

Dehors, la circulation avait déjà commencé à se calmer. C'était l'heure où le jour s'attarde avant le crépuscule, et où les odeurs semblent décuplées. Thea sentait le parfum capiteux des jasmins qui recouvraient les murs et celui, léger et poussiéreux, des lauriers-roses bordant l'esplanade.

Elle quitta la rue principale pour descendre Market Street.

Black Creek était réputé pour son marché aux puces et ses magasins d'antiquités. Hormis quelques boutiques récentes, la plupart existaient déjà dans son enfance... Une vague nostalgie l'envahit, comme portée par la brise. Thea pensa à sa sœur, à la petite Kylie, à tous les enfants disparus qui avaient traversé sa vie depuis qu'elle avait quitté Black Creek. Elle pensa à Reggie et au fossé qui s'était creusé entre elles depuis l'enlèvement de Maya. Elle se défendit en revanche de penser à Jake, mais comment pouvait-elle faire autrement, alors qu'elle venait de réagir aussi viscéralement à sa présence ? Alors que, dans un moment d'angoisse, elle avait instinctivement cherché sa main pour se donner du courage ?

C'est fini, se rappela-t-elle. *C'est fini depuis longtemps et ça ne reprendra pas.*

Ils se ressemblaient trop, elle et lui, et c'était devenu un obstacle insurmontable. Ils avaient tous deux vécu des épreuves dont ils ne voulaient pas parler. Des expériences difficiles qui avaient fait d'eux des solitaires meurtris et constamment sur leurs gardes.

Tout en s'efforçant de chasser sa mélancolie, Thea traversa la rue et pénétra dans le hall de l'hôtel Magnolia. Ses bagages avaient déjà été montés dans sa chambre – un des avantages à vivre dans une petite ville, se dit-elle. Elle remercia le réceptionniste et grimpa les escaliers, sans prendre le temps d'apprécier les objets d'art vieillots qui décoraient le hall.

Lorsqu'elle ouvrit sa porte, les deux lits doubles lui parurent si accueillants qu'elle fut tentée de se débarrasser de ses vêtements sales et de se glisser directement sous les draps. Mais l'appel de l'eau chaude était tout aussi fort. Elle se fit couler un bain presque brûlant et laissa échapper un soupir de plaisir en s'y plongeant. Peu à peu, son corps endolori se détendit, à tel point qu'elle finit par s'assoupir.

Elle se réveilla en sursaut avec l'impression qu'elle n'était plus seule dans la chambre. Immobile dans l'eau devenue froide, elle retint son souffle et tendit l'oreille. Elle n'avait pas allumé la lumière en entrant, et la nuit avait fini de tomber pendant qu'elle dormait. Tentant de ne pas faire de bruit, elle se pencha pour jeter un coup d'œil dans le petit couloir.

Tout semblait normal, et pourtant elle était convaincue que quelque chose ne l'était pas. Elle le sentait aux picotements sur sa nuque et aux battements accélérés de son cœur. La sacoche où elle rangeait son arme était posée sur un des lits, là où elle l'avait laissée en arrivant.

Elle se leva lentement. Alors qu'elle posait le pied sur le tapis, un objet coupant s'enfonça dans son talon. Étouffant une exclamation de douleur, elle s'assit au bord de la baignoire et retira un éclat de verre de sa peau. Peut-être un fragment de pare-brise était-il resté accroché à ses vêtements ou à ses cheveux lors de l'accident ? Non. Le morceau était tranchant comme une lame de rasoir. Quelqu'un avait dû faire tomber un verre sur le carrelage de la salle de bains et avait mal ramassé les débris.

Thea attrapa un mouchoir et le pressa contre la petite plaie, qui s'était mise à saigner. Prudemment, elle se mit debout, enfila un peignoir et s'avança en boitillant dans le couloir. Un courant d'air passa sur sa peau mouillée, la faisant frissonner.

Subitement, elle se sentait vaseuse, comme désorientée. C'était étrange… La vue du sang ne l'avait jamais perturbée, et elle n'en avait perdu que quelques gouttes. Elle s'appuya un moment contre le mur, tout en lançant un regard circulaire sur la pièce. La fenêtre donnant sur l'escalier de secours était ouverte. L'était-elle déjà au moment de son arrivée ? Thea en doutait. D'un pas chancelant, elle rejoignit le lit pour s'emparer de son pistolet.

Lorsqu'elle eut vérifié les moindres recoins de la chambre, elle rangea l'arme et se dirigea vers la fenêtre pour la refermer. Elle avait l'impression de se mouvoir au ralenti ; ses membres étaient lourds, la pièce tournait autour d'elle. Une voiture passa dans la rue, et alors que le bruit du moteur s'estompait Thea entendit un curieux cliquetis. Elle ouvrit la fenêtre en grand et sortit sur l'escalier.

Deux figurines en bois, semblables à celles que Jake lui avait montrées en photo, étaient suspendues au palier du troisième étage, juste au-dessus de sa tête. Fascinée par leurs mouvements dans la brise et par la mélodie hypnotique qu'elles produisaient, Thea leva une main pour les toucher, mais elles étaient hors de portée. Dans l'obscurité de l'escalier, elle distinguait à peine leurs mèches de cheveux blonds et leurs cœurs en tissu. Existaient-elles vraiment, ou bien étaient-elles le fruit de son imagination ?

Tout paraissait irréel. La lumière des lampadaires s'étirait bizarrement. Sous ses pieds, la plate-forme de métal se mit à pencher. Thea tomba à genoux, déséquilibrée. Tandis qu'elle s'accrochait à la grille pour ne pas basculer dans le vide, elle se demanda si elle n'était pas en train de rêver. Rien de tout cela ne pouvait être vrai.

Avait-elle été droguée ? Si oui, quand et comment ?

À peine l'idée l'avait-elle effleurée qu'elle fut de nouveau attirée par le son des personnages en bois. Elle s'assit en tailleur et leva les yeux pour les admirer qui dansaient joyeusement, au rythme de leur petite musique aussi douce qu'une pluie d'été.

Un bruit de pas lui parvint d'en dessous, mais elle était trop captivée pour tourner la tête. Quelqu'un l'observait dans l'ombre, elle en était certaine. Quelqu'un qui se délectait de son état de transe.

L'atmosphère sembla alors se modifier. Les figurines s'entrechoquèrent plus durement, claquant et grinçant dans le vent. À présent, Thea percevait leurs visages, les trous noirs qui leur servaient d'yeux et leurs horribles bouches béantes.

Le cœur battant, elle s'obligea à en détacher le regard et

tenta de se concentrer sur la fenêtre ouverte. Il fallait qu'elle rentre. Qu'elle prévienne Jake.

Au prix d'un effort surhumain, elle se mit à genoux et s'agrippa au palier, qui lui semblait de plus en plus incliné. Elle n'osait pas regarder en bas. Au-dessus d'elle, les petites poupées se balançaient frénétiquement, comme pour capturer de nouveau son attention. Elles étaient clairement devenues malveillantes, avec leurs bras tordus et leurs cœurs rouges qui palpitaient.

Dans un coin de sa conscience, Thea comprit qu'elle était en pleine hallucination. D'une manière ou d'une autre, on l'avait droguée. Et pourtant le danger paraissait tellement réel ! Gardant les yeux rivés sur la fenêtre, elle se hissa petit à petit jusqu'à elle et parvint tant bien que mal à regagner la sécurité de la chambre. Là, elle resta étendue sur le sol, tremblante et terrifiée, incapable de se lever pour attraper son téléphone.

Thea ouvrit les yeux lentement, cligna des paupières. Le soleil entrait à flots par la fenêtre, et elle dut se cacher derrière son bras pour ne pas être éblouie. Elle n'avait aucun souvenir d'avoir enfilé ce peignoir, ni de s'être couchée par terre.

Peu à peu, de vagues images resurgirent. Sa montée dans l'avion, l'atterrissage à Tallahassee. Reggie qui était venue la chercher à l'aéroport. L'accident sur le chemin du retour.

L'accident.

Voilà qui expliquait ses nombreuses courbatures. Et sans doute aussi sa migraine et la sensation déplaisante au creux de son estomac. Que s'était-il passé ensuite ? L'hôpital. Jake. Le trajet à pied jusqu'à l'hôtel.

L'hôtel Magnolia, c'est là qu'elle se trouvait. Cela lui revenait, maintenant.

Elle se redressa sur les coudes pour regarder autour

d'elle. Son sac à dos, sa valise et sa sacoche étaient posés sur l'un des lits. Elle finit de s'asseoir et resta un moment la tête entre les mains, le temps que la nausée s'estompe. Puis elle vérifia le contenu de sa sacoche. Pistolet, badge, téléphone. Tout était là.

Bien que désorientée, Thea ne semblait pas aller trop mal, dans l'ensemble. Son talon droit était un peu sensible quand elle s'appuyait dessus, mais la douleur se mêlait à toutes les autres. Elle examina la petite blessure sous son pied. La peau était rouge tout autour.

Elle boitilla jusqu'à la salle de bains et se brossa les dents pour se débarrasser du mauvais goût qu'elle avait dans la bouche. Alors qu'elle tendait la main pour attraper une serviette propre, son regard tomba sur les gouttes de sang qui avaient séché sur le carrelage. D'autres détails lui revinrent alors. Elle se rappela s'être coupée avec un morceau de verre pris dans les fibres du tapis de bain. Elle s'assura qu'il n'y en avait pas d'autres, puis roula le tapis et le posa sous le lavabo, à côté de la serviette mouillée qu'elle avait utilisée la veille.

Après une bonne douche chaude, elle se sentait déjà mieux, même si ses souvenirs étaient encore un peu confus. Elle appliqua un pansement sur sa coupure, enfila un T-shirt, un jean et des baskets confortables et se mit en quête de café.

Au rez-de-chaussée, les clients faisaient la queue devant le restaurant de l'hôtel. La petite salle n'était clairement pas conçue pour accueillir tous les volontaires, les policiers et les militaires qui avaient afflué à Black Creek depuis la disparition de Kylie Buchanan. Thea renonça à attendre qu'une table se libère. Elle trouverait bien du café sur le chemin de l'hôpital.

Alors qu'elle traversait la rue pour marcher à l'ombre, elle reconnut le vieux magasin qui faisait l'angle, la Maison de Poupée. Elle se souvenait parfaitement de la magnifique bâtisse victorienne peinte en bleu que la propriétaire exposait jadis en vitrine. À l'époque où elle était enfant, la boutique avait exercé sur elle un attrait particulier, pour la simple et bonne raison qu'elle lui était interdite. Reggie ne l'avait jamais autorisée à y entrer pour admirer les poupées de porcelaine, de peur qu'elle ne casse quelque chose qu'elles n'auraient pas eu les moyens de rembourser. *C'est un endroit pour June, pas pour nous,* disait-elle avec cette pointe de mépris qu'elle affichait toujours quand elle parlait de sa belle-mère.

Sur un coup de tête, Thea s'approcha de la vitrine. La maison bleue s'y trouvait encore, toujours aussi belle, aussi grandiose, avec ses tours, ses tourelles et ses finitions tarabiscotées. Elle semblait néanmoins plus petite que dans son souvenir, sans doute parce qu'elle-même avait grandi. À l'intérieur du magasin, une femme qui était en train de faire les poussières la salua d'un geste de la main. Thea lui répondit poliment et commençait à s'éloigner quand la vendeuse sortit précipitamment.

— Thea ? Thea Lamb ? J'étais sûre que c'était toi ! s'exclama-t-elle. Ça alors, je ne m'attendais pas à te voir passer devant ma porte ! Ça fait si longtemps !

À son grand désarroi, Thea était incapable de retrouver le nom de son interlocutrice, dont le visage lui était pourtant familier. Elle semblait avoir une petite trentaine d'années, comme elle. Ses cheveux châtains étaient tressés dans son dos et ses grands yeux noisette la regardaient fixement. Son sourire se figea.

— Mince… Tu ne te souviens pas de moi, je parie ?

— Grace, lâcha enfin Thea. Grace Wilkerson.

C'était moins une, songea-t-elle.

La vendeuse lui montra fièrement son alliance, qui étincela au soleil.

— C'est Bowden, maintenant.

— Bowden ? Ça me dit quelque chose…

— Nash Bowden, le chef de la police. Tu as sans doute entendu parler de lui.

— Oui, Reggie a dû évoquer ce nom.

Grace se rembrunit.

— Comment va ta maman ? demanda-t-elle en lui touchant le bras avec sollicitude. J'ai appris ce qui s'était passé.

Thea réprima à grand-peine un mouvement de recul.

— Tu parles de l'accident ou de l'enlèvement ?

— Des deux, répondit Grace en retirant sa main. Pauvre femme ! Après ce qu'elle a vécu il y a trente ans, voir une autre petite fille se faire enlever chez elle de la même manière… Parfois, on dirait que le sort s'acharne. Je n'ose pas imaginer comme ce doit être dur pour elle en ce moment. Pour vous deux, d'ailleurs. Ça doit faire remonter tellement de souvenirs…

— C'est difficile pour tout le monde, la coupa Thea. Surtout pour la famille de Kylie Buchanan.

— Oui, bien sûr. Je ne voulais pas minimiser leur douleur. Je suis de tout cœur avec eux. Mais je ne peux pas m'empêcher de repenser à la disparition de Maya et aux choses terribles que les gens ont dites à l'époque sur Reggie. Comme si ça ne suffisait pas de perdre un enfant.

Ses yeux brillaient de compassion.

— Je me souviens aussi de ce que tu as vécu à l'école, ajouta-t-elle. Les gamins peuvent être si cruels ! Je regrette de ne pas t'avoir soutenue davantage.

— Tu mangeais avec moi à la cantine et tu venais jouer à la maison. C'était déjà beaucoup, comparé aux autres.

— J'aurais dû prendre ta défense. Si les rôles avaient été inversés, tu n'aurais pas hésité à te battre pour moi.

— On ne sait pas ce que j'aurais fait. Et puis, tout ça, c'est du passé.

Grace acquiesça tristement.

— On ne peut pas revenir en arrière, n'est-ce pas ?

— Non.

Thea détourna les yeux. Pourquoi pensait-elle subitement à Jake et à ce qui aurait pu arriver s'il était resté à Washington ? Seraient-ils encore ensemble aujourd'hui ? Sans doute pas. De toute façon, cela n'avait aucune importance. Grace Bowden avait raison : il n'y avait pas de retour en arrière possible. Jamais.

Grace poussa un soupir, comme si elle avait lu dans ses pensées.

— Parle-moi de Reggie. Comment va-t-elle ? Un accident de voiture en plus de tout le reste… Est-ce qu'elle aura la paix, un jour ?

— Elle va s'en sortir. J'allais justement la voir.

— Tu te rends à pied à l'hôpital avec cette chaleur ? Pardon d'être aussi franche, mais tu as l'air prête à tourner de l'œil.

— Je vais bien, lui assura Thea. J'ai juste besoin de m'arrêter quelque part pour prendre un café.

— Il y a un établissement qui a ouvert à la place de l'ancien vendeur de BD. Il paraît qu'ils ont un choix incroyable et que leurs cafés sont délicieux, mais c'est à plusieurs rues d'ici.

Elle posa de nouveau une main sur son bras.

— Je viens justement d'en préparer. Entre donc et bois-en une tasse avec moi.

— Je ne veux pas m'imposer.

— C'est moi qui te le propose, insista Grace. S'il te plaît. Ça me ferait vraiment plaisir. Et puis, ça nous permettrait de rattraper le temps perdu.

Thea se résolut à franchir le seuil. Il faisait une fraîcheur agréable dans la boutique.

— Quel heureux hasard ! continua Grace. D'habitude, je ne suis même pas là le mercredi. Je n'ouvre plus que les week-ends, ou seulement sur rendez-vous, pour les collectionneurs.

— Il y a encore des gens qui collectionnent les poupées ? demanda Thea.

Se rendant compte que sa question manquait de tact, elle tenta de se rattraper :

— Excuse-moi, je ne voulais pas te blesser. Ce magasin m'a toujours fascinée.

— Non, je comprends ton interrogation, assura Grace. Disons que l'intérêt fluctue, comme pour tous les objets de collection. Mais il y a toujours des passionnés. Je vends surtout par Internet, maintenant, ce qui me permet aussi de toucher un public plus large. Si j'ai ouvert aujourd'hui, c'est parce que quelqu'un doit venir voir une de mes poupées, qui date d'avant la guerre civile.

— Impressionnant…

Thea regarda autour d'elle les étagères anciennes, dont la moitié étaient vides. Le plancher craqua à mesure qu'elle s'avançait dans la pièce. Une légère poussière flottait dans l'air après l'époussetage des rayonnages. *C'est donc ça, la Maison de Poupée,* songea-t-elle.

— Les poupées existent au moins depuis l'Antiquité romaine, expliqua Grace. La plus ancienne de ma collection a été fabriquée au XVIIe siècle. Sa valeur est inestimable, même si tout a un prix, bien sûr.

— Qu'est devenue la dame qui tenait le magasin ? C'était quelqu'un de ta famille, non ?

— Oui, ma grand-tante. Elle est morte il y a quelques années.

— Je suis désolée de l'apprendre.

Grace hocha la tête.

— Elle a été malade pendant très longtemps. Selon Nash, elle était prête à partir. Il avait sûrement raison, mais elle me manque quand même.

— Je n'en doute pas.

Pendant quelques instants, Grace sembla perdue dans ses pensées. Puis elle se ressaisit et offrit à Thea un large sourire.

— Alors, qu'est-ce que tu en penses ? La boutique est comme dans ton souvenir ?

— Je n'étais jamais entrée avant, avoua Thea. Reggie avait peur que je casse quelque chose.

— C'est dommage. Tante Lillian adorait voir des enfants ici. Elle gardait quelques poupées et un petit service à thé dans l'arrière-salle pour les occuper pendant que leurs mamans admiraient les pièces les plus chères. Je suis surprise que tu ne sois jamais venue avec ta grand-mère. C'était l'une des plus fidèles clientes de tante Lillian.

— Ma grand-mère ?

— Mme Chapman.

Grace se mordit la lèvre.

— J'espère que je n'ai pas commis d'impair. Je me souviens maintenant que vous n'étiez pas très proches.

— Ne t'inquiète pas. J'avais juste oublié qu'elle collectionnait des poupées. J'allais rarement chez elle.

En vérité, Thea ne savait presque rien de June Chapman. C'était peut-être aussi pour cela que cette boutique l'avait tant attirée – et qu'elle avait tant repoussé Reggie. Parce que la vitrine offrait un aperçu du monde étrange de sa grand-mère. *On jurerait qu'elle considère ces poupées comme de vraies personnes,* disait Reggie avec dégoût. *Ce n'est pas sain de vivre dans une maison aussi grande avec pour seule compagnie une femme de ménage et ces horribles jouets.*

— Fais comme chez toi, lança Grace chaleureusement. Je vais nous servir le café.

Tandis que Thea faisait le tour du magasin, un autre souvenir lui revint en mémoire. La première fois qu'elle était allée chez sa grand-mère à Crescent Hill – cela avait aussi été la dernière –, elle avait huit ou neuf ans. La maison n'était pas faite pour recevoir des enfants, avec ses parquets cirés et ses canapés d'un blanc immaculé. Reggie n'avait sans doute pas eu d'autre solution que de confier sa fille à June.

Thea avait passé toute la journée à jouer sur la terrasse, pendant que sa grand-mère la surveillait d'un œil méfiant depuis le salon. Jusqu'au moment où la sonnette avait retenti et où June avait été obligée d'aller répondre… Restée seule, Thea n'avait pas pu résister à la tentation d'explorer l'intérieur de la maison. Elle était entrée sur la pointe des pieds et avait suivi un couloir, avant de s'arrêter devant une porte ouverte. Là, elle avait découvert la plus belle collection de poupées de porcelaine qu'elle ait jamais vue. La plupart étaient protégées derrière des vitrines, mais quelques-unes avaient été ingénieusement disposées autour de la pièce pour former de petites scènes.

À l'époque, Thea ne jouait déjà plus à la poupée. Elle préférait son vélo ou les patins à roulettes que Reggie lui avait trouvés dans un vide-greniers. Mais ces objets interdits l'avaient attirée comme la flamme attire le papillon. Elle s'était dirigée tout droit vers une poupée assise dans un rocking-chair ; ses boucles blondes et ses yeux bleus lui rappelaient Maya. Avec révérence, elle avait effleuré la robe de satin, oubliant qu'elle s'était rongé les ongles juste avant… Une petite goutte de sang avait laissé une traînée rougeâtre sur le col en délicate dentelle.

Quand elle avait trouvé Thea dans la salle de bains, en train de frotter la tache avec de l'eau, sa grand-mère avait été folle de rage.

Est-ce que tu as une idée de ce que tu viens de faire ? avait-elle rugi en la tirant par le bras pour la ramener sur la terrasse. *Cette poupée est hors de prix. Tu l'as souillée de manière irréparable !*

Je suis désolée, mamie…

Ne m'appelle pas comme ça, tu m'entends ? Je ne suis pas ta mamie. Tu n'es rien d'autre pour moi qu'une terrible erreur. Une abomination née de la faiblesse de mon fils et des intrigues de cette horrible femme. S'il ne l'avait pas rencontrée, il serait encore en vie !

Thea ne connaissait pas le mot « abomination ». De retour chez elle, elle l'avait cherché dans le dictionnaire. *Ce qui inspire de l'horreur, du dégoût.*

Elle n'avait jamais raconté l'incident de la poupée à sa mère mais, pour autant qu'elle s'en souvenait, ni elle ni Reggie n'avaient remis les pieds chez June après ce jour.

— Comment aimes-tu ton café ? lui demanda Grace depuis l'arrière-boutique.

— Noir, s'il te plaît.

Thea s'efforça de chasser l'impression de malaise que ces réminiscences lui avaient laissée, et elle rejoignit Grace dans la petite cuisine.

— J'ai fait des muffins aux myrtilles pour mon client, annonça cette dernière. Comme il y en a largement assez, je t'en ai servi un.

— Merci, c'est très gentil.

Thea s'assit sur une des chaises peintes. La kitchenette avait elle aussi subi le passage du temps. Les meubles et l'électroménager avaient plusieurs décennies, et le plafond gardait la trace d'un ancien dégât des eaux. Une petite table d'enfant ainsi que deux chaises, un minuscule service à thé et deux vieilles poupées de chiffon avaient été relégués dans un coin sombre de la pièce. Sans qu'elle sache bien pourquoi, le tableau la déprima.

Elle détourna les yeux et goûta une gorgée de café.

— Alors, il est bon ? lui demanda aussitôt Grace.

— Excellent. Bien chaud et un peu fort, comme je l'aime.

— Nash disait qu'il aurait pu m'épouser rien que pour mon café, confia-t-elle avec fierté.

— C'est vrai qu'il est très bon. Depuis combien de temps êtes-vous ensemble ?

— On s'est rencontrés quand je finissais mes études à l'université de Floride. Lui était policier à Tallahassee. Un jour, il m'a mis une contravention pour excès de vitesse, et il a eu le toupet de m'inviter à dîner le soir même. C'était assez romantique, en fait.

Elle eut un sourire rêveur.

— Six mois plus tard, on se mariait.

— Qu'est-ce qui vous a décidés à revenir à Black Creek ?

— Ma tante est tombée malade. J'ai dû rentrer m'occuper d'elle.

Elle croisa le regard de Thea.

— Je ne sais pas si tu te souviens bien de ma situation familiale quand on était petites, mais mes parents n'étaient pas très fiables. Cela leur arrivait souvent de me laisser chez ma tante et de revenir plusieurs jours après. Dieu sait ce que je serais devenue sans elle… Quand elle a eu besoin de moi, je n'ai donc pas hésité à accourir.

— Je comprends, murmura Thea.

— Pendant un moment, Nash a fait des allers et retours entre Tallahassee et Black Creek, puis on lui a proposé le poste de chef de police, et on s'est installés ici de manière permanente. Malgré ce qui est arrivé à ta sœur, cette petite ville nous semblait parfaite pour fonder une famille. Aujourd'hui, je me demande si on n'aurait pas été mieux à Tallahassee. C'est assez ironique, finalement : mon mari est venu ici à cause de moi, et maintenant je reste à cause de lui.

Un voile de nostalgie passa sur son visage, qu'elle chassa bien vite avec un autre sourire.

Tu caches quelque chose, pensa Thea.

— Les relations ne sont pas toujours simples, dit-elle tout haut.

— C'est vrai. Mais assez parlé de ma vie ennuyeuse. Raconte-moi ce que tu fais à Washington.

— Comment sais-tu que j'habite là-bas ?

Grace haussa un sourcil.

— As-tu oublié ce que c'est de vivre dans une toute petite ville ? Tout le monde à Black Creek sait que tu travailles pour le FBI. C'est pour ça que tu es ici, non ? Pour rechercher Kylie Buchanan ?

— Pas officiellement. Je suis surtout venue pour Reggie. Mais je suis évidemment prête à aider de toutes les façons possibles.

— C'est quand même incroyable qu'un tel drame ait pu se reproduire chez nous. Et la police semble n'avoir aucune piste.

Elle regarda Thea par-dessus sa tasse, l'air d'attendre des détails.

— Ton mari en sait certainement plus que moi sur l'enquête, répondit Thea.

— Nash n'est pas du genre à parler de son travail à la maison. Je suis toujours la dernière à être au courant de ce qui se passe.

— Je t'assure que je n'ai pas plus d'informations que toi.

Thea se demandait quand elle pourrait prendre congé sans paraître impolie. Elle commençait à se sentir enfermée dans cet espace exigu. Peut-être son appréhension venait-elle de la dureté qu'elle percevait derrière les sourires forcés de Grace Bowden. Ou de l'arrière-goût amer de son café…

— Kylie et Taryn sont venues ici, une fois, lâcha Grace.

Thea releva brusquement la tête.

— Quand ça ?

— Il y a quelques semaines. Je les avais déjà aperçues en ville, mais c'était la première fois qu'elles entraient dans le magasin. Kylie ressemblait à une petite poupée. Belle comme un cœur, toute sage, toute timide ; on se rendait à peine compte qu'elle était là. Je me souviens que Taryn avait l'air nerveuse. Elle n'arrêtait pas de regarder dehors. Je me suis demandé si les rumeurs n'étaient pas fondées.

— Quelles rumeurs ?

— Celles qui disaient que son mari était autoritaire, qu'il contrôlait tout ce qu'elle faisait, et même qu'il la battait. Kylie et elle avaient vraiment peur de leur ombre. J'avais envie de prendre cette pauvre petite fille dans mes bras et de ne plus jamais la lâcher.

— Je connais ce sentiment. Combien de temps sont-elles restées ?

— Pas plus de dix minutes. Quand elles sont reparties, elles ont marché jusqu'au parc. Kylie a fait de la balançoire pendant que sa mère la surveillait depuis un banc à l'ombre. Au bout d'un moment, un homme est venu s'asseoir à côté d'elle. Je ne sais pas pourquoi, mais j'ai eu l'impression qu'ils ne voulaient pas être vus ensemble.

Thea essaya de se figurer la position du parc par rapport à la boutique. Était-il vraiment possible de distinguer quelque chose depuis la vitrine derrière les grilles en fer forgé ?

— As-tu reconnu l'homme en question ? demanda-t-elle à Grace.

— Oui. C'était frère Eldon.

Selon la mère de Thea, Eldon Mossey avait aidé Taryn au moment de sa séparation avec son mari. Ce supposé rendez-vous clandestin avait-il eu lieu avant ou après que Taryn et Kylie s'étaient installées chez Reggie ?

— Tu l'as appelé « frère Eldon », reprit Thea. J'en déduis que tu fréquentes son église ?

— Autant que je le peux. Ce n'est pas toujours possible, puisque je vois parfois des clients le dimanche.

— As-tu déjà croisé Taryn et Kylie à l'église ?

— Quelques fois. Mais frère Eldon est très dynamique, ses sermons sont tellement captivants que je ne fais jamais très attention aux personnes qui m'entourent.

Thea reposa sa tasse et observa l'expression de la jeune femme.

— As-tu assisté au prêche dimanche soir dernier, avant que Kylie disparaisse ?

La question parut troubler Grace. Elle ferma brièvement les yeux, puis acquiesça.

— Oui. J'ai vu Kylie jouer sur les nouveaux jeux, avant le culte. Je me souviens d'avoir pensé qu'elle avait l'air vraiment heureuse par rapport à la petite fille apeurée que j'avais accueillie dans ma boutique. J'étais à dix lieues d'imaginer qu'elle se ferait enlever quelques heures plus tard…

— Es-tu restée pendant tout le prêche, ou es-tu partie avant la fin ?

— Pourquoi cette question ? demanda Grace, étonnée.

— Je veux juste savoir si tu as vu Taryn et Kylie après le service.

— Je ne crois pas, non.

— Et te souviens-tu du jour exact où elles sont venues au magasin ?

— Pourquoi ? Tu crois que c'est important ?

— Peut-être pas, mais on ne sait jamais.

— Je regarderai dans mon agenda. Si je peux faire quelque chose pour aider…

— Tu n'as pas parlé de leur passage à ton mari ? Je suis surprise qu'il ne t'ait pas déjà demandé de vérifier la date.

Grace fronça les sourcils.

— Je ne suis même pas sûre d'y avoir repensé avant aujourd'hui.

— As-tu déjà rencontré Russ Buchanan ? enchaîna Thea.

Cela ne servait à rien de continuer à prétendre qu'il s'agissait seulement de retrouvailles cordiales entre deux anciennes camarades de classe…

— Une seule fois, il y a à peu près un an, répondit Grace. Il cherchait un cadeau pour l'anniversaire de Kylie. Il a été très charmant. Un peu trop, si tu vois ce que je veux dire, mais les rumeurs m'avaient peut-être influencée.

Elle se leva et ramassa les assiettes.

— Je te sers autre chose ?

Comprenant le message, Thea l'imita.

— Non, merci. Ton café est très bon, mais il faut que je file.

— Ça m'a fait plaisir de te revoir, lança Grace par-dessus son épaule alors qu'elle déposait la vaisselle dans l'évier. N'hésite pas à repasser si tu en as l'occasion.

— J'essayerai. Et toi, préviens-moi quand tu auras vérifié ton agenda.

— C'est promis. Tu connais le chemin, je ne te raccompagne pas ?

— Non, ce n'est pas la peine. Merci, Grace.

Une fois seule dans la boutique, Thea s'avança jusqu'à la vitrine et regarda dehors. D'ici, elle distinguait à peine la grille du parc, et elle ne voyait rien au-delà, quel que soit l'angle qu'elle testait. Grace Bowden avait-elle suivi Taryn et Kylie le jour où elles étaient passées au magasin ? Était-ce ainsi qu'elle avait assisté à leur rencontre avec Eldon Mossey ? Voilà sans doute pourquoi elle n'en avait pas parlé à son mari. Elle aurait été bien en peine de justifier son comportement.

Alors que Thea s'apprêtait à ouvrir la porte, un son étrange lui fit faire volte-face. Un claquement mélodieux, aussi distant et insaisissable qu'un vieux souvenir… Elle considéra autour d'elle la pièce défraîchie, comme si les poupées anciennes exposées sur leurs étagères poussiéreuses pouvaient lui apporter des réponses.

Intriguée, Thea retourna dans l'arrière-boutique. Grace se tenait debout devant une porte ouverte sur une petite cour ombragée.

— D'où vient ce bruit ? lui demanda-t-elle.

La jeune femme sursauta et pivota sur ses talons, une main sur le cœur.

— Excuse-moi, je ne voulais pas te faire peur… Je me demandais juste ce qui faisait ce drôle de son.

— Ça ? C'est un robinet qui fuit. C'est agaçant, je suis bien d'accord. Il faut vraiment que j'appelle un plombier.

— Non, je parle de cette musique étrange…

— Ah, ça ! C'est le carillon de ma grand-tante.

Thea tendit l'oreille.

— Ça ne ressemble à aucun autre carillon que j'ai entendu.

— C'est parce qu'il est en bois. Pas en bambou, comme les carillons bon marché qu'on trouve partout : il a été sculpté à la main par un artisan local. Ma tante l'a suspendu dans son arbre à neige pour qu'il lui porte chance. Chaque bâton produit sa propre note. C'est ce qui fait que le son est aussi original.

Grace s'avança dans la cour.

— Parfois, quand le vent souffle d'une certaine façon, on dirait la pluie.

Une pluie d'été.

Quelque chose remua dans le subconscient de Thea. Comme un souvenir ou une image qui n'arrivait pas à se libérer.

Elle suivit la jeune femme dehors. Avec sa fraîcheur et ses effluves parfumés, la cour était un refuge paisible, à l'écart du bruit et de l'animation de la rue. Et pourtant Thea se sentait de plus en plus troublée.

— C'est de ce bruit que tu parles ?

Grace s'était arrêtée sous un arbre d'ornement et passait les doigts dans un carillon suspendu à l'une des branches. Les tubes en bois étaient gravés de fleurs et de plantes délicates. Pas de bouche béante, ni de trous en guise d'yeux… Thea se sentit rassurée. Mais lorsqu'elle leva la tête les poils se dressèrent sur sa nuque. L'hôtel Magnolia se trouvait juste de l'autre côté de la rue. Au-dessus du mur de la cour, elle voyait parfaitement sa chambre à l'angle du deuxième étage, avec la fenêtre qui donnait sur l'escalier de secours en métal.

Était-il possible qu'elle ait entendu le carillon dans son sommeil, la nuit dernière ? Cette mélodie lui avait-elle inspiré les rêves étranges mettant en scène les figurines en bois que Jake lui avaient montrées en photo ?

Lorsqu'elle se retourna, Grace l'observait.

— Qu'y a-t-il ? lui demanda Thea.

La jeune femme fit de nouveau tinter le carillon, un sourire énigmatique aux lèvres.

— Rien. J'adore cette musique, c'est tout.

5

Jake était en train de travailler dans la pièce vitrée que le chef Bowden avait attribuée au FBI quand il vit Thea pousser la porte du poste de police et présenter son badge à l'agent de l'accueil. Les lieux étaient quasiment déserts. Presque tous les policiers étaient en patrouille, rattachés à une équipe de recherche ou postés à l'un des barrages routiers. Comme l'agent lui indiquait le fond de la salle, Thea entreprit de traverser le labyrinthe de bureaux cloisonnés. En se levant pour l'accueillir, Jake nota qu'elle boitait légèrement.

— Merci d'être venue, lui dit-il.

— Je t'en prie. Tu disais dans ton message que tu avais besoin de me voir au plus vite.

Elle jeta un coup d'œil autour d'eux.

— Où sont tes hommes ?

— On a dû installer un nouveau poste de commandement au tribunal, il n'y avait pas assez de place ici. Mes collègues sont là-bas ou sur le terrain. Pour ma part, je n'ai pas encore déménagé.

— Tu as toujours préféré faire cavalier seul.

— Ça a changé, lui assura-t-il. Je crois pouvoir dire que j'ai l'esprit d'équipe, maintenant.

— J'imagine qu'on n'a pas le choix, quand on prend des responsabilités.

Elle croisa son regard. Était-ce une pointe de reproche qu'il percevait au fond de ses prunelles ? Non, elle ne pouvait pas lui en vouloir d'avoir obtenu une promotion et d'être parti ; cela signifierait qu'elle tenait encore à lui.

— Que se passe-t-il ? demanda-t-elle, visiblement pressée d'en venir au fait. J'ai trouvé que l'atmosphère était tendue, en arrivant. Vous avez du nouveau ?

— Rien de concret, et rien de bon. On n'a toujours pas retrouvé Kylie, précisa-t-il en la voyant se rembrunir.

— Mais il y a eu une avancée dans l'enquête ?

— Assieds-toi, Thea.

Jake s'installa derrière son bureau et referma son ordinateur portable.

— Je t'offre un café ?

— Je viens d'en boire un avec la femme du chef de police, répondit-elle en prenant la chaise en face de lui.

— Je ne savais pas qu'il était marié.

— Ça ne m'étonne pas. Tu détestes autant que moi échanger des banalités.

— Dans ce cas, je vais te surprendre en te demandant comment tu vas.

Elle sourit malgré elle.

— Je n'appellerais pas ça des banalités, vu ce qui s'est passé hier.

— C'est vrai.

Il étudia son visage. Sa peau était pâle sous la lumière des néons, et un bleu s'était formé autour de sa coupure au front.

— Sérieusement, tu vas bien ? insista-t-il. Tu n'as pas l'air au mieux de ta forme.

— J'ai passé une mauvaise nuit. J'ai rêvé de ces petits personnages en bois que tu m'as montrés hier en photo. Et j'ai entendu une musique bizarre toute la nuit. C'est sans doute elle qui a déclenché mes cauchemars, d'ailleurs.

— Quel genre de musique ?

— C'est difficile à décrire. Un son creux et mélodique, je dirais, même si ça ne doit pas vraiment te parler.

— Détrompe-toi, ça me parle tout à fait, répliqua Jake. C'est exactement ce qui m'a attiré dans les bois, hier, avant que je ne découvre les figurines pendues à un arbre.

Thea le dévisagea en silence.

— C'est une coïncidence troublante, finit-elle par dire.

— Je suis bien d'accord.

— Mais dans mon cas je pense qu'il y a une explication. J'ai découvert un carillon en bois dans une cour qui se trouve juste en face de mon hôtel, de l'autre côté de la rue. Ma chambre donne directement dessus. Le son a dû me parvenir dans mon sommeil.

— Sais-tu à qui appartient cette cour ?

— Oui, à Grace Bowden. J'ai vu le carillon de mes propres yeux juste avant de venir ici. Il ne ressemble pas du tout à l'objet que tu as trouvé dans la forêt.

— C'est quand même étrange que tu aies entendu la même musique que moi dans ton sommeil, insista Jake.

— Peut-être. De toute façon, cette nuit a été étrange du début à la fin. Je me suis réveillée ce matin toute barbouillée et désorientée. J'ai mis un moment à me rappeler où j'étais.

Elle marqua une pause.

— Pour tout te dire, je me suis même demandé si on ne m'avait pas droguée.

— Droguée ? répéta-t-il, soudain alarmé. Où es-tu allée hier soir ?

— Nulle part. Je suis restée avec Reggie jusque vers 20 heures. Ensuite, j'ai rejoint mon hôtel à pied, j'ai pris un bain et…

Elle fronça les sourcils.

— Après ça, tout est flou. En même temps, les pertes de mémoire ne sont pas rares après un accident de voiture. Certaines personnes restent en état de choc pendant des jours.

— Le choc peut expliquer les cauchemars et la confusion, concéda Jake. Mais tu devrais peut-être consulter un médecin.

— J'ai été examinée hier aux urgences. Ça ira mieux dans un jour ou deux. Je n'avais pas envie de te parler de tout ça, mais je te connais, rien ne t'échappe. Tu aurais fini par flairer quelque chose, et tu m'aurais fait cracher le morceau d'une manière ou d'une autre.

— Si seulement c'était aussi facile, répondit-il en riant. En tout cas, je suis rassuré que tu n'ailles pas trop mal. Et Reggie ?

— Je l'ai eue au téléphone tout à l'heure, elle m'a paru en forme. Elle m'a dit qu'elle avait bien dormi.

— Tant mieux.

Il l'observa longuement, avant de baisser les yeux.

— Jake… Est-ce que tu vas me dire ce qui se passe ?

— La police pense avoir retrouvé le pick-up qui vous a envoyées dans le fossé. Il était abandonné sur un chemin à quelques kilomètres du lieu de l'accident. Complètement carbonisé. Du coup, on n'a pu relever aucune empreinte ni aucune trace ADN, mais on a récupéré le numéro de série du véhicule. Il avait été déclaré volé il y a quelques jours dans un camping, près du lac Séminole. Le conducteur a dû paniquer après vous avoir percutées. Il savait que la police rechercherait le pick-up, c'est sans doute pour cela qu'il l'a brûlé.

— D'accord, mais ça n'explique pas pourquoi il nous a suivies depuis l'autoroute.

Jake prit un stylo et le fit tourner entre ses doigts.

— Sais-tu si quelqu'un en veut à Reggie ?

La question ne sembla pas la surprendre.

— Comme tu l'as dit toi-même hier, les esprits s'échauffent vite dans cette petite ville, surtout quand il est question de ma mère.

— Je ne te parle pas des commérages, ni même des

soupçons. Je te parle de quelqu'un qui aurait lancé une vendetta contre elle.

— Non, je ne vois pas, répondit Thea après un instant de réflexion. Reggie ne s'est jamais entendue avec June, ma grand-mère paternelle, mais celle-ci commence à se faire vieille. Même si elle était très rancunière en son temps, je ne l'imagine pas se venger maintenant, à son âge. C'est ce que tu sous-entends, n'est-ce pas ? Qu'une personne nous a envoyées dans le décor pour régler ses comptes avec Reggie ? Tu dois aussi penser que le conducteur a un lien avec la disparition de Kylie, sinon tu ne te préoccuperais pas d'une simple affaire de délit de fuite.

— Ces deux hypothèses sont crédibles. Mais, pour ta gouverne, je ne pense pas que ta grand-mère soit impliquée ni dans l'enlèvement de Kylie Buchanan ni dans ton accident.

— Qui, alors ?

— Te souviens-tu d'un certain Derrick Sway ?

Ce nom la fit tressaillir. Elle soutint son regard, les yeux plissés et légèrement accusateurs.

— Qu'est-ce que Derrick Sway a à voir dans tout ça ?

— Réponds à ma question, s'il te plaît. Tu te souviens de lui, oui ou non ?

— Évidemment que je m'en souviens. C'était le petit ami de Reggie à l'époque où Maya a disparu. J'ai appris plus tard que les policiers l'avaient interrogé plusieurs fois, mais qu'ils n'avaient jamais rien trouvé contre lui.

— Que peux-tu me dire concernant sa relation avec ta mère ?

— Je n'avais que quatre ans. Tu m'en demandes beaucoup.

— J'en suis bien conscient.

Thea ramena ses cheveux derrière ses oreilles.

— Je ne sais pas si je peux vraiment t'aider sur ce point. J'ai des souvenirs très précis de la nuit où Maya a disparu, mais ça ne m'étonnerait pas qu'il y en ait seulement la moitié de vrais. Il est possible, c'est même probable, que je me sois servie de tout ce que j'ai lu et entendu au fil des ans pour broder une histoire autour de quelques vagues images et impressions. À une période, je dévorais tout ce que je pouvais dégoter sur l'enlèvement de ma sœur.

— C'est compréhensible, dit Jake. Par contre, tu ne voulais pas en parler quand on était ensemble.

Quand on était ensemble.

Thea détourna les yeux. Se rappelait-elle comme lui tous ces dimanches matin qu'ils avaient passés à traîner au lit, avec leurs téléphones en mode silencieux et leurs cafés qui refroidissaient sur les tables de nuit ? À en croire la petite flamme qui s'était allumée dans son regard, elle s'en souvenait. Mais peut-être prenait-il ses désirs pour des réalités.

— J'ai encore du mal à aborder le sujet, reconnut-elle. Maya et moi n'étions pas de vraies jumelles, mais on se ressemblait beaucoup et on était très proches. « Comme les deux doigts de la main », disait Reggie. La nuit où elle a été enlevée, Maya s'était glissée dans mon lit parce qu'elle avait entendu un chien aboyer et qu'elle avait peur. Comme j'avais trop chaud, je suis allée me coucher dans le sien dès qu'elle s'est endormie.

— Tu ne m'avais jamais raconté ça.

Jake fit le tour du bureau et s'y adossa face à elle, les bras croisés sur le torse.

— Si j'étais restée dans mon lit, peut-être aurais-je été enlevée à la place de Maya, murmura-t-elle. Vingt-huit ans après, cette question continue de me tarauder.

— Thea…

Ne me regarde pas comme ça, sembla-t-elle supplier. Comme s'il pouvait s'en empêcher.

Elle s'éclaircit la gorge.

— Bref, tu voulais que je te parle de la relation entre ma

mère et Derrick Sway. Ils se disputaient souvent, et parfois ils criaient, mais je ne l'ai jamais vu lever la main sur elle.

— Comment vous traitait-il, Maya et toi ?

— Il nous ignorait la majeure partie du temps. De toute façon, s'il avait touché à un seul de nos cheveux, Reggie l'aurait fichu dehors. Elle avait beaucoup de défauts, mais elle savait se défendre et *nous* défendre.

— Ne serait-il pas possible que tu aies oublié, ou refoulé, certains souvenirs ? suggéra Jake d'une voix douce.

— Non, répondit-elle sans la moindre hésitation.

Il ne voulut pas insister.

— Étais-tu au courant que Sway avait été incarcéré pendant dix ans ?

— Oui, Reggie m'en a parlé.

— Te rappelles-tu ce qu'elle a dit exactement ?

— Qu'il l'avait bien cherché, c'est tout.

— C'est assez brutal, comme jugement. À ton avis, qu'est-ce qu'elle voulait dire par là ?

— Derrick Sway était un voleur et il dealait de la drogue. C'est suffisant pour considérer qu'il méritait d'aller en prison, tu ne crois pas ?

— Le soupçonnait-elle d'être impliqué dans la disparition de Maya ?

— Elle ne l'a jamais laissé paraître, en tout cas.

— Mais ils se sont quittés en mauvais termes.

— On peut se quitter pour toutes sortes de raisons. Elle a sans doute fini par comprendre quel genre d'homme il était.

Thea semblait se lasser de la conversation. Ou peut-être n'appréciait-elle guère qu'il fouille dans son passé ? C'était une femme réservée qui avait vécu une tragédie étant enfant. Jake détestait la replonger dans ces souvenirs difficiles, mais la vie d'une petite fille était en jeu.

Elle se leva pour aller observer la salle déserte derrière la cloison vitrée.

— Reggie a changé après l’enlèvement de Maya, confia-t-elle. Elle a arrêté la cigarette et l’alcool, et a commencé à expérimenter la religion.

— « Expérimenter » ? C’est une drôle de façon de présenter les choses.

— Pas quand on connaît Reggie.

— Sais-tu si elle est restée en contact avec Sway ?

— J’en doute. Avec elle, quand c’est fini, c’est fini.

Telle mère, telle fille, songea Jake.

Thea se retourna vers lui en soupirant.

— Ça devient assommant, toutes ces questions sur Derrick Sway. Je crois que je mérite une explication. Visiblement, tu le considères comme suspect, mais pourquoi ? J’imagine que tu te fondes sur autre chose qu’un pick-up abandonné et une intuition ?

— Il est sorti de prison il y a plusieurs mois, lâcha Jake. Sa dernière adresse connue est celle de sa mère, à Yulee. Un policier s’y est rendu hier après-midi, mais Sway n’y était pas. Sa mère prétend qu’elle ne l’a pas vu depuis des semaines.

— Ça ne répond pas à ma question. Est-il suspect, oui ou non ?

— C’est un suspect potentiel.

— Pourquoi ? Arrête de tourner autour du pot et dis-moi ce que vous avez contre lui.

— Il aurait été aperçu il y a quelques semaines au bord du lac Séminole.

— Là où le pick-up a été volé, compléta Thea. Quoi d’autre ?

Jake soupesa soigneusement sa réponse.

— Sway pense peut-être que Reggie l’a dénoncé à la police, auquel cas il est possible qu’il lui reproche son arrestation.

— Pourquoi se vengerait-il contre Reggie en kidnappant Kylie Buchanan ? Pour lui faire revivre l’enlèvement de Maya ? Ou pour la faire accuser à sa place ?

— J'ai une autre théorie. J'ai discuté avec un voisin de ta mère, hier. Quand Reggie a accueilli Taryn chez elle, il a cru que c'était toi. Il en a déduit que Kylie était ta fille.

Thea resta muette.

— L'erreur est compréhensible, poursuivit Jake, d'autant plus que ce monsieur ne t'avait pas vue depuis plusieurs années. Taryn et toi avez à peu près la même silhouette et la même couleur de cheveux. Si Sway en est venu à cette conclusion lui aussi, il peut avoir kidnappé Kylie en pensant qu'il s'agissait de ta fille. Donc, de la petite-fille de Reggie.

— Mon Dieu, souffla Thea.

Elle réfléchit un moment.

— Ça me semble quand même invraisemblable, ajouta-t-elle, tout en revenant près du bureau.

— C'est ce que je pensais moi aussi, jusqu'à ce que le policier aille parler avec la mère de Sway. La pauvre femme semblait terrorisée par son propre fils. D'après ses dires il a toujours été difficile, mais elle a eu du mal à le reconnaître à sa sortie de prison. Derrick s'est mis à faire des choses très inquiétantes.

— Comme fabriquer d'horribles figurines avec des bâtons et les suspendre à un arbre derrière la maison de ma mère ?

— Mme Sway n'a pas été très précise. Elle a seulement expliqué qu'après le retour de son fils des inconnus ont commencé à se présenter chez elle à n'importe quelle heure du jour et de la nuit. Elle ignorait ce qu'ils trafiquaient, mais pour elle c'était des gens « malfaisants ».

— Serait-elle capable de les identifier ?

— Malheureusement, non. Ils restaient toujours dehors dans l'obscurité ou bien entraient par-derrière, comme s'ils ne voulaient pas être repérés. Si elle posait des questions à Derrick, il faisait brûler quelque chose dans sa chambre pour lui faire croire qu'il allait mettre le feu à la maison.

— C'est sadique !

— Apparemment, ce qualificatif lui convient bien.

— Où est-il, en ce moment ?

— Elle jure qu'elle n'en a aucune idée. Il a reçu un coup de téléphone il y a quelques semaines et il est parti en plein milieu de la nuit. Elle n'a pas eu de nouvelles depuis. En revanche, elle a autorisé le policier à fouiller sa chambre…

Jake attrapa un sac de scellés sur le bureau.

— Sway avait fait le ménage, mais l'agent a retrouvé ça glissé derrière la plinthe, dans sa penderie.

Thea blêmit en découvrant la photo protégée par le sachet plastique.

— Tu la reconnais ? demanda Jake doucement.

— Oui, c'est une photo de Maya. Elle a été prise le jour de notre quatrième anniversaire, à peine quelques mois avant sa disparition. Reggie l'avait aimantée sur le frigo pour pouvoir la regarder chaque matin en buvant son café. Et puis, un jour, elle a mis tous les clichés dans une boîte qu'elle a enfermée dans son placard. C'est peut-être ce jour-là qu'on a renoncé à l'espoir de revoir Maya.

— Quand as-tu vu cette photo pour la dernière fois ?

Thea prit une profonde inspiration.

— Je ne sais pas… J'avais peut-être dix ou onze ans quand Reggie a tout rangé.

Elle avait donc attendu sa sœur pendant au moins six ans, calcula Jake, le cœur lourd.

— Cette photo a été déchirée, fit-il remarquer. On dirait même que le bord a été brûlé. Étais-tu sur l'autre moitié ?

— Oui, murmura Thea, qui semblait incapable de détacher son regard de l'image de sa sœur. On voit à la position de son bras qu'on se tenait par la main, comme chaque fois que maman nous prenait en photo.

Jake leva les yeux vers elle, surpris. Il ne l'avait jamais entendue appeler sa mère autrement que Reggie. La jeune femme avait un air doux et lointain, comme si elle avait été aspirée dans le passé. Il brûlait de lui prendre la main, de lui assurer que tout irait bien, mais qu'en savait-il ? La Thea d'aujourd'hui n'était pas dupe.

— À ton avis, comment Sway a-t-il pu se procurer ce cliché ? lui demanda-t-il.

— Je n'en ai aucune idée. En tout cas, jamais Reggie ne le lui aurait donné. Il a dû s'introduire dans la maison à un moment ou à un autre pour le voler, ou alors il existait en double exemplaire et il en a pris un en partant.

— Tu dis qu'il ne s'intéressait pas à Maya et à toi. Il vous ignorait. Pourquoi déchirer la photo ? Pourquoi garder un souvenir de ta sœur pendant toutes ces années ?

— Ça me donne la nausée rien que d'y réfléchir, répondit Thea en lui rendant le sachet. Tu penses que c'est lui qui l'a prise, n'est-ce pas ? Tu penses qu'il a kidnappé Maya ?

— Tu as toi-même souligné que la police n'avait jamais trouvé aucune preuve contre lui, mais je crois qu'on ne peut pas exclure cette possibilité.

De toute évidence Thea était ébranlée, mais elle s'efforçait désespérément de garder bonne contenance.

— Comment puis-je me rendre utile ?

— Tu m'as déjà bien aidé en répondant à toutes mes questions. Le mieux que tu aies à faire, maintenant, c'est d'aller voir ta mère à l'hôpital.

— C'est tout ? Plus besoin de vos services, madame, merci, au revoir ?

Jake eut un sourire.

— Ce n'est pas ce que je voulais dire. Derrick Sway est activement recherché. Toutes les forces de police de l'État sont sur le pont. Je t'appellerai dès que nous aurons du nouveau, je te le promets.

— J'imagine que je vais devoir me contenter de ça…

— Je sais que tu n'as pas besoin de mes conseils, mais s'il te plaît sois prudente. Même la mère de Sway a peur de lui.

— La photo déchirée semble montrer qu'il ne s'intéresse pas à moi.

— Ça prouve peut-être tout le contraire. S'il s'est trompé de petite fille en enlevant Kylie, il s'est sans doute rendu compte de son erreur depuis en regardant la télévision ou en écoutant la radio. Dans ce cas, son désir de vengeance contre Reggie n'a pas été assouvi, et il se peut qu'il soit encore plus énervé. Ta mère devrait être en sécurité à l'hôpital. Sway n'aura pas envie de se montrer en public, on le reconnaîtrait trop facilement. Mais toi, il faut que tu fasses attention.

— Je ne m'inquiète pas pour moi, répliqua Thea. Que va-t-il arriver à Kylie s'il l'a kidnappée par erreur ?

Jake ne répondit pas à cette question. Ce n'était pas nécessaire.

— Tout ce que nous pouvons faire, c'est rester concentrés et continuer à chercher.

6

Thea se sentait épuisée après sa conversation avec Jake. Cela n'avait rien de surprenant : en venant à Black Creek, elle s'était préparée à monter dans un ascenseur émotionnel. Les ressemblances entre les enlèvements de Maya et de Kylie ne pouvaient que l'amener à brasser de vieux souvenirs. Alors qu'elle avait passé sa vie à se construire des défenses, les nouvelles concernant Derrick Sway, combinées au choc de l'accident de voiture, l'avaient rendue vulnérable. Physiquement, elle n'était pas non plus en pleine possession de ses moyens ; c'est pourquoi elle avait accepté sans hésiter la proposition de Jake de la conduire à l'hôpital en voiture. À quoi bon repousser ses limites, si ce n'est pour prouver qu'elle était capable de se débrouiller seule ?

Elle l'attendait dehors, à l'ombre du bâtiment du poste de police, soulagée d'avoir quelques minutes à elle pour se ressaisir. Elle aurait aimé croire que Jake lui avait tout dit au sujet de Sway et de ce que la police avait trouvé au domicile de la mère de celui-ci, mais elle en doutait. Après tout, elle ne travaillait pas officiellement sur l'affaire, elle ne pouvait donc pas s'attendre à être informée de tous les développements. Mais comment pouvait-elle se protéger – et, a fortiori, protéger Reggie – si elle n'avait pas connaissance de tous les tenants et les aboutissants ?

À peine vingt-quatre heures plus tôt, elle aurait rejeté

d'emblée l'hypothèse de Jake selon laquelle le ravisseur avait commis une erreur sur la personne. Seulement, elle avait depuis passé une nuit des plus étranges. Si ses cauchemars et son sentiment de désorientation pouvaient s'expliquer, qu'en était-il des doutes qui la taraudaient ? Que penser des images imprécises qui flottaient à la périphérie de sa mémoire ?

Derrick Sway avait-il grimpé sans bruit l'escalier de secours de l'hôtel ?

S'était-il faufilé par la fenêtre de la chambre pendant qu'elle se prélassait dans son bain ?

Un frisson la parcourut. Cette photographie déchirée était la première piste qui se présentait en vingt-huit ans dans l'enquête sur la disparition de sa sœur. C'était aussi le premier élément concret impliquant Sway. Pas étonnant qu'elle ait été secouée par la révélation de Jake ! L'idée que le kidnappeur de Maya ait traîné dans les parages pendant toutes ces années, et qu'il ait peut-être même gardé une photo d'elle en prison, lui soulevait le cœur.

Qu'avait-il fait de l'autre moitié de ce cliché, sur laquelle on voyait Thea ? L'avait-il jetée à la poubelle dès le départ, ou bien avait-il autre chose en tête pour elle ?

L'espace d'un instant, Thea crut qu'elle allait vomir. Elle se força à respirer lentement et à se concentrer. Peu à peu, sa nausée passa.

Elle ne pouvait pas rester assise à ne rien faire dans une chambre d'hôpital alors qu'une enfant était en danger. Reggie était en sécurité, pour l'instant. Elle n'avait pas besoin que sa fille, qu'elle connaissait à peine, lui tourne autour. Thea se rendrait plus utile si elle employait son temps à chercher la petite Kylie. Jake avait beau être l'homme de la situation, elle ne manquait pas non plus d'expérience ni de perspicacité. Elle connaissait la ville et ses habitants. Elle savait des choses qu'il ignorait. *Retourne au point de départ,* lui conseilla une voix dans sa tête. *Retourne à l'endroit où Kylie et Maya ont été enlevées.*

Le vrombissement d'un moteur la ramena brusquement à la réalité. Alors qu'elle pensait voir Jake au volant de sa voiture, c'est une Mercedes grise qui se gara dans un crissement de pneus le long du trottoir. Un homme proche de la quarantaine en descendit. Il s'apprêtait à pousser la porte du poste de police quand il aperçut Thea, debout dans l'ombre. Perplexe, il revint sur ses pas.

— Excusez-moi, mademoiselle… Vous allez bien ?

— Très bien, merci. J'attends quelqu'un.

Il parut hésiter.

— Je sais que ça va vous paraître très cliché, mais est-ce qu'on se connaît ?

— Je ne crois pas, répondit Thea, même si elle avait deviné à qui elle avait affaire dès qu'elle avait vu la marque et la couleur de la voiture.

Malgré la chaleur, Russ Buchanan était vêtu d'un costume gris et d'une chemise blanche impeccables. Grand et mince, il pouvait sans doute être jugé bel homme, si l'on passait outre à son attitude impérieuse.

— Attendez… Je sais qui vous êtes, dit-il. La ressemblance me saute aux yeux, maintenant. Vous êtes la fille de Reggie Lamb.

— Thea, précisa-t-elle en acquiesçant.

— L'agente du FBI. J'avais entendu dire que vous étiez à Black Creek. Je suis Russ Buchanan.

Tandis qu'il s'approchait d'elle, Thea ne put s'empêcher de noter que chaque mèche de ses cheveux bruns et bouclés était parfaitement à sa place. Même à deux mètres de distance, elle percevait l'odeur de son parfum élégant et hors de prix.

— Je tiens à vous exprimer mon soutien dans l'épreuve que vous traversez, monsieur Buchanan, déclara-t-elle. Ma famille est passée par là. Si je peux faire quelque chose…

— Vous êtes sincère ? la coupa-t-il.

Bien que le ton fût cordial, le regard qu'il fixait sur elle était froid et vide. Ou peut-être se laissait-elle influencer par la description négative qu'on lui avait faite de lui ?

Elle tenta de se départir de ses préjugés.

— Oui, bien sûr que je suis sincère, répondit-elle.

— Alors dites à votre mégère de mère de rester loin de ma femme ! cracha-t-il.

Il n'avait pas résisté longtemps avant de montrer son vrai visage… Le visage d'un homme violent, menaçant, qui se souciait bien peu de ce que les autres pouvaient ressentir. Thea regrettait presque de lui avoir laissé le bénéfice du doute.

— C'est une décision que votre épouse est sûrement capable de prendre elle-même, répliqua-t-elle en soutenant sans broncher son regard dur.

— La dernière fois qu'elle a pris une décision toute seule, ma fille a été enlevée. Taryn est en train d'apprendre à ses dépens que toutes les actions ont des conséquences.

Thea plissa les yeux. Que voulait-il dire par là, au juste ?

— Je comprends que vous ayez besoin de trouver un coupable, mais…

— Oh ! je sais très bien qui est coupable, lui assura-t-il. Que ce soit bien clair : s'il arrive quoi que ce soit à Kylie, Reggie Lamb regrettera de ne pas avoir été jetée en prison il y a vingt-huit ans, quand elle a assassiné sa propre fille.

Thea ne laissa rien paraître de la colère et de la peur qui se livraient bataille en elle. La pire des réactions aurait été de laisser croire à un sociopathe comme Russ Buchanan qu'il avait réussi à l'atteindre. À l'évidence, il cherchait à la provoquer, peut-être pour causer un esclandre dont il pourrait se servir plus tard contre Reggie.

— Êtes-vous en train de menacer ma mère, monsieur Buchanan ?

— Je vous informe juste que je vois clair dans son petit

jeu. Et dans le vôtre aussi, d'ailleurs. Je sais pourquoi vous êtes venue ici. Si vous croyez que vous pouvez vous servir de votre influence pour empêcher la police d'enquêter sur votre mère, vous vous fourrez le doigt dans l'œil.

— De quoi parlez-vous ?

Il lui adressa un petit sourire narquois, avant de désigner le poste de police d'un signe de tête.

— Dès que j'ai appris que vous étiez ici, j'ai deviné que vous essayeriez très vite de vous immiscer dans l'enquête. C'est bien pour ça que je suis là. Pour demander au chef Bowden de vous interdire l'accès au dossier.

— Plus on sera nombreux à chercher votre fille, plus on aura de chances de la retrouver, objecta Thea. Enfin, il me semble.

— Bien sûr. Ce serait tellement plus facile pour vous de détruire les preuves si vous étiez affectée à l'enquête.

— Je ne serai pas affectée à l'enquête. Et même si je l'étais jamais je ne détruirais des preuves, quelle que soit la personne qu'elles incriminent.

— Vous dites ça maintenant, mais que feriez-vous pour éviter la prison à votre mère ?

— Vous avez l'air tellement convaincu de sa culpabilité… Je me demande pourquoi.

— Son histoire parle pour elle.

— Non, ce n'est pas ça.

Thea scruta le visage de Buchanan, laissant une note pensive filtrer dans sa voix.

— On jurerait que vous essayez de détourner l'attention de vous-même.

Une lueur mauvaise passa dans ses yeux, comme pour la prévenir qu'il était intouchable. Qu'il maîtrisait parfaitement la situation.

C'est ce qu'on verra.

— Reggie a recueilli votre femme et votre fille chez elle

quand elles n'avaient nulle part où aller, continua-t-elle. Je crois que c'est ce qui explique votre animosité. Vous lui en voulez d'avoir permis à Taryn et à Kylie de s'échapper.

Pour la première fois, le regard noir de Russ Buchanan vacilla. Il avait échoué à discipliner sa famille, et il n'appréciait pas qu'on le lui rappelle. Thea ne parvenait pas à savoir ce qu'il éprouvait réellement pour sa fille, mais il ne faisait aucun effort pour cacher son mépris à l'égard de son épouse.

— Taryn est malade, argua-t-il. Depuis que je la connais, elle est sujette à la dépression et aux crises de délire, surtout quand elle ne prend pas ses médicaments. Votre mère a profité de sa fragilité émotionnelle. Elle l'a manipulée et a réussi à lui faire croire que je représentais un danger pour elle et pour notre fille. C'est un comble, quand on connaît le passé de Reggie Lamb !

— Ma mère n'a jamais été accusée de quoi que ce soit, lui rappela Thea.

— Une boîte a été déterrée derrière chez elle, dans les bois, avec l'ADN de sa fille à l'intérieur. Eh oui, ajouta-t-il en devinant sa surprise, je suis au courant. J'ai enquêté sur votre maman dès que j'ai su que Taryn s'était installée chez elle avec Kylie. Cette histoire a beau remonter à près de trente ans, les gens d'ici ne sont toujours pas convaincus de l'innocence de Reggie Lamb. Certains pensent qu'elle a tué votre sœur avant de l'enterrer à la hâte dans la forêt. Puis elle est revenue plus tard pour déplacer le corps. Elle l'a peut-être jeté dans un lac, ou alors elle a creusé un trou plus profond ailleurs.

Thea lutta pour contenir sa rage. Buchanan prit soudain une voix plus douce, passant de la méchanceté pure à la fausse compassion avec la facilité d'un caméléon qui change de couleur :

— Cela a dû être tellement dur pour vous. Votre sœur jumelle, la personne dont vous vous sentiez la plus proche au monde, abandonnée par votre propre mère dans une tombe anonyme…

Il était doué, Thea devait le reconnaître. Elle avait beau avoir l'expérience des criminels manipulateurs, elle se sentait blessée par ses accusations sournoises.

— Je vous plains, poursuivit-il en inclinant la tête. Vraiment. Je n'ose pas imaginer ce que cela a été pour vous de grandir sous le même toit que cette femme, de sentir ses lèvres sur votre joue le soir avant de vous endormir. D'entendre ses pas dans la nuit, en sachant ce que vous saviez.

Espèce de salaud.

Il leva une main en geste d'apaisement.

— S'il vous plaît, il faut me comprendre. Je n'ai rien contre vous personnellement, agent Lamb. Je ne vous veux pas de mal. En fait, j'étais même désolé d'apprendre que vous aviez eu un accident. Les routes sont dangereuses, de nos jours. Les gens s'énervent pour la moindre peccadille.

— Et parfois même pour rien, répliqua-t-elle.

Elle observa un silence.

— Êtes-vous propriétaire d'un pick-up noir, monsieur Buchanan ?

— Que ferais-je d'un pick-up ? Ce doit être pratique pour transporter du matériel, mais je n'en ai pas vraiment l'utilité.

— Vous êtes avocat, n'est-ce pas ? Vous avez même un certain succès, d'après ce que j'ai entendu dire. Vous devez connaître un tas de criminels. Et, parmi eux, quelques-uns qui n'hésiteraient pas à se salir les mains moyennant finance. Je me demande si l'un d'eux possède un pick-up… ou serait prêt à en voler un pour vous.

Buchanan secoua tristement la tête.

— Quelle imagination… Ce doit être gênant, dans votre travail, non ? Si vous n'y prenez garde, vous risquez de voir et d'entendre des choses bizarres qui n'existent même pas réellement.

Comme des poupées en bois avec des trous à la place des yeux et de la bouche, par exemple ? faillit demander Thea.

— Connaissez-vous un ancien détenu nommé Derrick Sway ?

— Non, pourquoi ? C'est quelqu'un d'important ?

Malgré son ton innocent, Thea crut voir un muscle tressauter au coin de sa bouche.

— Si je fouillais dans le casier judiciaire de M. Sway, vous êtes sûr que je n'y trouverais pas votre nom ?

— Sale garce.

De nouveau, le masque tombait, exposant la violence qui couvait sous la surface raffinée de son personnage.

— Vous ne savez pas à qui vous vous attaquez.

— Au contraire, je sais parfaitement qui vous êtes, répondit-elle.

— Dans ce cas, vous devriez avoir l'intelligence de ne pas vous mêler de mes affaires.

Il commençait à s'approcher d'un air menaçant, mais l'expression de Thea l'arrêta net.

— Sinon quoi ? voulut-elle savoir. Vous payerez quelqu'un pour me pousser dans le fossé ?

Buchanan la fixa de ses yeux froids, un sourire aux lèvres.

— J'ai parmi mes clients un certain nombre de criminels qui me sont redevables, en effet. Vous seriez surprise par la créativité et l'enthousiasme dont ils peuvent faire preuve.

— Cette conversation n'avait pas l'air très amicale, lâcha Jake lorsque Thea monta dans son SUV.

— C'est le moins qu'on puisse dire.

Elle regarda la Mercedes grise démarrer en trombe dans la rue, manquant percuter le véhicule qui arrivait derrière. Russ Buchanan semblait avoir renoncé à parler au chef Bowden. Du moins pour l'instant.

Jake étouffa un juron.

— Il veut tuer quelqu'un, ma parole ! Tu as vraiment dû l'énerver, pour qu'il conduise comme ça devant le poste de police.

— Il se croit intouchable, expliqua Thea avec une grimace de dégoût. Il ne s'en cache pas, d'ailleurs. Ça ne m'étonnerait pas qu'il ait quelqu'un au sein de la police qui le protège. Et qui le tient informé de l'enquête, aussi. Il savait que j'étais à Black Creek.

— Les nouvelles vont vite, ici, objecta Jake. La moitié de la ville doit être au courant de ta présence.

Il jeta un coup d'œil dans le rétroviseur avant de s'insérer dans la circulation.

— Que penses-tu du chef Bowden ? s'enquit-elle.

Jake lui lança un regard surpris.

— Sérieusement ? Tu crois qu'il est de mèche avec Buchanan ?

— Je te demande juste ce que tu penses de lui.

— C'est un bon flic. Il est sérieux et il respecte les règles. Globalement.

— Comment ça, globalement ?

— Allons… Tu sais comme moi que personne n'est parfait. Parfois, on prend des libertés quand la vie d'un enfant est en danger.

— Tu savais qu'il avait travaillé à Tallahassee ? D'après sa femme, ils sont venus s'installer ici pour qu'elle puisse s'occuper de sa grand-tante malade. Maintenant que celle-ci est morte, Grace aimerait retourner en ville, mais elle reste à Black Creek à cause de son mari. C'est peut-être pour ça que je me pose des questions sur lui.

— Pourquoi ? Parce qu'il aime vivre au calme ? C'est tout à son honneur de vouloir échapper à la compétition acharnée.

Il s'arrêta au feu rouge. Devant eux, la Mercedes traversa le carrefour à toute allure, puis disparut.

— Tu ne tiendrais pas un mois, dans ce trou perdu ! s'exclama Thea d'un ton moqueur. Et moi non plus, d'ailleurs.

— Si je peux te dire une chose sur Nash Bowden, c'est qu'il a très bien réagi en apprenant la disparition de Kylie. Il a prévenu le bureau local du FBI pour que la cellule CARD soit immédiatement activée. C'est aussi lui qui a envoyé des hommes interroger les voisins et une brigade canine ratisser les bois. Cela nous a permis de gagner un temps précieux à notre arrivée sur les lieux.

— Tu l'aimes bien.

— Je respecte son professionnalisme, du moins ce que j'en ai vu. Et je ne pense pas qu'il soit du genre à se faire acheter facilement, surtout par un type comme Russ Buchanan.

Thea médita les paroles de Jake tandis qu'ils repartaient au feu vert.

— J'ai confiance en ton jugement, finit-elle par dire. C'est juste que sa femme m'a fait une drôle d'impression, ce matin. Je suis sûre qu'elle cache quelque chose au sujet de son couple. Je me demande s'il n'y aurait pas de l'eau dans le gaz chez les Bowden.

— Qu'est-ce que ça change ?

— Rien, sans doute. Mais les gens font parfois des choses qui ne leur ressemblent pas quand ils rencontrent des difficultés financières. Grace tient une boutique de poupées en porcelaine, qu'elle a héritée de sa grand-tante. Si tu voyais l'endroit… On dirait qu'il n'y a jamais eu de travaux depuis cinquante ans, et les rayons sont quasiment vides. Même si elle prétend vendre principalement en ligne, peut-on vraiment vivre de ce commerce ?

— Ça dépend sans doute de la rareté et de la valeur des poupées, répondit Jake.

Il l'observa du coin de l'œil.

— Où veux-tu en venir, Thea ? Tu penses que le chef de la police accepte des dessous-de-table pour garnir leur compte en banque ? Ou bien tu suggères carrément que les Bowden sont impliqués dans l'enlèvement de Kylie Buchanan ?

— Ça paraît ridicule, présenté comme ça, concéda-t-elle. Je me suis sans doute fait des idées sur Grace. Elle m'a prise au dépourvu, et Dieu sait que je ne suis pas dans mon état normal en ce moment. Malgré tout…

— Quoi ?

— Tu n'es peut-être pas le seul à être doué de prémonition.

Jake fronça les sourcils.

— Je n'ai jamais appelé ça comme ça.

— Détends-toi, c'était une blague. Je voulais juste dire que j'ai le sentiment que quelque chose nous échappe.

Comme il ne répondait pas, elle se tourna vers lui.

— Jake… tu sais que je plaisantais, n'est-ce pas ?

— Oui. C'est juste que ça me rappelle de mauvais souvenirs.

À propos de quoi ? aurait-elle voulu lui demander. De leur relation passée, ou de ses jeunes années en foyer ? S'il ne s'était jamais beaucoup confié sur cette période de sa vie, elle avait compris qu'il avait connu une enfance difficile. Maltraité par un beau-père alcoolique, puis abandonné à sept ans… Ce n'était pas surprenant qu'il se démène autant aujourd'hui pour sauver les enfants disparus.

Son expression maussade entamait la détermination de Thea. Elle dut se faire violence pour ne pas lui prendre la main. Ils étaient tous les deux bien trop cartésiens pour croire en de quelconques pouvoirs psychiques, mais parfois l'intuition dont il faisait preuve était vraiment troublante. Thea ne s'essayerait jamais à mettre un nom sur cette faculté, de même qu'elle ne cherchait pas à s'expliquer pourquoi il lui arrivait la nuit de sentir la main d'un enfant sur sa joue, ou d'avoir la certitude que Maya se trouvait tout près d'elle. Comme le membre fantôme d'une personne amputée.

La voix de Jake la tira de ses pensées.

— Ça va ?

— Juste des mauvais souvenirs qui remontent, comme toi.

— Ton retour au pays a été mouvementé.

— Un peu. Même si je n'ai jamais vraiment considéré Black Creek comme mon « pays ».

— Tu ne m'as pas dit pourquoi Russ Buchanan était parti si énervé, tout à l'heure.

— J'ai dû le caresser dans le mauvais sens du poil. Il ne m'a clairement pas abordée par hasard. Il est persuadé que Reggie est responsable de la disparition de sa fille, et il pense que, si je participe à l'enquête, je chercherai à cacher ou à détruire les preuves qui pourraient l'incriminer.

— N'importe quoi.

Sa confiance lui faisait chaud au cœur, mais elle ne cessait de repenser aux incohérences dans la déposition de Reggie. Elle n'en avait parlé à personne, pas même à Jake. Pourquoi faire toute une histoire d'un simple détail ? Sa mère avait dû oublier qu'elle était venue ouvrir la fenêtre le soir de l'enlèvement de Maya, voilà tout. Et pourtant, en dépit de ses efforts pour s'en convaincre, Thea n'arrivait pas à se débarrasser de ses doutes.

Elle regarda les devantures des magasins qui défilaient derrière la vitre.

— Je crois que Buchanan est responsable de notre accident d'hier, confia-t-elle. Il ne l'a pas reconnu ouvertement, bien sûr ; il est trop intelligent pour ça. Mais il en a dit juste assez pour que je comprenne qu'il voulait me déstabiliser.

— Et il a réussi ?

— C'est un sociopathe narcissique qui bat sa femme. À ton avis ?

— Sois prudente avec lui, la prévint Jake. Qu'il ait ou non la police locale à sa botte, c'est le genre de type qui se ferait un plaisir de vous causer un maximum d'ennuis, à toi et à ta mère.

— C'est lui qui est venu me chercher, pas l'inverse. Il a

prétendu qu'il voulait parler au chef, mais je me demande s'il n'avait pas été prévenu de ma présence au poste de police. Dans tous les cas, je n'ai pas peur de lui. Reggie ne le craint pas, elle, ajouta-t-elle avec une pointe de fierté.

— Telle mère, telle fille, marmonna Jake.

— Pardon ?

— Rien. Qu'a-t-il dit d'autre ?

— Je pense qu'il connaît Derrick Sway. J'ai eu l'impression qu'il réagissait quand j'ai prononcé son nom.

— Tu en es sûre ?

— Je n'ai peut-être pas le même pouvoir d'observation que toi, mais quelque chose me dit qu'ils sont en contact. Sway pourrait bien être un ancien client de Buchanan.

— Quand l'ex de ta mère a été envoyé en prison il y a dix ans, Buchanan devait à peine avoir fini ses études de droit, fit remarquer Jake.

— Justement : il était prêt à accepter n'importe quel client, même un voyou comme Sway. Il est possible aussi qu'il soit intervenu plus tard, pour gérer un appel ou une autre procédure. Je sais que c'est tiré par les cheveux, mais ta théorie sur l'erreur d'identité l'est tout autant.

— Je vérifierai tout ça, lui promit Jake en actionnant son clignotant.

Thea se redressa.

— Attends. J'ai changé d'avis, je ne vais plus à l'hôpital.

— Je croyais que tu voulais voir ta mère ?

— Je l'appellerai pour lui dire que j'ai été retardée. Elle comprendra.

Il lui coula un regard soupçonneux.

— Qu'est-ce que tu manigances ?

— Rien. Je veux juste passer du temps dans la maison où j'ai grandi.

— Pourquoi ?

— Parce que j'ai envie de voir l'endroit où Kylie a été enlevée.

— Kylie, ou Maya ?

Thea se tourna brusquement vers lui.

— Qu'est-ce que ça peut faire ? Si ta théorie est juste, c'est le même monstre qui les a prises toutes les deux.

— Il est encore trop tôt pour tirer ce genre de conclusion, souligna-t-il.

— Peut-être, mais je sais que c'est ce que tu penses.

Depuis qu'il lui avait montré la photo déchirée, Thea éprouvait le besoin impérieux de retourner dans la maison de son enfance, de revoir la chambre qu'elle avait jadis partagée avec sa sœur jumelle. De s'imprégner de ce lieu où elle s'était sentie si proche de Maya. Quand elle fermait les yeux, elle percevait presque la brise entrant par cette fenêtre ouverte… elle entendait presque la voix tremblante de Maya dans la nuit. *J'ai peur, Sissy.*

— Tu n'es pas obligé de rester, dit-elle quelques minutes plus tard, alors que Jake tournait dans la rue de Reggie.

— Tu voudrais que je te dépose et que je reparte alors que tu n'as aucun moyen de transport ?

— Et pourquoi pas ? Je connais le quartier.

Tout en prononçant ces mots, Thea se sentit gagnée par une sensation de malaise. Elle avait oublié à quel point les maisons étaient vieilles dans cette partie de la ville, et comment les arbres ne laissaient passer que quelques pâles rayons de soleil à certains endroits. Du côté de la rue où habitait Reggie, les jardins étaient plus grands et donnaient directement sur plusieurs hectares de forêt presque vierge.

En traversant les bois, on arrivait à une cavité creusée dans la roche, unique accès à un dédale de grottes bien connues dans la région. Les habitants du coin l'avaient surnommée le Gouffre du Diable – ce qui était très exagéré, dans la mesure où la cavité en question ne dépassait pas les cinq ou six mètres de hauteur. Si l'ensemble du réseau était au sec, une rivière souterraine remontait par endroits, formant de petits lacs. Thea n'y avait jamais mis les pieds. Non pas qu'elle fût claustrophobe, mais ce lieu l'effrayait. Quelques années plus tôt, deux jeunes s'y étaient noyés, et depuis il régnait une atmosphère pesante, oppressante, sur toute la zone. Ou peut-être avait-elle regardé trop de films d'horreur…

— La grotte a-t-elle été fouillée ? s'enquit-elle.

— La police de Black Creek a envoyé une équipe et un guide dès les premières heures. D'après ce que j'ai compris, même les passages à sec sont parfois difficiles à franchir. Ils sont allés aussi loin qu'ils ont pu, mais ils n'ont rien trouvé.

— Les policiers locaux n'ont pas vu non plus les figurines en bois pendues dans l'arbre, lui rappela-t-elle.

— J'en toucherai deux mots au chef Bowden. Ça ne peut pas faire de mal de vérifier une deuxième fois.

Il se gara dans l'allée et coupa le moteur.

— Vraiment, tu n'es pas obligé de rester, insista Thea. Je sais que tu as autre chose à faire.

Il l'observa curieusement.

— J'espère que tu n'as pas l'intention d'aller dans cette grotte toute seule ?

— Certainement pas. Je te l'ai dit, je veux juste rester un moment dans la maison. J'appellerai un taxi quand j'aurai fini.

Son regard fut capté par les lettres qu'on devinait encore sur la façade. *Meurtrière.* Puis les souvenirs l'assaillirent à la vue du porche ; c'était là, sur les marches, que la photo d'elle et de Maya avait été prise. Ce jour-là, pour leurs quatre ans, elles avaient porté la même robe – rose pour sa sœur, jaune pour elle.

Thea jeta un coup d'œil vers Jake. Il contemplait fixement la forêt au-delà du jardin, comme hypnotisé. Son immobilité absolue la troubla.

— Qu'y a-t-il ? lui demanda-t-elle.

— Fais ce que tu as à faire à l'intérieur. Puisque je suis là, je vais en profiter pour retourner dans les bois.

Il ouvrit la portière et sortit. Thea fit le tour du véhicule pour se planter devant lui.

— Pourquoi ai-je l'impression que c'est toi qui manigances quelque chose ? Tu sais que je n'aime pas quand tu fais des mystères. Qu'est-ce que tu as derrière la tête ?

— Rien. Je n'en ai pas pour longtemps.

Elle poussa un soupir exaspéré.

— J'avais oublié comme c'est rageant, quand tu fais ça.

— Je ne fais pas de mystères, protesta-t-il. Si quelqu'un a rôdé autour de la maison de ta mère, il a peut-être laissé d'autres indices. Autant que je jette un œil, tu ne crois pas ?

Thea tenta une autre tactique.

— On ne devrait peut-être pas se séparer.

— Je ne risque rien, lui assura-t-il.

Alors qu'il commençait à s'éloigner, elle le retint par le bras.

— Si tu as besoin de moi, appelle-moi ou envoie-moi un texto. Tu sais que tu peux compter sur moi.

Jake acquiesça.

— Ça, je n'en ai jamais douté.

7

La forêt était trop silencieuse. Alors qu'il progressait entre les arbres, Jake s'attendait presque à entendre la curieuse mélodie des petites poupées de bois, mais aucun son ne lui parvenait. Pas le moindre pépiement d'oiseau. C'était comme si quelqu'un l'avait précédé sur le chemin et avait effrayé toute la faune en passant.

Son expérience au sein du FBI lui avait appris à toujours se préparer au pire. Ainsi, il avait glissé son arme dans son étui, rangé son téléphone dans sa poche et emporté une lampe torche au cas où il déciderait de marcher jusqu'à la grotte. Il n'avait aucune intention d'y descendre seul, mais il pourrait au moins en examiner les abords et tenter d'éclairer la cavité. S'il remarquait quoi que ce soit de louche, il appellerait des renforts. Pour l'heure, cela ne servait à rien de détourner ses hommes de leurs missions alors qu'il ne faisait que suivre une vague intuition.

Il continua d'avancer lentement, inspectant les branches et les buissons sans trop savoir ce qu'il cherchait. Le lieu n'exerçait pas sur lui la même attraction mystérieuse et irrésistible que la veille. Il y avait juste ce petit fourmillement à l'arrière de son crâne, qui le poussait à aller plus loin. À chercher encore. *Les enfants ne se volatilisent pas tout seuls.*

Jake s'arrêta pour regarder par-dessus son épaule. Les rayons de soleil qui filtraient à travers les feuilles produisaient un effet étrange, presque irréel, sur le chemin. L'espace d'un instant, il aurait juré que quelqu'un se tenait tapi dans l'ombre, juste derrière les taches de lumière. C'était son imagination, bien sûr. Il croyait voir devant lui le ravisseur portant Kylie sur son épaule. Elle ne pesait pas lourd ; il marchait à une bonne allure, sans craindre de se faire repérer, protégé par la nuit et l'obscurité naturelle de la forêt.

La vision était si précise que Jake faillit s'écarter du chemin pour laisser passer le kidnappeur imaginaire. Reprenant rapidement sa progression, il atteignit bientôt une sorte de monticule escarpé. Il avait parcouru deux bons kilomètres depuis chez Reggie, et il se retrouvait subitement au milieu de nulle part. Aucun signe de vie à des centaines de mètres à la ronde, si ce n'est, en contrebas, une ferme en ruine dévorée par la végétation.

Une barrière en métal de trois mètres de haut se dressait devant lui. Il la longea, puis s'arrêta devant une porte cadenassée. Des panneaux déconseillaient aux promeneurs d'explorer la grotte sans l'autorisation du propriétaire et sans l'aide d'un guide expérimenté. Cependant, ainsi que Lyle Crowder l'avait souligné, rien n'empêchait quiconque d'enjamber la barrière et de descendre à ses risques et périls.

Après s'être assuré que la grille n'était pas électrifiée, Jake l'escalada et retomba lestement de l'autre côté. Il inspecta rapidement les alentours, puis grimpa dans les rochers jusqu'à trouver l'étroite ouverture qui plongeait dans les entrailles de la terre. Accroupi au bord du trou, Jake l'éclaira avec sa lampe. Cinq ou six mètres plus bas, le passage semblait ouvrir sur une salle plus grande.

Il s'allongea sur le ventre, dirigeant le faisceau de la lampe torche aussi loin qu'il le pouvait sur les parois de calcaire. Le temps et l'érosion avaient creusé de nombreuses prises dans la roche tendre. Descendre ne serait pas difficile, même sans corde ni baudrier.

Jake ne voulait pas pour autant s'aventurer seul dans le gouffre. N'avait-il pas justement déconseillé cette entreprise à Thea et à Lyle Crowder ? Du reste, ce serait sûrement une perte de temps. Des personnes qui connaissaient ces galeries bien mieux que lui les avaient déjà explorées.

Alors pourquoi s'attardait-il ici ? Pourquoi se rappelait-il soudain ce que Thea lui avait dit à propos des figurines en bois, qu'il avait découvertes *après* les fouilles menées par les policiers et les volontaires ?

À peine l'image de ces étranges totems s'était-elle matérialisée dans son esprit qu'un bruit lui parvint depuis les profondeurs de la grotte. Comme le claquement de morceaux de bois dans le vent… Il tendit l'oreille, se demandant si le son avait pu provenir de la forêt. Mais la mélodie s'éleva de nouveau jusqu'à lui, suivie d'une sorte de gémissement presque imperceptible.

Un frisson glacé lui parcourut l'échine. Il se força à imaginer la fin du périple du ravisseur. Comme Jake, celui-ci se serait retrouvé devant la barrière en métal. L'escalader avec la fillette dans les bras aurait été impossible, à moins de posséder une force exceptionnelle. Peut-être avait-il découpé le grillage ? Jake n'y avait vu aucune ouverture, mais cette dernière pouvait être dissimulée par des buissons. Et après ? Était-il descendu dans la grotte avec Kylie dans l'idée de cacher son corps dans une galerie, ou l'avait-il simplement jetée par-dessus bord ? Laissée pour morte dans ce trou obscur, l'enfant avait pu ramper dans l'un des boyaux pour s'y terrer. Et c'est ainsi que l'équipe de recherche l'avait ratée.

Il était plus probable néanmoins que le kidnappeur ne soit même pas parti de ce côté. Le bruit que Jake avait entendu pouvait très bien avoir été provoqué par une bête, ou même par un courant d'air.

Et dans le cas contraire ? Et si Kylie se trouvait quelque part en bas ? Blessée mais encore vivante, quoique bientôt à court d'oxygène, gémissant de douleur et de peur ? Et si elle s'était engagée dans un des passages inondés ? Jake savait qu'il ne se sentirait pas tranquille tant qu'il n'aurait pas vérifié.

Il contacta son commandant en second pour lui faire part de son intention.

— Ça me semble dangereux, chef, répondit l'agent. Ne devriez-vous pas attendre les renforts ? Ce serait peut-être même encore mieux d'y aller avec un guide du coin.

— Le temps presse, rétorqua Jake. J'ai vu un plan des grottes dans le bureau du chef Bowden. Je vais en trouver un sur Internet et le télécharger sur mon téléphone avant de descendre. Tant que je reste dans les galeries principales, je ne risque pas grand-chose. Équipez-vous et rejoignez-moi le plus vite possible.

Il hésita à appeler Thea, mais elle accourrait aussitôt et il ne voulait pas qu'elle se mette en danger en se lançant à sa recherche. Elle avait beau être sportive et entraînée, elle avait reconnu elle-même qu'elle n'était pas dans son état normal depuis l'accident. Or, même dans les meilleures conditions, on pouvait facilement se perdre dans une grotte. Il la préviendrait dès que ses collègues seraient arrivés.

Après avoir accroché la lampe à sa ceinture, Jake ramassa quelques graviers et en fit un petit tas à l'entrée de la cavité. Puis il se glissa entre les rochers, se retenant à la force des bras.

Me voici donc dans le Gouffre du Diable, songea-t-il tandis qu'il tâtonnait avec les pieds pour trouver des prises dans le calcaire. Au bout de quelques mètres, le manque de lumière et l'étroitesse du passage provoquèrent en lui un léger sentiment de claustrophobie, qui s'estompa rapidement quand il atteignit le fond de la cavité et put se tenir debout.

Il alluma sa lampe et éclaira la salle autour de lui, puis l'éteignit afin que ses yeux s'habituent à l'obscurité. Pendant quelques minutes, il resta immobile, à l'affût. Avait-il imaginé le gémissement qu'il avait entendu plus tôt ? C'était possible. Mais il se pouvait aussi que la fillette soit là et qu'elle n'ose pas faire de bruit.

— Kylie ! cria-t-il. Kylie Buchanan ! Si tu m'entends, réponds-moi ! N'aie pas peur, je suis venu te ramener chez toi.

Sa voix résonna contre les parois. Il attendit que l'écho se taise avant d'appeler à nouveau.

— Kylie, tu m'entends ?

Pas de réponse.

Jake ralluma sa lampe. En face de lui, une ouverture apparaissait dans la roche. D'après ses repérages, les différentes salles formaient un réseau en collier de perles, qui s'étendait sur plusieurs kilomètres. Certains passages ne menaient nulle part. Jake regrettait de ne pas avoir de lampe frontale pour les explorer tous, mais au moins la sienne était étanche. Il ne risquait pas de se retrouver dans le noir complet s'il en venait à traverser des galeries submergées.

Il marqua d'une poignée de cailloux le puits par lequel il était descendu, avant de poursuivre son chemin. La fraîcheur de la grotte – il devait faire une vingtaine de degrés – contrastait agréablement avec la chaleur écrasante qui régnait à la surface.

Quelqu'un avait laissé une bougie et des allumettes à l'entrée du premier passage, mais Jake n'en avait pas besoin. Il plaça encore quelques cailloux à côté et s'engagea à quatre pattes dans le tunnel. L'exercice n'était pas simple, mais pas non plus impossible pour une enfant de quatre ans. Cette pensée le poussa à continuer.

Lorsqu'il émergea dans la deuxième salle, il entendit de l'eau ruisseler à proximité. Ici, l'air était plus humide, plus saturé, et les concrétions de calcaire beaucoup plus nombreuses. Leurs formes biscornues luisaient à la lumière de sa lampe. Par curiosité, Jake regarda son téléphone. Aucun réseau.

D'après le plan de la grotte, une rivière coulait sous le

sol à cet endroit. À partir d'ici, il risquait à tout moment de rencontrer des passages au moins partiellement emplis d'eau. Aussi peu rassurante que fût cette perspective, il était hors de question de faire demi-tour maintenant… Comme le Petit Poucet, il déposa ses cailloux devant la galerie qu'il venait de quitter, avant de se diriger vers la suivante. Au bout de quelques mètres, il dut progresser à genoux, puis à plat ventre sur la roche mouillée et boueuse.

La troisième caverne, la plus grande de toutes jusque-là, était criblée de galeries. Jake avait envie de croire que l'équipe de recherche avait fouillé chaque centimètre carré de ces couloirs, mais le terrain était accidenté et même les professionnels pouvaient commettre des négligences dans la frénésie des premières heures qui suivaient un enlèvement.

Un mauvais pressentiment l'assaillit. Il y avait bien trop d'endroits où cacher un petit corps, ici. Trop de tunnels étroits dans lesquels un enfant pouvait se faufiler et se perdre.

— Ho hé !

Sa voix lui revint en écho, aussi creuse que le claquement des figurines en bois.

— Kylie, tu m'entends ? N'aie pas peur. Je suis policier. Je vais te ramener à ta maman.

Il crut percevoir un bruissement dans une des galeries. Allant s'accroupir devant l'ouverture, il braqua sa lampe à l'intérieur.

Brusquement, quelque chose en surgit, le faisant tomber à la renverse. Il venait de déranger une colonie de chauves-souris. Lorsqu'elles furent toutes sorties, il rampa suffisamment loin dans le passage pour en distinguer le fond, écœuré par la puanteur que les bêtes y avaient laissée. Il ne trouva rien.

Se pouvait-il que le bruit qui lui était parvenu tout à l'heure ait été émis par les petits mammifères ? Il prit quelques instants pour s'éclaircir les idées. Sans doute avait-il été fou de descendre ici tout seul, mais il n'avait pas eu le choix.

Impossible également de revenir sur ses pas et d'attendre les renforts : cela prendrait trop de temps, or il craignait que chaque seconde ne compte. Ses collègues savaient où il était, il leur avait même laissé une piste pour qu'ils le retrouvent facilement. Il ne lui restait plus qu'à continuer.

Méthodiquement, il fit le tour de la troisième salle, vérifiant les culs-de-sac dans lesquels il pouvait entrer et éclairant les autres au maximum. Lorsqu'il eut terminé, il empila quelques pierres devant le dernier passage et s'y engouffra.

Il déboucha dans une autre cavité où la rivière souterraine avait formé un lac, autour duquel s'élevaient des parois lisses et brillantes. Aucune galerie n'était visible ; pourtant, la grotte était censée s'étendre encore pendant au moins un kilomètre ou deux. Peut-être le passage vers la salle suivante se trouvait-il sous l'eau… Quoi qu'il en soit, Kylie n'aurait jamais pu parvenir jusqu'ici par ses propres moyens.

Accroupi sur une pierre glissante qui faisait saillie au-dessus du lac, Jake pointa le faisceau de sa lampe sur l'étendue d'eau. Un objet flottait à la surface.

Thea se servit de la clé cachée sous le pot de fleurs pour ouvrir la porte. Cela faisait des années qu'elle n'était pas entrée dans la maison de sa mère. Reggie avait repeint les murs, remplacé le canapé et changé la housse du fauteuil volumineux qui trônait devant la télévision. Tout le reste était comme avant, usé mais propre et bien rangé. Seuls quelques magazines de décoration intérieure traînaient sur la table basse.

Alors que sa mère était partie depuis à peine deux jours, une forte odeur de renfermé flottait dans le salon. Thea fronça le nez, tous les sens en alerte. Elle avait l'impression de sentir l'air bouger autour d'elle, comme si quelqu'un venait de quitter la pièce juste avant son arrivée.

Elle glissa une main dans sa sacoche pour empoigner son pistolet.

— Il y a quelqu'un ? appela-t-elle.

Il lui vint subitement à l'esprit que Taryn Buchanan était peut-être venue chercher des affaires, ou même simplement se recueillir un moment dans la chambre où sa fille avait été enlevée. Thea relâcha son arme, tout en laissant sa sacoche ouverte par précaution.

Le cœur battant, elle rejoignit le couloir, dépassa la chambre de Reggie puis la salle de bains, et s'arrêta devant la seconde chambre. Sa main resta suspendue un moment au-dessus de la poignée avant qu'elle ne se décide enfin à ouvrir.

C'était ici qu'elle avait grandi. Qu'elle avait passé son enfance et son adolescence, seule entre ces quatre murs. Quand elle y repensait, les années qui avaient suivi la disparition de sa sœur lui semblaient floues, irréelles, comme si elle les avait traversées en somnambule jusqu'à son départ de la maison. Même alors, le passé l'avait poursuivie. Elle avait juste appris à mieux fuir les fantômes.

L'odeur de moisi était plus prégnante ici, et la chaleur presque étouffante. Thea se demanda si Reggie n'avait pas ajusté le thermostat ou coupé la climatisation avant de partir. Cela lui ressemblait bien. Économe par habitude et par nécessité.

Un des deux lits jumeaux avait été enlevé depuis longtemps. L'autre était poussé contre le mur en face de la fenêtre. Juste après le drame, Reggie avait installé Thea dans sa propre chambre et dormi dans le lit de Maya, redoutant sans doute que quelqu'un ne vienne kidnapper son autre fille. Mais Thea se réveillait en pleine nuit pour regagner son lit, où elle restait des heures les yeux ouverts à attendre que sa sœur revienne. Finalement, Reggie était retournée dans sa chambre, veillant à laisser les deux portes ouvertes en permanence. Parfois, Thea l'entendait faire les cent pas dans la maison. Quelquefois, Reggie entrait dans la pièce pour vérifier que la fenêtre était bien fermée. Thea avait toujours fait semblant de dormir.

Chassant ces souvenirs de son esprit, elle fit le tour de la chambre. Il subsistait certains vestiges de son adolescence, ainsi que quelques traces du bref passage de Kylie Buchanan. Un livre de coloriage sur le bureau, une petite valise dans le placard. Des vêtements soigneusement pliés sur la commode. Pas vraiment de quoi distraire une fillette de quatre ans…

Peut-être Taryn avait-elle déjà emporté le reste de leurs affaires dans leur appartement. Ou bien elle avait été si pressée de fuir la maison de son mari qu'elle n'avait pris que le strict nécessaire en venant se réfugier chez Reggie. Thea repensa à sa conversation avec Jake au sujet de la possible implication de Taryn dans l'enlèvement de sa fille. Avait-elle tout organisé pour soustraire l'enfant à un père maltraitant ?

Pour s'être elle-même heurtée à Buchanan, Thea comprenait que la jeune femme ait pu vouloir recourir à des mesures désespérées. Un homme comme lui était sûrement prêt à tout pour maintenir sa famille sous son joug. Mais irait-il jusqu'à kidnapper sa propre fille afin de punir sa femme de l'avoir quitté ?

Thea s'avança vers la fenêtre et regarda dehors. À la lumière du jour, alors que le soleil brillait sur les massifs de fleurs, le jardin avait tout d'un refuge charmant et paisible. Quand la nuit tombait, néanmoins, l'atmosphère changeait. Les bois étaient très sombres, même sous la pleine lune. Petite, Thea distinguait mille ombres mouvantes à la lisière des arbres. Elle scrutait alors les ténèbres, persuadée que quelqu'un se cachait derrière la barrière, attendant que tout soit éteint dans la maison pour s'approcher à pas de loup de sa fenêtre.

Pendant des années, les cauchemars avaient hanté son sommeil, jusqu'à ce qu'elle parvienne à surmonter sa peur de la forêt. Ils revenaient de temps en temps, quand elle était fatiguée ou malade, ou en cas de forte émotion. Aujourd'hui encore, il lui arrivait de rêver de ces ombres qui chuchotaient au-dessus de son lit.

Et, à cet instant, y avait-il quelqu'un dehors ? Elle avait cru voir une silhouette au coin du cabanon de jardin. C'était sans doute Jake qui fouillait les dépendances avant d'aller faire son tour dans les bois. Elle ouvrit la fenêtre et s'y pencha.

— Jake ?

Son appel resta sans réponse. Il n'y avait aucun bruit dehors, hormis le léger clic-clic-clic du moulin à vent qui tournait dans la brise.

Thea regagna le couloir et pénétra dans la chambre de sa mère, qui était plus petite que la sienne. Étonnamment, c'était la première fois qu'elle remarquait ce détail. Les fenêtres donnaient sur le côté de la maison et sur la rue. Si une voiture se garait dans l'allée en plein milieu de la nuit, Reggie était sans doute aussitôt réveillée par le glissement des phares sur le plafond.

Les meubles, quoique assortis, étaient simples et dépouillés : un lit, une table de chevet, une armoire et une coiffeuse. Thea était prête à parier que tout avait été payé cash. Reggie avait toujours mis un point d'honneur à ne pas s'endetter, un principe qu'elle avait inculqué à sa fille. Aujourd'hui, Thea ne devait rien à personne et elle en était fière.

Elle alla fouiller dans le placard pour retrouver le carton dans lequel sa mère conservait ses souvenirs. Il y avait peu de chances qu'elle tombe sur l'autre moitié de la photo découverte chez Derrick Sway, mais cela ne coûtait rien de vérifier.

En passant en revue ces vieilles images du passé, Thea fut de nouveau frappée par le petit nombre de clichés sur lesquels sa sœur ou elle apparaissaient seules. On les voyait presque toujours ensemble, souriantes et se tenant la main. Après l'enlèvement, Reggie n'avait quasiment plus photographié Thea. Comme si leur monde s'était arrêté de tourner cette nuit-là. Par moments, Thea avait eu le sentiment que sa mère ne supportait plus de la voir sans Maya.

Soudain, elle releva la tête en entendant un bruit. Elle avait laissé la fenêtre ouverte dans son ancienne chambre ; c'était sûrement le vent qui jouait avec les pages du cahier de coloriage de Kylie… Mais en sortant sur le pas de la porte elle s'aperçut que cela venait de l'avant de la maison. Intriguée, elle se dirigea vers la cuisine. La climatisation s'était remise en marche, et le souffle agitait le coin d'un dessin d'enfant aimanté au réfrigérateur. Sans doute l'œuvre de Kylie, songea-t-elle, le cœur serré. Puis elle vit les noms méticuleusement tracés sous les personnages bâtons, et son pouls s'accéléra. *Moi. Sissy.*

C'était un dessin de Maya. Et les deux personnages en question avaient chacun un cœur rouge colorié sur le torse et des cheveux jaunes dressés sur leur tête ronde. Comme les figurines de bois que Jake avait trouvées dans la forêt.

Ce ne pouvait pas être une coïncidence. Quelqu'un avait délibérément transformé la représentation innocente que Maya avait faite d'elle-même et de sa sœur en quelque chose de sombre et de grotesque. C'était comme si le ravisseur était revenu après toutes ces années pour remuer le couteau dans la plaie, en se servant de la petite Kylie comme d'un pion dans un jeu malsain.

Derrick Sway connaissait sans doute l'existence de ce dessin. Reggie avait toujours affiché leurs œuvres d'art sur le réfrigérateur. Il avait dû le voir chaque fois qu'il était allé chercher une bière à la cuisine. L'avait-il emporté en prison avec la photo déchirée de Maya ? L'avait-il remis à sa place après avoir kidnappé Kylie Buchanan ?

Thea décrocha la feuille de papier et s'assit lourdement sur une chaise. Ce dessin n'avait pas été là tout le temps. La police l'aurait forcément repéré en fouillant la maison.

Quelqu'un était donc venu le déposer chez Reggie après l'enlèvement.

Jake et elle s'étaient trompés sur toute la ligne concernant le mobile. Les totems en bois n'avaient jamais eu pour fonction de relier l'enlèvement de Kylie à celui de Maya. Non, les deux petites sculptures, avec leurs sourires hideux et leurs yeux creux, avaient été laissées là en guise d'offrande – ou d'avertissement – à Thea.

La poupée remuait doucement à la surface de l'eau noire, prise entre deux courants qui la poussaient autour du petit lac. À la lumière de la lampe, ses yeux de verre brillaient étrangement. L'espace d'un instant, Jake eut la folle impression qu'elle était vivante.

C'est un jouet, pas une enfant, se rappela-t-il. Un jouet abandonné au fond d'une grotte…

Il tenta de l'attraper alors qu'elle passait devant lui, mais le courant l'entraîna avant qu'il ait pu la toucher. En la suivant avec le faisceau de sa torche, il reconnut les cheveux blonds et la robe rose décrits par Taryn Buchanan dans sa déposition. La mère de Kylie avait expliqué à la police que seule la poupée préférée de sa fille manquait dans la chambre après sa disparition. Jake pensa à une autre poupée exhumée dans une boîte contenant l'ADN de Maya Lamb… Le même ravisseur avait-il enlevé les deux fillettes à vingt-huit ans d'intervalle ? Cela semblait de plus en plus probable. Ou alors quelqu'un tenait vraiment à ce que les enquêteurs le croient.

En toute logique, Kylie s'était trouvée dans la grotte à un moment donné, mais où était-elle à présent ? Jake braqua sa lampe sur l'eau, redoutant ce qu'il risquait de découvrir sous son reflet. Il allait devoir envoyer des plongeurs explorer le lac. La tentation était grande de commencer tout seul, mais il n'avait ni l'expérience ni l'équipement pour se lancer dans une telle entreprise.

Sous ses yeux, la poupée se mit à décrire des cercles de plus en plus rapides et de plus en plus serrés. Soudain, elle fut aspirée sous la surface, puis reparut un instant plus tard, toujours hors de sa portée. Jake s'allongea à plat ventre sur la roche glissante et tenta de l'attirer à lui.

Concentré sur sa tâche, il ne remarqua pas tout de suite qu'il n'était plus seul dans la caverne – jusqu'à ce qu'une ombre vacille brièvement sur l'eau miroitante. Alors qu'il se maudissait de s'être laissé surprendre dans une position aussi vulnérable, une douleur fulgurante explosa à l'arrière de son crâne. Hébété, il roula sur le dos pour se saisir de son arme, mais son agresseur lui asséna un vigoureux coup de pied dans les côtes, qui le propulsa dans le lac.

Passé le choc du plongeon brutal dans l'eau glaciale, Jake s'efforça de décontracter les muscles, sachant qu'un corps flottait mieux quand il était détendu. Trop tard : le même tourbillon qui avait entraîné la poupée par le fond venait de l'aspirer à son tour. Jake pesait bien plus lourd, et les courants étaient puissants sous la surface. Il avait entendu parler de certains vortex au fond des rivières, dans lesquels même des nageurs expérimentés se faisaient prendre au piège et se noyaient.

Confronté à une force inconnue qui le tirait vers le bas, Jake fit ce que la plupart des gens auraient fait à sa place : il se mit à battre frénétiquement des bras et des jambes. Il savait que ces efforts épuiseraient vite son énergie et finiraient par l'obliger à inhaler de l'eau. Il le *savait*. Et pourtant, pendant de précieuses secondes, il lutta contre la spirale infernale, jusqu'à ce que son cerveau et sa raison reprennent le dessus. *Ne panique pas. Retiens ton souffle.*

Tôt ou tard, les courants changeraient de direction et il referait surface comme la poupée avant lui. *Laisse-toi porter,* s'ordonna-t-il. Mais il continuait de tournoyer de plus en plus vite, à tel point qu'il perdit bientôt tout sens de l'orientation. C'était une chose de vouloir garder son calme, mais c'en était une autre d'y parvenir alors qu'on était secoué comme dans un panier à salade, et ce dans l'obscurité la plus totale.

Enfin, les cercles commencèrent à s'élargir et le rythme à ralentir. Instinctivement, Jake fut tenté de nager pour sortir du tourbillon. Cependant, bien en dessous de lui, sa lampe torche tournait encore, illuminant l'eau d'une lueur presque surnaturelle. Le bon sens lui soufflait de renoncer à la rattraper. Il ne pouvait pas risquer d'être pris dans un courant encore plus puissant qui finirait par le projeter contre la paroi rocheuse ou par l'aspirer tout au fond.

Cependant, l'être humain devait être naturellement attiré par la lumière, car il se surprit malgré tout à suivre celle de la lampe, jusqu'à ce que, les poumons en feu, il comprenne qu'il livrait une bataille perdue d'avance. Il ne parviendrait pas à récupérer sa torche. Elle coulait trop vite et il n'avait plus d'air. Il fallait l'abandonner et nager dans la direction opposée.

Et si la lampe ne coulait pas ? songea-t-il soudainement. Et si son boîtier en caoutchouc la portait au contraire vers la surface, tandis que Jake, lui, s'enfonçait encore plus profondément dans le vortex ?

L'espace d'un instant, il n'eut plus la moindre idée d'où étaient le haut et le bas. Il n'avait rien pour le guider, ni lumière, ni même les bulles qu'il aurait pu faire en expirant – s'il avait eu encore de l'air à expirer.

Il devait réfléchir, et vite. Sa lampe torche était étanche et conçue pour flotter. Une fois libérée des courants, elle remonterait donc à la surface. *Il faut suivre la lumière,* conclut-il.

Sa décision prise, il changea de cap une fois de plus et tenta de rejoindre la lueur. Il n'était pas sous l'eau depuis plus d'une minute, et pourtant il avait l'impression que cela faisait une heure… Un immense soulagement l'envahit lorsque sa tête émergea enfin. Il aspira une grande goulée d'air, puis nagea dans l'obscurité jusqu'à ce que son corps bute contre des rochers. À tâtons, il trouva une prise sur la paroi glissante et s'y agrippa fermement, le temps de reprendre ses esprits.

Sa lampe avait disparu. Peut-être s'était-elle éteinte, ou bien elle avait été emportée dans une galerie inondée. Il n'avait plus non plus son téléphone, mais au moins il avait gardé son arme. Lorsque sa respiration se calma, il écouta le silence. Son agresseur pouvait être tapi n'importe où.

Au bout d'un moment, il commença à sentir le courant tirer sur ses jambes. La force venait par vagues concentriques, chacune plus puissante que les précédentes. Employant le peu d'énergie qui lui restait, Jake se hissa sur la berge. Il n'était même pas certain d'avoir atterri dans la même salle. Sans lampe et sans téléphone, comment ressortirait-il de ce labyrinthe ?

Ne panique pas, s'ordonna-t-il une fois de plus.

Cette phrase était en train de devenir son mantra… Les renforts allaient bientôt arriver. Ses hommes savaient qu'il était ici, ils fouilleraient tous les coins et recoins jusqu'à ce qu'ils le retrouvent. Et s'ils ne le retrouvaient pas ?

Ne panique pas.

Il se leva prudemment, gardant les bras au-dessus de la tête pour s'assurer qu'il pouvait se tenir debout. Puis il s'éloigna du lac à petits pas, jusqu'à ce que son épaule rencontre la paroi de calcaire. Avant d'être attaqué, il avait marqué d'une poignée de cailloux chaque passage qu'il avait emprunté. Il ne lui restait plus qu'à longer le mur et à retrouver le dernier tas. À condition que personne n'ait effacé ses traces entre-temps, et qu'il n'ait pas débouché dans une autre caverne…

Alors qu'il progressait lentement, Jake sentit un courant d'air sur sa peau mouillée. S'il n'avait pas été trempé jusqu'aux os, il n'aurait sans doute rien remarqué. Il tourna le visage vers cette brise légère et entreprit de remonter jusqu'à sa source, guidé par son instinct, sa détermination… et par un claquement lointain et mélodieux qui le glaçait plus encore que l'eau dont il venait de s'extirper.

8

Thea poussa le portillon au fond du jardin et s'arrêta pour scruter l'orée du bois. Jake était parti depuis une éternité. Elle n'était pas vraiment inquiète – plutôt impatiente. Après tout, c'était un agent fédéral entraîné et doté d'une bonne intuition. Elle ne doutait pas de ses capacités à se défendre en cas de problème. Mais la découverte du dessin de Maya constituait une avancée importante dans l'enquête, et elle avait hâte d'en discuter les implications avec lui. C'était ce qu'elle voulait se faire croire, en tout cas…

Elle jeta un coup d'œil par-dessus son épaule, ne pouvant se défaire du sentiment obsédant que quelqu'un était entré dans la maison juste avant elle. Le dessin de sa sœur n'était pas apparu comme par enchantement. Une personne l'avait délibérément affiché dans la cuisine pour qu'elle ou Reggie le trouve. La question était : pourquoi ? Si Derrick Sway avait kidnappé Kylie Buchanan par vengeance ou en se trompant de cible, pourquoi serait-il revenu ici en plein jour ? Était-il sûr de lui au point de penser qu'il passerait inaperçu, ou était-il animé par un besoin irrépressible, le même qui pousse les meurtriers à retourner sur la scène de leur crime ou les ravisseurs à se joindre aux battues ?

Alors que Thea s'apprêtait à crier le nom de Jake, le silence absolu qui régnait autour d'elle la retint. Depuis son ancienne chambre, elle avait cru voir une silhouette au coin du cabanon, mais elle avait mis cette vision sur le compte de son imagination ou des ombres qui peuplaient toujours cette partie du jardin. Elle se retourna brusquement, parcourant du regard les renfoncements pouvant servir de cachettes entre les dépendances. Il n'y avait personne. Elle leva la tête vers la cime des arbres. Une petite brise agitait les feuilles et semblait lui chuchoter de prendre garde.

Attrapant son téléphone dans son sac, elle appela Jake et laissa un message sur sa boîte vocale. Puis elle lui envoya un SMS :

Où es-tu ?

Un moment plus tard, elle lui en écrivit un autre :

Tout va bien, Jake ? Réponds-moi stp.

Les arbres bloquaient peut-être le signal, se dit-elle. Gagnée par l'appréhension, elle rangea son téléphone et glissa son pistolet dans la poche arrière de son jean, pour pouvoir s'en saisir plus facilement. Elle regrettait de ne pas avoir pris son holster.

Après avoir jeté un dernier regard alentour, Thea s'engagea sur le chemin. Les moustiques bourdonnaient autour d'elle. Une goutte de transpiration roula dans son dos. Il était à peine 10 heures du matin et il faisait déjà une chaleur et une humidité étouffantes. Au bout de quelques centaines de mètres, elle s'arrêta de nouveau et tendit l'oreille. Jake ne devait pas être loin. Il était parti à pied. Pourquoi ne recevait-il pas ses messages, dans ce cas ? Cela ne lui ressemblait pas de disparaître comme ça, alors qu'il savait pertinemment qu'elle s'inquiéterait.

Un bruissement derrière elle lui fit faire volte-face.

— Jake ?

À présent, elle entendait distinctement des pas s'approcher à travers les fourrés. Ce n'était pas Jake, sans quoi il lui aurait répondu. Cette personne semblait résolue à la rattraper.

S'emparant de son arme, Thea fléchit instinctivement les jambes et tendit les deux bras devant elle pour viser.

— FBI ! Montrez-vous, les mains en l'air !

Pour un homme de son âge et de son gabarit, Derrick Sway était incroyablement leste. En un instant, il surgit sur le chemin et s'immobilisa devant elle, massif et redoutable. Il avait tellement occupé son esprit depuis que Jake lui avait montré la photographie de Maya qu'elle crut presque à une apparition. Mais il était bien là, en chair et en os. Il avait dû la suivre depuis la maison, ou bien il se trouvait déjà dans les bois et l'avait contournée à travers les taillis pour arriver dans son dos.

Pendant quelques secondes, ils s'observèrent en silence. Thea mémorisa un maximum de détails afin d'être en mesure de le décrire plus tard à la police. Jean déchiré. Débardeur noir. Chaussures de sécurité malgré la chaleur. Cicatrice en travers de la joue droite. Cheveux ras, laissant voir les tatouages sur son crâne.

Elle fut surtout frappée de constater à quel point il avait changé depuis la dernière fois qu'elle l'avait vu. Il n'avait pas seulement vieilli ; ses années d'incarcération avaient visiblement fait du truand maussade qu'il était naguère un vrai criminel à tendance psychopathe. Thea croyait se souvenir qu'il était un peu plus vieux que Reggie – il devait avoir une petite cinquantaine d'années –, mais il avait la musculature d'un homme de quarante ans qui soulevait des poids tous les jours, non pas par vanité ou par souci de garder la forme, mais pour pouvoir faire souffrir quiconque aurait l'idée de le contrarier.

Un pistolet était coincé dans la ceinture de son jean. Qu'il ne l'ait pas encore dégainé prouvait la confiance qu'il avait en ses capacités physiques. Il se tenait prêt à se défendre, bras et jambes légèrement écartés.

— Restez où vous êtes, le prévint-elle.

Les yeux de Derrick Sway s'étrécirent.

— Si tu tires, ma jolie, tu n'as pas intérêt à te rater.

— Il n'y a pas de risque. Lancez votre arme dans ma direction. Tout de suite !

Il hésita une seconde avant d'obéir.

— Maintenant, à genoux, les mains sur la tête.

L'adrénaline coulait à flots dans ses veines, et elle s'obligea à respirer lentement pour contrôler les battements effrénés de son cœur. Elle ne pouvait pas lui montrer à quel point il l'avait prise au dépourvu. À quel point sa simple présence lui retournait l'estomac et faisait perler la sueur sur son front.

Elle était seule dans les bois avec l'homme qui avait peut-être tué sa petite sœur… Thea dut se retenir de lui coller son arme sur la tempe et d'exiger qu'il lui explique pourquoi une photo de Maya avait été retrouvée en sa possession vingt-huit ans après la disparition de celle-ci. Elle aurait également rêvé d'écraser son poing sur son infâme figure pour effacer le rictus mauvais qu'il affichait et lui faire payer son crime.

Mais c'était impossible, bien sûr. Sa conscience professionnelle le lui interdisait, sans compter qu'il profiterait de la moindre occasion pour lui sauter dessus et la neutraliser. Son seul recours était de le maintenir en joue en attendant que les renforts arrivent. Même si elle n'avait pas envie de prévenir ses collègues tout de suite.

Derrick Sway s'agenouilla et joignit les deux mains derrière la tête, tout en soutenant son regard avec un sourire sardonique. Quel coup préparait-il ? Pourquoi avait-il abandonné son arme si facilement ?

Thea éloigna celle-ci d'un coup de pied, sans le quitter des yeux.

— Que faites-vous ici ? lui demanda-t-elle.

— Une petite balade matinale, répondit-il, moqueur. J'ai toujours aimé me promener dans les bois. Il y a plein de secrets enterrés sous ces arbres.

Le corps de ma sœur, par exemple ? s'interrogea Thea.

Il inclina la tête et ferma les paupières, comme pour inhaler une odeur qu'il était le seul à percevoir.

— Quels secrets ? s'enquit-elle.

— Ce ne serait plus des secrets si je te les disais, tu ne crois pas ?

Il n'avait pas peur de se faire arrêter. Il n'avait pas peur d'elle, en tout cas, c'était certain. Thea devinait qu'il voulait la pousser à la faute. Il fallait qu'elle prenne garde à ne pas tomber dans le piège.

— Je n'enfreins aucune loi, fit-il remarquer. Qu'est-ce que vous me reprochez, madame l'agent ?

— Le port d'une arme à feu par un repris de justice est un crime. Rien que pour ça, vous prendrez entre un et trois ans.

— Comment sais-tu que je suis un repris de justice ?

— Tous ces tatouages de prison ne mentent pas.

— Non, je ne pense pas que ce soit ça… Tu te souviens de moi, n'est-ce pas, Sissy ?

Une colère sourde envahit Thea.

— Ne m'appelez pas comme ça, siffla-t-elle.

Il avait touché un point sensible et il le savait. Elle lui rendait la tâche bien trop facile.

— Oui, tu te souviens de moi, répéta-t-il, satisfait. Déjà à l'époque tu ne m'aimais pas beaucoup. Pourtant, j'aimais bien ta mère… Cette nana était une vraie tigresse avant de découvrir Dieu.

Thea réprima une grimace de dégoût ; elle n'avait aucune envie d'imaginer les relations intimes entre Reggie et ce type. Elle tenta de se concentrer sur son apparence, d'enregistrer d'autres détails. Son jean et ses chaussures maculés de boue. Les égratignures récentes sur ses mains et ses avant-bras. Certains tatouages plus que troublants.

En dehors des symboles classiques qu'on pouvait observer chez beaucoup de détenus – des points sur les phalanges, une toile d'araignée sur l'épaule –, Sway arborait ce qui ressemblait à des signes occultes sur les biceps et le long du cou. Thea repensa aux mystérieux totems que Jake avait découverts à quelques pas d'ici. Elle avait tout de suite perçu leur caractère sinistre. Ils étaient faits pour inspirer la peur.

— Je vais vous reposer la question, dit-elle. Que faites-vous ici ?

— Et moi je vais te donner la même réponse : je me balade.

— Vous savez ce que je pense ? Je pense que vous êtes revenu chercher quelque chose que vous aviez laissé dans le coin.

Une lueur amusée traversa le regard de Sway.

— Je me promène, c'est tout, lui assura-t-il.

— Alors que tous les services de police sont à votre recherche ? Ça m'étonnerait.

— Qu'ils me cherchent, répliqua-t-il en haussant les épaules. S'ils avaient la moindre preuve contre moi, cette forêt grouillerait de flics. Tandis que, là, il n'y a personne à des kilomètres à la ronde à part nous. Tu sais ce que je crois, moi ? Que tu n'as pas envie qu'on nous rejoigne pour l'instant. Tu me veux pour toi toute seule. Parce que si tu m'embarques je demanderai un avocat. Tant qu'on n'est que tous les deux au milieu de nulle part, tu pourrais réussir à me faire parler. Et, qui sait, peut-être que je lâcherais une information.

— Vous seriez prêt à répondre à mes questions ?

— Ça dépend lesquelles.

— Celle-ci, par exemple : pourquoi avez-vous gardé une photo de ma sœur ?

Sway fronça les sourcils.

— Quelle photo ?

— Ne vous fichez pas de moi. Vous savez très bien de quelle photo je parle. Celle qu'on a retrouvée cachée derrière une plinthe, dans le placard de la chambre où vous dormez chez votre mère.

Elle aurait juré que sa surprise était sincère.

— Tiens donc, marmonna-t-il. Et l'idée ne t'est pas venue que quelqu'un d'autre avait pu la mettre là ?

— Non.

— C'est vrai que les flics ne dissimulent jamais de fausses preuves pour faire accuser les gens…

— Répondez, Sway. Comment vous êtes-vous procuré cette photo ?

Et pourquoi l'avez-vous coupée en deux pour me faire disparaître ? ajouta-t-elle en esprit.

— Je ne sais pas de quoi tu parles. Je n'ai rien d'autre à dire là-dessus.

— Dans ce cas, revenons-en à ma première question. Que faites-vous caché dans les bois derrière la maison de ma mère ?

— Tu veux la vérité ? Je t'ai aperçue de loin et je t'ai prise pour Reggie. Il faut dire que ça fait une paye que je ne l'ai pas vue de près, et tu lui ressembles sacrément. C'est peut-être la façon dont ce jean te moule, ajouta-t-il en baissant les yeux sur les jambes de Thea.

Elle serra les mâchoires.

— Êtes-vous entré dans la maison ?

— Pourquoi j'aurais fait ça ?

— Ce n'est pas une réponse.

— Ce n'est pas un interrogatoire non plus. Moi aussi j'ai le droit de poser des questions. Je ne vais pas tout te servir sur un plateau sans obtenir un petit quelque chose en retour.

— Vous n'êtes pas en position de négocier, rétorqua Thea en luttant pour garder son sang-froid.

— Tout se négocie. Et pour le coup c'est bien moi qui suis en position de force.

— C'est drôle… Il me semblait que c'était moi qui tenais le pistolet.

— Pour l'instant, oui.

Il lui coula un regard qui la pétrifia. Discrètement, elle se campa plus solidement sur ses jambes.

— Vous dites que vous m'avez confondue avec ma mère. Pourquoi la suiviez-vous dans la forêt ?

— Ça, c'est facile. Parce que Reggie et moi avons de vieux comptes à régler.

— Lesquels ?

— Ça nous regarde.

— Vous êtes sorti de prison depuis plusieurs mois. Pourquoi revenir maintenant ? insista Thea.

— Après dix ans dans ce trou à rats, il n'y avait pas qu'avec elle que j'avais des comptes à régler. J'ai gardé le meilleur pour la fin.

De nouveau, il la toisa de haut en bas, puis il secoua la tête.

— Alors comme ça Reggie Lamb a élevé une fliquette… Qui l'aurait cru ?

— C'est si surprenant ?

— Ta maman n'était pas spécialement du genre à aimer la police, quand je l'ai connue. À l'époque, elle faisait les quatre cents coups, et elle vous traînait partout avec nous. Tu ne te rappelles pas avoir dormi sur la banquette arrière de ma voiture ?

— Non.

— C'est sans doute mieux comme ça. Pour ta propre sécurité.

— Qu'est-ce que vous voulez dire par là ?

Il ne répondit pas, et elle n'insista pas.

— Je me souviens que je me demandais à quoi vous ressembleriez en grandissant. Reggie était un sacré beau morceau, quand elle était jeune.

— La ferme, lâcha Thea.

Un début de sourire étira les lèvres fines de Sway.

— Tu n'es pas mal non plus, mais l'autre ? Maya ? J'étais sûr qu'elle ferait des ravages, plus tard.

Thea sentit la bile remonter dans sa gorge. Ses mains se mirent à trembler de rage. *Ne mords pas à l'hameçon,* se dit-elle. *Ne baisse pas la garde.* Elle inspira calmement.

— C'est vous qui l'avez enlevée ?

— Laquelle ? fit-il, toujours avec ce soupçon de moquerie dans la voix.

Thea avait beau avoir envie de connaître la vérité sur sa sœur – et elle s'était promis de la découvrir un jour –, une autre enfant était en danger immédiat.

— Que pouvez-vous me dire sur Kylie Buchanan ? demanda-t-elle.

— Qu'elle n'est plus là depuis longtemps.

— Comment le savez-vous ?

— Sers-toi de ta tête, jeune fille. Ça fait quoi… deux jours qu'elle a disparu ? Soit elle est morte, soit elle a déjà passé la frontière. Dans les deux cas, vous perdez votre temps à fouiller cette forêt.

— Vous avez l'air bien sûr de vous.

— Non, je suis juste réaliste.

Thea ravala sa colère et son aversion. *Continue à le faire parler,* s'ordonna-t-elle, *tu finiras peut-être par apprendre quelque chose.*

— Vous l'avez dit vous-même, monsieur Sway, il n'y a personne ici à part vous et moi. Vous remarquerez que je ne vous ai pas arrêté ni lu vos droits. Cela signifie que rien de ce que vous me racontez maintenant ne pourra être utilisé contre vous lors d'un procès. Dites-moi la vérité. Savez-vous où la petite se trouve ?

— Qui ? Maya ou Kylie ?

Il prenait un malin plaisir à jouer avec ses nerfs…

— Dois-je comprendre que c'est vous qui avez enlevé ma sœur ?

— Si je réponds oui, tu me laisses partir ?

Thea agrippa plus fermement son pistolet.

— Avouez, et vous verrez.

Il eut un rire mauvais.

— Je n'avoue rien du tout. Et je suis sûr que tu ne ferais rien, de toute façon. Je pourrais me lever et partir tout de suite, tu n'oserais même pas me tirer dessus. Tu sais pourquoi ? Parce que, si tu penses vraiment que j'ai kidnappé cette petite fille, tu ne voudras pas tuer la seule personne qui pourrait te dire où elle est.

— Essayez un peu, le défia-t-elle. Mais je vous préviens, je vise plutôt bien. Je suis capable de vous faire très mal sans rien toucher de vital. Vous regretterez de ne pas être mort.

— Vas-y, dit-il en se relevant lentement. Montre-moi de quoi tu es capable.

Thea tira suffisamment près de sa tête pour le stopper net dans son mouvement. En allant se loger dans l'arbre le plus proche, la balle fit exploser l'écorce en une pluie de petits fragments. Sway en retira un de sa joue, puis il releva les yeux vers elle. Au fond de ses prunelles, l'amusement avait cédé la place à une haine pure.

— Ne faites pas de bêtise, le prévint Thea en le voyant serrer les poings. Je n'ai pas envie de vous blesser, mais je n'hésiterai pas à le faire si vous m'y obligez.

Il n'avait pas tort, cependant : elle ne pouvait pas prendre le risque de le tuer alors qu'il était peut-être leur seule piste pour retrouver Kylie. Mais elle devait agir vite, car cette confrontation tournait à son désavantage. Elle passa mentalement en revue les solutions qui s'offraient à elle. Malheureusement, celles-ci étaient très limitées.

Soudain, un homme se mit à crier non loin d'eux. Thea pensa d'abord qu'il s'agissait de Jake, mais lorsqu'il appela une deuxième fois elle s'aperçut qu'elle ne connaissait pas sa voix.

— Vous avez entendu ce que j'ai dit ? hurla-t-il. On est en train de chercher la petite qui a disparu. Arrêtez de tirer, vous allez blesser quelqu'un !

— Je suis l'agent Thea Lamb, du FBI, répondit-elle sans quitter Derrick Sway des yeux. Restez où vous êtes et identifiez-vous.

Il y eut un silence. Puis les buissons s'agitèrent sur sa droite, et un individu apparut entre les arbres.

— Vous êtes la fille de Reggie Lamb ?

— J'ai dit, restez où vous êtes ! cria Thea.

Au lieu de profiter de la distraction pour s'enfuir ou fondre sur elle, Sway pivota vers le nouveau venu. Thea observa ce dernier du coin de l'œil. Il s'était arrêté à quelques pas du chemin, bouche bée. De taille et de corpulence moyennes, il avait des cheveux bruns assez longs et des lunettes à monture d'acier ; il portait un jean, des baskets et un T-shirt orné d'un logo sur la poche.

— Qu'est-ce qui se passe ? s'enquit-il en regardant Sway et Thea tour à tour.

— Restez à distance, monsieur, lui demanda-t-elle. Je suis en train d'arrêter cet homme.

L'inconnu ajusta ses lunettes sur son nez, tout en reculant gauchement.

— Qu'a-t-il fait ?

— Retournez à vos occupations et laissez-moi gérer la situation.

— Attendez une minute, insista l'autre en observant Derrick Sway plus attentivement. Je vous reconnais. J'ai vu votre photo au poste de commandement, ce matin. Vous êtes le criminel que tout le monde recherche !

Il se tourna vers Thea.

— Excusez-moi, je ne me suis pas présenté : Eldon Mossey. Je suis un ami de votre mère.

Une chose était certaine : il ne correspondait pas à l'image que Thea s'était faite du charismatique prédicateur dont on lui avait chanté les louanges. Son apparence était tout à fait quelconque. Et pourtant, même si le premier réflexe de Thea avait été de le classer dans la catégorie des spectateurs inoffensifs, elle ne pouvait s'empêcher de se demander pourquoi Derrick Sway ne l'avait pas attaquée dès qu'il en avait eu l'opportunité. Que se passait-il ? Ces deux-là se connaissaient-ils ? Avait-elle interrompu un rendez-vous clandestin ?

Comme s'il avait deviné ses pensées, Eldon Mossey s'empressa d'expliquer :

— Je suis venu ici avec Taryn pour tenter de retrouver Kylie. On en avait marre d'attendre sans rien faire au poste de police. On s'est séparés pour couvrir un maximum de terrain. Quand j'ai entendu le coup de feu, j'ai eu peur qu'on soit tombés sur un volontaire ou un policier à la détente facile.

À cet instant, une femme accourut derrière le pasteur. Elle avait quelques années de moins que lui – Thea lui donnait vingt-cinq ou vingt-six ans, même si sa queue-de-cheval emmêlée et sa frêle silhouette la faisaient paraître encore plus jeune. Sa chevelure d'un blond pâle prenait des reflets dorés dans la lumière pailletée du sous-bois.

Malgré ses traits tirés et les cernes sombres sous ses yeux, Taryn Buchanan était très belle. Belle, fragile et tragique. La victime rêvée pour un homme comme Russ Buchanan. Et comme Eldon Mossey, peut-être.

— J'ai entendu un coup de feu, commença-t-elle à dire d'une voix essoufflée.

Elle s'interrompit en découvrant la scène. Derrick Sway n'avait pas bougé d'un pouce. Thea était certaine qu'il avait une idée derrière la tête : l'ancien détenu n'était pas du genre à attendre passivement que les renforts arrivent ou qu'elle lui passe les menottes.

Eldon Mossey posa une main sur le bras de Taryn.

— Restez derrière moi. C'est la fille de Reggie, elle est du FBI.

— Que se passe-t-il ? demanda la jeune femme, choquée. Qui est cet homme ?

— Nous avons vu sa photo au poste de commandement, vous vous souvenez ? C'est Derrick Sway.

Taryn porta une main à sa bouche, le regard rivé sur le criminel. Mossey tenta d'entourer ses épaules d'un bras protecteur, mais elle s'écarta de lui. Thea détecta au fond de ses yeux bleus une petite flamme qui n'augurait rien de bon.

— Gardez votre calme, lui conseilla-t-elle.

C'était trop tard…

— Vous êtes un monstre ! hurla Taryn. Vous m'avez pris ma fille ! Où est-elle ? Que lui avez-vous fait ? Dites-moi où elle est !

— Taryn, s'il vous plaît…, murmura Mossey en s'avançant vers elle.

— Ne me touchez pas !

La jeune mère était en pleine hyperventilation. Sway profita aussitôt de sa vulnérabilité.

— Si on allait faire un tour dans les bois, tous les deux ? lui proposa-t-il d'une voix mielleuse. Si vous êtes gentille avec moi, je vous dirai peut-être ce que vous voulez savoir.

Avant que Mossey ait pu l'en empêcher, Taryn se jeta sur Sway – directement dans la gueule du loup, pour ainsi dire. En une fraction de seconde, il passa un bras autour de son cou et la plaqua contre lui tandis qu'il brandissait un couteau dans l'autre main.

— Pose ton flingue ou je l'égorge comme un mouton, grogna-t-il.

Thea obéit, convaincue qu'il n'hésiterait pas à mettre sa menace à exécution. Taryn, qui jusque-là s'était débattue, cessa brusquement de bouger, les yeux emplis de terreur.

— Ne lui faites pas de mal, supplia Mossey. Relâchez-la, on vous laissera partir.

Sway l'ignora.

— Lancez vos téléphones vers moi, ordonna-t-il.

Il détruisit les appareils avec le talon de sa chaussure.

— Voici ce qui va se passer : elle vient avec moi. Si vous essayez de nous suivre, elle meurt. Si j'entends des sirènes, elle meurt.

Il commença à reculer entre les arbres en entraînant Taryn avec lui. En quelques secondes, la forêt les engloutit tous les deux.

Alors que Thea ramassait son arme et leur emboîtait le pas, Eldon Mossey la retint par le coude.

— Qu'est-ce que vous faites ? Vous n'avez pas entendu ce qu'il a dit ? Il la tuera si on les suit !

Pour la première fois depuis que le pasteur de sa mère était apparu dans les bois, Thea put vraiment le regarder. C'était peut-être son imagination, ou son travail qui la rendait trop méfiante, mais elle avait l'impression à présent que son apparence était *volontairement* quelconque. Une façade inoffensive élaborée pour obtenir la confiance et apaiser les doutes. Derrière ses lunettes, néanmoins, ses yeux bleu-gris manquaient de chaleur, et elle y percevait même une pointe d'hostilité.

— Trouvez un téléphone et appelez la police, lui dit-elle sèchement en dégageant son bras.

— Vous allez vraiment le suivre ? Mais il va la tuer !

— Trouvez un téléphone ! Vite !

Il acquiesça à contrecœur.

— S'il lui arrive quoi que ce soit…

Thea n'attendit pas la fin de sa menace. Elle s'enfonça dans les fourrés, les yeux rivés sur la piste de brindilles cassées et de broussailles écrasées que Derrick Sway avait laissée derrière lui. Il ne fallait pas lui permettre de prendre trop d'avance. Tôt ou tard, il abandonnerait Taryn, car elle le ralentissait dans sa fuite. Restait à savoir si Thea arriverait à temps pour la sauver.

Les arbres s'espacèrent à mesure que les traces revenaient en direction du quartier de Reggie. Sway devait avoir un véhicule garé dans les parages. Un peu plus loin devant Thea, une forme gisait par terre. Elle reconnut vite le T-shirt blanc de Taryn et ses cheveux blond pâle. La jeune femme ne bougeait pas.

Thea s'avança prudemment pour vérifier que Sway ne lui tendait pas un piège. Puis elle s'agenouilla auprès de Taryn et lui prit le pouls. Celui-ci était faible mais régulier. À en juger par la marque sur sa pommette, elle avait été assommée d'un coup de poing.

Ses paupières s'entrouvrirent.

— Vous avez vu où il est parti ? demanda-t-elle faiblement. Vous devez l'arrêter !

— Chh… Ne vous agitez pas. Vous avez sans doute une commotion cérébrale, il faut vous conduire à l'hôpital.

— Suivez-le ! souffla Taryn. Ne le laissez pas s'échapper !

— On le retrouvera, je vous le promets. Tout de suite, l'urgence est de s'occuper de vous.

Taryn lui prit le bras.

— Vous ne comprenez pas… Il sait peut-être où elle est !

Elle tenta de se redresser, mais Thea l'en empêcha.

— Restez allongée, Taryn.

— Je vous en supplie !

Après une hésitation, Thea hocha la tête. À la place de la jeune femme, elle aurait voulu la même chose.

— Ne bougez pas tant que les secours ne sont pas arrivés, d'accord ? lui dit-elle.

Et elle s'élança à la poursuite de Derrick Sway.

Depuis qu'il avait réussi à s'extraire du lac, Jake avait évolué dans le noir complet, mais à présent il distinguait une lueur au loin, si faible qu'elle pouvait tout aussi bien être le fruit d'une illusion d'optique. En revanche, le courant d'air qu'il sentait sur sa peau mouillée était bien réel, tout comme la mélodie lugubre qui lui parvenait de temps en temps.

Gardant une main contre la paroi humide, il continua d'avancer, lentement mais régulièrement, vers ce trait de lumière vacillante. Il n'avait aucune idée d'où elle pouvait provenir. Plus tôt, lorsqu'il avait débouché dans cette salle, il n'avait repéré aucune autre galerie, mais peut-être n'avait-il pas été assez attentif.

Se pouvait-il que ses collègues soient déjà sur place ? Jake se retint de crier pour signaler sa présence, de peur que son agresseur ne se trouve encore dans les parages. L'individu l'avait frappé suffisamment fort pour l'étourdir, avant de le pousser dans l'eau d'un coup de pied. Certes, l'obscurité provoquait parfois des hallucinations, mais que penser de la bosse qui s'était formée à l'arrière de son crâne, et de la douleur qu'il ressentait dans les côtes ?

Il poursuivit sa progression, laissant courir les doigts sur les reliefs de la roche. La lueur semblait émaner d'une brèche étroite dans la paroi. Alors qu'il s'en approchait, ses pieds butèrent contre un gros tas de pierres. Il se mit à quatre pattes et entreprit de surmonter l'obstacle.

Cette lumière l'intriguait. Il était à peu près sûr qu'elle n'avait pas été présente à son arrivée, sans quoi il l'aurait sans doute remarquée. Ou alors, le rayon puissant de sa lampe torche l'avait engloutie… Autre possibilité : Jake était resté assez longtemps dans la grotte pour que le soleil ait changé de position, et son éclat lui parvenait depuis une trouée dans le plafond. Il ne pensait pas avoir passé plus d'une heure dans ce dédale de cavernes, mais le coup qu'il avait reçu sur la tête avait pu brouiller sa perception du temps. Sa situation lui paraissait tellement irréelle qu'il se demanda même s'il n'était pas encore coincé dans le tourbillon, inconscient et en train de rêver.

Les arêtes coupantes sous ses paumes lui prouvaient toutefois qu'il était bien réveillé. Tandis qu'il finissait d'escalader l'amoncellement dc gravats, son cœur se mit à battre plus vite. La lumière était là, filtrant à travers une fente entre les pierres. Elle semblait provenir d'une autre salle derrière la paroi, mais comment y accéder ?

Jake distingua un renfoncement dans le mur. Il s'y glissa et découvrit l'entrée d'une nouvelle galerie, invisible depuis la caverne du lac. Non loin de lui, de l'eau coulait goutte à goutte. Il jeta un coup d'œil dans le passage. S'il s'y aventurait, il se retrouverait de nouveau dans le noir le plus total…

Deux options s'offraient à lui : explorer ce tunnel secret ou attendre sagement ses collègues. Il savait pertinemment laquelle il aurait dû choisir. Mais il ressentait de nouveau ce picotement sur la nuque, qui le poussait à avancer. Et en fin de compte il comprit qu'il n'avait pas tellement le choix. Tant qu'il y avait une chance, aussi infime soit-elle, que Kylie soit perdue quelque part au fond de cette grotte, il continuerait à la chercher.

Il prit le temps de respirer profondément, puis il s'engagea dans la galerie, courbé en deux. Assez vite, il se heurta à un mur. Cherchant son chemin à tâtons, il s'aperçut que le passage formait un angle droit vers la droite. Les parois étaient si serrées qu'il craignit un moment de rester coincé, mais le boyau finit par s'élargir et l'obscurité par s'estomper. Autre virage à droite, quelques mètres à ramper sur les coudes, et une ouverture apparut devant lui, d'où émanait un rayonnement plus vif.

Jake déboucha dans une petite salle où il pouvait presque se tenir debout. Le bon sens lui soufflait que Kylie n'aurait jamais pu traverser seule ce labyrinthe de tunnels, et il paraissait peu probable que quelqu'un l'ait portée ou même traînée jusqu'ici. Dans ce cas, pourquoi s'obstinait-il à perdre un temps précieux ? se demanda-t-il. Il reprit pourtant sa progression, tournant une dernière fois à droite. Et soudain la lumière explosa.

Dans un premier temps, Jake crut qu'il était ressorti de la grotte, mais il se trouvait en réalité dans une autre salle, plus vaste que les précédentes. Lorsqu'il leva la tête, il sentit un souffle sur son visage ; tout en haut, une crevasse laissait entrer un rayon de soleil. Malgré cette aération naturelle, l'eau qui coulait le long des parois de calcaire imprégnait les lieux d'une odeur de pierre et de terre humides.

Néanmoins, ce n'était pas l'astre du jour qui illuminait la pièce. Quelqu'un était passé avant Jake et avait allumé des dizaines de bougies dans de vieilles bouteilles de vin. Cette personne était peut-être même encore là, songea-t-il en scrutant les ombres dansantes autour de lui.

À première vue il semblait être seul, mais il ne voulut prendre aucun risque. Brandissant son arme, il fit le tour de la salle, à la recherche d'une autre sortie ou d'un recoin dans lequel son agresseur aurait pu se cacher. À en juger par les graffitis sur les murs et les canettes de bière rouillées qui jonchaient le sol, l'endroit avait jadis accueilli quelques soirées clandestines… Sans les bougies, Jake aurait pu croire que personne n'était entré dans cette caverne depuis des décennies. Mais quelqu'un était venu. Quelqu'un qui, de toute évidence, avait ses habitudes ici.

Le bruit des gouttes d'eau sembla s'atténuer, couvert par celui de son cœur qui cognait à ses oreilles. Jake baissa son pistolet, les yeux rivés sur un tas de terre et de cailloux auquel il n'avait pas prêté attention auparavant. Sur le mur juste derrière, une croix avait été peinte. Jake s'aperçut que les bouteilles qui faisaient office de bougeoirs n'avaient pas été placées au hasard dans la salle : elles entouraient le monticule telles des chandelles votives autour d'un autel.

Et à une extrémité de la vieille tombe un crâne émergeait partiellement des gravats.

9

— Je viens d'avoir Eldon Mossey au téléphone, annonça Nash Bowden tandis que Thea et lui se retrouvaient devant chez Reggie. Il est à l'hôpital avec Taryn. D'après lui, elle souffre seulement d'une légère commotion cérébrale. Elle devrait pouvoir rentrer chez elle rapidement.

— Je suis très heureuse de l'entendre. Et, sinon, toujours aucune trace de Derrick Sway ?

— Malheureusement, non. On a pourtant un certain nombre d'agents qui ratissent le secteur, et plusieurs barrages ont été dressés sur les routes principales… Avec un peu de chance, quelqu'un finira par le repérer.

— Le contraire m'étonnerait, répondit Thea. Sway n'est pas tout à fait le genre de type qui se fond dans le décor.

Elle lissa sa queue-de-cheval d'un geste agacé.

— Je n'arrive pas à croire qu'il ait réussi à s'échapper. Il n'avait pas tant d'avance que ça sur moi. Pour quelqu'un de son âge et de sa corpulence, on peut dire qu'il est rapide ! J'en viens à me demander s'il n'a pas été aidé, pour disparaître aussi vite.

— Quand vous êtes arrivée, tout à l'heure, avez-vous vu un véhicule garé dans la rue ? demanda Bowden. Quelqu'un de louche qui traînait dans le quartier ?

— Non, mais je ne vis plus ici depuis bien longtemps. Je ne connais ni les voisins ni leurs voitures, si bien que je serais incapable de repérer quoi que ce soit d'inhabituel. En revanche, je pense que j'aurais remarqué Derrick Sway.

Thea avait déjà donné ces informations aux premiers policiers qui étaient intervenus. Eldon Mossey et elle avaient répondu à leurs questions pendant que les pompiers prenaient Taryn en charge. Thea était ensuite retournée chez Reggie pour se rafraîchir. À son arrivée, le chef Bowden avait voulu entendre son témoignage de sa bouche.

C'était un homme grand, au regard sombre et à la mine sérieuse. Pendant leurs premiers échanges, Thea n'avait pas pu s'empêcher de repenser à Grace Bowden, à ses sourires forcés et à ses accès de mélancolie. Elle continuait de croire que tout n'était pas rose dans leur couple, et l'absence d'alliance à la main gauche du chef semblait confirmer cette impression. Néanmoins, au bout de quelques minutes passées avec lui, ses réserves initiales s'étaient vite estompées. Elle comprenait pourquoi Jake l'appréciait.

— Ne vous sentez pas coupable par rapport à Sway, lui dit-il. Il s'est enfui parce que vous vous êtes arrêtée pour aider Taryn. J'aurais fait la même chose à votre place.

— J'apprécie votre gentillesse, chef, mais vous m'accordez trop d'honneur. Elle n'était pas blessée grièvement. Je suis sûre qu'elle s'en serait sortie sans moi.

— Vous ne pouviez pas le savoir, insista-t-il. L'important, c'est qu'elle soit vivante.

— Justement, je me demande pourquoi Sway l'a épargnée. Il aurait pu la tuer.

Bowden haussa les épaules.

— Il a voulu gagner du temps. Il savait que s'il se contentait de la blesser vous vous arrêteriez pour lui venir en aide. S'il l'avait tuée vous l'auriez poursuivi.

— C'est pourtant ce que j'ai fait, et je n'ai pas réussi à le rattraper, répliqua Thea. Il peut être n'importe où, maintenant.

— Il ne prendra pas le risque d'emprunter les grosses

routes. À mon avis, il va se terrer quelque part dès qu'il en aura la possibilité. Il a peut-être même une planque dans le coin ; ça expliquerait pourquoi vous êtes tombée sur lui dans les bois. N'importe qui de normalement constitué serait déjà parti très loin, dans sa situation. Il doit y avoir une raison pour qu'il reste ici.

— Il m'a expliqué qu'il avait des comptes à régler avec ma mère.

— Comment ça ?

— Il n'a pas précisé. Il m'a juste dit qu'il en avait à régler avec plein de monde après dix années passées en prison. C'est tout ce que j'ai pu lui soutirer. En tout cas, il n'avait pas l'air d'avoir peur de se faire prendre, ce qui m'amène encore une fois à me demander s'il n'a pas des complices qui l'aident à échapper à la police.

— C'est possible. Il est né et a grandi ici, il peut avoir gardé des amis dans la région.

Bowden marqua un silence tandis qu'il promenait son regard sur la rue. Sa tenue décontractée – jean, chemise aux manches retroussées et chaussures montantes poussiéreuses – contrastait avec la ténacité qui se lisait dans ses yeux.

— Répétez-moi ce qu'il vous a dit à propos de Kylie.

— Qu'en toute logique elle était déjà morte ou à l'étranger, répondit Thea. J'ai demandé à une collègue de surveiller le *dark web,* au cas où sa photo apparaîtrait.

— Pour l'amour du ciel, elle n'a que quatre ans ! s'exclama Bowden.

— J'ai vu des photos d'enfants encore plus jeunes.

Il étouffa un juron.

— Je ne sais pas comment vous faites pour dormir la nuit.

— Je dors mal, reconnut Thea. J'essaye de compartimenter. Parfois ça marche, parfois non. Je suis sûre que vous savez de quoi je parle.

— Quatre ans, répéta-t-il avec un mélange de colère et de tristesse.

Elle ne comprenait que trop bien ce qu'il ressentait.

— Sway avait l'air convaincu qu'on ne la retrouverait pas, mais il n'a rien avoué non plus, souligna-t-elle.

— Qu'il ait avoué ou non, il reste notre principal suspect.

— Peut-être, mais j'ai eu l'impression qu'il prenait plaisir à jouer avec mes nerfs. À raconter n'importe quoi pour me faire sortir de mes gonds.

— Vous pensez que ce n'est pas lui qui a kidnappé Kylie ?

— Je n'ai pas dit ça. Je suis d'accord avec vous, c'est un suspect crédible.

Et il s'est enfui par ma faute, songea-t-elle. *J'aurais dû appeler des renforts dès l'instant où je l'ai vu dans les bois. J'ai eu tort de vouloir gérer la situation toute seule.*

— Il y a autre chose qui m'inquiète, dit-elle tout haut. L'agent Stillwell est parti dans la forêt tout à l'heure, et je n'arrive pas à le joindre depuis. Il y a sans doute une explication toute bête… son téléphone ne capte pas, il n'a plus de batterie, que sais-je. Mais après ce qui s'est passé avec Sway vous comprenez que je me pose des questions…

Bowden la dévisagea, surpris.

— Vous n'êtes pas au courant ?

— Au courant de quoi ? s'enquit Thea, le ventre soudain noué.

— Il a entendu un bruit venant de la grotte, et il a pensé que Kylie était peut-être à l'intérieur. Il est descendu pour vérifier.

— Tout seul ? Des gens sont morts dans cette grotte !

Bowden la regarda de nouveau bizarrement.

— Ses collègues et certains de mes hommes l'ont rejoint. Stillwell va bien, mais…

Il se tut, gêné. Pour un policier expérimenté, le chef cachait mal ses sentiments.

— Que s'est-il passé ? lui demanda Thea. Dites-moi.

— Il a trouvé des restes humains dans une des cavernes.

Lorsqu'on travaillait sur une affaire d'enlèvement d'enfant, c'était le genre de nouvelle qu'on redoutait d'entendre. Pourtant, Thea s'était préparée à l'éventualité d'un dénouement tragique dès qu'elle était arrivée à Black Creek. Mais Bowden avait parlé de « restes », pas d'un corps. Elle déglutit péniblement.

— Ce n'est pas Kylie, si je comprends bien ?

— J'aurais dû être plus clair, répondit calmement Bowden. Il a trouvé un squelette. Celui-ci est enterré sous un monticule de pierres, dans une zone isolée de la grotte. Et, de toute évidence, il est là depuis des années, voire des décennies.

L'information fit à Thea l'effet d'un coup de poing.

— Maya, souffla-t-elle.

— C'est ce que j'ai tout de suite pensé. Mais nous ne sommes sûrs de rien pour l'instant. Les restes ne sont que partiellement exposés. L'agent Stillwell a fait fermer la galerie qui mène à la caverne, le temps qu'une anthropologue judiciaire arrive de Tallahassee pour superviser le dégagement du corps.

— Quand vient-elle ? s'enquit Thea d'une voix étranglée.

Elle s'éclaircit la gorge, avant de reprendre :

— On ne peut pas la laisser là indéfiniment. Il faut la remonter.

— C'est ce qu'on fera, mais on doit respecter scrupuleusement les différentes étapes. Vous savez sans doute mieux que moi qu'exhumer un corps à l'état de squelette est une opération délicate.

— Je sais bien. C'est juste que…

Elle ferma les yeux.

— On a attendu si longtemps !

— Je comprends, murmura-t-il gentiment. Ça a dû être terrible pour votre famille. Il m'arrive de croiser Reggie au restaurant. C'est une femme solide.

En entendant le nom de sa mère, Thea sentit son cœur se serrer. Il fallait qu'elle la prévienne au plus vite.

— Je vais à la grotte, reprit Bowden. Venez avec moi, si vous voulez. S'il y a des objets enterrés avec le corps, vous serez peut-être capable de les identifier. À tout le moins, nous pourrons comparer votre ADN avec celui du squelette.

— Je dois parler à Reggie avant qu'elle n'apprenne la nouvelle par quelqu'un d'autre.

— Vous avez raison. Sachez que nous ne comptons pas ébruiter l'information pour l'instant. Nos hommes ont besoin de pouvoir travailler dans le calme sans être dérangés par les curieux.

— Bien sûr. Je serai discrète, et Reggie aussi.

— Mon intention n'était pas d'insinuer le contraire. Je voulais juste vous tenir au courant. Quand vous serez prête, un de mes hommes vous conduira à l'hôpital.

Thea hésita.

— Merci, finit-elle par dire, mais à bien y réfléchir j'aimerais vous accompagner à la grotte.

Sans pouvoir expliquer pourquoi, elle ressentait le besoin d'être auprès de sa sœur. Maya était demeurée seule dans cette caverne pendant près de trente ans.

— Très bien, répondit Bowden. Allons-y.

Lorsqu'ils arrivèrent sur le site, le propriétaire du terrain, qui avait été averti, était déjà sur place et avait ouvert la barrière. Thea supposait qu'il s'agissait du vieux monsieur aux cheveux blancs et aux épaules voûtées qui assistait de loin aux opérations, depuis l'ombre d'un arbre. Qu'avait-il pensé en apprenant la nouvelle ? Que cet endroit était maudit, sans doute… Il avait posé un grillage et affiché des panneaux d'avertissement après la mort des deux adolescents, alors qu'un autre corps – possiblement celui d'une enfant de quatre ans – avait été enfoui là depuis encore plus longtemps.

Deux agents en uniforme étaient postés de part et d'autre de l'entrée du gouffre. L'un d'eux se pencha pour tendre la main à Jake, qui venait d'apparaître dans l'ouverture. En apercevant Thea, ce dernier lui fit un signe de tête, avant de se tourner vers la personne qui remontait derrière lui.

Tandis que le chef Bowden les rejoignait, Thea resta à distance. Elle avait éprouvé un besoin instinctif de se rendre sur les lieux, mais à présent, bizarrement, elle ne se sentait pas à sa place. Plusieurs policiers l'avaient reconnue et la regardaient du coin de l'œil avec un mélange de respect et de pitié. Leurs bonnes intentions lui rappelaient la nuit où Maya avait disparu et les jours terrifiants qui avaient suivi, quand la communauté tout entière s'était lancée à sa recherche. Sa sœur avait-elle été si près d'eux pendant tout ce temps ? Était-elle morte toute seule dans cette caverne humide et froide, en réclamant Sissy et sa maman ?

— Ça va ?

Thea sursauta. Jake venait de lui toucher le coude.

— Excuse-moi, je pensais que tu m'avais vu approcher.

Il était trempé des pieds à la tête, couvert de boue et d'égratignures.

— Jake, est-ce que c'est elle ?

— Je suis désolé de ne pas avoir pu te le dire en personne. J'ai bien essayé de t'appeler, mais…

— Peu importe. Dis-moi juste si c'est elle.

— On n'en sait rien. Le crâne n'est qu'en partie exposé. On n'est même pas sûrs que le reste du squelette soit intact.

— Combien de temps ça va prendre de le déterrer, à ton avis ?

Sans le vouloir, Thea avait haussé la voix, mais il ne broncha pas.

— Dans ses conditions ? Je n'en ai aucune idée, répondit-il.

Déjà, ça ne va pas être simple de transporter tout le matériel jusqu'à la salle. Les galeries sont très étroites par endroits.

Il se frotta le bras.

— Une fois que tout sera en place, le plus dur, et le plus long, pourra commencer. Il faudra quadriller la zone et passer chaque carré au crible. Tout ce qui sera découvert, les os, mais aussi les éventuels objets, devra être soigneusement étiqueté et mis en sachet. On n'aura pas de deuxième chance : il faut faire les choses correctement dès le départ.

— Vous considérez donc cette caverne comme une scène de crime et pas seulement comme le lieu où le corps a été déposé ?

— On doit envisager toutes les éventualités. On ne peut pas prendre le risque, par négligence ou par empressement, de passer à côté d'un indice ou d'une trace ADN. De quelque chose qui permettrait de résoudre l'enquête.

— Et d'obtenir enfin justice, compléta Thea dans un murmure.

Il acquiesça, la mâchoire serrée. Si elle avait tout de suite remarqué ses cheveux et ses vêtements mouillés, ainsi que les écorchures sur ses mains et ses joues, ce qu'elle décela dans ses yeux à cet instant la troubla. C'était le regard d'un homme qui venait de passer trop près de la mort. Elle-même avait eu un aperçu de ce sentiment lorsqu'elle s'était retrouvée seule dans la forêt avec Derrick Sway.

Avant qu'elle ait pu pousser plus loin ses investigations, un masque tomba sur le visage de Jake.

Ne fais pas ça, eut-elle envie de lui dire. *Ne te referme pas. Laisse-moi t'aider.*

Mais il avait déjà reporté son attention sur l'entrée de la grotte, d'où un policier en uniforme venait de remonter.

— On va essayer d'avancer un maximum avant que le docteur Forrester arrive avec son équipe, expliqua-t-il. On est en train d'installer un système de poulie et de baudrier pour descendre dans le gouffre, et on va placer des lampes dans les galeries et les différentes salles. Au moins, on n'a pas à s'inquiéter de finir avant la tombée de la nuit. En bas, il fait nuit tout le temps.

— Quand l'anthropologue doit-elle arriver ? s'enquit Thea.

— Dans l'après-midi, si tout va bien. Elle a accepté de tout laisser en plan pour venir, mais il faudra attendre encore un moment avant d'avoir ses conclusions. Tu devrais peut-être rejoindre ta mère à l'hôpital pour lui expliquer les derniers rebondissements.

— Oui, c'est ce que je vais faire, mais je voulais passer ici d'abord.

Thea serra les bras autour d'elle. Elle avait beau être rompue aux opérations de levée de corps, rien ne l'avait préparée à cette situation où le cadavre en question était peut-être celui de sa sœur. Après des décennies d'attente, elle n'avait pas imaginé que ce moment la bouleverserait autant.

— Il faut que je descende la voir, Jake.

— Je ne crois pas que ce soit une bonne idée, répliqua-t-il aussitôt. Certains passages sont vraiment difficiles à négocier.

— Je ne suis pas claustrophobe. J'y arriverai.

— Dans d'autres circonstances, je n'aurais aucun doute là-dessus. Mais tu as eu un accident de voiture hier, et tu reconnaissais toi-même ce matin que tu n'étais pas au top de ta forme.

— Je n'ai pas besoin que tu me protèges, lâcha-t-elle, agacée.

— Ça, je le sais. Mais en bas…

Il porta une main à sa nuque.

— C'est bizarre. On peut vite avoir l'impression de perdre la tête.

— Je m'en fiche. Il faut que je descende, pour être avec elle. J'ai bien conscience que ça peut paraître irrationnel, mais c'est plus fort que moi. J'en ai besoin.

— Nous ne savons même pas si c'est elle, souligna-t-il. Tu devrais aussi te préparer à cette possibilité.

— Je veux y aller quand même. Et, avant que tu m'opposes un autre argument, je te ferais remarquer que tu es mal placé pour me faire des leçons de prudence.

Elle planta les yeux dans les siens.

— Qu'est-ce qui t'a pris de descendre dans cette grotte tout seul ?

— Qu'est-ce qui m'a pris ? répéta-t-il en soutenant son regard. Je me suis dit que, si Kylie était là, terrorisée et peut-être blessée, et qu'il lui arrive quelque chose le temps que je fasse venir une équipe, je ne me le pardonnerais jamais. L'idée de la laisser seule dans ce trou ne serait-ce qu'une seconde de plus m'était intolérable. Tu aurais fait pareil à ma place.

— C'est pour ça que je dois descendre, argua-t-elle. S'il s'agit bien de Maya, elle est restée seule dans cette caverne pendant vingt-huit ans.

Cela n'avait rien de comparable, bien sûr. Jake avait cru Kylie vivante, alors que Maya était morte depuis longtemps – peut-être même l'était-elle déjà quand son meurtrier l'avait transportée dans la grotte. Il n'y avait plus aucun espoir de la secourir. Pas de dénouement heureux pour sa famille.

Thea avait envie de croire que sa sœur n'avait pas connu la peur ni la douleur avant de mourir. Aujourd'hui encore, elle ne supportait pas d'imaginer ce que Maya avait pu endurer. Alors qu'au fil des ans elle n'avait pas eu d'autre choix que d'attendre, à présent elle pouvait enfin agir.

Soudain, Jake lui caressa la joue. Thea fut à la fois choquée et émue par son geste, mais elle n'en laissa rien paraître. Il y avait trop de regards braqués sur eux. À force d'être l'objet d'une attention non désirée, Reggie et elle avaient appris à demeurer stoïques. Malheureusement, Thea avait compris un peu trop tard que, par cette indifférence de façade, elle avait exclu Jake de sa vie.

Il laissa retomber sa main.

— J'ai l'impression que ça te tient vraiment à cœur, dit-il.

— Oui.

— Dans ce cas, je vais t'accompagner moi-même. Mais on essaye de limiter le nombre de personnes présentes en même temps dans la grotte, il va donc falloir attendre un peu.

— Ça ne me dérange pas. Jake…

Elle résista à l'envie de lui toucher le bras.

— Je vais te poser une question, et j'aimerais que tu me répondes franchement. Il est arrivé autre chose, en bas, n'est-ce pas ? Je le vois à ton regard. Et j'imagine que ça explique l'état de tes vêtements.

— Certaines galeries sont très humides, se défendit-il.

— Tu es trempé. Dis-moi ce qui s'est passé. Je finirai par le savoir, de toute façon.

À contrecœur, il l'entraîna à l'écart de la grotte.

— On ne publie pas de communiqué officiel pour l'instant, commença-t-il.

— Tu sais que tu peux me faire confiance. Je ne dirai rien à personne.

— Bien sûr que je te fais confiance. Voilà : au fond de la grotte, une rivière souterraine remonte dans l'une des salles, où elle a formé un lac. J'ai trouvé une poupée qui flottait à la surface. Elle correspond à la description de celle que Kylie avait avec elle au moment de son enlèvement.

Il détourna les yeux pour observer les hommes qui s'agitaient autour du gouffre.

— On attend des plongeurs, précisa-t-il.

— Mon Dieu… C'est pour ça que je ne peux pas y aller tout de suite, suggéra Thea. Tu aurais dû me le dire. Je vais rester à l'écart, sauf si je peux faire quelque chose pour aider.

— Non, crois-moi, c'est un boulot pour les professionnels. Ils ont juste besoin qu'on les laisse travailler. Je descendrai avec toi dès que ce sera possible.

— Oublie ça, répondit-elle. Plus rien n'a d'importance à part retrouver Kylie. Elle est peut-être vivante ! La poupée dans le lac, ça ne veut rien dire. Trois pour cent, Jake.

Il hocha la tête d'un air las.

— Je ne perds pas espoir, mais cette grotte est un véritable labyrinthe. Il y a des dizaines de galeries et de culs-de-sac, et je n'en ai exploré que la moitié. Ça va nous prendre au moins une journée de tous les passer au peigne fin. En plus, je me demande si la poupée n'a pas été placée là pour nous fourvoyer. Pour mobiliser tous nos effectifs et toutes nos ressources, jusqu'à ce qu'il soit trop tard.

— Comment le ravisseur aurait-il pu savoir que tu descendrais et que tu trouverais la poupée ? fit remarquer Thea.

— Ce n'était pas difficile de deviner que des recherches plus approfondies seraient menées dans la grotte après les premières fouilles.

— Et le bruit que tu as entendu ? Bowden dit que c'est ça qui t'a poussé à entrer.

— Je ne sais pas ce que j'ai entendu. Ou qui j'ai entendu.

Il se passa une main dans les cheveux, frustré.

— Ça m'étonnerait beaucoup qu'il s'agisse de Kylie, ajouta-t-il.

— Qu'est-ce que tu veux dire par là ? s'enquit Thea, alarmée par le ton de sa voix. Tu ne m'as toujours pas expliqué pourquoi tu étais mouillé.

— J'étais en train d'essayer de récupérer la poupée quand quelqu'un est arrivé derrière moi et m'a frappé à la tête. Je me suis retrouvé au fond de l'eau, pris dans un tourbillon. J'ai perdu ma lampe torche, du coup j'étais dans le noir complet. Je ne savais plus où était le haut ni où était le bas.

Il se tut un instant.

— Pendant un moment, je me suis demandé si j'allais m'en sortir.

Il semblait encore secoué par l'incident. Thea ne l'avait jamais vu dans cet état.

— Je me doutais qu'il t'était arrivé quelque chose, murmura-t-elle.

Jake se força à sourire.

— Je sais ce que tu penses. J'ai pensé la même chose : tu parles d'un instinct ! Ce type s'est approché de moi et je ne m'en suis même pas rendu compte.

— Ce n'est pas ce que je pense, objecta-t-elle.

— Ah bon ?

— Ce que je pense, c'est que tu aurais pu mourir dans cette grotte et que je n'aurais jamais su ce qui s'était passé.

— Thea…

Il avait prononcé son nom si doucement qu'elle crut presque n'avoir entendu que le vent soupirer entre les arbres.

Malgré le soleil qui les écrasait sous sa chaleur implacable, Thea fut parcourue d'un frisson. Tandis que leurs regards s'accrochaient, elle constata une fois de plus à quel point sa tendresse lui avait manqué. Et ses mots rauques chuchotés dans le noir. Et la caresse de ses mains contre sa peau nue, de ses lèvres contre sa bouche. Et la façon dont il la serrait dans ses bras après l'amour, comme s'il ne voulait plus jamais la lâcher… Mais il l'avait laissée partir, et elle n'avait rien fait pour l'en empêcher.

— Ne refais plus jamais ça, dit-elle d'une voix tremblante.

— Être emporté dans un tourbillon ? Je vais essayer.

— Je suis sérieuse, Jake. Tu sais de quoi je parle.

— Je vais bien, ne t'inquiète pas.

Il sembla sur le point d'ajouter quelque chose, mais il se retint. Peut-être estimait-il que c'était ce qu'elle attendait de lui. Qu'il se retienne. Et c'était le cas, n'est-ce pas ? Ils se trouvaient dans une situation précaire, où l'adrénaline et l'attirance créaient un mélange explosif. Ajoutez à cela quelques questions restées sans réponse et ils couraient tout droit à la catastrophe.

Thea respira profondément.

— Tu n'as pas vu ton agresseur ? demanda-t-elle à Jake.

— Il fait noir comme dans un four, en bas, même avec une lampe. Tu ne vois que ce qui est juste devant toi.

— Tu crois que ça pourrait être Derrick Sway ? Je suis tombée sur lui dans la forêt.

— J'en ai entendu parler, en effet. Des policiers en discutaient avant que tu arrives.

L'expression de Jake s'assombrit.

— D'après ce que j'ai compris, c'était tendu ?

— On peut dire ça comme ça, convint-elle. Je me demande s'il pourrait avoir eu le temps de t'attaquer dans la grotte, puis de revenir dans les bois pour me surprendre à mon tour.

— Ça me paraît un peu court. Sans compter que Sway est un type costaud, je le vois mal se faufiler dans certaines galeries sans rester coincé.

Il réfléchit un instant.

— Au début, je pensais que mon assaillant m'avait suivi dans la grotte, mais je me trompais. Il ou elle s'y trouvait déjà quand je suis arrivé. C'est comme ça que j'ai pu découvrir le squelette. J'ai remarqué une lumière qui brillait à travers une brèche dans la paroi.

— Une lumière ?

— Oui. La personne avait allumé des bougies dans la salle.

— Étrange, murmura Thea en fronçant les sourcils. Pourquoi faire une chose pareille ?

— J'ai mes idées, répondit-il.

Il sembla hésiter à les partager avec elle.

— Apparemment, cette personne ne voulait pas être vue dans la grotte, expliqua-t-il finalement. Elle m'a frappé, avant de me pousser dans l'eau. Elle espérait sans doute que le tourbillon m'aspirerait par le fond. Mais, même après s'être débarrassée de moi, elle devait bien se douter que des renforts arriveraient bientôt. C'est pour ça qu'elle s'est enfuie sans prendre le temps d'éteindre les bougies. Elle ne devait pas savoir qu'on pouvait voir la lumière à travers le mur.

Thea sentit l'appréhension l'envahir malgré tous ses efforts pour la repousser.

— Je n'ai pas envie de prononcer cette question à voix haute… Je n'ai même pas envie d'y penser, dit-elle.

— Je t'écoute.

— Est-ce que tu crois que cet individu était là pour se débarrasser d'un autre corps ?

— Je te mentirais si je te disais que l'idée ne m'a pas traversé l'esprit, répondit-il.

— Il avait peut-être l'intention de l'enterrer dans la même salle où tu as trouvé le squelette, mais quand il t'a entendu dans une autre partie de la grotte il a été obligé d'improviser. J'ai dit tout à l'heure que la présence de la poupée de Kylie dans le lac ne prouvait rien, mais ça fait quand même beaucoup d'éléments…

— C'est pour ça qu'on fait venir des plongeurs.

Jake suivit le vol d'un faucon dans le ciel.

— Tu me caches encore quelque chose, affirma Thea. Je le sens.

— Ce n'est peut-être rien.

— Dis-moi, insista-t-elle. Si c'est bien le squelette de Maya au fond de cette grotte, j'ai le droit de savoir tout ce que tu as découvert.

— C'est au sujet des bougies… J'ai eu l'impression qu'elles étaient disposées autour du monticule comme pour un cérémonial. Je sais, ça paraît fou.

Elle le dévisagea, horrifiée.

— Tu veux dire que le type serait redescendu dans la caverne exprès pour aller voir le squelette ? Pour accomplir une sorte de rituel ?

Il haussa les épaules.

— On part du principe que le suspect est un homme, mais on n'en sait rien.

Homme ou femme, quel genre de monstre reviendrait après tout ce temps pour profaner la tombe d'une enfant de quatre ans ? se demanda Thea, sidérée.

— On a affaire à un esprit malade, Jake, souffla-t-elle.

— On dirait bien. Mais je n'aurais peut-être pas dû te parler de ces bougies. Ce ne sont que des impressions, pour l'instant.

— Non, je ne veux pas que tu fasses des secrets. C'est de ne pas savoir qui est le plus dur, parce que alors on s'imagine toutes sortes de choses.

— Attendons la fin de l'excavation avant de tirer des conclusions, lui suggéra Jake. D'ici là, je te promets de te dire tout ce que je sais, dès que je le saurai.

— Merci pour ta franchise. Et merci de l'avoir retrouvée.

— On n'est pas sûrs…

— Je sais, le coupa-t-elle. Mais si jamais c'est elle… As-tu une idée de ce que cela signifie pour nous ? Pendant toutes ces années, on n'a jamais su où elle était ni ce qui lui était arrivé. Penser qu'elle était juste là depuis le début, si proche que j'aurais pu l'entendre m'appeler !

Leurs regards se croisèrent de nouveau.

— Tu veux aller faire un tour ? proposa-t-il brusquement.

— Un tour ? Où ça ?

— Je voudrais vérifier quelque chose. J'aimerais que tu viennes avec moi, mais il va sans doute falloir marcher un peu. J'ai remarqué que tu boitais, au poste de police.

— Je me suis juste fait une petite coupure sous le talon, et je ne sens déjà presque plus rien. Mais tu ne veux pas être là quand les plongeurs arriveront ?

— Ça ne prendra pas longtemps. Et si mon intuition est juste je pense que tu voudras voir ça, dit-il mystérieusement.

10

Avant que Thea et Jake ne se mettent en route, ce dernier s'entretint avec le propriétaire du terrain. Douglas McNally n'avait jamais entendu parler d'un deuxième accès à la grotte, et de toute évidence il estimait vain d'en chercher un. Mais Jake avait bel et bien vu, dans le plafond de la salle secrète, une crevasse par où l'air et la lumière s'infiltraient. L'individu qui l'avait attaqué au bord du lac – le même, sans doute, qui avait laissé des bougies allumées autour de la sépulture – s'était peut-être enfui par cette ouverture.

Jake avait emprunté le téléphone d'un collègue le temps de remplacer le sien. Il jeta un coup d'œil sur l'écran, vérifiant l'heure, puis la boussole. S'il ne se trompait pas, ils suivaient toujours la trajectoire de la grotte. C'était étrange de penser que celle-ci s'étendait juste sous leurs pieds. Et cela l'était encore plus de se promener dans cet environnement ouvert alors qu'à peine une heure plus tôt il avait été emporté dans un tourbillon et avait dû lutter contre la mort dans le noir complet. Le soleil et les oiseaux semblaient se moquer de sa mésaventure.

— Depuis le Gouffre du Diable, la grotte s'étire vers le sud, lui avait expliqué McNally. Puis elle dévie un peu vers l'est sur sa dernière partie. Prenez cette direction. S'il y a une autre entrée, avec un peu de chance, vous tomberez dessus. À votre place, cela dit, je ne me ferais pas trop d'illusions.

J'ai bien peur que vous perdiez votre temps, mais vous avez l'air déterminés… Et puis, après tout, la pluie et l'érosion ont pu creuser une autre ouverture depuis la dernière fois que j'ai exploré les lieux. Ça ne m'étonnerait pas que cette vieille grotte ait encore des secrets à nous livrer.

Jake était bien d'accord. Il continuait d'espérer que l'enquête allait enfin avancer, même si les chances de retrouver Kylie vivante s'amenuisaient à vitesse grand V. Plus de quarante-huit heures s'étaient écoulées depuis sa disparition. Le moral des troupes en avait pris un coup. Pendant qu'ils attendaient les plongeurs, Jake avait senti chez ses hommes un abattement palpable et un calme résigné, comme s'ils avaient cessé de lutter contre le temps. La découverte de la poupée de Kylie et des restes humains était venue leur rappeler de manière brutale qu'un grand nombre d'enfants kidnappés ne rentraient jamais chez eux.

Jake jeta un coup d'œil vers Thea tandis qu'ils progressaient sur le terrain caillouteux. Elle n'avait pas dit un mot depuis qu'ils étaient partis.

Sentant qu'il la regardait, elle se tourna vers lui.

— Tu ne veux toujours pas me dire où on va ? demanda-t-elle.

— Pour être honnête, je n'en suis pas certain moi-même. Mais je le saurai quand on y sera.

— Toujours aussi énigmatique…

Elle s'arrêta à l'ombre d'un pin pour refaire son lacet.

— Tu es sûre que ça va ? s'enquit Jake, inquiet. Tu dois être fatiguée, après ce qui t'est arrivé hier.

Comme elle relevait la tête, il étudia son visage. Ses coupures et ses ecchymoses se voyaient plus que la veille, et ses cernes s'étaient assombris depuis le matin.

— Tu peux m'attendre ici, si tu veux.

— Je suis un peu essoufflée, c'est tout, dit-elle en se redressant. Ça doit faire trop longtemps que je reste assise derrière un ordinateur.

— J'avais justement l'intention d'aborder la question de tes choix de carrière, plaisanta-t-il.

Thea ne répondit pas. Du bout de sa chaussure, elle repoussa une pomme de pin.

— Jake, il faut qu'on parle de ce qui s'est passé dans les bois tout à l'heure.

— Avec Sway ?

— Oui. Tu as entendu dire que le face-à-face avait été « tendu ». Le terme est faible.

Elle lui résuma brièvement la chronologie des faits : sa découverte du dessin de Maya accroché sur le réfrigérateur de Reggie, sa confrontation avec Sway, l'arrivée d'Eldon Mossey et de Taryn Buchanan, et la façon dont tout cela s'était fini avec un suspect en fuite et une victime à l'hôpital.

— Taryn va s'en sortir, dit Jake lorsqu'elle eut terminé.

— Oui, mais ce ne sera pas grâce à moi… Je n'ai aucune excuse. J'aurais dû appeler des renforts dès l'instant où j'ai aperçu Derrick Sway sur le chemin. J'ai perdu le contrôle de la situation. C'est une chance que personne n'ait été tué.

— Pourquoi n'as-tu pas passé ce coup de fil ?

Thea grimaça.

— Ça paraît stupide, maintenant, mais dans un coin de mon esprit j'imaginais que je pourrais le faire parler, à cause de ses liens passés avec Reggie. Je me trompais, évidemment… Il m'a fait croire qu'il me livrerait des informations sur Maya ; au bout du compte, il s'est bien fichu de moi. Ce que je n'arrive pas à comprendre, c'est pourquoi il a provoqué cette rencontre au départ. Il m'a dit qu'il m'avait confondue avec Reggie… tu avais raison, au fait, il lui en veut…, mais je pense qu'il avait autre chose en tête.

— Il voulait peut-être t'empêcher d'approcher de la grotte.

— Possible. Son jean et ses chaussures étaient maculés de boue, et je l'imagine tout à fait se glissant furtivement derrière toi pour t'assommer. Il ne faut pas le sous-estimer,

Jake. Il est très costaud et particulièrement agile pour quelqu'un de son gabarit.

Elle baissa les yeux.

— Il y a autre chose à propos de Sway, reprit-elle. En plus des tatouages classiques qu'on peut voir chez beaucoup de prisonniers, il a le cou et les bras recouverts de symboles occultes. Il pourrait bien avoir placé ces bougies autour du squelette.

— Décidément, ce type a tout pour plaire.

— Je ne te le fais pas dire. En revanche, j'ai été surprise qu'il ne profite pas de l'arrivée de Taryn et d'Eldon Mossey pour essayer de me désarmer. Il s'est contenté de rester là à attendre. Peut-être qu'il prévoyait dès le départ de provoquer la mère de Kylie, mais comment pouvait-il savoir qu'elle réagirait de manière aussi viscérale ?

— Sa fille a disparu. Ce n'était pas si difficile de prédire son comportement.

— En tout cas, pendant tout le temps où je tenais Sway en joue, j'ai eu l'impression d'avoir interrompu quelque chose. Je me suis demandé s'il n'avait pas rendez-vous avec le prêtre dans les bois.

— Eldon Mossey était avec Taryn. Tu penses qu'elle devait rencontrer Sway, elle aussi ?

— Non. Vu comment elle a réagi à sa présence, je suis sûre qu'elle ne s'attendait pas à le voir. Et je suis sûre aussi qu'elle n'est pas impliquée dans la disparition de sa fille.

— Parce qu'elle s'est jetée sur Sway ?

— Parce qu'elle voulait absolument que je le poursuive alors qu'elle était blessée. Tout s'est passé très vite, et il est possible que j'aie mal interprété ses interactions avec Eldon, mais je ne crois pas qu'ils soient aussi proches que le pense Reggie. J'ai eu l'impression très nette au contraire qu'elle voulait l'éviter. Elle n'a pas arrêté de le repousser dès qu'il essayait de la toucher.

— Pourtant, elle était seule avec lui dans les bois, fit remarquer Jake.

— À ce stade, elle serait sans doute prête à accepter l'aide du diable en personne s'il lui promettait de retrouver Kylie. On s'est concentrés sur Derrick Sway pour des raisons évidentes, mais je crois qu'on devrait aussi se pencher sur Eldon Mossey. Tu m'as dit hier que vous n'aviez pas grand-chose sur lui. Il y a eu du nouveau depuis ?

— Rien de concret, mais j'ai appris quelque chose qui pourrait nous intéresser. Son père était pasteur, lui aussi. Il officiait à Butler, en Géorgie, et animait un groupe de prière pour les prisonniers. Selon certains de ses anciens fidèles, Mossey Sr est mort il y a environ dix ans. Eldon a repris son ministère pendant quelques années, puis il a déménagé. Depuis, l'église a brûlé, et personne ne sait où Eldon est allé ni ce qu'il a fait avant de réapparaître à Black Creek.

Thea se tourna d'un bloc.

— Est-ce qu'il a pu rencontrer Sway en Géorgie ? S'ils sont restés en contact, il a dû être informé de sa sortie de prison. C'est peut-être même à cause de Sway qu'il est venu s'installer à Black Creek au départ.

— Je demanderai à voir le registre des appels et des visites que Sway a reçus en prison. Si l'établissement a gardé des copies de son courrier, on pourra aussi obtenir une ordonnance du tribunal pour y avoir accès. Mais, tout ça, ça prend du temps. En attendant, les collègues de Macon continuent d'enquêter dans la ville natale de Mossey. S'ils apprennent quelque chose, je te tiendrai informée.

Thea s'abrita les yeux tandis qu'un rayon de soleil passait sur son visage.

— Pourquoi ne m'as-tu pas dit tout ça ce matin, au poste de police ? voulut-elle savoir.

— Ça ne me semblait pas particulièrement pertinent, jusqu'à ce que tu mentionnes un possible rendez-vous entre

Mossey et Sway. Le premier travaillait dans l'État de Géorgie, tandis que le second était incarcéré en Floride. L'idée d'un lien entre les deux paraissait peu probable.

— C'est vrai que c'est un peu tiré par les cheveux, reconnut Thea. Et j'ai peut-être imaginé cette connexion entre eux. Par contre, je ne pense pas me tromper au sujet d'Eldon Mossey. Il y a quelque chose qui me dérange, chez lui. Il est un peu trop ordinaire, si tu vois ce que je veux dire.

— Je vois exactement ce que tu veux dire. C'est comme s'il avait volontairement cultivé cette image qui lui permet de se fondre dans le décor. Tu le croiserais dans la rue, tu l'oublierais aussitôt.

— Et pourtant ma mère et Grace Bowden semblent fascinées par cet homme.

— La femme du chef ? s'exclama Jake, surpris. Qu'est-ce qu'elle a à voir avec Mossey ?

— Apparemment, elle fréquente son église, comme Reggie. Elle m'a dit que les sermons de frère Eldon étaient si passionnants qu'elle en oubliait les autres personnes de l'assistance.

— Rien que ça.

— Il semble un peu trop parfait, tu ne trouves pas ?

— Oui, je commence à le penser, mais une intuition ne suffit pas pour obtenir un mandat d'arrêt. On pourra au moins le convoquer pour avoir une petite conversation avec lui.

Thea poussa un soupir de frustration.

— Pourquoi ai-je laissé Derrick Sway s'échapper ? S'il a enlevé Kylie et qu'on ne le retrouve pas à temps…

— Ce ne sera pas ta faute.

— J'ai du mal à y croire.

— Arrête, Thea. Je suis passé par là, moi aussi, et je peux t'assurer que ça ne sert à rien de ressasser tes erreurs. Il faut rester concentré sur le présent.

— Alors donne-moi quelque chose à faire, répliqua-t-elle. Laisse-moi vous aider.

— On en reparlera quand tu auras vu Reggie. En attendant, reprenons nos recherches.

Ils se remirent en route. Régulièrement, Jake consultait la boussole du téléphone pour trouver son chemin entre les palmiers et les bouquets de cèdres rouges qui parsemaient le paysage rocailleux. La température ne cessait de monter, et bientôt Thea dut s'arrêter à nouveau pour s'éventer.

— À croire que je n'ai vraiment plus d'entraînement, marmonna-t-elle.

— L'humidité est étouffante, fit remarquer Jake. Et je te rappelle que tu as été bien secouée, hier.

— Je ne peux pas me réfugier éternellement derrière l'excuse de l'accident. Il faudra que je me remette sérieusement au sport à mon retour à Washington.

Jake lui coula un regard amusé.

— Tu as peut-être besoin d'un partenaire. Je me souviens que tu étais toujours meilleure que moi sur le stepper.

— Te battre était une motivation puissante, reconnut-elle en réprimant un sourire.

— Tu ne t'es jamais demandé si je ne te laissais pas gagner ?

— Non, jamais. Et tu n'as pas intérêt à y avoir pensé.

Comme ils avaient aimé se taquiner, à l'époque où ils sortaient ensemble ! songea Jake. Même aujourd'hui, cela leur revenait naturellement. Il aurait adoré s'asseoir à l'ombre d'un arbre et passer le reste de la journée à parler de tout et de rien avec elle, mais ils avaient un travail à accomplir. Un travail on ne peut plus sérieux. Plus tard, peut-être, ils pourraient profiter de moments plus légers.

— Allez, l'encouragea-t-il. On y est presque, je le sens.

À peine avait-il prononcé ces mots qu'une brise agita les branches de l'immense chêne sous lequel ils s'étaient arrêtés, faisant ondoyer les longs filaments de mousse espagnole qui retombaient jusqu'au sol. Et avec le vent leur parvint cette mélodie étrange que Jake avait perçue une première fois dans les bois, derrière la maison de Reggie, puis de nouveau dans la grotte.

Thea se tourna vers lui.

— Tu entends ? Ça me rappelle le carillon dans la cour de Grace Bowden.

— Oui, je crois qu'on approche.

— Mais on approche de quoi, exactement ? s'enquit-elle avec appréhension.

— Quand j'ai entendu cette musique tout à l'heure, j'ai cru qu'elle provenait d'une des cavernes, expliqua-t-il. En fait, elle venait de l'extérieur. Regarde bien par terre, il doit y avoir une brèche par où l'air et les sons s'engouffrent dans les galeries.

Thea resta immobile, concentrée sur les tintements lugubres que transportait le vent.

— Ça n'a pas dû être très rassurant d'entendre ça alors que tu étais à l'intérieur de la grotte, dit-elle.

— Ferme les yeux, tu auras une idée de l'effet que ça fait dans le noir.

— Non merci, sans façon !

Jake avança le long de la pente, courbé en deux, le regard rivé au sol. Et malgré cela il faillit rater l'étroite ouverture à moitié cachée entre deux buissons. Seul un enfant ou un petit adulte pouvait s'y glisser. Jake doutait que la personne qui l'avait attaqué ait escaladé la paroi de calcaire pour ressortir par ici.

En levant la tête, il découvrit un carillon de bois suspendu à une branche. L'objet marquait-il l'emplacement de l'entrée, ou celui de la tombe ? Les deux, peut-être. Constitué de bâtons creux reliés par du fil de pêche, il n'était plus de première jeunesse. Certains tubes avaient pourri et s'étaient décrochés. Ceux qui restaient suffisaient cependant à produire une mélodie obsédante au moindre courant d'air.

Alors qu'il se retournait pour appeler Thea, Jake la trouva juste à côté de lui, en train de fixer le sol.

— Tu as vu ça ? murmura-t-elle.

— Quoi donc ?

Elle tomba à genoux et se mit à fourrager dans une touffe de romarin sauvage, dont l'odeur piquante rappelait celle du camphre. Jake s'accroupit, étonné par sa frénésie soudaine. Puis il les vit.

Deux personnages gravés sur une grande pierre plate, près de l'ouverture.

Lorsque Jake et Thea regagnèrent l'entrée principale de la grotte, les plongeurs étaient arrivés et vérifiaient leur matériel avant de descendre. L'opération risquait de durer des heures, et Thea avait beau être tentée de rester, elle ne pouvait repousser plus longtemps sa visite à sa mère. L'activité inhabituelle sur les terres de McNally finirait par attirer les curieux, et les découvertes de Jake seraient bientôt connues de tous. Reggie ne devait pas apprendre ces nouvelles par quelqu'un d'autre que sa fille.

Jake lui confia les clés de son SUV et lui promit de la recontacter dès qu'il en saurait plus. Accablée par la chaleur et la fatigue, la jeune femme accepta qu'un policier la raccompagne chez sa mère. Par chance, il n'était pas d'humeur bavarde, et elle profita des quelques minutes que durait le trajet pour mettre de l'ordre dans ses pensées.

Elle ne pouvait s'empêcher de songer aux bougies allumées autour de la sépulture et aux personnages gravés dans la roche comme sur une pierre tombale. À l'évidence, ils imitaient ceux du dessin de Maya, au même titre que les figurines en bois retrouvées dans la forêt. Ils étaient donc censés représenter les deux sœurs. Néanmoins, seule Maya avait été enlevée. Le kidnappeur avait-il prévu de prendre aussi Thea cette nuit-là ? Avait-il eu l'intention d'emmener les jumelles une par une, avant d'être contrarié dans son projet ? Si Thea n'était pas allée dormir dans le lit de Maya, peut-être aurait-elle été la première à disparaître…

Réfléchis ! s'ordonna-t-elle. *Qu'as-tu retenu de cette nuit-là ?*

Elle convoqua des souvenirs dont elle n'était même pas certaine qu'ils soient bien réels. Pourtant, ils semblaient si nets qu'aujourd'hui encore elle avait l'impression de sentir sur son visage la brise qui entrait par la fenêtre ouverte, d'entendre le bruit assourdi des rires et de la musique provenant du porche, et les hurlements sinistres du chien d'un voisin dans les bois. Mais il y avait autre chose. Un son qui se mêlait au chant des crapauds et des grillons…

J'ai peur, Sissy.

Peur de quoi ?

J'ai entendu un bruit.

C'est juste un chien qui aboie dans la forêt. Regarde, maman a ouvert la fenêtre.

Ce n'est pas un chien.

— Agent Lamb ?

Thea ouvrit brusquement les yeux. Le policier s'était arrêté derrière le SUV de Jake, garé dans l'allée de Reggie. Pendant un instant, elle avait perdu toute notion du temps et de l'espace.

— Excusez-moi, dit-elle avec un sourire penaud. J'ai dû m'assoupir.

— Je me disais bien que vous étiez drôlement silencieuse. Vous avez encore besoin de mes services ?

— Non, ça va aller. Merci beaucoup d'avoir fait le taxi.

— Il n'y a pas de quoi.

Elle descendit de la voiture et regarda le policier faire

demi-tour. Il la salua d'un geste de la main, puis disparut au coin de la rue, la laissant seule sur le trottoir. Il s'était passé tant de choses depuis qu'elle avait quitté son hôtel ce matin… Thea aurait presque voulu remonter le temps pour rester au lit, à l'abri sous la couette.

Elle jeta un coup d'œil autour d'elle. Derrick Sway se trouvait-il toujours dans les parages ? Caché quelque part, à attendre de pouvoir attaquer Reggie ? Ou l'attaquer, elle ?

Ce n'était pas le moment de baisser la garde. Avec un peu de chance, Sway ne prendrait pas le risque de l'accoster deux fois dans la même journée, mais il lui avait clairement fait comprendre qu'il ne craignait pas de se faire arrêter. Après dix ans passés dans l'une des prisons les plus dangereuses de Floride, il n'avait sans doute plus peur de rien.

Était-ce lui qui avait enlevé Maya, et qui était revenu vingt-huit ans plus tard pour kidnapper Kylie ? Lui qui avait suspendu les totems pour tourmenter Reggie ? Pour lui faire payer ses années d'incarcération ? Et, à cet instant, était-il en train de surveiller Thea ?

Oui, sembla chuchoter le vent.

Elle tenta de maîtriser son imagination, mais personne ne ressortait indemne d'une tragédie comme celle qu'elle avait vécue dans sa plus tendre enfance. Personne ne pouvait chasser des monstres toute la journée, même à l'abri derrière son ordinateur, et espérer dormir paisiblement la nuit. Elle avait vu le côté le plus sombre de l'âme humaine.

Après avoir vérifié une dernière fois les deux côtés de la rue, elle tourna le dos à la rangée de maisons modestes et monta lentement les marches du porche, en résistant à l'envie de regarder par-dessus son épaule. Il n'y avait personne, se répéta-t-elle.

Lorsqu'elle eut ouvert la porte, elle glissa la clé dans sa poche plutôt que de la replacer sous le pot de fleurs. Il n'était plus question de laisser quiconque entrer ici comme dans un moulin.

D'avoir été aérée, la maison sentait un peu moins le renfermé. Thea crut percevoir une autre odeur, en revanche ; un parfum vaguement médicinal, comme celui de l'eucalyptus ou du camphre. Ou du romarin sauvage qu'elle avait dégagé de la pierre, au-dessus de la grotte. Quelqu'un était-il venu pendant qu'elle et Jake menaient leurs explorations ?

Le cœur battant, elle sortit son arme, traversa le salon et pénétra dans la cuisine. Le dessin de Maya était toujours sur la table, là où elle l'avait posé. Son regard s'y attarda un moment, puis elle s'engagea dans le couloir.

Si le tintement sinistre d'un carillon de bois s'était fait entendre à cet instant, Thea n'aurait pas été surprise. Il était déjà associé aux disparitions dans son esprit. La personne qui avait suspendu les petites figurines de bois dans la forêt semblait être la même qui, des années plus tôt, avait marqué l'emplacement de la tombe de Maya en gravant des personnages dans la roche et en accrochant un autre carillon dans un arbre. La même personne, sans doute, qui avait allumé des bougies autour du corps selon un rituel qu'elle seule comprenait…

Cette mélodie devait avoir un sens, songea Thea. Il y avait sûrement là un indice qui lui avait échappé pendant toutes ces années.

Après s'être assurée que la fenêtre de son ancienne chambre était bien fermée, elle fit de même dans les autres pièces de la maison, puis se décida à partir. Dehors, un homme tournait autour du véhicule de Jake et tentait de regarder à travers les vitres teintées. Grand et maigre, il avait l'attitude nonchalante de celui qui se sent dans son bon droit. Sans doute un voisin, jugea Thea. Un bluetick coonhound était allongé à l'ombre non loin de lui.

— Je peux vous aider ? lança-t-elle en descendant les marches.

Le chien ouvrit les yeux et battit paresseusement de la queue, sans pour autant se lever.

— Je vous ai vue entrer, répondit l'homme, tout en s'appuyant contre la voiture. Je me suis dit que vous saviez peut-être ce qui était arrivé au gars qui conduit cette Chevrolet.

— Qu'est-ce qui vous fait penser qu'il lui est arrivé quelque chose ?

Thea s'avança vers lui, prête à dégainer son pistolet qu'elle avait coincé à l'arrière de son jean. En s'approchant, elle reconnut le voisin de Reggie, Lyle Crowder. Elle n'en fut pas pour autant rassurée. Sa mère n'avait jamais caché l'antipathie qu'elle éprouvait pour ce type. *Ça fiche la frousse, cette façon qu'il a de surveiller notre maison depuis son porche,* disait-elle. *Je suis sûre qu'il vient nous regarder par la fenêtre quand on dort la nuit.*

— Sa voiture est restée garée ici toute la matinée, fit remarquer Crowder. Comme Reggie n'est pas chez elle, ça m'a semblé bizarre.

Il la dévisagea en plissant les yeux.

— Elle sait que vous êtes ici ?

— Je suis sa fille, précisa Thea.

— Vous êtes la petite de Reggie ? Bon sang, je ne vous aurais pas reconnue ! Vous avez bien changé.

— Ça fait un moment qu'on ne s'est pas croisés, en effet. Comment allez-vous, monsieur Crowder ?

— Ne m'appelez pas « monsieur », on est voisins depuis que vous êtes haute comme ça !

Il se pencha pour placer la main à moins de un mètre du sol.

— Combien de temps comptez-vous rester à Black Creek ?

— Je ne le sais pas encore, répondit Thea.

Lyle Crowder avait changé, lui aussi. Il avait vieilli, blanchi et beaucoup maigri. Même s'il se montrait plutôt sympathique, elle ne pouvait se défaire à son égard d'un sentiment de malaise, auquel la méfiance qu'il inspirait à Reggie n'était sans doute pas étrangère. *Si jamais il s'approche de la maison en mon absence, rentre tout de suite et ferme la porte à clé. Ne lui ouvre surtout pas.*

Thea sentit un frisson remonter le long de sa colonne vertébrale, mais elle s'efforça de rester impassible.

— J'ai appris que Reggie avait eu un accident, dit-il. J'espère qu'elle va bien ?

— Elle a été grièvement blessée, mais elle s'en remettra.

— Tant mieux. Je connais le propriétaire de la casse où ils ont transporté sa voiture. Il m'a dit que la vieille berline était dans un sale état, et que Reggie avait eu de la chance de s'en sortir vivante.

Tandis qu'il parlait, Thea consigna dans un coin de sa mémoire les détails de son apparence, comme elle l'avait fait avec Derrick Sway. Short de treillis, T-shirt couvert de taches de peinture, tongs. Cheveux mouillés – de transpiration ou parce qu'il sortait de la douche. Et si Lyle Crowder était l'agresseur de Jake ? se demanda-t-elle. Il aurait eu largement le temps de rentrer chez lui se laver pendant que Thea et Jake étaient occupés à chercher un second accès à la grotte. Et il pouvait fort bien s'être fait ces égratignures aux bras et aux jambes en rampant dans d'étroites galeries…

— Vous savez quand elle reviendra ? s'enquit Crowder, tirant Thea de ses réflexions.

— À la fin de la semaine, sans doute. Mais je lui dirai que vous m'avez demandé de ses nouvelles, promit-elle, tout en étudiant soigneusement sa réaction.

Il acquiesça, imperturbable. Elle crut toutefois déceler une lueur ambiguë au fond de ses yeux.

— Avez-vous remarqué quelque chose de suspect dans le quartier, ce matin ? lui demanda-t-elle.

— J'ai entendu un coup de feu, mais ce n'est pas exceptionnel. Les jeunes s'amusent parfois à tirer sur des canettes de bière dans la forêt. Par contre, il y a eu aussi des sirènes, et ça c'est moins fréquent. Plusieurs voitures de police et une ambulance. Vous savez s'ils ont retrouvé la petite fille ?

Laquelle ? pensa Thea.

— J'ai bien peur que non, répondit-elle. Vous n'avez vu personne traîner autour de la maison de ma mère ? Entrer ou sortir du bois ?

— Non, mais j'ai passé une grande partie de la matinée dans mon jardin à arracher de vieilles ronces. Elles ne m'ont pas loupé, d'ailleurs, maugréa-t-il en examinant une longue griffure sur son avant-bras. Vous dites qu'ils ne l'ont pas encore retrouvée, mais il a bien dû se passer quelque chose pour qu'il y ait toute cette agitation…

Thea se garda bien de répondre à sa question implicite.

— Connaissez-vous Derrick Sway ?

Crowder parut surpris.

— Je parlais justement de lui hier à l'agent du FBI, dit-il en montrant le SUV de Jake.

— L'agent Stillwell ?

— Oui, c'est ça. J'avais raison, alors ? Sway a quelque chose à voir avec la disparition de la petite Kylie ?

— Disons que c'est un suspect potentiel, et il est possible qu'il se cache dans le coin ; si jamais vous l'apercevez, n'hésitez pas à appeler la police.

— Pas besoin de me le dire deux fois. Je n'ai jamais senti ce type. Votre maman a pris la meilleure décision de sa vie en le quittant.

Thea ne pouvait qu'être d'accord.

— À ce propos…, ajouta-t-il, avec toujours cet étrange éclat dans le regard. À votre place, je ferais attention à Reggie. Ce ne sont peut-être que des rumeurs, mais j'ai entendu dire que Sway lui en voulait à mort. Il n'est pas du genre à renoncer à une vengeance.

— Elle est bien protégée, à l'hôpital, lui assura Thea.

— Tant mieux.

Lyle Crowder tourna la tête vers son chien, qui vint aussitôt se frotter contre sa jambe. Il le grattouilla derrière l'oreille.

— Ça, c'est mon vieux Blue. Ce n'est plus vraiment un chasseur, mais il me tient compagnie.

Comme pour illustrer les propos de son maître, l'animal retourna se coucher à l'ombre, sans se soucier de l'écureuil qui bondissait de branche en branche juste au-dessus de lui.

— Vous aviez déjà un bluetick coonhound, il y a des années, non ? demanda Thea. Ça ne peut pas être le même.

Était-ce le chien de Crowder qu'elle et Maya avaient entendu hurler, la nuit où cette dernière avait disparu ?

— J'en ai eu plusieurs dans ma vie, répondit-il. J'aime bien cette race.

— Je crois me souvenir que vous vous absentiez souvent pendant de longues périodes pour votre travail. Que faisiez-vous de votre chien ?

— Je le laissais chez mon frère. Mais ça n'aurait pas marché avec Blue. Il ne me quitte pas d'une semelle.

— Cela vous arrive-t-il de l'emmener dans les bois ?

— Parfois.

— Avez-vous déjà vu des choses pendues aux arbres ?

Il la regarda d'un air interloqué.

— Pendues aux arbres ? De quoi diable parlez-vous ?

— Je parle de poupées fabriquées à partir de bâtons creux, avec des trous pour les yeux et la bouche, de petites branches en guise de bras et de jambes, un cœur en tissu collé sur le torse et des cheveux blonds fixés sur la tête. Quand il y en a plusieurs, elles s'entrechoquent dans le vent et produisent un peu le même son qu'un carillon en bambou.

— Et vous avez trouvé ça dans *notre* forêt ? demanda Crowder en baissant la voix.

— Oui, derrière chez Reggie.

Il lança un regard inquiet vers la ligne d'arbres qui bordait le jardin de sa voisine. Thea ne l'imaginait pas très croyant, mais elle n'aurait pas été étonnée à cet instant de le voir se signer.

— Qu'est-ce que ça veut dire, à votre avis ? s'enquit-il.

— Je comptais justement vous poser la question.

Crowder se frotta le bras comme s'il avait la chair de poule.

— Je n'ai jamais rien croisé de la sorte par ici mais, des trucs bizarres, j'en ai vu un paquet quand je travaillais sur les plates-formes. Des hommes adultes qui portaient des grigris dans leurs poches et des pièces perforées autour du cou ou des chevilles, par exemple. Oh ! ça m'arrivait bien de temps en temps de faire une ou deux prières : on a besoin de croire en quelque chose quand on est coincé toute la nuit dans ce genre d'endroits, avec rien d'autre autour que l'océan à des kilomètres à la ronde. On ne fait pas les fiers au moment où le soleil se couche. Ce que vous me décrivez, là, ça ressemble à des poupées vaudoues.

— Vous en avez déjà vu ?

— Un de mes collègues en a trouvé une sous son oreiller, une fois, expliqua Crowder. Elle ne ressemblait pas à grand-chose, c'était une sorte de vieux chiffon noué avec de la ficelle sale. Ce gars était un grand superstitieux, et aussi un coureur de jupons. On s'est dit que quelqu'un avait voulu lui faire une blague ou qu'un mari jaloux avait trouvé cette idée pour se venger. On s'est bien moqués de lui pendant quelques jours. Et puis une nuit il a disparu. Personne n'a rien vu, les caméras de surveillance non plus. Il s'est volatilisé sans laisser de traces.

— Vous pensez que quelqu'un l'a poussé dans l'eau ?

— Ou qu'il s'y est jeté tout seul.

Crowder regarda son chien en fronçant les sourcils.

— C'est ma seule expérience du vaudou. Par contre, la petite musique dont vous parlez, je ne crois pas qu'il y ait de quoi s'en inquiéter. Dans le temps, il y avait en ville une vieille veuve qui fabriquait des carillons et les vendait au bord de la route. Au début, les gens les lui achetaient pour l'aider, et puis c'est devenu à la mode de les accrocher aux arbres, comme des porte-bonheur. Quand il y avait du vent, ça tintait de partout à Black Creek. Ça ne vous rappelle rien ?

Thea secoua la tête.

— Vous n'étiez peut-être pas née, à l'époque.

— Et, ces carillons, vous en avez déjà croisé dans la forêt ?

— Non, je ne crois pas. Votre maman en avait suspendu un dans le vieux chêne de son jardin, par contre. Je l'entendais depuis chez moi quand l'orage menaçait.

Thea resta silencieuse. Un souvenir venait de lui revenir en mémoire. Ce n'était pas seulement le chien qui avait réveillé Maya, cette fameuse nuit. C'était le bruit du carillon de Reggie.

J'ai peur, Sissy.

Peur de quoi ?

J'ai entendu un bruit.

C'est juste un chien qui aboie dans la forêt. Regarde, maman a ouvert la fenêtre.

Ce n'est pas un chien, Sissy. Écoute.

Le coonhound avait cessé d'aboyer. La musique et les rires semblèrent s'estomper alors que Thea attendait, allongée sur le dos. Soudain, de l'autre côté de la fenêtre, le carillon retentit bruyamment, comme si une épaule venait de le heurter. Puis les sons s'éteignirent peu à peu et une ombre glissa sur le plafond.

Il y a quelqu'un dehors, chuchota Maya.

Mais non, il n'y a personne, répondit Thea en frissonnant malgré tout. Arrête de faire ta poule mouillée et rendors-toi.

Mais il y avait bien eu quelqu'un. Quelqu'un qui avait observé la maison depuis l'orée du bois – ou depuis le porche – avant de traverser le jardin à pas de loup et de se faufiler dans la chambre par la fenêtre ouverte.

11

Après avoir montré patte blanche au policier qui gardait la chambre de Reggie, Thea s'attarda un moment sur le seuil. Le visage tourné vers la fenêtre, sa mère semblait assoupie.

— Tu comptes rester plantée là toute la journée ou tu vas finir par entrer ? grommela-t-elle.

Elle avait dû voir le reflet de Thea dans la vitre…

— Excuse-moi, je croyais que tu dormais, murmura cette dernière en s'avançant gauchement vers le lit. Je ne voulais pas te réveiller. Comment te sens-tu ?

— Tout bien considéré, je ne peux pas vraiment me plaindre.

Reggie se redressa et rajusta sa chemise d'hôpital.

— Et toi ? demanda-t-elle.

— Moi ? Ça va. Juste un peu courbatue.

— Tu n'as pas beaucoup dormi la nuit dernière, je parie ?

— Non. Mais j'ai l'habitude.

Reggie fronça les sourcils.

— Tu devrais prendre un peu mieux soin de toi. Tu ne vas pas rester jeune éternellement.

— Je vais bien, insista Thea en passant machinalement la main sur les couvertures. Il faut que je te parle de quelque chose.

— Je t'écoute.

— Si je suis arrivée si tard, c'est parce que…

— Je sais pourquoi, la coupa sa mère, le regard dur.

— Que sais-tu, exactement ?

— Arrête de marcher sur des œufs avec moi. Je sais ce que Derrick Sway a fait à cette pauvre Taryn. Et je sais aussi ce qu'on a retrouvé dans la grotte.

Thea libéra le souffle qu'elle avait inconsciemment retenu. Son cœur battait fort dans sa poitrine.

— Je suis désolée que tu aies appris tout ça de la bouche de quelqu'un d'autre, dit-elle. J'aurais dû venir te voir tout de suite, mais je voulais d'abord me rendre sur place. J'avais besoin… j'avais besoin d'être près d'elle. Je sais que ça paraît stupide, mais…

— Non, ce n'est pas stupide. J'aurais fait pareil à ta place.

— N'empêche, je regrette de ne pas t'avoir informée moi-même.

Reggie la regarda un long moment, avant de relever le menton avec cet air de défi si caractéristique.

— Peu importe qui me l'a dit. Ce n'est pas elle.

— Tu ne peux pas en être certaine, répondit Thea après un instant de surprise. Il faut se préparer à cette éventualité.

Les yeux bleus de Reggie scintillaient comme des éclats de verre.

— Tu ne crois pas que je l'aurais senti, si mon bébé avait été aussi près de moi pendant tout ce temps ? Je te dis que ce n'est pas elle.

— Et si c'est bien elle ? insista doucement Thea en s'asseyant au bord du lit. Au moins, on saura. On pourra lui dire au revoir. Tu n'as pas envie d'avoir des réponses ?

— Des réponses ? En quoi ça va nous aider ? s'emporta Reggie. Tu penses qu'on se sentira mieux si on peut organiser des obsèques et lui payer une pierre tombale ? Tout ce que ça fera, c'est m'enlever l'espoir !

Elle tourna de nouveau la tête vers la fenêtre.

— Tant qu'on n'a pas de preuve du contraire, elle est

encore vivante. Elle a pu être recueillie par des gens gentils. Elle est peut-être heureuse, elle a peut-être même fondé une famille. Tu ne comprends pas ? Elle est peut-être encore en vie.

Si, Thea comprenait, maintenant. Elle posa une main sur celle de sa mère, et le visage de Reggie se décomposa.

— Ma pauvre petite fille…

— Je sais, maman. Je sais.

— Quelqu'un l'a enterrée dans cette horrible grotte et l'a laissée là pendant toutes ces années, lâcha-t-elle dans un sanglot, tandis que les larmes roulaient sur ses joues. Je ne peux pas le supporter. Malgré tout le temps qui a passé, je ne peux pas supporter l'idée qu'elle ait pu souffrir. C'est trop. Aucune mère ne devrait avoir ces images dans la tête. Aucun enfant ne devrait subir ce que Maya a subi.

— Et pourtant ils sont nombreux à connaître le même sort, murmura Thea.

Reggie attrapa un mouchoir.

— Je ne sais pas comment tu arrives à faire ce métier. Vraiment. Tu n'as pas eu de chance, avec la mère que tu as eue, et regarde où tu en es aujourd'hui. Je suis fière de toi.

— Je ne sais pas quoi te répondre.

— Ne réponds rien, alors.

Elle posa une main sur son bras.

— Laisse-moi juste te dire une chose. Demain tout redeviendra comme avant, mais il faut que tu saches que quoi qu'il arrive tu resteras toujours ma petite fille.

Thea sentit sa gorge se serrer.

— Parfois, j'ai eu l'impression que tu ne voulais plus de moi…

— Je sais. Et tu n'imagines pas à quel point je regrette. J'ai beaucoup repensé à mon attitude, au fil des ans. Moi aussi je me suis demandé pourquoi je t'avais repoussée comme ça. Ma seule excuse, c'est la culpabilité que j'éprouvais. Après ce qui était arrivé à Maya, je pensais que je ne méritais pas d'être ta mère. Ma douleur était ma punition. C'est pour ça que je suis restée à Black Creek et que j'ai supporté les rumeurs et les accusations, alors qu'on aurait toutes les deux été bien mieux ailleurs. Peu importe ce qu'on disait sur moi, ce n'était jamais pire que ce que je pensais de moi-même. Il ne m'est pas venu à l'esprit qu'en restant ici je te punissais toi aussi.

— C'est du passé, tout ça, lui assura Thea. On ne peut pas revenir en arrière.

— Non, et il y a au moins une chose positive qui est ressortie de toute cette souffrance : tous les jours, tu contribues à sauver des enfants comme Maya. Elle serait tellement fière de sa Sissy…

— Je l'espère.

Gênée, Thea détourna les yeux. Reggie finit par lui lâcher le bras et se laissa retomber contre les oreillers, l'air épuisée et terriblement fragile.

— Tu es sûre que ça va ? lui demanda Thea. Tu as mal quelque part ?

— Ne t'inquiète pas pour moi. Le médecin m'a dit que je pourrais sortir dans un jour ou deux.

Elle ne semblait pas très optimiste, mais était-ce vraiment étonnant ? Reggie avait beau être une battante, elle avait traversé l'enfer ces derniers jours. Un accident de voiture et une opération juste après l'enlèvement d'une enfant dans sa propre maison… N'importe qui aurait été anéanti pour moins que ça.

— Je te trouve maigre, dit Thea. Tu travailles trop.

— Je suis forte, tu sais. J'arrive à servir autant de tables que mes jeunes collègues.

— Je n'en doute pas, mais tu vas finir par te casser le dos.

— Je ne sais pas faire autre chose.

Elle ferma les yeux.

— Est-ce que tu veux que je parte ? s'enquit Thea. Tu dois être fatiguée.

— Arrête de me traiter comme si j'étais en sucre, Althea. Non, je ne veux pas que tu partes. J'aime t'avoir près de moi.

— Dans ce cas, repose-toi. Je reste ici.

Thea se leva pour aller poser son sac sur une chaise. En regardant par la fenêtre, elle fut frappée de voir à quel point tout semblait normal, trois étages plus bas. Les gens se pressaient sur le parking, le soleil brillait, les oiseaux chantaient, alors qu'à quelques kilomètres de là des plongeurs fouillaient un lac souterrain pour retrouver le corps d'une fillette de quatre ans.

— Il fait quel temps, dehors ? lui demanda sa mère.

Thea se tourna de nouveau vers elle.

— Chaud et humide. Comme toujours dans ce pays.

— La chaleur ne me dérange pas. C'est la fin de l'été que je ne supporte pas.

— Pourquoi ? Tu n'es pas soulagée quand il commence à faire plus frais ?

— Non. Je n'aime pas quand les choses se terminent. Je redoute déjà la fin de ta visite.

— J'essayerai de venir te voir plus souvent.

— Ne fais pas de promesses que tu ne pourras pas tenir.

— Tu pourrais venir à Washington, toi.

Reggie eut un sourire timide.

— C'est peut-être ce que je ferai. Ça te surprendrait, hein ? Ta vieille mère qui vient frapper à ta porte.

— Et pourquoi pas ? répliqua Thea. Préviens-moi assez tôt et je te réserve un vol.

— C'est un joli rêve, dit Reggie en soupirant.

Thea s'assit de nouveau au bord du lit.

— Il y a un autre sujet que j'aimerais aborder avec toi, si tu en as la force.

— Derrick.

— Comment as-tu deviné ?

— À l'hôpital, on ne parle que de lui et de ce qu'il a fait à Taryn. Dieu sait ce qui serait arrivé si tu n'avais pas été là pour l'arrêter.

— Je ne l'ai pas arrêté, protesta Thea. C'est une chance qu'elle aille bien malgré mon incompétence.

— Elle n'ira bien que quand on aura retrouvé sa fille. Et encore… Qu'est-ce que tu veux savoir à propos de Derrick ?

— Quand l'as-tu vu pour la dernière fois ?

— Avant qu'il aille en prison. Il venait au restaurant et faisait exprès de prendre une table dans mon secteur pour que je le serve. J'aurais pu échanger avec une autre fille, mais je ne voulais pas lui faire ce plaisir.

— Tu ne l'as pas revu depuis sa sortie de prison ?

— Non, et jusqu'à aujourd'hui j'étais contente qu'il ait gardé ses distances. On ne s'est pas vraiment quittés en bons termes.

— Que s'est-il passé ? Je n'ai jamais su exactement.

Reggie évita de croiser son regard.

— Disons que je me suis réveillée. Je n'aurais jamais dû entamer une relation avec lui, mais j'ai toujours eu un faible pour les *bad boys.* Même ton papa avait un côté un peu sauvage, malgré l'éducation que June lui avait donnée…

Elle marqua une pause, les sourcils froncés.

— Après la disparition de Maya, j'ai coupé les ponts avec plein de monde. Pas seulement avec Derrick, mais aussi avec des amis que je connaissais depuis des années. De toute façon, la plupart ne voulaient plus entendre parler de moi, vu tout ce qui se racontait à mon sujet.

— Et toi, est-ce que tu as eu des soupçons ? demanda Thea. Au sujet de Derrick, je veux dire ?

Pour une fois, Reggie sembla réticente à exprimer le fond de sa pensée.

— Juste entre toi et moi, insista Thea.

— Ça m'a traversé l'esprit, évidemment, mais les enquêteurs n'ont jamais rien pu prouver contre lui. Pour certains, tu me diras, il n'y a pas besoin de preuves ni de mobile… Les gens ont été tellement nombreux dans la région à m'accuser !

Elle planta son regard dans celui de Thea.

— Et toi aussi tu as eu des doutes. N'essaye pas de me faire croire le contraire, je l'ai vu sur ton visage.

Thea s'apprêtait à nier, mais elle décida finalement qu'il valait mieux dire la vérité. Tout mettre à plat.

— Je reconnais qu'il y a une question que je me suis toujours posée. Pourquoi n'as-tu pas dit à la police que tu étais revenue dans la chambre pour ouvrir la fenêtre, ce soir-là ?

Reggie parut déconcertée.

— De quoi tu parles ?

— Dans ta déposition officielle, tu as expliqué que la fenêtre était ouverte parce qu'il faisait chaud dans la maison. C'était vrai. Mais tu n'as jamais précisé que tu étais revenue exprès dans la chambre pour l'ouvrir, après nous avoir couchées.

— Qui se soucie de savoir à quel moment j'ai ouvert cette fenêtre ?

Pour moi, c'est important, songea Thea.

— Je suis curieuse, c'est tout.

Une ombre passa sur le visage de sa mère, mais elle soutint le regard de Thea sans ciller.

— Tu crois que je l'ai ouverte pour aider le ravisseur ?

— Non, bien sûr que non. C'est juste que…

— Ne mens pas. Sois honnête avec moi.

Elle lui saisit le bras si brusquement que Thea eut un mouvement de recul.

— C'est pour ça que tu as douté de moi pendant toutes ces années ? À cause de cette fenêtre ?

— J'ai douté de toi parce que tu m'as repoussée, répliqua Thea. Parce que j'avais l'impression que ma simple présence t'était insupportable. Parce que tu ne me laissais jamais parler de Maya.

L'espace d'un instant, la colère enflamma les yeux de Reggie et sa main se resserra autour du bras de Thea. Puis elle lâcha prise et se laissa retomber en arrière, comme vidée de son énergie.

— Que ma propre fille puisse penser ça de moi…

— Je suis désolée, mais je n'étais qu'une enfant. Je ne savais pas quoi penser.

— Tu n'y es pour rien. J'aurais juste aimé que tu m'en parles plus tôt.

— Est-ce que cela aurait changé quelque chose ? rétorqua Thea. Est-ce que tu aurais répondu à mes questions ?

— Je ne sais pas. Mais je vais te dire maintenant ce que j'aurais dû t'expliquer à l'époque. Si j'avais parfois du mal à te regarder, c'est parce que tu me rappelais Maya. C'était trop dur. Je ne pouvais pas parler d'elle sans que me viennent en tête les images terribles que je voyais le soir quand je fermais les yeux. Quant à cette histoire de fenêtre, je ne l'ai pas évoquée dans ma déposition tout simplement parce que je ne m'en souvenais pas. Et si j'ai oublié c'est parce que j'étais soûle ce soir-là. Trop soûle pour protéger ma fille. Alors, non, ce n'est pas ta faute si tu as eu des soupçons à mon égard. Tu avais raison de douter. Je n'ai pas fait de mal à mon bébé, mais je suis entièrement responsable de ce qui lui est arrivé.

L'émotion qui étranglait sa voix bouleversa Thea.

— Je te crois, dit-elle.

Reggie soupira.

— On aurait dû clarifier les choses bien plus tôt. Ça aussi, c'est ma faute.

— J'aurais pu insister. Mais c'était plus facile de construire des murs.

— Tout ce temps perdu et qu'on ne rattrapera jamais !

— Concentrons-nous sur le présent, suggéra Thea. Je sais que c'est difficile, ça l'est aussi pour moi. Mais on doit retrouver Kylie, et pour ça j'ai besoin de te poser encore quelques questions.

— Je ne peux pas te dire ce que je ne sais pas, fit remarquer Reggie.

— Dans ce cas, dis-moi ce que tu sais. Derrick a-t-il déjà été violent avec toi ?

— C'est un homme violent, mais il n'a jamais levé la main sur moi ni sur vous, répondit-elle avec force. S'il avait eu ne serait-ce que l'idée de vous faire du mal, il n'aurait pas vécu assez longtemps pour voir l'intérieur d'une cellule.

— Est-ce qu'une autre personne aurait eu des raisons de kidnapper Maya, à ton avis ? Quelqu'un qui te gardait rancune, ou que tu as soupçonné à l'époque sans qu'il ou elle ait forcément de mobile ?

Reggie détourna les yeux.

— Parle-moi, insista Thea. Tu penses à quelqu'un, je le vois bien.

— Il faut que tu comprennes, j'étais folle d'inquiétude et de chagrin, les premiers temps. Beaucoup de mauvaises pensées me sont venues.

— Lesquelles ?

Reggie se mordit la joue.

— C'est quelque chose que June m'a dit après l'enterrement de ton père. Tout le monde s'était retrouvé chez elle. Elle m'a rejointe sous le porche et m'a fait savoir que je n'étais pas la bienvenue. J'avais compris qu'elle me tenait pour responsable de l'accident de Johnny ; on avait passé la soirée ensemble et on avait bu tous les deux. Mais je ne m'étais jamais rendu compte à quel point elle me méprisait. Elle m'a dit que, même si cela devait lui prendre le reste de sa vie, elle trouverait un moyen de me faire ressentir ce qu'elle éprouvait à cet instant.

— Elle est haineuse et vindicative, ce n'est pas nouveau, fit Thea. Mais tu ne crois pas sérieusement qu'elle a quelque chose à voir avec la disparition de Maya ? Et elle n'aurait aucune raison d'enlever Kylie Buchanan.

Reggie tourna brusquement la tête vers elle.

— Tu penses que c'est la même personne qui a kidnappé les deux fillettes ?

— Elles ont disparu exactement au même endroit. Comme tu l'as toi-même souligné hier, ça ne peut pas être une coïncidence. Pour en revenir à Derrick, tu dis qu'il n'a jamais été violent, mais quand je l'ai croisé dans les bois il n'a pas caché qu'il avait des comptes à régler avec toi. Est-ce que tu sais pourquoi ?

— Les hommes n'aiment pas être rejetés, et Derrick Sway encore moins. C'est une insulte à sa virilité.

Thea ne croyait pas à cette explication.

— Vous étiez séparés depuis des années quand il est parti en prison, poursuivit-elle. À mon avis, il t'en veut parce qu'il pense que c'est toi qui l'as livré à la police. Est-ce que c'est le cas ?

— Si je dénonçais un type comme lui, je n'irais certainement pas le crier sur tous les toits, répondit Reggie.

Thea prit cela pour un « oui ».

— As-tu une idée d'où il pourrait se cacher en ce moment ? Chez d'anciens amis avec qui il serait resté en contact, peut-être ?

— Vu que je ne fréquente plus du tout ce milieu, je n'ai aucun moyen de le savoir. Est-ce qu'on en a fini ? L'effet des antidouleurs est en train de passer et je commence à avoir mal à la tête.

— Il y a une dernière question que j'aimerais te poser.

— Ça ne peut pas attendre ?

— Je ne préfère pas. C'est à propos de la boîte qui a été retrouvée dans les bois, après la disparition de Maya.

Reggie ferma les yeux.

— Je t'écoute.

— Il y avait l'ADN de Maya à l'intérieur, et pourtant tu as continué à croire pendant tout ce temps qu'elle était encore vivante. Pourquoi ?

— Évidemment qu'il y avait son ADN ! Quelqu'un a mis sa poupée et sa couverture dedans pour faire croire aux flics que j'avais tué ma propre fille et que je l'avais enterrée dans les bois. C'était un coup monté, pour me faire accuser.

— Un coup de June ?

— Non. Elle me déteste, mais je ne crois pas qu'elle aurait été capable de faire souffrir les enfants de son fils.

— Elle te déteste ? Au présent ?

— Moi, je lui ai pardonné. On ne peut pas dire qu'elle en ait fait autant de son côté.

— Tu continues à la voir ? demanda Thea, étonnée.

— Je passe chez elle de temps en temps pour m'assurer que tout va bien. Elle ne me propose jamais d'entrer. Elle aime bien me regarder de haut, depuis son porche, comme le jour de l'enterrement de Johnny.

Thea éprouva le besoin inattendu de défendre sa mère.

— Pourquoi tu te donnes la peine de lui rendre visite, dans ce cas ?

— Il faut bien que quelqu'un le fasse, répondit Reggie en haussant les épaules. Ses amies sont mortes. Les voisins ont tous déménagé. Tu es la dernière personne avec qui elle a des liens de sang. Et puis, j'ai fini par l'accepter telle qu'elle est. Elle est trop vieille pour changer. J'imagine qu'elle doit se sentir seule, perdue dans cette grande maison… Tu devrais passer la voir, pendant que tu es là.

— Je ne suis pas venue faire du social, répliqua Thea.

— C'est ta grand-mère. Elle a le droit de voir son unique petite-fille.

Thea n'en croyait pas ses oreilles.

— On parle bien de la même June Chapman qui m'a traitée d'abomination quand j'étais gamine ?

— Je ne cherche pas à excuser son comportement.

— Tu me rassures.

— Mais je sais ce que c'est de perdre un enfant. Je sais comment le chagrin grandit et grossit jusqu'à te consumer entièrement.

— Les circonstances étaient complètement différentes, argua Thea.

— Un deuil est un deuil. La douleur est la même. Va la voir, Althea. Fais la paix avec elle avant qu'il ne soit trop tard.

— Pourquoi tu y tiens tant ?

Reggie inspira profondément.

— Parce que j'espère qu'un jour tes enfants m'accorderont la même bienveillance.

12

Thea passa le reste de l'après-midi avec Reggie, à attendre un coup de téléphone de Jake, qui n'arriva jamais. Elle savait que sa mère et elle n'auraient sans doute pas de réponse définitive avant le lendemain mais, quand le crépuscule tomba et que l'aide-soignante vint ramasser le plateau du dîner, elle commença à imaginer les pires scénarios qui avaient pu se dérouler dans la grotte.

— Althea, arrête de faire les cent pas ! s'exclama Reggie. Ça me tape sur les nerfs ! Rentre à ton hôtel et repose-toi. On saura quand on saura.

— Tu es sûre que tu ne veux pas que je reste avec toi cette nuit ?

— Ce n'est pas la peine. Il y a un policier derrière ma porte si j'ai besoin de quelque chose. Va-t'en, tu m'as l'air prête à exploser.

Thea finit par se laisser convaincre. Sa mère était en sécurité, à l'hôpital. Autant aller se coucher et essayer de dormir.

Arrivée à l'hôtel, elle prit une douche, commanda à manger et s'allongea sur un des lits. Quelques instants plus tard, elle se réveilla en sursaut en entendant quelqu'un frapper à la porte. Après avoir rajusté son peignoir et passé une main dans ses cheveux emmêlés, elle jeta un coup d'œil à travers le judas. Ce n'était pas le *room service*.

Thea ouvrit la porte et s'écarta pour laisser entrer Jake.

— Je ne m'attendais pas à ce que tu viennes en personne. Est-ce que les plongeurs…

— Ils n'ont rien trouvé, la coupa-t-il.

— Alors que fais-tu ici ?

— J'ai d'autres nouvelles.

Il se tourna vers elle, visiblement à cran.

— J'ai essayé de t'appeler à l'hôpital. Reggie a décroché. J'ai demandé à te parler, mais elle a reconnu ma voix. Je suis désolé, mais j'ai été obligé de le lui dire.

— Lui dire quoi ? demanda-t-elle, le cœur battant.

— Ce n'est pas Maya.

Thea se laissa tomber sur le bord du lit.

— Tu es sûr ? Je ne pensais pas qu'on serait fixés avant demain.

— Oui, il n'y a pas de doute possible. Le squelette est celui d'un homme blanc. On en saura plus quand le docteur Forrester et son équipe l'auront examiné au laboratoire.

Il s'assit en face d'elle sur l'autre lit.

— Et le dessin gravé dans la pierre ? s'enquit Thea en serrant ses mains tremblantes entre ses cuisses. Et le carillon dans l'arbre ? Ils n'ont pas été placés là par hasard.

— Quelqu'un a dû prendre cette tombe pour celle de Maya.

Thea releva les yeux.

— Ou bien il y a une autre tombe pas loin.

— J'y ai pensé aussi, mais cela me paraît quand même moins vraisemblable.

Il la dévisagea attentivement.

— Comment te sens-tu ?

— Je ne sais pas. On a attendu si longtemps de savoir ce qui lui était arrivé ! Et du jour au lendemain on apprend qu'elle était peut-être au fond de cette grotte depuis tout ce temps… C'était dur d'imaginer ça.

— Je comprends.

— Retour à la case départ, donc. Tu as une idée de qui est cet homme ? Celui qui a été enterré dans la caverne ?

— Pas encore. Bowden est en train d'éplucher le fichier des personnes disparues dans la région pour voir si un profil correspond. De notre côté, on consulte aussi nos bases de données, bien sûr, mais cela prend du temps.

— Et s'il s'était perdu ? suggéra Thea. C'était peut-être un SDF ou un fugitif qui cherchait un endroit où se réfugier.

— C'est peu probable. Le docteur Forrester a repéré des traces sur au moins six de ses côtes, qui suggèrent qu'il a été poignardé.

— D'accord… Et son meurtrier l'aurait ensuite transporté dans la grotte pour l'enterrer sous un tas de terre et de cailloux ?

— Je pense plutôt qu'il se trouvait déjà dans cette caverne quand il a été tué, répondit Jake sombrement. Je ne vois pas comment quelqu'un pourrait traîner un corps le long de toutes ces galeries étroites. Tu ne te souviens pas d'autres affaires de disparitions à Black Creek ou dans les environs ?

— Non.

— Ça ne m'étonne pas. Le squelette semble être là depuis plusieurs décennies. Peut-être même depuis avant ta naissance.

— À ton avis, c'est à cause de cette tombe que Derrick Sway traînait dans les parages ?

— Impossible à dire tant qu'on ne connaît pas l'identité de la victime.

Thea acquiesça pensivement.

— Il y a une remarque que Sway m'a faite et que je n'arrive pas à me sortir de la tête, confia-t-elle. Il était surpris que Reggie ait pu élever une « fliquette », parce qu'à l'époque où il la fréquentait elle n'aimait pas vraiment la police. Il m'a demandé si je me souvenais d'avoir dormi sur la banquette arrière de sa voiture. Quand j'ai répondu non, il a dit que c'était mieux comme ça, « pour ma sécurité ».

— Qu'est-ce qu'il voulait dire par là ?

— Je n'en ai aucune idée. Il trempait déjà dans toutes sortes de combines. Peut-être qu'il a persuadé Reggie de l'aider à faire quelque chose d'illégal et qu'elle nous a emmenées avec elle.

— Elle serait capable de faire ça ?

— Pas aujourd'hui, mais elle était différente, à l'époque. Et c'est possible qu'elle ait été sous l'emprise de Sway. Imagine que Maya se soit réveillée à l'arrière de cette voiture, et qu'elle ait vu quelque chose qu'elle n'était pas censée voir… Et si c'était pour ça qu'elle avait été enlevée, et pas moi ?

— Tu vas peut-être un peu loin.

— Je sais, répondit Thea en se mordant la lèvre. Ça fait si longtemps que je me demande pourquoi ma sœur a été kidnappée… Je suis prête à accepter n'importe quelle explication.

Le regard de Jake s'adoucit.

— C'est compréhensible.

— Quoi qu'il en soit, Reggie n'aurait jamais accepté d'être complice d'un meurtre, et encore moins de faire du mal à l'une de ses filles. Je reconnais que j'ai douté d'elle, par le passé, mais j'ai vu sa réaction aujourd'hui quand elle pensait que Maya avait été retrouvée dans cette grotte. Si Sway a kidnappé ma sœur, il a agi seul, ou avec quelqu'un d'autre que ma mère.

— Le voisin de Reggie a fait un commentaire intéressant, hier, souligna Jake. Il a dit qu'elle pouvait être au courant de la culpabilité de Sway, mais s'être tue parce qu'il l'avait menacée de s'en prendre à toi.

Thea sentit son cœur se serrer. Elle n'avait jamais envisagé cette éventualité. S'était-elle trompée depuis le début au sujet de sa mère ?

— C'est peut-être pour ça qu'elle l'a dénoncé à la police des années plus tard pour un crime qui n'avait rien à voir avec l'enlèvement, murmura-t-elle. Il fallait qu'elle trouve un moyen de le punir sans que ça retombe sur moi ni sur elle. Mais quelqu'un a parlé, et Sway s'est vengé en enlevant Kylie, qu'il a sans doute prise pour ma fille…

Thea se leva et se mit à marcher de long en large dans la chambre.

— Il faut qu'on le retrouve, Jake.

— On s'y emploie, je peux te l'assurer.

— Je sais, mais l'heure tourne…

Elle sursauta en entendant toquer à la porte.

— Tu attends quelqu'un ? s'enquit Jake, aussitôt sur ses gardes.

— Oui, le *room service.*

Il se leva.

— Je vais te laisser manger tranquille.

— Non, reste ! répondit-elle impulsivement. Enfin, si tu n'as pas déjà mangé, bien sûr. Ça ne me dérange pas de partager.

— Tu es sûre ?

— Certaine.

Quelques instants plus tard, ils étaient installés à la petite table près de la fenêtre et dévoraient le hamburger et les frites que l'employé de l'hôtel leur avait apportés.

— C'est exactement ce qu'il me fallait, avoua Jake entre deux bouchées. Je n'avais pas pris le temps de dîner avant de venir ici.

— On peut commander autre chose, si tu as très faim.

— On verra plus tard.

Thea grignota une frite.

— Le voisin dont tu parlais tout à l'heure, ce ne serait pas Lyle Crowder ? demanda-t-elle.

— Si, pourquoi ?

— Je l'ai croisé avant d'aller à l'hôpital. Il essayait de

regarder à travers les vitres de ta voiture quand je suis sortie de chez ma mère.

— Pourquoi ai-je l'impression que tu ne l'aimes pas ? s'enquit Jake.

— Je n'ai rien contre lui personnellement, mais je sais que Reggie le trouve louche. Quand j'étais jeune, elle me disait de ne pas lui ouvrir s'il se présentait à la porte un jour où elle n'était pas là.

— Par contre, elle n'hésitait pas à accueillir chez elle quelqu'un comme Derrick Sway…

— C'est vrai que ça peut paraître contradictoire, reconnut Thea. Mais, encore une fois, elle a changé après la disparition de Maya.

— Est-ce qu'elle t'a expliqué pourquoi elle se méfiait de Crowder ?

— Elle n'aimait pas la façon dont il nous épiait. Moi, je n'ai jamais eu l'impression qu'il s'intéressait à moi. À mon avis, il était amoureux de ma mère, comme beaucoup d'hommes. C'était une belle femme, quand elle était jeune.

— Ta mère est restée belle, répliqua Jake. Et tu lui ressembles beaucoup. Les mêmes pommettes, le même teint. Le même courage.

Thea ne répondit rien.

— J'ai dit quelque chose qu'il ne fallait pas ?

— Non, j'étais juste en train de me demander où était Lyle Crowder la nuit où Kylie a disparu.

— Il pêchait avec son frère. Il n'est rentré que lundi après-midi.

— Tu as vérifié son alibi ?

— Évidemment. Pourquoi ? À quoi tu penses ?

— Quand j'étais petite, il travaillait sur des plates-formes pétrolières. Il s'absentait parfois pendant des mois.

— Oui, c'est ce qu'il m'a dit.

— Tout à l'heure, il était accompagné d'un vieux bluetick coonhound.

— Euh… Je ne vois pas bien où tu veux en venir.

— Il a toujours eu des chiens de cette race, expliqua Thea avec une pointe d'excitation dans la voix. Il m'a dit qu'il les laissait chez son frère quand il travaillait. Mais, la nuit où Maya a été kidnappée, on a entendu un chien hurler dans les bois.

— Lyle Crowder n'était sans doute pas le seul à posséder un coonhound dans le quartier.

— Bien sûr. Mais j'ai l'impression qu'on rate quelque chose qui se trouve pourtant juste sous notre nez. Ce chien qui aboie dans la forêt, ça ne pourrait pas être la clé des deux enlèvements ?

Jake parut sceptique.

— Ça me semble peu crédible.

— Réfléchis : Crowder a toujours vécu de l'autre côté de la rue, et il passe son temps à espionner Reggie depuis l'ombre de son porche. Le soir où Maya a disparu, il savait qu'il y avait une fête chez nous. Il s'est peut-être dit que Reggie et ses amis seraient trop alcoolisés pour s'inquiéter de Maya et moi. Vingt-huit ans plus tard, il a vu Taryn, Kylie et Reggie sortir de la maison dimanche dernier. Qu'est-ce qui l'empêchait d'aller ouvrir la porte avec la clé cachée sous le pot de fleurs et de déverrouiller la fenêtre de mon ancienne chambre ? Ensuite, il ne lui restait plus qu'à attendre que les lumières s'éteignent le soir.

Thea pensait que Jake rejetterait tout de suite son hypothèse, mais il se redressa, les bras croisés sur le torse.

— Crowder m'a dit qu'il avait déjà exploré la grotte. Il m'a même proposé d'y descendre avec son chien pour nous donner un coup de main.

— Tu es sûr que son alibi tient la route ?

— Ça vaut le coup de vérifier.

Il se leva et sortit son téléphone de sa poche.

— Je dois passer quelques coups de fil, dit-il en commençant à se diriger vers la porte.

— Je t'en prie, reste. Je vais en profiter pour faire un brin de toilette.

— Je ne veux pas te chasser de ta propre chambre…

— On sait tous les deux que j'ai un conflit d'intérêts dans cette affaire, répliqua-t-elle. Et il faut que tu puisses t'exprimer librement.

— Merci. Ce ne sera pas long.

Thea s'éclipsa dans la salle de bains et referma derrière elle. C'était tentant d'écouter à la porte, mais elle préféra jouer le jeu et ouvrit le robinet pour se rincer le visage et se laver les dents. Dix bonnes minutes plus tard, après avoir pris le temps de se sécher les cheveux, elle rouvrit la porte.

— Jake ?

La chambre était tellement silencieuse qu'elle crut qu'il était parti. Mais il était bien là, endormi sur un des lits.

Elle renonça à le réveiller. Il devait être épuisé, pour sombrer aussi vite… Alors elle étendit une couverture sur lui et se glissa dans l'autre lit. Bientôt, bercée par le bruit de sa respiration, elle s'assoupit à son tour.

Il faisait encore nuit quand Thea ouvrit les yeux. Une brise tiède entrait par la fenêtre et lui caressait le visage.

Alors qu'elle repoussait les couvertures pour s'asseoir, une ombre passa sur l'escalier de secours.

— Jake, c'est toi ? appela-t-elle doucement, tout en tendant la main vers son pistolet.

Il se faufila par la fenêtre.

— Excuse-moi, je ne voulais pas te réveiller.

— Tu ne m'as pas réveillée. Je dors rarement d'une traite.

Elle jeta un coup d'œil sur le réveil posé sur la table de chevet. Il était un peu plus de minuit.

— Qu'est-ce que tu faisais dehors ?

— J'écoutais le carillon de l'autre côté de la rue. Tu n'as pas rêvé, hier soir. On l'entend bien d'ici.

— Ça me rassure.

Jake reporta son attention sur les bruits de la nuit.

— D'où vient cet engouement pour les carillons en bois ? s'interrogea-t-il tout haut.

— D'après Lyle Crowder, c'est une femme de la ville qui les fabriquait. On les accrochait aux arbres pour porter chance. Apparemment, quand il y avait du vent, ça tintait dans tout Black Creek.

— Intéressant, comme tradition.

— Crowder dit que Reggie en avait un dans son jardin. J'avais oublié, mais je crois que c'est ça qui a réveillé Maya le soir où elle a disparu. Elle pensait qu'il y avait quelqu'un dehors, et je lui ai répondu d'arrêter de faire sa poule mouillée.

Thea poussa un soupir.

— C'est la dernière chose que j'ai dite à ma sœur.

— Ce qui est arrivé n'est pas ta faute, affirma Jake en se tournant vers elle.

Ses yeux brillaient dans le noir.

— Je sais. Mais si j'étais allée trouver Reggie elle serait venue nous voir. Et elle aurait peut-être fait fuir le kidnappeur.

Jake traversa la pièce pour s'asseoir sur le lit. Il posa négligemment un bras en travers des jambes de Thea.

— La disparition de Kylie a remué beaucoup de souvenirs, j'ai l'impression, dit-il d'une voix douce.

— Oui. Je ne peux pas m'empêcher de penser que je pourrais faire plus pour aider à la retrouver.

— Si c'était une autre affaire, tu conseillerais toi-même aux membres de la famille d'arrêter de se torturer. Tu leur dirais que ce n'est bon pour personne, et encore moins pour l'enfant disparu, de se demander sans cesse ce qu'on aurait pu ou dû faire.

— Et pourtant je suis bien placée pour savoir à quel point c'est difficile de ne pas ressasser le passé.

— Rien de tout cela n'est facile, répliqua Jake. Pour les familles comme pour nous.

— Mais pour rien au monde tu ne ferais un autre métier, n'est-ce pas ?

— Pas toi ?

Dans le noir, sa voix avait quelque chose de feutré, d'intime. Thea frissonna.

— Je ne crois pas qu'on ait le choix, répondit-elle.

Il médita un moment cette pensée.

— Pourquoi as-tu demandé à être transférée aux affaires classées, après mon départ de Washington ? s'enquit-il. Tu étais bien partie pour te voir confier la direction d'une équipe. On aurait été nombreux à te soutenir dans cette voie.

— Il faut bien que quelqu'un continue à chercher ces pauvres gamins une fois que les agents du CARD sont repartis.

— Au risque de voir ta carrière stagner puis péricliter ?

— Oui, dit-elle avec conviction. On ne fait pas ça pour la gloire.

Jake resta silencieux. Elle distinguait à peine sa silhouette au bout du lit, et pourtant elle était tellement sensible à sa présence qu'elle croyait presque entendre les battements de son cœur.

— Je vais y aller, lâcha-t-il brusquement. Il faut que tu te reposes.

— Tu n'es pas obligé. Il est tard et il y a plein de place ici. En plus… je crois que je n'ai pas envie d'être seule.

Sans dire un mot, Jake vint s'allonger à côté de Thea. Ils ne se touchaient pas, mais elle sentait la chaleur qui émanait de son corps. Bizarrement, cela l'apaisa.

— Ça t’arrive de te demander ce qui se serait passé si tu m’avais suivi à Jacksonville ? murmura-t-il.

Elle se tourna vers lui, surprise.

— Pour ma carrière, tu veux dire ?

— Non, pour nous.

— À quoi bon se poser cette question ? Tu ne m’as jamais proposé de venir.

— Tu ne m’as jamais demandé de rester.

— Comment aurais-je pu te demander une chose pareille ? s’exclama-t-elle. Personne ne méritait cette promotion autant que toi. Et puis, quand tu m’as annoncé que tu avais accepté ta mutation, tu as eu l’air tellement pressé de partir ! J’ai eu l’impression que tu étais soulagé de pouvoir t’éloigner de moi.

— Tu ne peux pas sérieusement avoir pensé ça !

Quelque chose dans sa voix la fit trembler.

— On était arrivés à un carrefour dans notre relation, se défendit-elle. Soit on s’engageait davantage, soit on se séparait. Ton départ nous a facilité les choses.

— Parce que ça a été facile, pour toi ?

— Tu sais très bien ce que je veux dire.

Elle regarda le plafond, la mâchoire serrée, en tentant de chasser ses regrets. Et de ne pas penser à l’appartement vide et froid qui l’attendait à Washington.

— Ce n’était pas facile, mais c’était inévitable, reprit-elle. On s’était toujours dit que le boulot passerait en premier.

— Eh bien, c’était une erreur. Ça a marché un moment, mais le travail ne fait pas tout. Et le nôtre est trop sombre. Il faut qu’il y ait une lumière au bout du tunnel.

Il marqua une pause, avant d’ajouter :

— Je n’ai pas cessé de me demander si tu avais trouvé cette lumière.

— Tu veux savoir si j’ai quelqu’un dans ma vie ? Non. Et toi ?

L’hésitation de Jake lui fit l’effet d’un coup de poignard.

— Non, je n'ai personne, répondit-il.

— Tu n'as pas l'air sûr.

— Personne de sérieux. Personne qui me comprenne aussi bien que toi.

Thea glissa malgré elle la main dans la sienne. Il la lui serra. Fort.

— Ça m'a manqué, dit-il. *Tu* m'as manqué.

— Après tout ce temps ?

— Tu n'imagines pas à quel point je pense à toi souvent.

Thea ne sut quoi répondre. À vrai dire, elle se sentait submergée par l'émotion.

— Suis-je trop franc ?

Il porta leurs mains jointes à ses lèvres, et déposa sur celle de Thea un baiser si doux qu'elle en eut les larmes aux yeux.

— Toi aussi tu m'as manqué, souffla-t-elle en se tournant vers lui. C'est juste que je ne voulais pas le reconnaître.

— Parce que tu es une tête de mule.

Elle entendit le sourire dans sa voix une fraction de seconde avant qu'il ne capture sa bouche, éveillant un désir qu'elle avait tenté de refouler au plus profond d'elle-même depuis leur séparation.

Rien ne reste enfoui éternellement, songea-t-elle. Ni les secrets, ni le désir, ni l'amour.

Oui, l'amour.

Ils s'embrassèrent longuement, langoureusement, et ne s'interrompirent que pour retirer leurs vêtements. Sans se presser, comme deux amants qui se connaissent déjà par cœur. Comme deux âmes blessées qui cherchent un peu de répit, un peu de réconfort. Mais, quand ils furent nus l'un contre l'autre, une passion ardente s'empara d'eux et ils se redécouvrirent fiévreusement, s'enflammant encore un peu plus à chaque caresse, à chaque baiser. Agrippant les draps, Thea se cambra contre Jake tandis qu'ils s'étreignaient et ondulaient ensemble à un rythme de plus en plus effréné. Lorsqu'ils s'effondrèrent, à bout de souffle et parcourus de frémissements, Jake roula sur le dos et attira Thea contre lui, au creux de son bras. Là où sa place avait toujours été.

13

Jake était déjà habillé quand elle se réveilla le lendemain matin.

— Quelle heure est-il ? demanda-t-elle d'une voix endormie.

— Il est encore tôt, mais je dois retourner à mon hôtel pour me doucher et me raser.

Il s'assit au bord du lit.

— J'ai bien retenu que tu avais envie de participer à l'enquête. Passe au PC dans la journée, on verra comment tu peux nous aider.

Thea se redressa sur un coude, plissant les yeux face au soleil qui entrait à flots dans la chambre.

— Il faut d'abord que j'aille voir Reggie. Et je lui ai aussi promis de rendre visite à ma grand-mère.

— Ah oui ? Je ne savais pas que vous étiez proches.

— On se connaît à peine. Je ne me souviens même pas de la dernière fois qu'on s'est croisées ! Quand j'étais petite elle ne voulait pas entendre parler de moi, et je ne pense pas que ça ait changé. Mais je vais faire cet effort parce que Reggie semble y tenir. Et aussi parce que je suis curieuse.

— Tu veux que je te dépose quelque part ?

— Non, j'ai réservé une voiture de location qui devrait m'être livrée vers 9 heures. Avec un peu de chance, j'aurai reçu mon nouveau téléphone d'ici là, si tu as besoin de me joindre.

— Moi aussi j'en ai un neuf. Même numéro.

Il se leva, attrapa ses clés sur la table de chevet, puis se tourna vers elle.

— Est-ce qu'on doit parler de ce qui s'est passé cette nuit ?

— Oui, répondit-elle en baissant les yeux, mais plus tard. Pour l'heure, on a une enfant à retrouver.

— Je ne l'ai pas oubliée.

Ses traits s'étaient assombris. Il pensait déjà à Kylie et à tout ce que lui et ses hommes auraient à faire dans les prochaines heures.

Avant de partir, il se pencha pour l'embrasser sur la bouche.

— Je te tiens au courant, promit-il. Et on parlera de nous.

Lorsque la porte se fut refermée derrière lui, Thea se leva et prit une douche rapide. Elle était en train d'enfiler une tenue propre quand elle reçut un appel de la réception lui annonçant que son téléphone avait été livré. Elle descendit le récupérer et s'assit sur un banc à l'extérieur pour se familiariser avec le nouvel appareil.

Un mouvement de l'autre côté de la rue attira son attention. Grace Bowden se tenait derrière la vitrine de son magasin, le regard rivé devant elle comme si elle attendait quelqu'un. Thea lui fit un signe de la main, qui resta sans réponse.

Intriguée, elle traversa pour aller toquer à la porte. Un instant plus tard, Grace lui ouvrit.

— Thea ! Que fais-tu ici si tôt ?

Elle était jolie, avec sa petite robe à fleurs et ses sandales, mais une fois encore il y avait quelque chose de faux dans son sourire.

Thea montra l'hôtel derrière elle.

— J'étais assise là-bas et je t'ai vue derrière ta vitrine. Je passe juste te dire bonjour.

— C'est gentil de ta part, répondit Grace en tripotant nerveusement son délicat collier en or. Je ne pensais pas te revoir.

— J'espère que je ne te dérange pas ? Tu attends sûrement un client. Tu m'as dit que tu n'ouvrais la boutique que le week-end, maintenant, sauf quand tu avais un rendez-vous.

— Oui, je dois recevoir un collectionneur tout à l'heure. C'est potentiellement une bonne affaire.

— Alors pourquoi as-tu l'air si inquiète ? Excuse-moi, je suis peut-être trop curieuse, mais j'ai l'impression que quelque chose ne va pas.

Après un dernier regard à la rue, Grace recula d'un pas et invita Thea à entrer.

— Une femme m'a appelée ce matin, confia-t-elle en refermant la porte. Elle cherchait une poupée ancienne pour sa nièce. Je lui ai expliqué que j'avais déjà un rendez-vous et qu'elle pourrait passer au magasin samedi, mais elle a insisté pour venir à la première heure ce matin. Elle m'a dit qu'elle quittait le pays aujourd'hui et qu'elle ne serait pas de retour avant longtemps.

— Elle t'a donné son nom ?

— Oui, Valerie quelque chose. Je l'ai noté, mais c'est sans doute une fausse identité. Je pense qu'elle appelait de la part de Russ Buchanan.

Thea fronça les sourcils.

— Qu'est-ce qui te fait dire ça ?

— Elle m'a décrit très précisément la poupée qu'elle voulait pour sa nièce, et c'est à peu de chose près celle que Russ a achetée à Kylie pour son anniversaire.

— Que lui as-tu répondu ?

— Que je n'avais rien qui correspondait exactement à sa demande, les pièces que je vends sont presque toutes uniques, mais qu'elle pouvait quand même venir voir ma collection si elle le souhaitait. Quand je lui ai demandé comment s'appelait sa nièce et quel âge elle avait, elle a raccroché. C'est idiot, mais je n'arrête pas d'y repenser, et je ne peux pas m'empêcher de me dire…

— De te dire quoi ?

— Que Russ Buchanan et cette femme pourraient avoir décidé d'emmener Kylie à l'étranger.

— En as-tu parlé à ton mari ?

— Non, pas encore. Il est tellement occupé, en ce moment…

Grace se mordit la lèvre.

— Tu crois que je surréagis ? Je n'ai pas envie de faire perdre son temps à Nash.

— Je pense qu'il vaut mieux prévenir que guérir. Raconte-lui ce qui s'est passé et laisse-le décider de ce qu'il faut faire.

— Tu as raison.

Grace alla aussitôt chercher son téléphone derrière le comptoir.

— Cette pauvre petite Kylie… Elle avait l'air tellement timide et nerveuse le jour où Taryn est venue avec elle au magasin ! Un enfant mérite mieux qu'un père violent et une mère négligente au point de laisser sa fille se faire kidnapper sous son nez.

Grace porta une main à sa bouche.

— Pardon. Je ne pense pas du tout ça de Reggie, bien sûr.

— Ce n'est rien. Je vais te laisser appeler ton mari.

— Non, reste ! Je préfère autant ne pas être seule si cette femme rapplique. Ou, Dieu m'en garde, Russ Buchanan lui-même… Va dans la cuisine, sers-toi un café. J'en ai pour une minute.

Thea se dirigea vers l'arrière-boutique et regarda autour d'elle. Quelque chose avait changé, ici, mais elle ne pouvait dire quoi. Alors que la voix étouffée de Grace lui parvenait depuis l'autre pièce, elle comprit : la table et les chaises d'enfant avaient disparu.

Elle jeta un coup d'œil par-dessus son épaule. En entrant dans le magasin, elle ne s'était pas rendu compte que les rayons étaient encore plus vides que la veille. Grace avait-elle subitement décidé d'écouler toute sa marchandise ?

Cela méritait un petit coup de fil à Jake. Celui-ci décrocha à la première sonnerie.

— J'étais sur le point de t'appeler, annonça-t-il d'une voix tendue.

— Que se passe-t-il ?

— Je suis à l'hôpital avec Reggie.

Thea sentit son cœur bondir dans sa poitrine, mais avant qu'elle ait pu dire un mot il s'empressa d'ajouter :

— Elle va bien, ne t'inquiète pas. Je voulais juste lui poser des questions sur Derrick Sway.

Thea réprima un soupir de soulagement.

— Elle t'a appris des choses ? s'enquit-elle.

— Pas sur Sway. Mais sur les Bowden, oui.

— C'est une drôle de coïncidence : je suis justement avec Grace, expliqua Thea en baissant la voix.

— Dans sa boutique ?

— Oui. Une femme l'a contactée tout à l'heure, elle cherchait une poupée identique à celle que Russ Buchanan a offerte à Kylie il y a quelques mois. Et elle voulait l'acheter ce matin, parce qu'elle part à l'étranger aujourd'hui. Grace a eu l'impression qu'elle appelait de la part de Russ.

— Où est-elle, tout de suite ?

Quelque chose dans son intonation glaça le sang de Thea.

— Que se passe-t-il, Jake ? Que t'a dit Reggie ?

— Tu avais raison à propos du couple Bowden. Grace et Nash ont divorcé il y a plus d'un an, et ils étaient séparés depuis longtemps.

— Je vois, répondit Thea en s'efforçant de garder un ton neutre.

— Ce n'est pas tout. D'après Reggie, quand Grace était petite, elle était obsédée par la disparition de Maya. Elle n'arrêtait pas de poser des questions sur elle, voulait tout le temps voir des photos. Reggie l'a surprise plusieurs fois dans ta chambre en train de fouiller les placards pendant que tu étais dehors. Elle a toléré ça pendant un moment parce que c'était la seule enfant qui avait le droit de jouer avec toi. Et puis des objets ont commencé à disparaître, et elle a fini par dire à Grace de ne plus venir.

— En quoi c'est important ?

— Il y a cinq ans, Grace a perdu un bébé. Elle ne s'en est jamais remise. C'était une petite fille et elle aurait eu le même âge que Kylie aujourd'hui. Grace connaît très bien la maison de ta mère, elle sait exactement comment Maya a disparu. De plus, elle t'a menti au sujet de son mariage. Ça ne prouve rien, mais ça fait d'elle une suspecte idéale.

— D'accord.

Thea parcourut la pièce du regard. Une porte donnait sur la cour, une autre sur ce qui était sans doute une réserve. Dans un bâtiment aussi ancien, il pouvait même y avoir une cave avec des murs assez épais pour étouffer les appels à l'aide d'une enfant…

— Thea, tu es toujours là ? s'enquit Jake à l'autre bout du fil.

— Oui.

— Fais-la parler si tu peux, mais sois prudente. Elle est instable et peut-être dangereuse. Je te rejoins tout de suite.

— D'accord.

La description que Jake venait de lui faire de Grace lui avait soudain rappelé d'autres paroles de sa mère :

Cette fille est une voleuse et une menteuse, Althea. C'est de la mauvaise graine, crois-moi. Je ne veux plus que tu joues avec elle. Chaque fois qu'elle vient ici, quelque chose disparaît. Une barrette, un livre, une photo que j'avais sur ma coiffeuse… Je suis prête à parier que c'est elle qui a pris mon carillon.

Le souvenir était si vif que pendant quelques dangereuses secondes Thea resta perdue dans le passé. La voix de Jake et le grincement d'une latte de plancher la ramenèrent brusquement à la réalité. Au moment où elle faisait volte-face, les aiguillons d'un Taser entrèrent en contact avec sa peau et tous les muscles de son corps se contractèrent de façon incontrôlée.

Thea ne se souvenait pas d'avoir perdu conscience, mais c'était pourtant ce qui avait dû se passer. Quand elle ouvrit les yeux, elle était allongée par terre dans une pièce qu'elle ne connaissait pas, une main menottée à un vieux lit en fer. La décharge provoquée par le pistolet à impulsion électrique ne pouvait l'avoir neutralisée que quelques secondes, pendant lesquelles Thea avait été traînée dehors et hissée à l'arrière d'un SUV. Les images lui revenaient peu à peu, en même temps que la vague sensation d'avoir été piquée dans le bras. Et ensuite ?

Elle se redressa et tendit le cou pour regarder par la fenêtre. La maison se trouvait au milieu d'un paysage boisé ; Thea apercevait le miroitement d'un lac au loin. Où Grace l'avait-elle emmenée ? Elle n'avait aucun moyen d'estimer le nombre de kilomètres qu'elles avaient parcourus depuis Black Creek. Le soleil était encore haut dans le ciel, elle n'était donc restée inconsciente que quelques heures.

Thea se força à respirer lentement, luttant contre la nausée qui lui soulevait l'estomac. La chambre était modestement meublée d'un lit, d'une commode et d'une table de chevet. Rien à proximité qui puisse lui servir d'arme ou d'outil pour crocheter les menottes.

Soudain, dans le placard en face d'elle, elle aperçut une petite silhouette recroquevillée dans l'ombre. Le front posé sur les genoux, les bras enroulés autour des jambes, la fillette paraissait endormie.

— Kylie ? appela doucement Thea. Kylie Buchanan, c'est toi ?

L'enfant recula dans les profondeurs du placard.

— N'aie pas peur, ma chérie. Je ne vais pas te faire de mal. Je veux te ramener à ta maman.

Aucune réaction.

— Tu connais Reggie ?

Enfin, la tête blonde se redressa.

— Je sais que c'est une amie à toi. Je suis sa fille, Thea.

Lentement, Kylie s'approcha à genoux de la porte du placard. Elle prit soin de vérifier qu'il n'y avait personne d'autre dans la chambre avant de se lever.

— Est-ce que ma maman est morte ? demanda-t-elle d'une voix tremblante.

— Non, ma puce, elle n'est pas morte, lui assura Thea, la gorge nouée. Par contre, elle s'inquiète beaucoup pour toi. Tu lui manques tellement !

— Elle m'a dit que maman était morte. Que papa l'avait tuée.

Thea refoula l'horreur et la colère qui l'envahissaient.

— Je te promets qu'elle va bien.

— Tu vas me ramener à la maison, alors ?

— Oui, dès que je pourrai. Mais d'abord je vais avoir besoin de ton aide. Tu veux bien m'aider ?

Kylie acquiesça.

— Sais-tu où nous sommes ?

Elle secoua la tête de gauche à droite.

— Est-ce que tu vas bien ? Est-ce qu'on t'a fait du mal ?

Autre mouvement de tête.

— Je veux voir ma maman.

— Je sais, ma chérie, je sais. Voici ce que tu vas faire. Tu vas retourner dans le placard, et tu vas essayer de trouver quelque chose de pointu, comme une épingle de nourrice ou une boucle de ceinture. Quelque chose en métal. Tu peux faire ça pour moi ?

La fillette obéit. Quelques instants plus tard, elle émergea du placard en serrant un objet dans son petit poing. Elle s'approcha timidement de Thea et ouvrit la main, révélant une barrette d'enfant décorée d'une fleur en plastique rose.

Thea se figea. Elle connaissait cette barrette. Elle avait eu la même, en jaune.

— Est-ce qu'il y a d'autres choses comme celle-ci dans le placard ? demanda-t-elle à Kylie.

Celle-ci fit non de la tête.

Thea contempla l'objet qui avait appartenu à sa sœur. Grace l'avait-elle volé étant petite, ou s'était-elle introduite chez Reggie plus récemment ?

À cet instant, une voiture se gara dans l'allée. Kylie se précipita derechef dans le placard. Thea glissa la barrette sous le matelas et fit signe à la fillette de garder le silence. Bientôt, la porte de la chambre s'ouvrit et Grace Bowden s'avança dans la pièce.

— Ah, Thea ! Je ne m'attendais pas à ce que tu te réveilles si tôt. Je pensais qu'on aurait le temps de partir avant. Mais ce n'est pas grave, ça ne change rien au programme.

— Quel programme ? s'enquit Thea. Où l'emmènes-tu ?

— Quelque part où on sera en sécurité toutes les deux.

Grace jeta un coup d'œil dans la chambre.

— Montre-toi, chérie, ne sois pas timide ! Je t'ai apporté ton repas préféré. Il t'attend sur la table, avec une petite surprise. Allons, sors de ta cachette ! Tu ne veux pas voir ce que j'ai prévu pour notre voyage ?

La fillette resta immobile au fond du placard, les yeux écarquillés de terreur.

— C'est bon, Kylie, lui murmura Thea. Tu peux aller manger, je dois parler à Grace.

— Ne lui dis pas ce qu'elle doit faire, lâcha cette dernière d'un ton sec. Tu n'es pas sa mère.

— Toi non plus.

— Ne l'écoute pas, Kylie. Je suis ta maman, maintenant,

et je vais prendre soin de toi. Tu vas adorer l'endroit où on va. Il fait chaud, il y a du soleil, et on pourra se baigner tous les jours si on en a envie. Viens manger, s'il te plaît. On doit partir bientôt.

Rassurée par le regard bienveillant de Thea, Kylie sortit du placard et suivit Grace à contrecœur. Thea entendit une télévision ou une radio s'allumer dans la pièce voisine. Quelques minutes plus tard, Grace revint dans la chambre.

— J'imagine que tu te poses des questions, dit-elle. Je ne te dois aucune explication, mais je t'ai toujours appréciée, alors je t'écoute.

— Pourquoi fais-tu ça ? demanda Thea. Tu sais que tu n'échapperas pas longtemps à la police.

— Tu risques d'être surprise, répliqua Grace avec un sourire. Les gens ont tendance à me sous-estimer. Quant à la question de savoir pourquoi je fais ça… c'est simple : j'estime qu'un enfant est en droit d'avoir une mère qui l'aime et le protège quoi qu'il arrive.

— Kylie a déjà une maman qui l'aime.

— Mais Taryn a échoué à la protéger. Même contre son propre père.

Elle s'accroupit devant Thea, qui ne put réprimer un mouvement de recul.

— N'aie pas peur, je n'ai pas l'intention de te frapper ! On s'entendait bien, à une époque. On aurait même pu être les meilleures amies du monde si Reggie n'avait pas été aussi méchante avec moi.

— Tu nous as volé des affaires, répliqua Thea. C'est normal que ça ne lui ait pas plu.

— Elle n'a jamais pu le prouver.

— C'est bien ce que tu as fait, pourtant, non ? Tu as pris son carillon et tu l'as suspendu au-dessus d'une ouverture secrète de la grotte. Comment connaissais-tu son existence, d'ailleurs ?

— Je suis tombée dessus par hasard. Mes parents me laissaient faire ce que je voulais, tant que je ne restais pas dans leurs pattes. Ma tante Lillian était gentille, mais elle ne comprenait rien aux enfants précoces. Parfois, quand je me sentais seule ou triste, j'allais explorer la grotte. C'est comme ça que j'ai découvert la tombe de Maya. J'ai accroché le carillon de Reggie dans l'arbre pour lui tenir compagnie.

— Et les personnages gravés dans la roche ?

— Il lui fallait une pierre tombale, et je savais qu'elle aurait voulu t'avoir près d'elle.

— Tu avais vu son dessin sur le réfrigérateur. Tu t'en es inspirée pour fabriquer les petites figurines en bois.

— J'ai toujours beaucoup aimé ce dessin. Maya et toi vous tenant la main pour l'éternité… Je me demandais quel effet ça faisait d'avoir une sœur. D'avoir *quelqu'un*.

— Pourquoi n'as-tu rien dit à personne, pour la tombe ? Si tu m'avais vraiment considérée comme ton amie, tu m'en aurais parlé.

— J'avais l'intention de le faire, figure-toi. J'imaginais comment ça se passerait : je t'entraînerais dans la grotte, jusqu'à la caverne, et tu n'en croirais pas tes yeux. Sauf que tu as toujours été une trouillarde ! Tu ne voulais même pas escalader le grillage, sans parler de descendre dans le gouffre. Et puis, quand Reggie m'a interdit de venir chez vous, je n'ai plus voulu que tu saches. Parce que je ne voulais pas qu'*elle* le sache.

— Donc, tu as décidé de garder Maya pour toi toute seule. Sauf que ce n'est pas elle, dans cette tombe.

Grace parut surprise, puis elle haussa les épaules.

— C'était quand même un bon secret.

— Quand as-tu décidé de kidnapper Kylie ?

— Ça faisait des années que je l'avais repérée. Parfois, quand Taryn l'emmenait au parc, je fermais le magasin plus tôt pour pouvoir les regarder à travers les grilles. C'est une enfant tellement adorable, tellement douce ! Très vite, je me suis rendu compte qu'elle était malheureuse. Ce n'était pas juste qu'elle souffre et que je sois si seule, alors qu'on pouvait être ensemble.

« Quand j'ai appris que Reggie hébergeait Taryn et Kylie, j'ai commencé à faire des plans. À l'époque, je n'étais pas sûre d'aller au bout. Et puis, dimanche soir, je suis retournée à l'église après la messe dans l'espoir d'apercevoir Kylie, et j'ai vu Taryn sortir de sa voiture et entrer dans le bâtiment sans sa fille. Elle l'a laissée seule sur la banquette arrière, alors qu'il faisait nuit ! Il aurait pu lui arriver n'importe quoi. C'est à ce moment-là que j'ai compris que je devais la protéger.

— Tu l'as donc enlevée. Tu as caché la photo de Maya dans la chambre de Derrick Sway et installé les totems dans la forêt pour que tout le monde croie que c'était lui qui avait kidnappé les deux fillettes. Et tu lui as dit que Reggie l'avait dénoncé à la police, en sachant pertinemment qu'il chercherait à se venger.

Grace poussa un soupir.

— Les gens sont si prévisibles… Tout marchait parfaitement bien, jusqu'à ce que tu arrives. Je savais que tu finirais par te rappeler à quel point j'insistais pour te faire descendre dans la grotte quand on était petites. À quel point j'étais curieuse au sujet de l'enlèvement de Maya, et comme les choses avaient tendance à disparaître quand je venais chez vous. Je savais qu'assez vite tu aurais des soupçons et que tu commencerais à poser des questions gênantes. Il fallait que je te lance sur une mauvaise piste jusqu'à ce que Kylie et moi soyons à l'étranger.

— Tu m'as droguée le premier soir, affirma Thea. Comment as-tu réussi à entrer dans ma chambre ?

— La sécurité est inexistante, dans ce vieil hôtel, et les gens des petites villes sont plutôt confiants. Ça fait des années que j'observe les employés de cet établissement depuis ma boutique. Je connais leur routine. Ça n'a pas été difficile d'obtenir ton numéro de chambre à l'accueil et de chiper une clé aux femmes de ménage. Un peu de kétamine sur un morceau de verre, et j'étais assurée que tu ne serais plus toi-même pendant plusieurs jours.

— Tu ne t'en sortiras pas comme ça, lui répéta Thea. J'étais au téléphone avec le FBI quand tu m'as attaquée. Ils sont probablement déjà en train de fouiller ton magasin et ta maison. Ils ne devraient pas tarder à arriver.

— Personne ne connaît l'existence de ce chalet. Même pas Nash. Ma tante en a hérité il y a des années et n'a jamais fait changer le nom sur le titre de propriété.

— Crois-moi, le FBI le retrouvera, insista Thea.

— Un jour, peut-être, mais il sera trop tard. Je serai déjà très, très loin avec Kylie.

— Tu es folle, Grace.

— Je suis ce que mes parents ont fait de moi.

Elle lui sourit tristement, tout en se levant pour regagner la porte.

— C'est dommage, vraiment. On aurait pu être de si bonnes amies.

Thea attendit que Grace soit partie pour ressortir la barrette de sous le matelas. Elle fit sauter la fleur en plastique, puis tordit la tige pour former un L. Insérant le côté le plus long dans la serrure des menottes, elle le tourna comme une clé pour tenter de pousser les goupilles à l'intérieur. Plus d'une fois, il lui fallut faire une pause, calmer son impatience pour éviter de casser le fragile outil. Pendant ce temps, elle entendait la porte d'entrée s'ouvrir et se refermer au gré des allées et venues de Grace entre le chalet et sa voiture. Thea n'avait aucune idée de la destination qu'elle avait choisie. La côte, sans doute, pour embarquer sur un bateau. Si elle avait réussi à se procurer des passeports, Kylie serait peut-être perdue à jamais.

Quand la serrure céda enfin, Thea faillit pleurer de joie et de soulagement. Elle se débarrassa des menottes et alla jeter un coup d'œil par la fenêtre. Le SUV était toujours dans l'allée. Grace s'affairait autour du coffre.

Thea se glissa sans un bruit dans la pièce à vivre, où elle trouva Kylie lovée sur le canapé, la tête tournée vers la télévision. Elle était si absorbée par son dessin animé qu'elle n'entendit même pas Thea chuchoter son prénom. Grace avait dû la droguer, elle aussi, pour qu'elle se tienne tranquille pendant le voyage.

Sans hésiter, Thea prit la fillette dans ses bras et se dirigea vers l'arrière de la maison, dans l'espoir d'y trouver une autre sortie. Alors qu'elle s'attendait à entendre Grace surgir derrière elle d'un instant à l'autre, elle parvint à traverser la petite cuisine sans encombre, jusqu'à la porte qui donnait sur le jardin. Elle mit une éternité à l'ouvrir, gênée dans ses mouvements par son précieux fardeau. Quand elle se retrouva enfin dehors, elle serra Kylie contre elle et fonça vers les bois.

Un premier coup de feu retentit, puis un second. Thea plongea derrière un arbre, protégeant l'enfant de son corps.

— Je ne veux pas te blesser, cria Grace, mais je n'hésiterai pas si tu m'y obliges !

Thea déposa doucement la fillette sur le lit de mousse qui recouvrait le sol. Kylie ouvrit les yeux et sembla sur le point de pleurer.

— Chh… Ne fais pas de bruit, ma puce.

— Tu n'arriveras pas à me semer ! lança Grace. Je connais cette forêt comme ma poche !

Thea s'accroupit et attendit. Alors que Grace commençait à s'avancer entre les arbres, le bruit d'un moteur détourna son attention. Thea en profita pour se jeter sur elle, et elles roulèrent par terre, luttant pour attraper l'arme que Grace avait fait tomber.

Derrière elles, des portières claquèrent, des voix s'élevèrent autour du chalet. Mais Thea resta concentrée sur son corps-à-corps avec la jeune femme. Celle-ci était bien plus forte qu'elle n'en avait l'air, et elle se battait comme un animal acculé, griffant, cognant, mordant. Elle finit par envoyer Thea sur le dos et réussit à s'emparer du pistolet. Elle s'apprêtait à tirer quand son ex-mari la désarma d'un coup de pied et la plaqua au sol pour la menotter.

— Ça va ? demanda Jake à Thea en l'aidant à se relever.

— Comment nous avez-vous retrouvées ?

— On est du FBI, tu te souviens ?

Il regarda autour d'eux.

— Kylie ?

— Elle est là-bas.

Ils se ruèrent vers l'enfant, que Jake souleva tendrement dans ses bras.

14

Thea et Jake venaient de ressortir de la chambre de Taryn, à l'hôpital. Kylie avait été examinée par un médecin, puis aussitôt emmenée auprès de sa mère. Thea n'avait pas pu s'empêcher de pleurer en assistant à leurs retrouvailles.

— On ne s'en lasse jamais, dit Jake. C'est pour ça qu'on fait ce travail.

— Oui, mais tout n'est pas réglé, rappela-t-elle tandis qu'ils repartaient dans le couloir. Je m'inquiète au sujet de Russ Buchanan. Il ne renoncera pas à sa famille aussi facilement. J'ai peur qu'il réclame la garde exclusive de Kylie.

— Un de ses anciens clients dit que Buchanan l'a payé pour harceler Reggie. C'est sans doute lui qui a provoqué votre accident. Son témoignage se révélera précieux pour Taryn en cas de conflit.

— Je l'espère. Elle et Kylie ont droit à un peu de répit.

Ils s'arrêtèrent devant les ascenseurs.

— Je t'offre un mauvais café ? proposa Jake.

— Merci, mais je dois aller voir ma mère. Une autre fois ?

— Je repars pour Jacksonville dans quelques heures. Notre boulot est terminé, ici.

Il appuya sur le bouton.

— Et toi ? Quand as-tu prévu de rentrer à Washington ?

— Je ne sais pas encore. Reggie va avoir besoin d'aide à sa sortie de l'hôpital. J'ai envie de rester quelques jours avec elle.

— Dans ce cas, je reviendrai peut-être ce week-end. Je te rappelle qu'on est censés parler, tous les deux… Ou alors, tu viens me voir à Jacksonville ? Je te ferai visiter le bureau, pour que tu te familiarises avec les lieux.

Thea fronça les sourcils.

— Comment ça ?

— Il y a un poste vacant dans mon équipe. J'aimerais travailler de nouveau avec toi.

— Je ne sais pas quoi te dire, Jake… C'est généreux de ta part, mais j'ai déjà un travail. Ce que je fais est important, aussi.

— Bien sûr que c'est important. Je ne vois pas pourquoi tu ne pourrais pas faire les deux.

Les portes de l'ascenseur s'ouvrirent, mais il ne bougea pas d'un pouce.

— Je suis déjà parti une fois sans te demander de venir. Je ne referai pas la même erreur. Réfléchis à ma proposition, tu veux bien ?

Les portes se refermèrent. Thea soupira.

— Tu penses vraiment ce que tu dis ? demanda-t-elle. Je pourrais faire les deux ?

— Évidemment.

— Alors je n'ai pas besoin de réfléchir. Tu sais, cela fait un moment que j'ai envie de changer d'air.

— Tu me surprendras toujours…

— J'ai des choses à régler ici. Je ne pensais pas dire ça un jour, mais j'aimerais me rapprocher de ma mère.

— Vous méritez toutes les deux une deuxième chance.

— C'est vrai. Mais ce n'est pas tout. Il faut aussi que

je découvre ce qui est arrivé à ma sœur, et que je fasse la paix avec ma grand-mère.

Elle glissa la main dans la sienne.

— Et puis il y a toi, Jake.

Pour toute réponse, il se pencha pour l'embrasser, et la tendresse qui brillait dans ses yeux était comme une lumière au bout d'un long tunnel.

Vous avez aimé *Retour à Black Creek* ?
Découvrez la suite de votre série
« Les mystères du passé » dès le mois prochain,
dans votre collection Black Rose.

LISA CHILDS

La crainte sur ton visage

Traduction française de
CHRISTINE BOYER

BLACK ROSE

HARLEQUIN

Titre original :
CLOSE QUARTERS WITH THE BODYGUARD

1

Landon Myers fronça les sourcils. Sans doute avait-il mal compris la requête de Parker Payne, son patron. À dire vrai, elle n'avait apparemment aucun sens.

— *Qui* voulez-vous que je protège ?

— Jocelyn Gerber, répondit Parker.

Lorsqu'il avait démissionné du commissariat de police de River City pour devenir garde du corps, Landon espérait bien ne plus jamais revoir cette substitute de la procureure.

— Pourquoi ?

— Comme toutes les autres personnes impliquées dans le prochain procès de Luther Mills, elle fait l'objet de menaces.

Luther Mills, le tristement célèbre narcotrafiquant, était accusé du meurtre d'un informateur de la police. Mills se considérait tellement au-dessus des lois qu'il avait abattu le gamin devant un témoin, la sœur de l'indic en question.

Vu la gravité des faits, n'importe qui aurait plaidé coupable pour négocier sa peine, sachant qu'il serait lourdement condamné en cas de procès. Mais, dans le passé, Luther avait déjà échappé à la justice après avoir pourtant commis d'innombrables crimes, dont un meurtre.

Il s'en était toujours tiré.

Landon secoua la tête avec une grimace de dérision.

— Quoi ? La supérieure de Gerber menace-t-elle de

l'étrangler si, une fois de plus, elle ne parvient pas à constituer un dossier suffisant pour intenter un procès contre Mills ?

Jusqu'alors, aucune des affaires visant Luther Mills et traitées par Gerber n'avait été présentée à un grand jury pour une éventuelle mise en examen. Chaque fois, elle avait prétendu que les éléments à charge n'étaient pas suffisants pour une inculpation. Pis, certaines preuves – que Landon lui avait lui-même apportées – avaient mystérieusement disparu au cours de l'instruction…

— Luther la menace, répéta Parker. Woodrow Lynch, le chef de la police, a appris que Mills avait ordonné à ses sbires d'éliminer toutes les personnes mêlées de près ou de loin à son futur procès. Et n'oublions pas que Luther a des taupes qui le renseignent au sein du commissariat et du bureau du procureur.

— Et tout le monde sait de qui il s'agit. D'elle. Jocelyn Gerber est la taupe de Mills au sein du bureau du procureur, c'est évident.

Et voilà pourquoi Luther n'était encore jamais passé en jugement. Il n'y avait pas d'autre explication.

— Si c'était vrai, pourquoi la menacerait-il ? contra Parker.

— Pour qu'elle continue de faire ce qu'il lui dit de faire, et lui permette de s'en tirer comme chaque fois que la police de River City a de quoi l'arrêter… Et de s'arranger pour que les preuves contre lui disparaissent, comme par hasard.

Parker secoua la tête.

— La procureure du district n'aurait pas confié le dossier à Jocelyn Gerber si elle avait le moindre doute sur sa probité.

— La procureure de district devrait se charger elle-même de cette affaire, déclara Landon.

— Son médecin lui a prescrit le repos jusqu'à l'accouchement, car sa grossesse est à haut risque, répliqua Parker. Et après la naissance elle bénéficiera d'un congé de maternité.

Landon fronça les sourcils, surpris que son patron en sache autant sur la procureure.

Comme s'il lisait dans ses pensées, Parker ajouta :

— Amber Talsma-Kozminski, la procureure du district, est mariée à Milek, le beau-frère de mon frère Logan.

Les Payne étaient liés à tout le monde ou presque à River City. L'ancien chef de la police était le demi-frère de Parker, et l'actuel, l'ancien chef du bureau du FBI Woodrow Lynch, était à présent son beau-père.

Enfant unique d'enfants uniques, morts des années plus tôt, Landon n'avait pour seule famille que ses collègues. Comme lui, avant de devenir gardes du corps, ils avaient été policiers au sein de la brigade des mœurs, également chargée de la lutte antidrogue aux États-Unis.

En tout cas, Jocelyn Gerber n'était pas le seul substitut du procureur à River City. Ce qui était logique, la ville étant plus grande que Detroit, une autre métropole du Michigan.

— La procureure aurait dû désigner quelqu'un d'autre pour le procès, vu le nombre de fois où Jocelyn Gerber a été incapable d'inculper Luther Mills malgré tous les éléments à charge que nous lui avions apportés.

— Elle n'avait pas délibérément abandonné les poursuites contre lui, protesta Parker. Elle y avait été contrainte, faute de preuves suffisantes, comme elle l'a toujours répété.

— Vous avez quitté le commissariat de River City avant moi, lui rappela Landon.

Parker avait démissionné de la brigade des mœurs lorsque son jumeau, Logan, avait créé la Payne Protection Agency. Par la suite, il avait travaillé plusieurs années pour son frère avant de développer sa propre agence en franchise, composée d'anciens policiers.

— Vous ne connaissez pas Jocelyn Gerber, conclut Landon.

— Et vous, oui, peut-être ?

Landon se sentit rougir. En réalité, connaître la substitute de la procureure ne lui aurait pas forcément déplu. Avec ses longs cheveux noirs, ses yeux bleus et son corps mince, elle était ravissante. Mais elle était aussi fourbe que sexy et lui inspirait autant de méfiance que d'attirance.

— Non, répondit-il en secouant la tête.

— Eh bien, vous allez apprendre à la connaître puisque désormais vous la protégerez vingt-quatre heures sur vingt-quatre, sept jours sur sept.

— Quelle perte de temps ! protesta-t-il avec un gémissement. Jocelyn Gerber n'est pas menacée.

Elle était une menace pour l'affaire, qu'elle ferait certainement capoter une fois de plus, et peut-être pour lui aussi, puisqu'il devrait passer beaucoup de temps avec elle.

Et qu'elle était très, très sexy.

Jocelyn traversa le parking faiblement éclairé pour regagner son véhicule. Peu rassurée, elle hâta le pas, faisant claquer ses talons aiguilles sur le bitume. Quelques heures plus tôt, Woodrow Lynch, le chef de la police, l'avait appelée pour la prévenir qu'elle était en danger. Il ne lui avait évidemment rien appris. À la minute où elle avait accepté le dossier incriminant Luther Mills, elle avait su qu'elle risquait sa vie.

Mais ni les craintes du chef de la police ni les menaces de Luther Mills ne la feraient reculer. Elle irait jusqu'au procès. Cette fois, elle l'inculperait et réussirait à le faire condamner.

Il le fallait…

Elle ne cherchait pas à en tirer une quelconque gloire. Mais elle voulait mettre Luther Mills hors d'état de nuire, pour de bon.

Un frisson lui parcourut l'échine, un frisson dont le vent frais d'automne n'était pas la cause. Depuis que cette affaire lui avait été confiée, tout le monde l'observait, guettant le moment où elle échouerait de nouveau. Mais à présent on ne se contentait plus de l'épier, on la talonnait. Elle entendait des bruits de pas dans son dos.

Elle accéléra encore, gênée par son attaché-case.

Bien sûr, l'individu derrière elle ne la suivait peut-être pas. Peut-être se dirigeait-il juste vers sa voiture, comme elle vers la sienne. Mais à cette heure tardive la plupart des employés avaient déjà quitté leur bureau pour rentrer chez eux et il ne restait qu'une poignée de véhicules sur le parking. Et ils étaient loin.

La gorge serrée, elle s'interdit pourtant de courir. Néanmoins, au cas où l'homme la rattraperait avant qu'elle n'ait atteint son SUV, elle plongea la main dans son sac pour y chercher son Taser. Elle en profita pour jeter un coup d'œil par-dessus son épaule. Elle ne distinguait qu'une ombre derrière elle, mais elle lui parut gigantesque, impressionnante.

Son cœur se mit à battre la chamade. Le chef Lynch lui avait dit que Mills s'attaquerait sans doute d'abord à Rosie Mendez, le témoin oculaire, et qu'elle ne risquait pas grand-chose, du moins jusqu'au début du procès. Mais celui-ci ne s'ouvrirait que dans plusieurs semaines et cette silhouette menaçante n'était plus qu'à quelques pas d'elle…

Comme ses doigts se refermaient enfin sur son Taser, elle se retourna et le brandit vers l'inconnu en criant :

— Ne vous approchez pas de moi !

— Ça va être difficile. Je suis chargé de vous protéger.

— Qui êtes-vous ? demanda-t-elle à l'homme qui demeurait dans l'ombre, une capuche rabattue sur la tête.

— Votre garde du corps.

Woodrow Lynch, le chef de la police, lui avait en effet dit avoir sollicité la Payne Protection Agency pour veiller sur toutes les personnes impliquées dans le procès de Luther Mills. Mais, pour elle, engager ces gardes du corps était une erreur. Une erreur qui risquait de s'avérer fatale.

— Qui êtes-vous ? répéta-t-elle en visant son torse.

Sans répondre, il lança en riant :

— Avez-vous l'intention de m'envoyer une décharge électrique ?

— S'il le faut, je n'hésiterai pas.

Elle posa le doigt sur la détente. Elle savait se servir d'un pistolet à impulsion électrique pour l'avoir déjà utilisé. Mills n'était pas le seul criminel à l'avoir menacée.

Mais avant qu'elle n'ait la possibilité de tirer l'arme lui fut arrachée des mains et deux bras puissants s'enroulèrent autour d'elle, la plaquant contre un torse musclé.

Elle hurla.

Le type se contenta de rire. Il savait qu'il n'y avait personne alentour pour l'entendre. Pour l'aider…

Elle se débattit mais, resserrant son étreinte, il l'immobilisa. Elle lui envoya un coup de coude, des coups de pied, mais il était si fort, si musclé, qu'il ne sentait rien, apparemment.

S'il était vraiment son garde du corps, elle avait mille fois raison de s'inquiéter. Il représentait pour elle une menace aussi mortelle que Luther Mills. Quelqu'un au sein de la Payne Protection Agency travaillait pour Luther, elle en était certaine. Et elle avait l'horrible impression qu'elle venait de découvrir de qui il s'agissait : c'était cet inconnu qui la tenait à sa merci…

— Où sont-ils tous ? se demanda le chef de la police Woodrow Lynch en promenant les yeux dans la salle presque déserte.

Parker Payne haussa les épaules.

— Ils ne devraient plus tarder.

Pour le moment, ils n'étaient que tous les deux, assis chacun à une extrémité de la longue table de conférence.

Woodrow Lynch avait convoqué tout le monde à la Payne Protection Agency, afin d'expliquer pourquoi il avait engagé une société de sécurité privée pour protéger les personnes impliquées dans le procès du baron de la drogue.

Luther Mills était le plus gros trafiquant du Michigan. Peut-être de tout le Midwest. Il était si riche et puissant qu'il avait les moyens de soudoyer, d'embaucher ou de menacer n'importe qui pour obtenir ce qu'il voulait. Et Woodrow avait récemment appris que certaines de ces personnes que Luther avait achetées ou manipulées se trouvaient au sein du commissariat de police et au sein du bureau du procureur.

Voilà pourquoi il avait engagé la Payne Protection Agency. Il lui fallait s'assurer que Luther Mills ne s'attaquerait à personne d'autre et serait enfin jugé pour ses crimes.

Pourtant certains n'étaient pas heureux de bénéficier d'un garde du corps. La substitute de la procureure, Jocelyn Gerber, par exemple, n'avait aucune confiance en la Payne Protection Agency, parce que les membres de l'équipe avaient longtemps travaillé pour la police. Elle était persuadée que Luther graissait la patte d'au moins l'un d'entre eux.

Woodrow Lynch avait choisi Parker en raison de son passé avec le narcotrafiquant. Parker et ses hommes avaient essayé pendant des années de faire tomber Luther Mills. Et voilà pourquoi ils tenaient tous à s'assurer qu'il serait traduit en justice.

Mais, comme Jocelyn l'avait souligné, ils n'avaient jamais réussi à le faire condamner…

Avait-elle raison de croire que l'un d'eux renseignait Luther ?

Si oui, au lieu de protéger toutes les personnes associées au procès grâce à Payne Protection, Woodrow venait d'exposer davantage l'une d'entre elles. Laquelle ?

S'agissait-il d'elle, la substitute de la procureure ?

2

Depuis le début, depuis que cette mission lui avait été assignée, Landon était persuadé que protéger Jocelyn Gerber était une mauvaise idée. À présent, il en avait la preuve. Elle se débattait, lui donnait des coups de pied dans les tibias.

À bout de patience, il cria :

— Cessez de gigoter !

— Lâchez-moi ! rétorqua-t-elle avec colère.

Mais il garda les bras autour d'elle, la serrant contre lui.

— Qu'avez-vous d'autre dans votre sac ? demanda-t-il.

Peut-être y avait-elle mis un revolver, en plus de ce Taser.

— Cela ne vous regarde pas, lui dit-elle.

— Je suis votre garde du corps, lui rappela-t-il. Tout ce qui vous concerne me regarde, à présent.

— Au lieu de me protéger, vous me faites mal, protesta-t-elle.

Il desserra immédiatement son étreinte.

Elle se libéra et se retourna pour lui faire face, pointant sur lui un petit spray d'autodéfense attaché à son porte-clés.

Il soupira.

— Je me demande bien pourquoi le chef de la police et Parker pensent que vous avez besoin d'un garde du corps.

C'était lui qui avait besoin d'être protégé… d'elle.

— Je n'ai pas besoin d'un garde du corps, dit-elle.

Et il pensait savoir pourquoi : elle travaillait pour Luther. Elle était la taupe au sein du bureau du procureur.

Cette mission lui donnerait peut-être l'opportunité de le prouver à Parker.

— Mais vous en avez un, répliqua-t-il. Il va falloir l'accepter.

Les yeux de la substitute étaient d'un bleu si lumineux qu'ils brillaient dans la pénombre. Pourtant, elle le fusilla du regard.

— Je ne veux pas de *vous* comme garde du corps.

— Savez-vous au moins qui je suis ? demanda-t-il.

Que pouvait-elle lui reprocher personnellement ? Lorsqu'il était policier, il lui avait apporté des preuves pour inculper Luther Mills et ce n'était pas lui qui les avait fait disparaître.

— Manifestement, vous préférez que je l'ignore, répondit-elle d'un ton suspicieux. Vous vous dissimulez dans l'ombre.

— La discrétion est une qualité chez un garde du corps.

— Ne seriez-vous pas plus efficace si tout le monde savait que vous me protégez ?

Il haussa les épaules.

— Ce n'est pas à moi de décider de la stratégie, mais à Parker Payne et à Woodrow Lynch, le chef de la police. Peut-être souhaitent-ils que Luther envoie quelqu'un pour s'attaquer à vous et leur permette alors de démasquer celui qui travaille pour lui.

Elle resserra sa prise sur son spray et rétorqua :

— Vous servez-vous de moi comme d'un appât ?

Il soupira de nouveau. Elle était folle.

— Croyez-vous vraiment que je tente de vous éliminer ?

Elle promena un œil sur le parking sombre et frissonna.

— Ce serait le bon endroit et le bon moment pour le faire…

— Je suis votre garde du corps, répéta-t-il, les mâchoires serrées.

Était-elle idiote ou le faisait-elle exprès ? Peut-être

n'avait-elle jamais réussi à inculper Luther pour cette raison : parce qu'elle n'était pas très futée.

— Rien ne me prouve que vous êtes là pour assurer ma protection, poursuivit-elle. Je n'ai que votre parole.

Il se redressa et repoussa sa capuche.

— Je me présente : Landon Myers. Je travaille pour la Payne Protection Agency, qui m'a chargé de vous protéger.

— Et vous avez fait partie de la brigade des mœurs…

— Oui, en effet.

Elle parut se tendre davantage. De quoi s'inquiétait-elle ? Pourquoi avait-elle l'air de se méfier de lui ? Avait-elle compris qu'il la soupçonnait d'être la taupe de Luther au sein du bureau du procureur ?

Si la réunion au siège de la Payne Protection Agency avait été destinée à la rassurer, elle avait abouti à l'effet inverse. Jocelyn se sentait encore plus nerveuse en la quittant que lorsque Landon Myers l'avait abordée sur le parking.

Et à présent il lui demandait ses clés pour entrer chez elle. Elle avait d'abord refusé de les lui laisser, mais il avait insisté. Pour s'assurer, prétendait-il, que personne ne s'était introduit dans son manoir en son absence.

Dès qu'il poussa la porte, une sirène retentit.

— Quel est le code ? cria-t-il.

Elle n'allait pas le lui donner mais, subrepticement, elle tapa les numéros sur le boîtier.

Lorsque le silence revint, elle lui lança :

— Personne n'est entré chez moi par effraction, sinon mon système d'alarme se serait déclenché. Il est très efficace. Et voilà pourquoi votre présence chez moi est inutile.

— Vous avez entendu le chef Lynch, répliqua-t-il. Il veut que toutes les personnes impliquées dans ce futur procès bénéficient d'une protection vingt-quatre heures sur vingt-quatre.

Elle l'avait entendu. Et elle n'avait pas eu la possibilité d'en discuter puisque personne ne voulait être protégé. Or, certaines devaient absolument l'être – Rosie Mendez, le témoin oculaire, par exemple.

Pour aboutir à une condamnation, Jocelyn avait impérativement besoin d'elle. Et elle faisait confiance à Clint Quarters pour la protéger. C'était lui qui, au départ, avait convaincu le frère de la jeune femme de le renseigner sur les agissements de Mills. Et maintenant Clint se reprochait le meurtre de Javier Mendez. Et, comme Clint se sentait coupable, il ferait tout pour protéger Rosie. Grâce à lui, celle-ci avait déjà échappé de peu à la mort, se remémora Jocelyn en frissonnant.

Landon dut croire qu'elle avait froid parce qu'il claqua la porte, les enfermant à l'intérieur du manoir, plongé dans la pénombre.

Jocelyn se tendit. Si elle faisait confiance à Clint pour protéger Rosie Mendez, Landon, en revanche, ne lui inspirait que de la méfiance. Il n'avait rien à gagner dans ce procès. La culpabilité à propos de la mort du jeune Javier avait poussé Clint à démissionner du commissariat de River City. Mais pourquoi Landon avait-il quitté la police ? Rien ne l'expliquait.

Éprouvant le besoin de le voir plus distinctement, elle pressa l'interrupteur et fit jaillir la lumière. Les cheveux châtains de Landon et ses yeux bruns n'avaient rien d'extraordinaire. Mais il la dépassait d'une bonne tête, ce qui était nouveau pour Jocelyn. Très grande et chaussée de talons aiguilles, elle regardait la plupart des hommes de haut.

Mais pas Landon Myers.

Il n'était pas seulement doté d'une belle taille. Il était aussi large d'épaules et très musclé. S'il travaillait pour Luther, comme elle le craignait, il ne rencontrerait aucune difficulté pour lui briser le cou…

Elle frissonna à cette pensée, et aussi à cause de l'intensité avec laquelle il la dévisageait. Toutefois, contrairement à la majorité de la gent masculine, il ne semblait pas du tout la trouver attirante.

— Votre système de sécurité est à la pointe du progrès, dit-il. Et a dû coûter une petite fortune.

Elle n'en avait aucune idée. Ses parents avaient insisté pour l'installer. Ils étaient paranoïaques. Ils seraient certainement rassurés d'apprendre qu'elle bénéficiait à présent d'un garde du corps dont la présence exaspérait déjà Jocelyn.

— D'ailleurs, tout ici a dû coûter un bras, ajouta Landon en promenant les yeux sur les œuvres d'art qui ornaient le salon.

Ses parents lui avaient offert ce manoir et ce qu'il contenait. Jocelyn n'avait rien demandé. Des années durant, elle avait été très heureuse dans son petit appartement du centre-ville, non loin du bureau. Mais ils avaient insisté, préférant qu'elle vive dans un quartier plus sûr, et elle avait fini par céder.

Cela dit, elle n'avait pas envie de raconter sa vie à Landon Myers.

— Comme vous le voyez, je suis en sécurité chez moi, dit-elle. Je n'ai pas besoin de votre assistance.

Il entrait déjà dans le salon plongé dans l'obscurité, la main sur son arme. Une précaution inutile. Il n'y avait personne.

Ils entendirent alors quelque chose tomber sur le parquet. Landon dégaina aussitôt son pistolet mais, avant qu'il ne puisse presser la détente, elle lui attrapa le bras.

— Ne tirez pas ! cria-t-elle. C'est ma chatte.

— Votre chatte ?

Comme pour le confirmer, Lady laissa échapper un miaulement contrarié. Jocelyn actionna l'interrupteur du salon, mais la lampe renversée diffusait peu de lumière.

— Cette petite chose a fait tomber la lampe ? demanda Landon avec scepticisme alors que Lady trottait vers eux.

Jocelyn sourit en se penchant pour la caresser.

— Tu es une vilaine fille.

Visiblement vexée, Lady s'éloigna de Jocelyn pour se frotter contre les jambes de Landon.

Il fronça les sourcils en considérant l'animal.

— Je ne vous aurais jamais imaginée aimant les chats.

Ses parents ne lui avaient pas offert le félin. Ils voulaient de vrais petits-enfants. Lady devait appartenir à l'ancien propriétaire, car Jocelyn l'avait trouvée lorsqu'elle avait emménagé, affamée de nourriture et d'affection.

— Elle était là avant moi.

Landon reporta son attention vers elle.

— Et vous l'avez gardée ?

Jocelyn aurait pu la confier à un refuge ou même la vendre, mais une telle option ne lui avait pas semblé juste. Et Jocelyn appréciait sa compagnie. Elle ne voulait pas d'enfants. Pas question d'imiter sa supérieure hiérarchique et de passer à côté d'une affaire importante parce qu'elle était enceinte.

— Êtes-vous allergique aux chats ? s'enquit Jocelyn, pleine d'espoir.

Landon éclata de rire.

— Pas du tout, dit-il en ramassant Lady.

La chatte avait l'air minuscule dans ses énormes mains. Mais au lieu d'avoir peur elle se mit à ronronner.

— Je crois qu'elle m'aime bien, ajouta-t-il.

— Elle a faim, corrigea Jocelyn en se dirigeant vers la cuisine.

Il lui emboîta le pas et Lady, qu'il avait reposée, le suivit. D'habitude, elle évitait les étrangers. Mais elle n'arrêtait pas de se frotter contre lui.

— Traîtresse, murmura Jocelyn.

Landon sourit. Sans doute l'avait-il entendue.

À la minute où Jocelyn secoua la boîte de croquettes, la chatte trottina vers le bol que sa maîtresse avait consciencieusement rempli.

— C'est une traîtresse, reconnut Landon.

Et lui ? se demandait Jocelyn. Trahissait-il la police et la ville qu'il avait autrefois juré de servir et de protéger ?

Elle le dévisagea, s'interrogeant.

Pouvait-elle lui faire confiance ?

Elle réessaya de lui désigner la sortie.

— Vous n'êtes pas obligé de rester. Je suis en sécurité ici.

— J'ai reçu des ordres. Vous étiez là, vous avez entendu.

Elle soupira. Elle avait surtout entendu parler d'un plan ridicule, échafaudé pour assurer la discrétion du dispositif. Afin que nul ne se doute que plusieurs personnes bénéficiaient de la protection de gardes du corps, ces derniers devaient se faire passer pour des petits amis. Ainsi, Keeli Abbott se comportait comme l'amoureuse de l'inspecteur Dubridge, qu'elle protégeait en réalité. Jocelyn en frissonna de révulsion. Elle ne voulait pas de petit ami et encore moins de Landon Myers dans ce rôle.

Elle n'avait aucune confiance en lui.

— Ne vous inquiétez pas, lança Landon en sortant de la cuisine. Vous ne saurez même pas que je suis là.

Jocelyn en doutait. Elle le suivit dans le salon, où il enleva sa veste et retira son holster. Après avoir posé l'arme sur la cheminée, il ôta son T-shirt et apparut, torse nu.

Jocelyn en resta bouche bée. Depuis combien de temps n'avait-elle pas eu d'amoureux ? En tout cas, elle ne se rappelait pas à quand remontait la dernière fois qu'elle avait vu un homme torse nu.

— Ça va ? demanda Landon, une lueur amusée dans les yeux.

Incapable de parler, elle hocha la tête et il plaisanta :

— Avez-vous donné votre langue à Lady ?

La chaleur lui monta au visage. Mais elle refusa de lui montrer qu'il la troublait au plus haut point.

— Je vais bien, dit-elle.

— Vraiment ? Vous semblez frustrée.

Elle n'était pas sexuellement frustrée. Pas du tout…

— Je suis seulement contrariée que vous insistiez pour rester alors que je n'ai nullement besoin de protection, précisa-t-elle.

Il haussa les épaules, faisant jouer les muscles de ses bras.

De nouveau, elle se sentit rougir.

— J'effectue mon travail, voilà tout, lâcha-t-il.

Mais travaillait-il exclusivement pour la Payne Protection Agency ? Ou également pour Luther Mills ?

Heureusement, il lui avait rendu son Taser. Elle serait donc en mesure de se défendre s'il s'attaquait à elle. Une décharge électrique ne le tuerait pas, mais lui donnerait à elle le temps de s'éloigner de lui.

Et elle avait besoin de s'éloigner de lui au plus vite – avant de faire quelque chose de stupide, comme de continuer de reluquer son torse musclé.

Mais elle se sentit obligée de lui indiquer :

— Il y a une chambre d'amis à l'étage.

En fait, il y en avait trois. La maison était bien trop grande pour elle seule, mais ses parents n'avaient pas encore abandonné tout espoir qu'elle se marie et ait des enfants.

Il secoua la tête.

— Je passerai la nuit en bas pour m'assurer que personne n'essaye d'entrer. Ou de sortir, ajouta-t-il, le regard méfiant.

Avait-il deviné qu'elle songeait à lui fausser compagnie à la première occasion ? Sans doute. Elle avait répété un peu trop souvent qu'elle ne souhaitait pas de garde du corps.

Elle n'avait certainement pas besoin de lui pour la protéger. Cela dit, peut-être avait-elle besoin de se protéger… de lui.

La Payne Protection Agency.

Bien sûr, Luther en avait entendu parler. Comme tout le monde à River City. Il ne connaissait pas seulement l'agence, d'ailleurs. Il connaissait aussi Parker Payne.

Il s'assit sur la couchette de sa cellule et éclata de rire. Lorsqu'il était dans la police, Parker Payne avait tout essayé pour le faire tomber.

Dans le processus, l'ancien policier avait failli, lui, être abattu. Mais Luther n'avait jamais été vraiment inquiété.

Dommage que Parker ne soit pas mort, il y a des années. Pourtant, plusieurs malfrats de la bande de Luther avaient voulu le descendre… et échoué. Malheureusement.

Luther allait peut-être ordonner à ses sbires de frapper de nouveau Payne ainsi que tous les gardes du corps qui travaillaient pour lui.

Luther les connaissait tous. Clint. Hart Fisher. Tyce Jackson. Landon Myers et cette petite bombasse, Keeli Abbott. Ils étaient tous d'anciens policiers de la brigade des mœurs, qui, comme Parker et Clint Quarters, avaient tenté pendant de nombreuses années de le capturer et de démanteler son réseau. En vain. Et finalement ils avaient tous abandonné et quitté le commissariat de police de River City.

Luther passa la main sur le téléphone portable encore chaud de sa dernière conversation. Il avait été informé de la situation.

Le chef de la police Lynch avait compris qu'une taupe au sein du commissariat renseignait Luther sur ce qui s'y passait. De toute évidence il ne savait pas encore qui, sinon Luther n'aurait pas obtenu tous les détails qui venaient de lui être communiqués.

La Payne Protection Agency était donc chargée de protéger Rosie Mendez, le témoin, et toutes les autres personnes impliquées dans le procès intenté contre lui.

Un jour prochain, quand il serait libre, Luther remercierait le chef Lynch de lui avoir facilité la tâche. En attendant, il ne se contenterait pas d'éliminer Rosie. Il descendrait tous ceux qui avaient essayé de le détruire pendant tant d'années.

Et il ne lui faudrait pas longtemps pour atteindre son objectif. Tout serait réglé en quelques jours, quelques heures peut-être.

Bientôt, ils seraient tous morts.

3

Lorsque Landon entendit Jocelyn monter se coucher, il fut tenté de la suivre. Non pour s'installer dans cette chambre d'amis dont elle lui avait parlé, mais pour partager son lit. Et à en juger par la façon dont elle l'avait regardé un peu plus tôt elle en avait peut-être envie, elle aussi.

Bien sûr, elle ne l'aimait pas. Son aversion pour lui sautait aux yeux. Mais elle n'avait cessé de le reluquer quand il avait enlevé son T-shirt. Il sourit. La taquiner avait été amusant mais puéril, il en était conscient.

Elle n'avait d'ailleurs pas mordu à l'hameçon, préférant ignorer ses insinuations. Ravissante comme elle l'était, elle devait être habituée aux tentatives de séduction des hommes.

Mais elle l'avait regardé avec insistance… Peut-être aurait-elle apprécié qu'il lui fasse des avances.

Son corps se tendit et se durcit. Mais, s'il ne pouvait s'empêcher d'être physiquement attiré par une femme aussi belle que Jocelyn Gerber, il n'était pas question de céder à la tentation… parce qu'il ne lui faisait pas confiance.

Elle habitait un manoir, bénéficiait d'un système de sécurité sophistiqué et hors de prix. Et les tableaux qui ornaient les murs étaient pour la plupart des originaux, pas des copies.

Le salaire d'une substitute du procureur ne suffisait certainement pas à couvrir de telles dépenses. Alors, où avait-elle trouvé l'argent ?

Auprès de Luther Mills ?

Il serait logique qu'il l'ait payée pour « égarer » des éléments compromettants. Mais Landon avait besoin de prouver qu'elle était corrompue. Comme Luther la menaçait, elle aussi, certaines personnes étaient convaincues de l'innocence de Jocelyn. Mais pas lui.

Il ne pensait pas qu'elle était réellement en danger.

Contrairement à lui.

Peut-être n'aurait-il pas dû lui rendre ce Taser. Mais dans l'immédiat cette arme était le cadet de ses soucis.

Clint protégeait Rosie Mendez, le témoin. Si Landon se sentait proche de tous ses anciens collègues des mœurs, il considérait Clint comme un ami. D'ailleurs, ils étaient colocataires d'une petite maison qui ne ressemblait en rien à celle de Jocelyn.

Ce soir, Clint avait failli mourir. Et pour protéger Rosie Mendez il continuerait à risquer sa vie. Luther serait probablement heureux d'éliminer Clint en même temps que le témoin oculaire. Il aspirait à les tuer tous.

Lorsqu'ils faisaient partie de la police, ils avaient tout fait pour le faire tomber. Landon voulait s'assurer que cette fois justice serait enfin rendue. Or, si Jocelyn travaillait pour Mills, ce ne serait pas le cas.

Il avait absolument besoin de le savoir.

Il remarqua soudain que le manoir était devenu silencieux. Jocelyn s'était sans doute endormie. Sa chatte aussi.

Il était donc temps pour lui de fureter à droite, à gauche, et de voir ce qu'il pouvait trouver. Avec le système de sécurité dont elle bénéficiait, peut-être ne prenait-elle pas la peine de mettre ses dossiers sous clé. Il l'espérait.

Avant de quitter le salon, il sortit son pistolet du holster. Il pourrait en avoir besoin. Il n'était pas à l'abri d'une attaque, qu'elle émane des sbires de Luther ou de Jocelyn Gerber.

En plus de son T-shirt, il avait également enlevé ses bottes pour se déplacer sans bruit sur le parquet. Le manoir de style Tudor était imposant, sombre et majestueux. Il avait l'air luxueux et presque intouchable, comme Jocelyn.

Cela dit, il l'avait touchée tout à l'heure, quand il s'était battu avec elle sur le parking. Et il aimerait recommencer. Peut-être en aurait-il la possibilité s'il se faisait passer pour son petit ami. Woodrow Lynch, le chef de la police, et Parker avaient suggéré cette ruse pour tromper les taupes de Luther. Ils ne voulaient pas que les espions du narcotrafiquant se doutent que la police était au courant de leur existence.

Mais Landon avait l'intuition que la personne qui renseignait Luther sur ce qui se passait au sein du bureau du procureur le savait déjà.

Il lui fallait maintenant le prouver.

Il ne rencontra aucune difficulté à localiser son bureau, situé à l'extrémité du salon. À travers les doubles portes vitrées, il voyait sa table de travail. Un ordinateur y était posé près d'une pile de dossiers.

Comme il l'avait espéré, l'endroit n'était pas fermé à clé et il se glissa à l'intérieur. Lorsqu'il alluma la lampe sur le bureau, toute la pièce s'éclaira. Contrairement au reste de la maison, cet espace était lumineux et féminin, comme Jocelyn.

Les autres parties du manoir avaient-elles été décorées par un tiers ? Jocelyn avait-elle vécu ici avec quelqu'un d'autre ? Un ancien mari ? Peut-être avait-elle obtenu cette maison dans le cadre d'un règlement de divorce. Il reporta son attention sur l'ordinateur. Il l'alluma et poussa un juron quand un mot de passe lui fut demandé. Il ne connaissait pas assez Jocelyn Gerber pour deviner lequel elle utilisait.

Il éteignit l'appareil et s'empara de la pile de chemises cartonnées. Apparemment, il s'agissait de dossiers d'affaires criminelles. Était-il légal de les retirer du bureau du procureur pour les emporter chez elle ? S'agissait-il de copies ou des dossiers d'instruction originaux ?

Certains semblaient concerner Luther, ou du moins plusieurs de ses hommes de main. L'ancien et actuel collègue de Landon, Tyce Jackson, en avait démasqué quelques-uns lorsqu'il s'était infiltré au sein de la bande de truands de Luther. Aucun d'eux n'avait accepté de dénoncer son chef. Et pourtant aucun d'eux ne purgeait la moindre peine.

Malgré les efforts de la police pour les coffrer, ils n'avaient jamais été inquiétés.

Grâce à Jocelyn Gerber ?

Toutes les affaires ne lui avaient pas été confiées, mais elle en avait pris en charge un certain nombre. Trop, sans doute…

Pourtant, Luther l'aurait-il menacée si elle travaillait pour lui ? À moins que ces menaces ne soient qu'une couverture, pour que personne ne soupçonne qu'elle était sa taupe.

Landon n'était pas le seul à nourrir des doutes. Certes, Parker et Woodrow Lynch, le chef de la police, étaient certains de sa probité. Mais pour tous les anciens de la brigade des mœurs elle était soudoyée par Luther.

Il revenait à Landon de leur en apporter la preuve.

Jocelyn ne laisserait certainement pas traîner sur son bureau des documents compromettants sur lesquels risquaient de tomber un visiteur ou une femme de ménage. Il décida donc d'inspecter les tiroirs. Mais comme il tirait sur la poignée le plus haut d'entre eux ne bougea pas. Voilà donc où elle gardait ce qu'elle préférait cacher. À l'aide du coupe-papier, il força facilement la serrure. Ce qu'il trouva à l'intérieur le surprit.

Il ne s'agissait pas d'éléments prouvant la complicité de Jocelyn Gerber avec Luther Mills. Au contraire, ils attestaient plutôt de son innocence… si le trafiquant était derrière.

Sur le premier feuillet étaient collées des lettres découpées dans un journal :

Tu vas crever, salope !

Une bonne dizaine de messages, certains écrits au feutre noir, d'autres dactylographiés, étaient empilés dans le tiroir. Ils contenaient tous des menaces de mort.

Pourquoi n'en avait-elle pas parlé lors de la réunion ?

À leur arrivée, ils avaient discuté d'une autre menace, que le juge avait reçue, visant sa fille. Jocelyn aurait pu – dû – mentionner ces lettres, à ce moment-là.

Jocelyn se réveilla en sursaut alors qu'elle s'assoupissait. Elle n'arriverait pas à dormir avec quelqu'un sous son toit, comprit-elle, surtout quand ce quelqu'un était Landon Myers.

Il était torse nu…

Et si musclé, si sexy…

Et suspect.

Des années durant, il avait travaillé à la brigade des mœurs, s'efforçant soi-disant de faire tomber Luther Mills. Et pourtant il n'y était jamais parvenu.

Elle trouvait ça louche. Très louche.

Il y avait forcément une explication. Avait-il été acheté par Luther quand il était dans la police ? Le renseignait-il toujours sur ce qui s'y passait maintenant ?

Au lieu de la protéger, avait-il l'intention de se débarrasser d'elle à la première occasion ? Elle glissa la main sous l'oreiller à côté du sien, là où elle avait caché son Taser. L'impulsion électrique suffirait-elle à le neutraliser ? Aurait-elle au moins la possibilité de s'en servir ?

Il était, lui, armé d'un vrai pistolet avec de vraies balles…

Elle se redressa pour tendre l'oreille, guettant le moindre bruit. Dormait-il ? Comme il se trouvait deux étages plus bas, elle ne l'entendrait pas ronfler. Elle perçut pourtant quelque chose : un grincement de charnières. Quelqu'un ouvrait une porte.

Elle attendit le déclenchement de la sirène, mais se souvint soudain qu'elle n'avait pas rebranché le système d'alarme avant de monter se coucher, comme elle le faisait d'habitude. Parce que son garde du corps l'avait troublée, perturbée, elle avait oublié de le faire.

Quelqu'un en avait peut-être profité pour s'introduire dans la maison.

Elle s'empara du Taser et se dirigea à pas de loup vers la porte de sa chambre. Elle fit jouer la clé dans la serrure. Et quand elle ouvrit le battant les gonds grincèrent.

L'intrus l'avait peut-être entendue aussi, maintenant. En tout cas, qu'il s'agisse d'un inconnu ou du garde du corps, elle était en danger. Tenant son Taser à deux mains, elle se dirigea vers l'escalier de service, qui descendait dans la cuisine. Lorsqu'elle y parvint, elle prit une profonde inspiration. Le carrelage était glacé sous ses pieds nus. Elle frissonna, mais le froid n'était pas en cause.

Un craquement derrière elle la fit sursauter. Mais avant de pouvoir se retourner et pointer son arme sur son assaillant elle sentit des bras puissants se refermer sur elle.

Un cri lui échappa alors qu'elle se débattait pour se libérer.

À travers le coton de sa chemise de nuit, elle sentit la chaleur de son corps et identifia son agresseur. Il s'agissait du garde du corps.

Qu'allait-il faire d'elle maintenant ?

La tuer ? Ou…

Il la tourna contre lui et, le cœur battant, elle se retrouva plaquée contre son torse musclé.

— Que faites-vous ici ? demanda-t-elle, regrettant de ne pas s'exprimer avec plus de colère.

— Et vous ? répliqua-t-il.

— J'ai entendu du bruit en bas et je me suis souvenue que je n'avais pas rebranché le système d'alarme.

Il jura.

— Comment avons-nous pu oublier… ?

Parce qu'il avait retiré son T-shirt et qu'elle avait perdu la tête. Peut-être était-elle trop concentrée sur son travail, ces derniers temps. Peut-être avait-elle besoin de s'accorder un peu de vie personnelle.

Bien sûr, elle ne voulait ni d'un mari ni d'enfants, comme ses parents en rêvaient pour elle. Mais sortir de temps en temps avec un homme n'interférerait peut-être pas trop avec ses responsabilités professionnelles.

Et pour quelle raison Landon avait-il oublié, lui, de rebrancher l'alarme ? N'était-ce pas lui, le professionnel ? L'avait-elle également troublé ? Elle en doutait. Il ne semblait pas du tout attiré par elle. Mais maintenant le doute s'insinuait…

L'horloge numérique du micro-ondes éclairait suffisamment la cuisine pour lui permettre de le voir et de remarquer l'intensité avec laquelle il la dévisageait. Il posa les yeux sur sa chemise de nuit. Elle ne portait pas de soutien-gorge et les pointes de ses seins se devinaient sous le tissu.

Une étrange tension s'empara d'elle. Comment pouvait-elle être déstabilisée par cet homme alors qu'elle n'avait aucune confiance en lui ?

Il était beau, séduisant, voilà. Son regard croisa le sien et il se pencha jusqu'à ce que sa bouche effleure presque la sienne.

Allait-il l'embrasser ? Peut-être que…

Un bruit quelque part dans la maison les fit sursauter.

— C'est ce chat, gronda Landon.

Mais elle secoua la tête.

— Peut-être pas. Comme le système d'alarme était éteint, peut-être s'agit-il d'un intrus.

Il poussa un gros soupir.

— Vous avez raison. Je vais vérifier. Remontez à l'étage.

Elle refusa. Si quelqu'un était entré par effraction chez elle, elle n'allait certainement pas se cacher. Elle voulait le voir, l'identifier.

— J'ai mon Taser, lui rappela-t-elle en le brandissant.

— Il ne vous servira à rien si Luther a envoyé ici une équipe comme celle qu'il a envoyée chez Rosie Mendez.

Elle frissonna. Il avait raison. Si plusieurs personnes étaient entrées chez elle par effraction, ils avaient tous deux intérêt à s'enfuir en courant. Mais Landon ne semblait pas du genre à chercher à échapper au danger.

Il leva son arme et se tourna vers la porte de la cuisine.

— Restez derrière moi, dit-il.

Comme si son corps à lui seul pouvait la protéger d'une pluie de balles. Mais il était si grand et si musclé qu'il y parviendrait peut-être. Elle se colla à son dos nu alors qu'il sortait de la cuisine et traversait le salon.

Aucun coup de feu ne retentit. Elle n'entendit que le juron qu'il poussa.

— Ce chat, répéta-t-il en ouvrant son bureau.

Les gonds protestèrent et elle reconnut le bruit qu'elle avait entendu de son lit. Landon les avait fait grincer quand il avait refermé la porte de son bureau, laissant par mégarde le chat à l'intérieur.

— Que faisiez-vous dans mon bureau ? demanda-t-elle.

— Je… Quoi ? demanda-t-il alors que Lady avançait vers eux.

— Je ne l'avais pas laissée entrer, ajouta-t-elle. Vous, oui. Qu'étiez-vous venu faire dans mon bureau ?

Puis elle vit le tiroir ouvert, forcé. Il n'avait même pas pris la peine de remettre les lettres à l'intérieur. Elles gisaient sur le clavier de son ordinateur.

— Qu'est-ce que cela signifie ?

Il fit un geste vers les papiers.

— C'est à vous de le dire, non ? répliqua-t-il. Comment se fait-il que vous n'ayez parlé à personne de ces menaces ?

— Ce ne sont pas vos affaires, répondit-elle. Vous n'aviez pas le droit de venir ici.

— Je suis votre garde du corps, rétorqua-t-il. Ces menaces sont mon affaire, comme tout ce que vous cachez.

Elle frissonna une fois de plus, mais la froideur de l'expression de Landon en fut la cause.

— Que voulez-vous dire exactement ?

— Vous n'êtes pas sincère. Et ces lettres en sont la preuve, ajouta-t-il en les montrant du doigt.

— Ces lettres prouvent que j'effectue correctement mon travail, voilà tout, cria-t-elle, rouge d'indignation.

Landon faisait partie des policiers qui lui reprochaient de ne pas avoir été en mesure d'inculper Luther Mills… en oubliant qu'elle n'avait pas réussi à le mettre en examen parce que les enquêteurs avaient bâclé leur travail !

— Prétendez-vous qu'aucune de ces lettres n'a à voir avec Luther Mills ?

Parce qu'il l'avait déjà accusée de ne pas être sincère, elle n'osa secouer la tête… Elle n'en savait rien, en réalité.

Luther Mills voulait-il sa mort ?

Recevoir un coup de fil au cœur de la nuit n'était jamais de bon augure. En s'emparant de son smartphone, Parker avait la gorge serrée et se préparait au pire.

Luther semblait déterminé à éliminer Rosie Mendez, le témoin oculaire, et voilà pourquoi Parker pensait que Clint l'appelait pour lui annoncer une terrible nouvelle.

Sans même regarder l'écran de l'appareil, il prit l'appel et lança :

— Dites-moi que vous êtes tous les deux en vie.

Aussi fut-il surpris d'entendre une voix féminine s'exclamer :

— Mais à qui pensez-vous parler ? Qui pourrait être mort ?

Il ravala un gémissement en reconnaissant la voix de Jocelyn Gerber. La substitute de la procureure semblait sur ses gardes. Woodrow Lynch l'avait prévenu qu'elle se méfiait de l'équipe des gardes du corps. Parker avait préféré ne pas en informer ces derniers, qui, il le savait, ne lui faisaient pas confiance non plus.

Et en particulier celui qui était chargé de la protéger.

— Dites-moi ! insista-t-elle.

— Personne n'est mort, lui assura-t-il, bien qu'il ne puisse pas en avoir la certitude.

— Alors pourquoi avez-vous posé cette question en décrochant ? demanda-t-elle, comme s'il se trouvait à la barre des témoins et qu'elle entreprenait de l'interroger, déterminée à le faire avouer.

— Parce que, en général, quand le téléphone sonne à cette heure tardive, il ne s'agit pas de bonnes nouvelles, répondit-il. Bref, pourquoi m'appelez-vous si tard ?

Si quelqu'un avait tenté de l'assassiner, Landon l'aurait prévenu, à moins qu'il n'ait lui-même été blessé lors de cette tentative.

— Landon va bien ? ajouta-t-il avec inquiétude.

— Non, dit-elle.

— Que s'est-il passé ? demanda Parker avec angoisse.

Sharon murmura dans son sommeil et se retourna dans le lit. Aussi se leva-t-il et se dirigea-t-il vers le couloir pour poursuivre son échange téléphonique sans la déranger.

— Qu'est-il arrivé ? répéta-t-il.

— Il est allé fouiner dans mon bureau, répondit-elle.

— Quoi ? Je pensais que vous repartiez tous les deux chez vous après la réunion.

— Je parle de mon bureau chez moi.

Parker ravala un juron. Pourquoi Landon avait-il fait ça ? Mais il le devinait. Il avait cherché des preuves que Jocelyn Gerber était la taupe de Luther.

— Je veux un autre garde du corps, poursuivit-elle. Je préférerais ne pas en avoir du tout, mais le chef de la police

Lynch tient à ce que toutes les personnes impliquées dans le procès en aient un. Alors, donnez-m'en un autre.

Parker réprima un gémissement.

— Ce n'est pas possible, répondit-il. Ils ont tous une autre personne à protéger.

Elle poussa un soupir frustré.

— De toute façon, je préférerais être protégée par quelqu'un qui n'a jamais travaillé à la brigade des mœurs.

— Le chef Lynch ne serait pas d'accord, lui rappela Parker. Réglez ça avec Landon, ajouta-t-il avant de raccrocher.

Pourquoi était-elle tellement en colère contre Landon ? Parce qu'elle avait l'impression qu'il avait violé son intimité ? Ou parce qu'il avait failli trouver ce qu'elle lui cachait ?

Landon avait-il raison ? Travaillait-elle pour Luther Mills ?

Parker espérait que Landon se trompait. En effet, Jocelyn Gerber était très proche de toutes les autres personnes impliquées dans le procès. Elle pourrait permettre à Luther d'atteindre n'importe lequel d'entre eux, à tout moment.

Et en particulier Landon.

Au lieu de la protéger, il pourrait finir par avoir besoin de se défendre vis-à-vis d'elle. Surtout maintenant, vu la fureur qu'elle paraissait nourrir contre son garde du corps.

Avant ce coup de fil Parker se tourmentait pour le sort réservé à Rosie Mendez.

Maintenant il s'inquiétait pour Landon…

4

À en juger par ses traits tirés et sa mine blafarde, Clint, son meilleur ami, souffrait et Landon détestait le voir ainsi.

La veille au soir, Clint s'était blessé à l'épaule en sautant par la fenêtre pour sauver Rosie Mendez. Se fracturer la clavicule était douloureux mais au fond, ce qui ravageait Clint, c'était la culpabilité. La mort de Javier Mendez pesait lourdement sur sa conscience.

Comme il avait poussé l'adolescent à devenir son indic, il se reprochait l'assassinat du jeune homme. Rosie Mendez aussi lui en voulait. Elle était persuadée que Clint avait forcé son frère à renseigner la police sur les agissements de Luther. Elle croyait qu'il avait lui-même glissé discrètement de la drogue dans sa poche pour pouvoir ensuite l'arrêter et faire pression sur lui. Mais Clint n'avait rien fait de tel. En réalité, le gamin avait voulu s'attaquer à Luther pour se racheter aux yeux de sa sœur, qui s'était mise en quatre pour le protéger et l'éloigner des stupéfiants. Et pourtant, à une époque, Javier en avait vendu pour le compte de Luther.

Clint ne l'avait pas dit à Rosie pour ne pas ajouter des remords au chagrin. Voir Luther tuer son frère l'avait déjà traumatisée.

Pourtant, au mépris du danger, elle continuait de travailler en tant qu'infirmière aux urgences hospitalières. Voilà pourquoi Clint avait appelé Parker pour demander à Jocelyn d'intervenir et de lui faire entendre raison.

Landon avait donc conduit Jocelyn à la maison sécurisée où Clint vivait avec Rosie. Il s'agissait d'un ancien entrepôt. Le système d'alarme étant encore plus perfectionné que celui de Jocelyn, Rosie n'y risquait rien.

Du moins jusqu'à ce que Landon n'y introduise Jocelyn…

Rosie devait être dans la chambre parce qu'elle n'était nulle part en vue quand Clint leur avait ouvert la porte. Il était livide, comme s'il n'avait pas fermé l'œil de la nuit.

Avant de les laisser entrer, il dévisagea Jocelyn un moment puis échangea un regard teinté d'inquiétude avec Landon. Clint aussi la soupçonnait de travailler pour Luther. Mais les lettres de menace que Landon avait trouvées chez elle avaient largement contribué à apaiser ses doutes à ce sujet.

En revanche, depuis qu'il avait fouillé son bureau, Jocelyn se méfiait davantage encore de lui. Elle avait appelé Parker pour lui faire part de ses soupçons, il l'avait appris.

Dommage pour elle, Parker ne l'avait pas remplacé. Puis il se souvint qu'il avait failli l'embrasser, la veille au soir. Et son sourire s'envola. Non. Il aurait mieux valu *pour lui* que Parker le remplace.

Jocelyn Gerber était une tentation permanente. Elle était si belle. Avec son élégant tailleur qui mettait ses formes en valeur, ses longs cheveux qui tombaient comme un voile sur ses épaules, elle ressemblait à un mannequin.

Une porte s'ouvrit et Rosie Mendez apparut. Elle portait une blouse blanche sur laquelle était épinglé son badge d'hôpital. Voilà pourquoi Clint avait sollicité l'aide de Jocelyn. Mais Rosie n'avait pas été avertie de la venue de la substitute de la procureure.

— Que faites-vous ici ? lança donc Rosie.

— Je dois vous demander de ne plus sortir de cette maison, répondit Jocelyn.

Rosie se tourna vers Clint pour le fusiller du regard avant de reporter son attention sur la magistrate.

— Et vous ? Êtes-vous confinée dans une maison sécurisée ?

Jocelyn secoua la tête.

— Pour moi, une telle précaution ne présente aucun intérêt. Si je meurs demain, quelqu'un d'autre se chargera du dossier. Vous, vous êtes le seul témoin. Si vous mourez, nous n'aurons plus rien pour inculper Luther. Il n'y aura pas de procès. Luther s'en tirera, une fois de plus. Qu'il me tue, moi, n'aurait aucun sens.

— Sauf si le substitut du procureur soudoyé par Luther récupère l'affaire, répliqua Landon.

Toutes ces lettres de menace avaient peut-être pour objectif de la pousser à se récuser au profit de celui qui travaillait pour Luther. Jocelyn refusait toujours d'imaginer que quiconque au sein de son bureau puisse être à la solde du trafiquant. Au départ Landon y avait vu la preuve de sa culpabilité. Elle était la taupe, tout l'attestait.

Maintenant il se demandait si elle n'était pas simplement naïve.

— Nous ne parlons pas de moi, reprit Jocelyn. Nous parlons du témoin clé de l'accusation.

— Nous parlons de moi, protesta Rosie Mendez. Je suis une personne, j'ai une vie.

— Une vie que vous allez perdre si vous ne restez pas en lieu sûr, répliqua durement Jocelyn. Si vous continuez à travailler ou à habiter chez vous, Luther saura où vous trouver quand il décidera de se débarrasser de vous.

— Vous feriez mieux d'en apprendre davantage sur Luther si vous voulez avoir une chance de le faire condamner, rétorqua Rosie. Il a des taupes dans la police et dans votre bureau. Il sait déjà où je suis et où vous êtes.

Jocelyn frissonna. Elle pensait sans doute aux menaces de mort que Landon avait trouvées dans son tiroir.

— Elle a raison, intervint Clint, prenant étonnamment la défense de Rosie. Luther a sans doute déjà repéré cet endroit. Et voilà pourquoi tu ne dois pas en sortir, Rosie.

— Sous aucun prétexte, renchérit Jocelyn.

Landon se sentit obligé de défendre l'opinion de Rosie.

— Vous devriez également rester ici, madame Gerber.

— Vous m'avez dit que les gardes du corps postés à l'extérieur n'avaient remarqué aucun suspect. Personne ne rôdait, personne ne surveillait l'endroit. Et personne ne nous suivait, riposta Jocelyn.

Elle reporta ensuite son attention sur Rosie.

— Vous avez raison, Luther sait sans doute déjà où vous êtes.

Rosie hocha la tête.

— Et où *vous* êtes. Vous êtes autant en danger que moi.

— Vous devez témoigner, déclara Jocelyn.

Elle ne craignait pas de perdre la vie. Mais de perdre son procès.

— Je témoignerai, lui assura Rosie.

— Sauf si vous êtes morte, répliqua Jocelyn. Si vous quittez cet entrepôt, vous risquez votre vie, mais surtout vous prenez le risque que votre frère n'obtienne jamais justice. Souhaitez-vous que son assassin continue de vivre en liberté ?

Elle plaidait sa cause avec tant de feu et de conviction que Landon fut surpris qu'elle ait perdu autant de procès. Et ses doutes repartirent de plus belle.

Mais peut-être était-elle allée trop loin parce que les yeux de Rosie se remplirent de larmes. Elle courut s'enfermer dans sa chambre.

— Vous n'avez pas le droit de la culpabiliser ainsi, dit Clint.

— C'est toi qui as appelé Parker pour que Jocelyn vienne ici sermonner Rosie, lui rappela Landon.

— Je voulais que la substitute Gerber essaye de la raisonner, dit Clint. Pas de la manipuler ou de la culpabiliser.

— Si Luther Mills s'en sort après avoir assassiné son frère, elle en sera responsable, dit Jocelyn.

Landon s'interposa entre eux. Mais il prit alors conscience que, comme d'habitude, Jocelyn faisait porter à d'autres la responsabilité de ses propres échecs. Ainsi, lorsqu'elle n'avait pas réussi à mettre Luther ou certains de ses complices en examen, elle avait prétendu que le travail bâclé de la police en était la cause.

Il secoua la tête d'un air écœuré.

— Vous avez déjà prévu de lui faire porter le chapeau si vous n'aboutissez pas dans cette affaire.

— Absolument pas ! protesta-t-elle avec indignation. Je veux seulement que mon témoin se rende à la barre.

Elle se tourna vers Clint.

— Et si elle ne s'y présente pas ce sera votre faute.

Landon jura, mais Clint l'interrompit :

— Elle a raison. Ma mission est de protéger Rosie Mendez.

— Alors assurez-vous d'effectuer votre travail, lui dit Jocelyn en se dirigeant vers la porte. Parce que si elle témoigne Luther sera condamné.

Pour sortir de la maison sécurisée, il fallait également composer le code de sécurité. Landon pressa discrètement quelques touches. Il ne pensait pas que Jocelyn avait repéré la combinaison qu'il avait saisie. Mais alors qu'il franchissait le seuil de l'entrepôt il vit l'inquiétude peinte sur les traits de Clint et comprit qu'il avait commis une erreur.

Si Clint avait sollicité la venue de Jocelyn, il craignait maintenant d'avoir introduit le loup dans la bergerie et d'avoir mis Rosie en danger.

Landon avait conduit la substitute jusqu'ici. S'il arrivait malheur à Rosie, Landon en assumerait l'entière responsabilité. Son ami portait déjà trop de culpabilité.

Malgré la bise froide qui soufflait sur le trottoir, Jocelyn était rouge de colère. Comment Landon osait-il lui reprocher de ne pas avoir réussi à inculper un suspect ou à le faire condamner ?

Il pensait qu'elle était fautive, et visiblement Clint Quarters partageait cette opinion.

L'estimaient-ils incompétente ? Ou, pis, corrompue ?

Sans même la regarder, Landon lui tint la portière du SUV de la Payne Protection Agency ouverte. Son attention était focalisée sur les gardes du corps qui surveillaient le périmètre de la maison sécurisée.

— Soyez très prudents, leur conseilla-t-il.

— Vous êtes inquiet, dit-elle lorsqu'il se glissa au volant.

Sa propre angoisse grimpa alors d'un cran. Contrairement à ce qu'elle avait dit à Rosie, elle ne pensait pas qu'elle perdrait forcément le procès si Rosie ne venait pas témoigner. Les preuves présentées au jury auraient un impact aussi important, peut-être même plus fort. En effet, les déclarations de Rosie seraient sans doute mises en pièces par l'avocat de la défense lors du contre-interrogatoire. Mais Jocelyn ne voulait pas qu'il arrive quoi que ce soit à Rosie Mendez. La pauvre avait déjà perdu son frère.

Jocelyn n'ignorait rien de sa douleur. Elle aussi avait perdu des êtres chers, victimes de la violence. Des années s'étaient écoulées depuis le drame, mais son cœur se serrait encore en y songeant.

— Nous n'aurions pas dû venir ici, grommela Landon.

— Rosie avait besoin de mesurer à quel point elle est en danger, répliqua Jocelyn.

— Croyez-vous qu'elle l'ignore ? rétorqua Landon. Son frère s'est fait descendre sous ses yeux. Elle mesure mieux que quiconque la dangerosité de Luther Mills.

Jocelyn frissonna. Elle-même n'avait jamais été témoin d'un meurtre.

— Luther Mills est un animal, reconnut-elle.

— Et ceux qui travaillent avec lui ou pour lui sont également coupables, déclara Landon d'une voix rauque.

Avait-elle tort de le soupçonner ? Le chef de la police était certain que quelqu'un au commissariat avait aidé Luther et continuait à le renseigner. Elle en était également persuadée.

En revanche, il lui paraissait ridicule d'imaginer une taupe sévissant au sein du bureau du procureur…

Elle y connaissait tout le monde. Personne n'y faisait carrière pour s'enrichir. Peut-être certains espéraient-ils davantage de pouvoir ou de prestige. Mais, comme elle, la plupart avaient pour unique ambition de mettre les criminels en prison.

Certaines personnes s'engageaient dans la police pour cette même raison.

— Pourquoi avez-vous quitté le commissariat de River City ? demanda-t-elle.

— Parker m'avait proposé de travailler pour lui. Clint s'en allait aussi. Comme Tyce, Hart et Keeli…

Tous les gardes du corps étaient d'anciens policiers, pensa-t-elle. La taupe de Luther pouvait être n'importe lequel d'entre eux. Et plus inquiétant encore, à présent, chacun d'eux était chargé de protéger l'une des personnes menacées par Luther. Lequel renseignait le malfrat ?

Elle commençait à douter qu'il s'agisse de Landon. Il paraissait vouloir autant qu'elle coffrer le narcotrafiquant.

— Vous êtes proche d'eux au point de démissionner pour suivre leur exemple ? demanda-t-elle. Pour les suivre ?

— J'avais envie de changer, de toute façon.

— Vous n'aimiez pas travailler à la brigade des mœurs ?

Il la dévisagea avec dureté.

— J'en avais surtout assez d'arrêter des criminels qui n'étaient jamais condamnés et qui me narguaient, conscients d'être au-dessus des lois.

— Me le reprochez-vous ?

Il jura, mais pas contre elle. Il se focalisait sur son rétroviseur.

— Nous sommes suivis, annonça-t-il.

Elle se retourna, mais il y avait tant de véhicules derrière eux qu'elle était incapable de dire de qui il parlait.

— Où ? Par quelle voiture ?

Mais sans répondre il sortit son smartphone et composa un numéro. Une voix grave prit l'appel.

— Parker.

— Landon.

— Tout va bien ? demanda son patron, et sa voix était aussi tendue que lorsqu'elle l'avait appelé la nuit précédente.

— Nous faisons l'objet d'une filature.

— Je vous envoie des renforts, dit Parker.

— Inutile, je n'aurai aucun mal à semer celui qui nous suit, répondit Landon.

Mais il n'avait pas accéléré ni changé de voie. Elle avait l'impression qu'il voulait que leur poursuivant continue.

Elle frissonna de nouveau.

— Bien, fit Parker. Alors quel est le problème ?

— Ils sont bons, dit Landon.

— Qu'en concluez-vous ? s'enquit Parker. Qu'il ne s'agit pas des petits dealers de seconde zone de Luther ?

Un soupir s'échappa des lèvres de Landon.

— Je n'y avais pas pensé, mais vous avez raison.

— Peut-être s'agit-il de policiers, lança Jocelyn.

Landon la dévisagea. Même s'il ne travaillait plus pour le commissariat de River City, il n'était apparemment pas plus disposé à considérer que Luther y avait une taupe qu'elle ne l'était à soupçonner l'un de ses collègues.

— J'ignore qui ils sont, reprit Landon.

— Si vous n'avez pas besoin de renforts, pourquoi avez-vous appelé ?

Landon soupira de nouveau avant de reconnaître, la gorge serrée :

— Peut-être me filaient-ils depuis longtemps sans que je le remarque…

— D'accord…

— Nous venons de quitter la maison sécurisée, précisa Landon. Nous avons vu Clint et Rosie.

— Vous craignez de les avoir conduits là-bas ? demanda Parker.

— Je ne sais pas, répondit Landon, la voix pleine de culpabilité. Peut-être qu'ils y étaient déjà.

Même si elle lui en voulait toujours de l'accuser de mal effectuer son travail, Jocelyn prit aussitôt sa défense.

— Rosie et Quarters ont dit que Luther Mills savait probablement déjà où ils se cachaient.

Cette pensée la rendait malade d'inquiétude. Rosie et son garde du corps étaient en danger. Elle n'était pas la seule à avoir peur.

Parker Payne déclara :

— J'envoie tout de suite des gardes du corps supplémentaires à la maison sécurisée. Pour m'assurer qu'aucun homme de Luther ne tente quoi que ce soit.

— Merci, répondit Landon avec un soupir de soulagement.

— Vous, concentrez-vous sur la protection de Mme Gerber, ajouta Parker.

Il lui jeta un coup d'œil.

— Si elle restait dans une maison sécurisée au lieu de continuer de travailler, ma tâche en serait facilitée.

— Parker a mieux à faire que de nous écouter nous disputer, répliqua-t-elle.

Et elle pressa un bouton pour interrompre l'échange téléphonique.

— Je n'ai pas besoin de me cloîtrer dans une planque, poursuivit-elle. Luther ne va pas me faire tuer parce que, s'il m'arrivait quelque chose, un autre substitut du procureur prendrait ma place. Le procès se poursuivrait.

— Mais le nouveau procureur obtiendra-t-il la condamnation que vous semblez si certaine de décrocher ?

— Vous paraissez persuadé que quelqu'un au bureau du procureur est un traître et renseigne Luther Mills, dit-elle. Vous devriez donc être content que je continue mon travail. Vous aurez ainsi la possibilité d'enquêter, de surveiller mes collègues et, qui sait, de démasquer la taupe de Luther.

Landon la regarda intensément.

— J'en ai bien l'intention.

Avait-il fouillé son bureau, la veille, dans l'espoir d'identifier l'espion du narcotrafiquant ? Elle s'apprêtait à lui poser la question quand il donna soudain un brusque coup de volant. Il changea de voie, déclenchant aussitôt un concert de klaxons.

Avec un juron, elle lui lança :

— Où avez-vous donc appris à conduire ?

— Accrochez-vous. Je vais me débarrasser de notre poursuivant.

Voulait-il semer le véhicule qui les suivait ? Ou les renforts ? Elle ne lui faisait pas encore entièrement confiance. Peut-être était-il à la solde de Luther et cachait-il bien son jeu…

Luther prit l'appel sur son smartphone et jura.

— Que se passe-t-il encore ? demanda-t-il.

— Je file la voiture de la substitute de la procureure comme vous me l'avez demandé, répondit son interlocuteur. Mais son garde du corps essaye de me semer.

Des klaxons retentissants étaient perceptibles en bruit de fond.

— N'avez-vous pas été formé pour ce genre de situation ? L'école de police donne des cours de conduite sportive, je crois.

— Oui, mais il a suivi la même formation…

Il ? Qui protégeait Jocelyn Gerber ? Et comment parvenait-il à se concentrer sur sa mission ? Elle était trop belle pour être magistrate.

— Laissez tomber la substitute de la procureure, lui conseilla Luther. Concentrez-vous sur Rosie Mendez. Vous l'avez déjà perdue une fois. Hier soir, vous étiez censé la tuer et elle est toujours en vie.

Clint Quarters, son garde du corps, avait littéralement sauté à son secours. Maudit soit-il.

— Et, pour Gerber, que comptez-vous faire ?

— J'ai la possibilité de me débarrasser de Jocelyn Gerber quand je veux, affirma Luther, un sourire satisfait sur le visage.

Il avait quelqu'un au sein du bureau du procureur.

Et ce quelqu'un ne rencontrerait aucune difficulté pour tuer Jocelyn. Son garde du corps ne verrait la menace que trop tard.

Ils seraient alors tous les deux morts.

Luther voulait qu'ils meurent tous : tous ceux qui étaient associés au procès et tous les gardes du corps de la Payne Protection Agency, y compris Parker Payne. Luther avait besoin d'envoyer un message – un message très fort. Tous ceux qui s'amusaient à s'attaquer à lui le regretteraient.

Ils finiraient six pieds sous terre…

5

Landon sema son poursuivant presque trop facilement, comme si l'individu avait soudain renoncé à les suivre. Bien sûr, il n'aurait aucun mal à les retrouver. Tous ceux qui connaissaient Jocelyn Gerber savaient qu'elle partageait son temps entre son bureau et le palais de justice. Les deux bâtiments étaient si proches qu'ils bénéficiaient d'un parking commun.

Après s'être garé dans un espace réservé aux membres du personnel, Landon jeta un coup d'œil alentour.

Comme Jocelyn commençait à ouvrir sa portière, il l'en empêcha d'un geste.

— Attendez ! Je m'assure d'abord qu'il n'y a personne.

Elle se raidit, mais resta à l'intérieur jusqu'à ce qu'il lui ouvre.

— Vous n'avez pas à vous faire passer pour mon petit ami, dit-elle.

— Je n'ai pas ouvert votre portière pour me comporter ainsi, mais pour garantir votre sécurité.

Et pour découvrir si elle était ou non la taupe de Luther.

— Je suis en sécurité, répliqua-t-elle en se dirigeant vers le bâtiment qui abritait le bureau du procureur. Un vigile équipé d'un détecteur de métaux filtre les entrées.

Comme ils parvenaient devant ce dernier, Landon ouvrit sa veste pour lui montrer son holster.

— Je suis titulaire d'un permis de port d'armes et d'une autorisation du chef de la police, dit-il.

— Je le sais, Myers, répondit son interlocuteur.

Landon sourit en reconnaissant l'ancien sergent de police.

— Heureux de vous revoir.

— C'est réciproque, assura le vigile en lui rendant son sourire.

Mais lorsqu'il se tourna vers Jocelyn Gerber il se referma comme une huître.

— Madame.

Elle le salua d'un bref mouvement de la tête tandis qu'il passait son détecteur sur elle. Puis elle s'éloigna sans attendre Landon.

Le gardien leva les yeux au ciel. Il ne faisait manifestement pas partie du fan-club de la substitute de la procureure.

Landon se doutait qu'elle n'était pas très appréciée par ses collègues. Jocelyn ne semblait pas le remarquer ni s'en soucier.

Il la rejoignit. Comme celui qu'elle avait chez elle, son bureau était rempli de dossiers. Il y en avait absolument partout.

— Pourquoi avez-vous tant de travail ? Pourquoi vous charger de tant d'affaires ?

Elle se tendit.

— Parce que je le veux.

Un petit rire suivit sa déclaration et Landon se tourna vers l'homme aux cheveux grisonnants qui venait d'apparaître dans l'embrasure de la porte.

— Jocelyn tient à instruire le plus de procès possible, lança le nouveau venu. Et si l'un d'eux lui échappe elle le vole à la procureure.

Jocelyn se mit à rire aussi, mais en réalité elle ne semblait pas très amusée, pas plus que son collègue.

— Apparemment, vous m'en voulez toujours d'avoir reçu la responsabilité du procès de Luther Mills.

— Reçu ? Vous avez joué des pieds et des mains pour l'obtenir !

Pourquoi tenait-elle à se charger de tant d'affaires ? s'interrogeait Landon. Parce que Luther la payait pour qu'elles ne débouchent sur aucune condamnation ?

— Amber pensait que j'étais plus à même que les autres de remporter le procès.

Son collègue secoua la tête d'un air dubitatif.

— Ou elle a voulu favoriser une femme…

Jocelyn se mit de nouveau à rire.

— Comment ? Accusez-vous la procureure de sexisme ? s'insurgea-t-elle.

— Je ne répondrai pas à cette question parce que, telle que je vous connais, vous le lui répéteriez. Nous savons tous que vous lui racontez tout ce qui se passe ici.

Jocelyn se hérissa. Mais elle ne nia pas.

Si tout le monde la soupçonnait de jouer les rapporteuses, il était naturel qu'ils aient tous cessé de parler en la voyant arriver.

Landon tendit la main et se présenta.

— Landon Myers.

Il ne prit pas la peine d'en dire plus.

— Mike Forbes, répondit l'homme. Myers ? Êtes-vous toujours policier ? demanda-t-il en fronçant les sourcils.

Landon secoua la tête.

Avant qu'il ne puisse ajouter un mot, un jeune homme blond surgit.

— Hé, Forbes, cesse d'ennuyer Jocelyn. Elle veut ce que nous voulons tous : faire condamner Luther à la prison à vie.

Jocelyn se tourna vers lui et un grand sourire éclaira son ravissant visage. Landon en eut le souffle coupé. Elle ne l'avait jamais regardé avec cette expression.

— Merci, Dale.

Le blondinet lui rendit son sourire. Peut-être était-il le seul à ne pas être gêné qu'elle répète tout à leur supérieure hiérarchique. Ou peut-être espérait-il devenir plus qu'un collègue…

Quelque chose dans la façon dont il la dévisageait poussa Landon à serrer les poings.

Le jeune homme lui tendit la main.

— Dale Grohms, dit-il.

— Voici Landon Myers, dit Jocelyn avant qu'il ne puisse se présenter lui-même. Mon petit ami, ajouta-t-elle.

Aussitôt, le sourire du dénommé Dale s'envola. Oui, vraiment, il rêvait d'être plus que son collègue.

Landon attendit que Forbes et Dale s'éloignent pour chuchoter à Jocelyn :

— Vous ne vouliez pas que je prétende être votre petit ami.

— Je ne veux pas que vous vous comportiez comme tel. Nuance.

— Je ne comprends pas, dit-il en fronçant les sourcils.

— J'accepte de faire croire aux uns et aux autres que vous l'êtes. Mais pas que vous… me touchiez… ou…

La réaction que Landon avait eue en la regardant sourire à Dale Grohms s'intensifia. Il ne comprenait pas bien l'origine de sa colère. Il n'aimait pas beaucoup Jocelyn, mais elle l'attirait. Et il savait à présent que cette attirance était réciproque. La façon dont elle l'avait dévoré des yeux la veille était éloquente.

Alors qu'elle s'apprêtait à aller s'asseoir à son bureau, il s'avança vers elle, lui bloquant le chemin.

Elle se raidit.

— Que faites-vous ?

— Je dois vous parler, lui dit-il.

— Me parler ? répéta-t-elle, perplexe.

Elle était si belle qu'elle semblait intouchable, inaccessible pour le commun des mortels. Mais au fond il savait qu'elle ne l'était pas.

— Vous êtes une menteuse, asséna-t-il.

— Quoi ? cria-t-elle, indignée.

— Vous aviez envie que je vous embrasse, hier soir.

— Vous m'aviez prise dans vos bras.

— Vous ne vous êtes pas débattue, lui rappela-t-il. Vous n'avez pas reculé quand je me suis approché, vous ne m'avez pas repoussé…

Alors qu'il se penchait de nouveau vers elle, elle ne recula pas davantage, mais elle se tendit. Comme si elle avait autant envie que lui de l'embrasser. Il effleura ses lèvres, légèrement au début, mais très vite il captura sa bouche et approfondit le baiser.

Comme leurs langues entamaient une danse sensuelle, il fut surpris par l'ardeur avec laquelle elle lui rendit ses baisers. Elle, qui se montrait froide et cassante en permanence était brusquement devenue une autre. Quand ses doigts fins se glissèrent dans ses cheveux, la passion emporta Landon, réchauffant son âme, affolant ses sens.

Il ne se souvenait pas avoir jamais été attiré à ce point par une femme. Et il ne comprenait pas pourquoi elle le troublait tant. Certes, elle était ravissante mais… pourquoi elle ?

Finalement, comme si elle se souvenait de ce qu'il avait dit un instant plus tôt, elle retira les mains de ses cheveux et le repoussa. Mais lorsqu'elle humecta ses lèvres meurtries par leur baiser, s'efforçant de recouvrer son souffle, elle rougit.

Visiblement mal à l'aise, elle balbutia :

— Je… Je dois bientôt me rendre au tribunal.

Peut-être ne voulait-elle tout simplement pas rester seule avec lui dans son bureau. Avec la porte fermée et la passion qui ne demandait qu'à s'embraser, la pièce semblait encore plus exiguë qu'elle ne l'était.

Et Landon avait l'impression d'étouffer. Il jeta un coup

dans le couloir et remarqua que les deux collègues de Jocelyn n'étaient pas allés loin. Tous deux les observaient, l'air de rien.

Croyaient-ils qu'il était son petit ami ? Ou pensaient-ils qu'il était vraiment son garde du corps ? Cela dit, il ne l'avait pas embrassée pour les convaincre de quoi que ce soit. Il l'avait embrassée parce qu'il en mourait d'envie.

Et, bon sang, il rêvait déjà de recommencer.

Mais il ne pouvait pas la laisser le distraire. Sa mission était de la protéger et aussi de découvrir si elle ou l'un de ses collègues travaillait également pour Luther.

Leur baiser remontait à plusieurs heures, mais Jocelyn n'arrivait pas à s'en remettre. Leur étreinte avait été si torride, si chargée de passion, qu'elle en était encore bouleversée.

Elle ne se souvenait pas d'avoir été un jour emportée à ce point par un baiser, d'avoir été troublée à ce point par un homme. Elle avait dû faire appel à toute sa volonté pour le repousser. Et pour se concentrer sur le travail qui avait été son unique passion jusqu'alors.

Comme l'avait dit Dale Grohms, sa seule ambition dans l'existence était d'obtenir justice. Rien d'autre ne l'intéressait. Forbes n'y croyait pas. Il était persuadé qu'elle faisait du lobbying, qu'elle tentait de se faire bien voir pour obtenir la place de leur supérieure et devenir un jour procureure.

Lui-même en rêvait.

Le poste n'intéressait pas Jocelyn. Elle n'aimerait pas l'occuper parce qu'elle ne pourrait alors plus se charger d'autant de dossiers d'instruction qu'elle en avait maintenant. Forbes ne mentait pas quand il avait dit qu'elle les voulait tous.

Elle les voulait pour s'assurer que les criminels seraient lourdement condamnés. Pourtant, et malgré son travail acharné, elle ne parvenait pas toujours à inculper les suspects et elle ne gagnait pas tous les procès. En fait, elle avait subi une série d'échecs qui la hantaient. Une série qui avait semblé se terminer lorsque plusieurs membres de la brigade des mœurs avaient quitté le commissariat de River City pour être embauchés à la Payne Protection Agency.

Pouvait-elle vraiment faire confiance à Landon ?

Il n'avait pas respecté sa requête de ne pas se comporter comme son petit ami. Mais, comme il l'avait souligné, elle ne l'avait pas repoussé. Bien sûr, elle aurait pu raconter qu'elle savait que ses collègues les regardaient et qu'elle n'avait pas voulu attirer l'attention. Mais en réalité elle n'avait pas remarqué la présence de Mike et Dale. Pas tout de suite, en tout cas. Pas pendant qu'elle l'embrassait.

Malgré l'air frais de la nuit, elle se sentit rougir alors qu'ils traversaient le parking. Et pas seulement à cause de la gêne d'avoir été vue par ses collègues. Mais parce que ce baiser avait été torride.

Landon Myers la troublait profondément Son corps, sa bouche… ses mains dans ses cheveux… Elle étouffa le gémissement qui montait de sa gorge alors que le désir la submergeait de nouveau. Elle dut se rappeler que le baiser faisait partie de sa couverture. Il ne signifiait rien, il n'avait aucune réalité. Landon ne l'aimait pas.

En revanche, il semblait déterminé à la protéger. Il marchait si près d'elle que son corps frôlait le sien à chaque pas. Il ne la regardait pas. Il scrutait le parking faiblement éclairé comme s'il cherchait des tueurs tapis dans l'ombre. Et il était visiblement prêt à riposter, en cas d'attaque. Il avait l'arme au poing.

Pourtant, sa seule présence la perturbait. Le cœur de Jocelyn s'accéléra dans sa poitrine et elle eut soudain du mal à respirer. Dans la salle d'audience, il avait été contraint de s'asseoir dans la tribune à distance. Mais elle avait été consciente de lui tout le temps, de son regard sur elle. Elle avait rougi de désir.

Un frisson la parcourut soudain.

— Quelqu'un nous observe, murmura Landon.

Ainsi, il l'avait ressenti, lui aussi.

Elle promena les yeux autour d'elle, fixant dans l'ombre les quelques voitures laissées sur le parking.

— Où ?

Il couvrit sa main de la sienne pour lui prendre le porte-clés avec lequel elle jouait. Le bip de son klaxon et la lumière des phares la surprirent tellement qu'elle trébucha. Elle se serait étalée de tout son long sur le bitume s'il ne l'avait pas rattrapée au vol.

Il la tint un instant contre lui, comme pour lui permettre de recouvrer son équilibre. Mais dès qu'il la toucha elle perdit sa concentration. Elle ne voyait que lui, ne sentait que cette attirance pour lui.

Il se pencha légèrement vers elle, comme s'il avait l'intention de l'embrasser de nouveau. Mais avant que sa bouche ne touche la sienne il recula. Il la guida rapidement vers le SUV noir et lui ouvrit la portière.

Elle ne savait pas s'il avait hâte de prendre ses distances avec elle ou s'il s'inquiétait vraiment pour sa sécurité.

— Parker n'a-t-il pas dit qu'il avait envoyé des gardes du corps en renfort pour nous escorter ? demanda-t-elle.

— Plus maintenant, dit-il. Il les a chargés de renforcer la protection de Rosie Mendez.

Jocelyn hocha la tête.

— C'est bien. C'est elle qui est en danger.

Landon la poussa doucement vers le siège, mais avant de fermer la portière il lui rappela :

— Elle n'est pas la seule.

Il aurait pu faire allusion à la fille du juge, qui avait également été menacée, ou à l'inspecteur qui avait arrêté Luther.

Mais il parlait d'elle, elle le savait. Elle aurait aimé qu'il n'ait pas vu ces lettres de menace. Elle le regarda alors qu'il s'installait au volant et un regain de panique lui serra le cœur.

Si elle était en danger, alors lui aussi l'était.

Parce que, vu sa détermination à la protéger, si quelqu'un voulait vraiment la tuer, il lui faudrait d'abord passer sur le cadavre de Landon.

Jocelyn et le type qui l'accompagnait l'avaient-ils vu ? Il retint son souffle avec inquiétude. Mais il se calma très vite. Et alors ? Ce n'aurait pas été si grave. Il avait le droit d'être sur ce parking. Il travaillait au même endroit que Jocelyn.

Ils ne l'avaient sans doute pas remarqué.

Qui diable était cet homme ? Son petit ami ?

Il secoua la tête. Jocelyn Gerber était trop ambitieuse pour laisser qui que ce soit entraver ses aspirations professionnelles. Elle visait le poste de procureure. Et elle se fichait de savoir qui d'autre le convoitait ou le méritait plus. Le seul moyen de l'arrêter était de se débarrasser d'elle.

Luther Mills était censé décider du moment. Mais pour une raison obscure il lui avait demandé d'attendre. Il estimait plus important de tuer d'abord les autres.

Mais il n'était pas question d'attendre. Il devait faire disparaître Jocelyn du paysage… et le gars qui l'accompagnait.

Maintenant.

6

Du coin de l'œil, Landon observait Jocelyn, plongée dans les papiers éparpillés autour d'elle. Elle avait quitté le bureau du procureur pour continuer de travailler chez elle.

Instruisait-elle le dossier qu'elle avait ouvert ce matin après une audience préliminaire au tribunal ? Ou l'affaire de Luther Mills ? Ou, pis encore, avait-elle reçu une autre menace dont elle ne lui avait pas parlé ?

Tout à l'heure, quelqu'un les épiait alors qu'ils traversaient le parking. Landon avait senti une présence. Il s'empara de son smartphone et appela Parker. S'il se savait capable de protéger Jocelyn chez elle, il devait en revanche s'assurer qu'elle était en sécurité partout ailleurs, en particulier sur le parking.

Il lui fallait des renforts à l'extérieur.

En fait, il en avait sans doute besoin partout et en permanence puisqu'il ne pensait qu'à l'embrasser.

Perdait-il la tête ?

Heureusement, comme elle s'était enfermée dans son bureau, elle était hors de sa portée. Et hors de portée de celui qui les espionnait.

Il avait été particulièrement vigilant sur le chemin du retour, vérifiant que personne ne les suivait. Il n'avait vu personne, ce qui, malheureusement, ne voulait rien dire.

Quelqu'un attendait peut-être l'occasion de mettre ses menaces à exécution.

Quand il tomba sur la boîte vocale de Parker, il fronça les sourcils. Jusqu'ici, son patron avait toujours pris ses appels.

Inquiet, il recomposa le numéro et cette fois quelqu'un décrocha. Landon entendit en arrière-fond des hurlements de sirènes et une conversation décousue. Il n'en saisit que quelques bribes, qui suffirent à l'alarmer.

Parker avait-il été blessé ? Pourquoi ne répondait-il pas ?

Puis il comprit qu'il s'entretenait avec d'autres personnes.

Finalement, il s'adressa à Landon :

— Avez-vous eu des nouvelles de Clint ?

Landon comprit tout… les sirènes, le ton agité.

— A-t-il été blessé ? demanda-t-il.

— Il a en effet été victime d'une embuscade à la maison sécurisée et il a pris une balle, répondit Parker.

— Et Rosie Mendez ?

— Pour le moment, nous n'en savons rien. Clint a réussi à l'éloigner, mais nous ignorons si elle a été touchée également.

— C'est ma faute, murmura Landon avec un gémissement. Je n'aurais pas dû conduire Jocelyn là-bas.

— Que se passe-t-il ? demanda cette dernière.

Elle se tenait devant la porte ouverte de son bureau.

À sa vue, une vive colère s'empara de lui. Cette attaque émanait d'elle. Forcément. Elle devait travailler avec Luther.

Il conclut rapidement son échange téléphonique avec Parker :

— Tenez-moi au courant si vous avez du nouveau, dit-il.

— Vous aussi.

Mais Landon doutait que Clint fasse désormais appel à lui. À cause de cette embuscade, il allait se méfier de lui, tant que Jocelyn l'accompagnerait du moins.

Elle s'approcha et lui agrippa le bras.

— Qu'y a-t-il ? Que s'est-il passé ?

Il la fusilla du regard. Pourtant, il était plus furieux contre lui-même que contre elle. Comment avait-il pu l'embrasser ? Pourquoi était-il attiré par une femme comme elle ?

— Tu le sais très bien, répondit-il. Quand as-tu donné à Luther l'adresse de l'endroit où se trouvait Rosie Mendez ?

— Que lui est-il arrivé ? balbutia-t-elle. Est-elle morte ?

Sans répondre, Landon haussa les épaules.

— Dis-moi, hurla-t-elle.

— Je l'ignore. Clint l'avait mise à l'abri, mais il a pris une balle, poursuivit-il d'une voix brisée par l'émotion.

Où était son ami ? Comment allait-il ?

— Appelle-le, lança Jocelyn d'un ton pressant.

Après ce qui s'était passé, Clint aurait du mal à faire confiance à qui que ce soit. Surtout à lui.

— Pourquoi ? répliqua Landon. Veux-tu apprendre où il se cache maintenant pour prévenir Luther ?

— Que racontes-tu ? demanda-t-elle en fronçant les sourcils. Jamais je ne dirais à quiconque où se trouve Rosie Mendez.

Devant sa moue dubitative, elle se hérissa.

— De quoi m'accuses-tu exactement ? demanda-t-elle.

— Voilà un moment que nous nous en doutions, dit-il. Personne ne peut être une substitute aussi nulle que toi.

— Comment oses-tu ? s'écria-t-elle, indignée.

— Et toi ? Comment as-tu osé détruire toutes ces preuves que je t'avais apportées et laisser un coupable en liberté, un criminel susceptible de tuer d'autres innocents ?

— Quoi ? Je n'ai jamais détruit aucune preuve.

— Alors, comment se fait-il que tu n'aies jamais réussi à l'inculper ? riposta-t-il. Nous avions travaillé très dur pour réunir des charges contre lui. Chaque fois, tu abandonnais les poursuites alors que tu avais de quoi l'envoyer en prison à vie.

— C'est faux. La police a bâclé les enquêtes et je n'avais

rien pour le mettre en examen. Mes capacités et mon travail de substitute de la procureure ne sont pas en cause.

— Avec toi, c'est toujours la faute des autres. Tu n'es jamais responsable de rien, Jocelyn. Un peu facile, non ?

— J'ai toujours effectué ma tâche du mieux possible.

— Ben voyons ! Je crois plutôt que tu es la taupe, au sein du bureau du procureur, qui renseigne Luther.

Elle leva la main pour le gifler, mais il s'y attendait et lui saisit le poignet pour l'empêcher de le frapper.

Elle s'interrompit brusquement et se mit à rire. Que la vérité éclate enfin était peut-être un soulagement pour elle, pensa-t-il.

Jocelyn secoua la tête. Comment quelqu'un pouvait-il la soupçonner de travailler pour Luther Mills ?

Au début, elle s'était sentie insultée au point d'avoir été tentée de le gifler. Mais ensuite cette accusation lui avait paru ridicule. Tellement ridicule qu'elle ne parvenait pas à cesser de rire.

Elle s'ordonna pourtant de se calmer.

— Tu es complètement fou, lui dit-elle.

— Je suis fou ?

— Si tu me crois capable de renseigner Luther Mills, tu es fou à lier.

— Je ne suis pas le seul à le penser, répliqua Landon.

À ces mots, une brusque nausée lui souleva l'estomac. D'autres la croyaient-ils vraiment capable d'aider un tueur comme Luther Mills à échapper à la justice ?

— Pour adhérer à une telle ineptie, il faut être dément.

Ou complice.

Jeter le doute sur elle était-il un moyen pour Landon de détourner les soupçons de lui ? De se blanchir ?

— Explique-moi pourquoi tu n'as jamais réussi à inculper Mills, reprit-il.

— Je te l'ai dit, répondit-elle. Les enquêtes avaient été bâclées. Je n'ai jamais vu la couleur des preuves que le policier qui avait procédé à l'arrestation prétendait avoir recueillies.

Landon la dévisagea d'un air méfiant.

— C'est un mensonge. Elles ont prétendument été perdues.

— Ce n'est pas vrai, protesta-t-elle. Je fais toujours très attention à ne pas égarer les indices qui me sont confiés.

— Alors ils auraient disparu par l'opération du Saint-Esprit ?

— Ou ils n'ont jamais été recueillis, répliqua-t-elle.

Elle l'avait toujours pensé, mais maintenant elle n'était plus très loin d'en être persuadée…

— Pourquoi aurions-nous prétendu avoir des preuves que nous n'avions pas en réalité ? Nous voulions tous faire emprisonner Luther.

— J'en doute fortement, rétorqua-t-elle.

— Quoi ? Tu as un problème personnel avec lui ?

Mais il semblait dubitatif, comme s'il continuait de penser qu'elle travaillait pour Luther Mills.

— J'ai un problème personnel avec tous les criminels, dit-elle. Je tiens à les enfermer.

— Et voilà pourquoi tu te charges d'un maximum de dossiers ? demanda-t-il d'un air sceptique. Pour obtenir justice ?

— Exactement.

— Et non pas pour ta carrière ? demanda-t-il.

Manifestement, il avait été influencé par Mike Forbes.

— Quoi qu'en pensent mes collègues, je n'ambitionne pas de prendre la place de ma supérieure hiérarchique.

— Si je comprends bien, ta seule ambition est la justice. Mais alors, ajouta-t-il en montrant les murs, comment as-tu pu t'offrir ce manoir ? Et ce qu'il contient ? Toutes ces œuvres d'art ? Et ton SUV ? Et ce système d'alarme ultra-perfectionné ?

— Je ne les ai pas achetés, reconnut-elle.

— Non. Luther a tout payé.

Comme elle levait de nouveau la main pour le gifler, il l'attrapa par le poignet et la plaqua contre lui.

— Lâche-moi ! gronda-t-elle en serrant les dents.

Elle essaya de se libérer de son emprise. En vain.

Il secoua la tête.

— As-tu l'intention de me frapper ? Ou d'utiliser ton Taser ? Inutile. Tant que tu ne m'auras pas dit la vérité, je ne te libérerai pas.

— Je vais te la dire. Mais à une seule condition. Dis-moi, toi aussi, la vérité.

Il ne la lâcha pas mais l'observa, les sourcils froncés.

— À propos de quoi ?

— À propos de celui qui, au sein de la brigade des mœurs, renseignait Luther, répondit-elle.

Il émit un petit rire.

— Tu es folle.

— Réfléchis, répliqua-t-elle. Ces preuves que tes collègues et toi aviez soi-disant recueillies et qui ne sont jamais parvenues au bureau du procureur… où sont-elles passées ?

Il secoua la tête.

— Personne aux mœurs ne renseignait Luther. Nous rêvions tous de le faire tomber. Nous le voulons toujours.

Et voilà pourquoi Parker avait accepté la mission de son beau-père, Lynch, le chef de la police. Pour s'assurer que Luther serait enfin traduit en justice.

— Vraiment ? dit-elle, sceptique. Alors pourquoi as-tu démissionné ? Pourquoi as-tu quitté le commissariat ?

Il tressaillit comme si elle l'avait frappé.

— Pendant des années j'ai essayé de le coincer… mais

en vain, sans jamais aboutir. Il s'en tirait toujours, quelles que soient les preuves que nous trouvions contre lui.

Elle pinça les lèvres.

— Preuves que vous prétendiez avoir trouvées…

— Nous les avions ! J'avais découvert moi-même un pistolet. Et plus tard un enregistrement… Mais par la suite ils ont disparu… comme par enchantement.

Ils avaient donc travaillé avec le même objectif toutes ces années. Et quelqu'un d'autre avait détruit leurs efforts.

— Ce n'est pas moi qui ai parlé de la maison sécurisée à Luther, dit-elle. Tu étais avec moi toute la journée. Comment aurais-je appelé quelqu'un sans que tu t'en aperçoives ?

Il la regarda fixement, mais il avait perdu cet air méfiant.

— Tu peux consulter mon téléphone, poursuivit-elle en lui tendant son appareil. Regarder les appels reçus ou envoyés. Je n'ai eu aucun contact avec Luther ni avec l'un de ses malfrats.

Il laissa échapper un soupir.

— Donc Luther est au courant de tout grâce aux taupes qui le renseignent au sein du commissariat et du bureau du procureur.

— Personne au bureau du procureur ne travaille pour lui. Je te le garantis. J'en mettrais ma main à couper.

— Tu as une bien meilleure opinion de tes collègues que celle qu'ils ont de toi, fit-il remarquer.

Elle se répétait souvent qu'elle se moquait de l'opinion des gens. Au travail, elle ne cherchait pas à se faire des amis. Elle cherchait la justice. Et, pour s'assurer que justice soit rendue, elle avait dû parfois marcher sur quelques pieds.

— Et toi, tu as une haute idée de tes collègues, rétorqua-t-elle.

— Je ne prétends pas que Luther n'a pas une taupe au sein de la police, répliqua-t-il. J'en suis même certain.

N'importe qui aurait pu accéder au casier des preuves et

les détruire. Il ne s'agissait certainement pas d'un ancien de la brigade des mœurs. Mais il était logique qu'un policier soit impliqué.

— Je faisais allusion aux personnes avec qui tu travailles actuellement, dit-elle. Au sein de la Payne Protection Agency.

— Quoi ?

— Ils savent tous où se trouve cette maison sécurisée, non ? L'un d'eux a transmis l'information à Luther. C'est évident.

Landon ouvrit la bouche pour protester, mais n'opposa aucun démenti. Il semblait sonné, puis secoua une nouvelle fois la tête.

— Non.

— Tu préfères croire que c'est moi qui le renseigne ?

Peut-être imaginait-il qu'elle lui avait passé un coup de fil alors qu'elle était aux toilettes, le seul moment de la journée où elle avait été hors de sa vue.

— Oui, cela paraît plus logique, répondit-il avec un autre regard circulaire sur son bureau.

Gênée, elle rougit. Elle lui avait promis la vérité.

— Je n'ai pas déboursé un dollar pour ce manoir. Et Luther Mills non plus, dit-elle. Mes parents me l'ont acheté, ainsi que les œuvres d'art et le système de sécurité. Ils sont paranoïaques à l'idée qu'il m'arrive quelque chose.

— Après avoir vu ces lettres de menace, je comprends pourquoi.

— Ils en ignorent évidemment l'existence. Elles les rendraient fous de peur. Ils ont peur pour moi parce que mes grands-parents ont été assassinés.

— Je suis désolé.

— Le drame remonte à plusieurs années.

— Le temps n'atténue pas ce genre de douleur.

— Tu parles d'expérience, apparemment.

— En effet. Mes parents sont morts, mes grands-parents

aussi. Aucun d'entre eux n'a été assassiné. Ils avaient des problèmes de santé. Des cancers, des ennuis cardiaques… Mes gènes ne sont pas terribles.

Pourtant, il avait l'air fort et plein de vie.

— Comment tes grands-parents ont-ils été assassinés ? reprit-il.

Elle ferma les yeux en se remémorant la scène, le sang.

— Ils ont été tués au cours d'un cambriolage à leur domicile. Avant de leur donner la mort, les voyous les avaient torturés…

Elle frissonna et il la prit dans ses bras, la serrant contre lui.

— Les cambrioleurs ne voulaient sans doute pas croire qu'ils n'avaient ni grosses sommes d'argent ni bijoux chez eux. Ils étaient riches mais intelligents. Ils gardaient leurs objets de valeur dans un coffre à la banque.

— Étais-tu là au moment du drame ? demanda-t-il.

— Non. Mais c'est moi qui ai découvert leurs cadavres.

— Mon Dieu. Quel âge avais-tu ?

— Seize ans, répondit-elle. Je venais d'obtenir mon permis de conduire et je m'étais rendue chez eux au volant de ma nouvelle voiture pour la leur montrer. Ils me l'avaient achetée. La porte de leur maison était ouverte. Je n'aurais pas dû entrer.

Elle n'avait jamais réussi à extirper ces images de sa tête.

Il la serra plus fort et caressa ses cheveux.

— Je suis vraiment désolé…

Elle poussa un soupir tremblant. Mais elle recula.

— C'était il y a longtemps, lui rappela-t-elle.

— Mais on n'oublie jamais quelque chose comme ça. Je me souviens encore de ma première scène de crime. Et je ne connaissais pourtant pas les victimes. Mais j'ai été incapable de dormir jusqu'à ce que nous démasquions leurs assassins. Les tueurs de tes grands-parents ont-ils été arrêtés ?

Il n'était plus policier, mais il fonctionnait toujours comme tel.

— Oui. Il a fallu plusieurs années pour les retrouver. Et des mois avant d'assister à l'ouverture du procès. Mais ils ont été reconnus coupables et condamnés. Ils avaient tué quatre autres personnes avant d'être capturés.

Tant de familles étaient dévastées comme la sienne l'avait été. Comme Rosie Mendez par le meurtre de son frère.

— Voilà pourquoi j'exerce ce métier, dit-elle. Je n'ai pas besoin d'argent. J'ai besoin de justice.

— Je suis désolé, répéta Landon.

Il prit son visage entre ses mains.

— Je suis désolé d'avoir douté de toi.

— Moi aussi, j'ai douté de toi, répliqua-t-elle.

— Et tu ne doutes plus ?

— Non.

— Pourquoi ? Je n'ai pas vécu comme toi le décès tragique de proches.

Mais il avait tout de même enduré la perte de personnes qui lui étaient chères. Tous ses proches étaient morts. Il était seul au monde. Au moins avait-elle toujours ses parents, et tant pis si leur côté surprotecteur la rendait parfois folle.

— As-tu des frères et sœurs ? lui demanda-t-elle.

— Non. J'étais le seul enfant d'enfants uniques.

— Alors tu n'as pas de famille. Tu es seul maintenant.

— Pas du tout. J'ai une famille.

Elle blêmit alors qu'une horrible pensée lui traversait l'esprit.

— Es-tu marié ?

Il ne portait pas d'alliance, mais beaucoup d'hommes mariés n'en portaient pas.

— Marié ? répéta-t-il en riant. Sûrement pas ! Mes collègues de travail sont ma famille. Ce sont mes amis.

Elle ressentit un pincement au cœur. Elle avait une famille, des parents qui l'aimaient. Mais pas de vrais amis. Elle admirait et tentait d'imiter sa supérieure hiérarchique, mais Amber Talsma-Kozminski n'était pas vraiment une amie.

Quand elle avait perdu ses grands-parents, elle avait perdu l'innocence, cette partie d'elle-même qui croyait que les êtres humains étaient intrinsèquement bons.

Il existait des monstres comme Luther Mills, qui ne ressentaient aucune empathie lorsqu'ils prenaient la vie d'autrui. Et ces monstres n'étaient pas si faciles à repérer.

Comme ceux qui avaient assassiné ses grands-parents. L'un d'eux était un adolescent du quartier qui tondait leur pelouse. Sa grand-mère lui offrait des biscuits et, à une époque, Jocelyn avait eu le béguin pour lui. Elle avait appris à faire plus attention, à ne pas accorder si facilement sa confiance. Voilà peut-être pourquoi elle n'avait pas d'amis.

— Es-tu sûr de pouvoir leur faire confiance ?

— Oui, j'en suis sûr et certain, répondit-il.

— Et Rosie Mendez le peut-elle aussi ? demanda-t-elle.

— Clint donnerait sa vie pour Rosie, affirma Landon avec fierté pour l'homme qui était manifestement son meilleur ami.

— Et les autres gardes du corps ? insista-t-elle. Seraient-ils tous prêts à mourir pour protéger leur client ?

— Je ne peux pas l'affirmer pour Keeli, répondit-il en riant. Elle serait capable d'étrangler elle-même Dubridge, qui l'a traitée de poupée Barbie. Mais à part Keeli ils donneraient tous leur vie pour protéger la personne qui leur a été confiée.

Elle étudia son beau visage.

— Toi aussi ?

Il hocha la tête. Puis son regard glissa vers sa bouche.

— J'espère que c'est tout ce que je te donnerai.

— Que pourrait-il y avoir d'autre ? demanda-t-elle.

Mais elle le savait. Son cœur. Elle sentit le sien s'accélérer dans sa poitrine alors qu'il penchait la tête vers la sienne.

Au moment où sa bouche effleurait la sienne, des coups

de feu retentirent, si fort que les vitres tremblèrent. L'une d'elles se brisa sous l'impact d'une balle.

Landon poussa Jocelyn par terre et la protégea de son propre corps.

Et elle eut sa réponse.

Oui, il donnerait sa vie pour la sienne.

Alors que les projectiles fusaient, elle espérait seulement qu'il n'était pas sur le point de mourir maintenant.

Mais, au cœur d'une telle fusillade, comment s'en tirer ?

Le chef Woodrow Lynch n'était pas content. Il n'avait toujours pas identifié la taupe au sein de son commissariat ni celle qui sévissait au sein du bureau du procureur. Il n'était même pas capable de contrôler les gardiens de la prison. Certains d'entre eux aidaient Luther. Mills continuait de communiquer avec sa bande. Et ses malfrats ne cessaient de s'attaquer aux personnes mêlées au procès.

Rosie Mendez avait été prise pour cible. Il y avait également eu des problèmes avec l'experte scientifique. Et avec la fille du juge.

Et maintenant c'était le tour de la substitute de la procureure.

Mais Woodrow ne voulait pas en parler. Pas même à sa femme. Pas encore. Bien sûr, il ne l'avait pas encore vue. À la minute où il entrerait, elle saurait qu'il s'était passé quelque chose d'autre.

Bon sang, elle le savait probablement déjà. Penny Payne-Lynch avait un sixième sens étrange et elle devinait les malheurs sur le point de se produire.

Donc elle était probablement déjà au courant.

Il inspira profondément et s'engagea dans l'allée qui menait chez lui. Mais son smartphone vibra avant qu'il n'ait eu le temps d'ouvrir la portière.

Un numéro inconnu s'affichait sur l'écran.

— Chef Lynch, dit-il en acceptant l'appel.

— Chef, répondit une voix féminine. Amber Kozminski à l'appareil.

Elle semblait essoufflée. Peut-être était-elle sur le point d'accoucher. Elle ne serait pas présente au procès de Luther, parce qu'elle avait reçu de son médecin l'ordre de rester au lit jusqu'à l'accouchement.

— Tout va bien ? lui demanda-t-il anxieusement. Dites-moi.

Son épouse lui avait recommandé de ne jamais contrarier une femme enceinte. Penny avait adopté le mari, le frère et la belle-sœur de la jeune procureure, même si leur père avait été accusé d'avoir assassiné son premier mari, des années plus tôt. Elle prenait sous son aile tous ceux qu'elle rencontrait, mais se montrait particulièrement protectrice envers les Kozminski. Amber n'était pas censée être au courant des menaces pesant sur toutes les personnes impliquées dans le procès.

Mais elle avait l'air très inquiète.

— Chef ! J'ai besoin de savoir si Jocelyn va bien.

— Comment savez-vous qu'il s'est passé quelque chose ?

— Quelle importance ? demanda-t-elle.

— C'est important, insista-t-il. Très important…

Parce qu'il essayait de démasquer cette taupe.

— Quelqu'un de mon bureau m'a appelée, dit-elle. Il y a eu une fusillade chez Jocelyn. Dites-moi si elle va bien.

Il l'ignorait. Il n'avait pas encore eu de nouvelles de son inspecteur. Ni de Landon Myers…

Landon et la substitute de la procureure avaient-ils survécu à cette fusillade ?

7

Que s'était-il passé ? Landon ne le savait toujours pas. Alors qu'il embrassait Jocelyn, des coups de feu avaient soudain éclaté partout…

L'embrasser avait été sa première erreur. L'embrasser ne faisait pas partie de sa mission. En public, il devait *faire semblant* d'être son petit ami. Mais il lui était interdit de se comporter en amoureux, surtout quand il n'y avait personne.

Il était son garde du corps, rien d'autre. Et son travail laissait grandement à désirer. Bien sûr, il l'avait jetée au sol dès que la fusillade avait commencé. Mais, s'il avait été à la hauteur de ses responsabilités, il aurait dû remarquer la présence d'un individu à l'extérieur du manoir avant même que celui-ci ne commence à tirer. Et entendre arriver son véhicule.

Mais il avait juste été capable de le voir s'éloigner…

Il avait aidé Jocelyn à se relever et lui avait demandé avec angoisse :

— Tout va bien ?

Elle avait hoché la tête, les yeux brillants de peur.

— Et toi ?

— Oui, oui. Mais il faut sortir d'ici. Tout de suite.

— Attends, je dois d'abord retrouver Lady, avait-elle dit en regardant autour d'elle d'un air terrifié.

— Elle a eu peur, elle se cache dans un coin. Et nous n'avons pas le temps de la chercher. Nous partons. Immédiatement.

— La police ne devrait pas tarder. J'entends déjà les sirènes.

— Pas question de leur parler, avait-il répliqué. Nous ne savons pas à qui faire confiance au sein du commissariat.

Comprenant enfin la gravité de la situation, elle avait glissé quelques dossiers dans sa serviette avant de quitter le manoir avec lui.

La maison où il l'avait alors conduite ne ressemblait en rien à la sienne. Elle se résumait à un salon, une cuisine, deux chambres et une salle de bains.

— Où sommes-nous ? demanda-t-elle.

— Chez moi. Je vis ici.

— Alors pourquoi as-tu gardé ton arme à la main ?

— D'autres personnes savent peut-être où j'habite.

— Personne n'essaye de te tuer.

Depuis la fusillade, il n'en était plus très sûr. En tout cas, ils avaient affronté un seul tireur. Alors que Rosie et Clint avaient eu affaire à plusieurs malfrats en embuscade.

— Je ne suis pas le seul à vivre ici, poursuivit Landon.

— Je pensais que tu n'étais pas marié…

— Mais j'ai un colocataire, Clint. C'est finalement en amitié que j'ai eu la relation la plus longue.

Les femmes avec qui il était sorti n'acceptaient pas ses contraintes horaires de policier, ses retards permanents, leurs rendez-vous manqués. Voilà pourquoi ses relations amoureuses n'avaient jamais duré longtemps. Et, depuis qu'il était devenu garde du corps, il avait encore moins de temps à consacrer à une femme.

Peut-être avait-il embrassé Jocelyn pour cette raison.

Non. Il l'avait embrassée parce qu'il en rêvait depuis des années.

— Clint ! Clint ! cria-t-il alors qu'il inspectait les pièces.

— Tu penses qu'il aurait pu amener Rosie ici ? demanda-t-elle.

— Il est trop intelligent pour faire ça, dit Landon.

Plus intelligent que lui. Il n'aurait pas dû conduire Jocelyn ici, mais dans un endroit sûr. Cependant, ce qu'elle avait dit à propos de ceux qui avaient peut-être donné à Luther l'adresse de la maison sécurisée l'avait troublé…

Elle se trompait. Aucun de ses anciens collègues policiers n'était de connivence avec Luther. Ils avaient toujours voulu l'arrêter. Tous.

Comme il passait les doigts dans ses cheveux, un éclat de verre lui coupa la paume avant de tomber sur le sol.

— Tu saignes, dit Jocelyn en lui prenant la main pour examiner la plaie.

La peau de Jocelyn était douce. La jeune substitute n'était pas du tout froide, comme il l'avait toujours pensé…

Il avait encore envie de l'embrasser. Pourtant, la dernière fois qu'il l'avait fait, ils auraient pu être tués. Il n'arrivait pas à croire que le tireur faisait partie de l'équipe de Luther.

Peut-être s'agissait-il de quelqu'un d'autre.

— Je dois appeler Parker et le chef Lynch, dit Landon.

— Il faut d'abord mettre un pansement là-dessus, répondit-elle sans lui lâcher la main. Ça n'arrête pas de saigner.

— Ce n'est rien.

D'après Parker, Clint, son ami, était quelque part et blessé. Landon aurait dû immédiatement partir à sa recherche. Mais il ne pouvait laisser Jocelyn seule et sans protection dans son manoir, là où la fusillade s'était produite, ni dans son bureau, ni au palais de justice…

Son manoir bénéficiait d'un système d'alarme haut de gamme. Mais aucun endroit n'était sûr.

— Il ne faut pas rester ici, reprit-il. Partons.

Mais il ne savait pas où aller. Pouvait-il faire confiance à ses collègues ? Aucun d'eux ne leur avait tiré dessus tout à l'heure. Ils étaient d'excellents fusils, ils ne les auraient pas ratés.

Il ne devait pas se laisser contaminer par la paranoïa de Jocelyn. Ses coéquipiers étaient sa famille. Sa seule famille.

— Je dois appeler Parker, répéta-t-il, et savoir où je dois te conduire.

— Chez moi.

— Ma modeste demeure n'est pas assez luxueuse pour toi ? demanda-t-il, taquin.

Clint et lui travaillaient tellement qu'ils n'avaient pas besoin de vivre avec tout le confort.

Elle se raidit comme si elle pensait qu'il l'insultait.

— Je n'aurais pas ce manoir si mes parents ne l'avaient pas acheté, précisa-t-elle. J'étais plus heureuse dans mon appartement du centre-ville et il était minuscule.

Il la croyait. Elle préférait évidemment habiter près de son travail. Elle avait déménagé uniquement pour faire plaisir à ses proches.

Il l'avait mal jugée. Et il culpabilisait à ce sujet.

— Ton manoir n'est pas aussi sûr que tes parents le pensaient. Nous devons t'installer dans une maison sécurisée.

— Pourtant, avec Rosie Mendez, l'expérience de la maison sécurisée n'a pas été très concluante... Viens, ajouta-t-elle en l'entraînant vers la salle de bains. Il faut te soigner d'abord. Et ensuite tu pourras appeler Parker.

Il se souvint que ses collègues la trouvaient menaçante et agaçante. En réalité, elle avait surtout un côté autoritaire et directif. Maintenant, il comprenait pourquoi : c'était à cause de la façon dont ses grands-parents avaient été assassinés.

Il ne tomberait jamais amoureux de quelqu'un comme elle, quelles que soient ses raisons d'être autoritaire et directive.

Comme Jocelyn regardait les doigts maculés de sang de Landon, une image remonta aussitôt à sa mémoire. Celle de la dernière fois qu'elle avait eu du sang sur les mains.

Ses jambes se mirent à trembler et elle serait tombée s'il ne l'avait pas prise dans ses bras pour la stabiliser.

— Tout va bien ? demanda-t-il.

Elle leva les yeux vers lui. Il était si grand. Si fort…

Elle se souvint du poids de son corps allongé sur le sien, la pressant contre le sol, la protégeant.

Il aurait pu se faire tuer.

Il avait été blessé par sa faute.

— Merci de m'avoir sauvée, murmura-t-elle.

— J'ai été en dessous de tout, répliqua-t-il. J'aurais dû remarquer le véhicule qui s'approchait de ton manoir avant que le gars ne se mette à tirer.

Mais il l'avait embrassée…

Et elle n'avait pas voulu qu'il arrête, même lorsque la fusillade avait commencé. Elle perdait la tête. Peut-être travaillait-elle trop, comme tout le monde le lui disait.

Mais avec autant de criminels dans les rues elle avait l'impression de ne pas en faire assez. Elle se remit à trembler.

— Tu ne vas pas bien, dit-il.

Elle ne cessait de claquer des dents. Elle détestait ce sentiment de faiblesse et d'impuissance.

— Tu es sous le choc, ajouta-t-il. Je devrais te conduire à l'hôpital.

— Je vais bien, assura-t-elle, même si c'était faux.

Elle se sentait si étrange, si différente d'elle-même.

— Tu ne vas pas bien, répéta-t-il.

Il recula pour planter les yeux dans les siens.

Et elle frissonna sous l'intensité de son regard. C'était comme s'il lisait en elle, comme s'il voyait quelque chose que personne d'autre ne pouvait voir.

— Tu as peur, dit-il. C'est bien. Tu aurais dû être terrifiée après avoir reçu ces menaces. Et surtout depuis que tu sais que Luther est déterminé à éliminer toutes les personnes impliquées dans son procès. J'étais inquiet que tu n'aies pas peur.

— Est-ce pour cette raison que tu me soupçonnais de travailler pour lui ? demanda-t-elle. Parce que je n'avais pas l'air effrayée ?

— Que tu n'aies jamais réussi à le mettre en examen me troublait davantage.

Elle sentit une vague d'indignation la soulever. Mais elle haussa les épaules.

— Je ne sais pas... Peut-être aurais-je pu faire plus.

— Pas sans preuves.

— Nous devons creuser le sujet, chercher ces preuves mystérieusement disparues. Mais d'abord il faut retrouver Rosie.

Elle ne pouvait pas perdre son témoin. Luther ne se salissait jamais les mains. Même lorsqu'il n'était pas en prison, il envoyait généralement sa bande tuer à sa place... Mais il était toujours derrière ces meurtres, toujours à la manœuvre.

Landon la libéra. Mais la salle de bains était si exiguë que son corps touchait toujours le sien alors qu'il tendait la main pour ouvrir le robinet du lavabo. Il plongea d'abord sa propre main, qui saignait encore, sous le jet d'eau froide, puis la sienne.

Elle fut soulagée de ne plus être obligée de voir tout ce sang. Regarder les photos des scènes de crime était toujours une épreuve pour elle.

Landon la dévisagea de nouveau.

— C'est bien d'avoir peur, lui dit-il.

— Oui, certainement...

— J'étais inquiet quand tu ne montrais aucune angoisse, parce qu'il est difficile de protéger quelqu'un qui n'est pas conscient du danger. Ou qui s'en moque.

Elle tressaillit. Elle avait fait partie de cette deuxième catégorie.

— Que Luther essaye de me tuer n'aurait aucun sens.

— Il est difficile pour toi de l'accepter, mais quelqu'un au bureau du procureur travaille pour lui.

C'était possible, oui. Elle ne pouvait le nier. Avec Luther, tout était possible.

— Mais pourquoi s'attaquer à moi maintenant ? demanda-t-elle. Pourquoi n'attend-il pas le début du procès ?

Il haussa les épaules.

— Je ne sais pas. Peut-être ne veut-il pas risquer un report qui le laisserait en prison plus longtemps.

Si elle était tuée maintenant, il faudrait donner à un autre substitut du temps pour se mettre au courant du dossier.

— Peut-être…

— Je ne sais pas non plus si Luther était derrière cette fusillade, poursuivit Landon.

Et elle fut soulagée qu'il partage ses doutes.

— Tu affrontes d'autres menaces, émanant d'autres voyous, poursuivit-il. Cela aurait pu être n'importe lequel d'entre eux.

Elle avait pensé que ces lettres de menace n'avaient aucun sens, aucune réalité, et voilà pourquoi elle ne les avait pas signalées au chef de la police. Mais maintenant elle comprenait que son silence avait été stupide. Elle était idiote. Comme Landon l'avait souligné, il était plus intelligent d'avoir peur. Désormais, elle serait prudente.

Elle n'avait plus seulement peur pour sa vie, cependant. Elle craignait aussi pour la survie de son cœur.

Landon avait dû le voir quand il l'avait regardée dans les yeux. Elle craignait de commencer à tomber amoureuse de lui.

Mais soudain il se tendit et s'empara de son arme.

— Chut…, dit-il.

Elle entendit le grincement d'une porte qui s'ouvrait. Quelqu'un était là.

Elle doutait qu'il s'agisse de Clint Quarters. Il n'aurait

pas pris le risque de conduire Rosie Mendez ici, où d'autres personnes seraient susceptibles de venir s'attaquer à eux. Non. C'était quelqu'un qui cherchait soit Rosie et Clint, soit Landon et elle, pour finir ce qu'il avait commencé.

Pour les tuer.

Où diable étaient-ils tous passés ? Pourquoi personne ne l'avait appelé ? Pourquoi n'était-il au courant de rien ?

Rosie et Clint étaient-ils morts ? Sans doute pas. Luther avait en effet appris que Clint s'était enfui, échappant à l'embuscade. Mais il lui avait également été rapporté que le manoir de la substitute de la procureure avait essuyé un tir nourri.

Il tapa le numéro de la personne qui était sans doute l'auteur de cette fusillade.

— Allô ?

Son correspondant ne reconnaissait évidemment pas le numéro. Luther ne cessait d'en changer pour ne pas risquer d'être repéré.

— Qu'avez-vous fait ? demanda-t-il.

— Moi ? lança son interlocuteur d'un ton innocent.

Trop innocent.

— J'ai entendu dire que Jocelyn Gerber avait été prise pour cible, lui dit Luther. Je ne vous en avais pas donné l'ordre.

Que se passait-il ? Pourquoi en faisaient-ils tous à leur tête au lieu de suivre ses consignes ? Au moins, sa source au commissariat de police le tenait au courant… et l'avait informé des coups de feu tirés sur le manoir et du cambriolage chez la fille du juge.

Il avait demandé que Jocelyn Gerber et la fille du juge, Bella Holmes, soient surveillées.

Pas qu'elles meurent. Pas tout de suite.

— Je n'ai pas…

— Ne me mentez pas ! cria-t-il, attirant l'attention d'un gardien qui passait devant sa cellule.

Mais l'homme, qu'il payait grassement, ne lui jeta qu'un coup d'œil avant de tourner les talons et de faire comme s'il n'avait rien vu.

Personne ne savait ce qu'il faisait. Alors, comment Woodrow Lynch avait-il appris qu'il projetait d'éliminer tous ceux qui étaient impliqués de près ou de loin à son procès ?

— Aucune balle ne l'a touchée, révéla son correspondant. Jocelyn Gerber est indemne, comme son soi-disant petit ami.

— Son petit ami ? répéta Luther.

Cette femme était trop dévouée à son métier pour avoir un amant.

— Un grand gars… cheveux châtain clair, yeux marron.

— Landon Myers.

— Oui, c'est en effet son nom, répondit le gars.

— Ce n'est pas son copain, c'est son garde du corps.

— Il ne réussira pas à la protéger, assura son interlocuteur.

Luther ouvrit la bouche pour réitérer son ordre de garder Jocelyn en vie pour le moment.

Puis il y réfléchit.

Il avait besoin de la fille du juge vivante. Si elle mourait, il ne pourrait pas la menacer pour faire pression sur le juge.

Mais que Jocelyn Gerber reste en vie ou pas n'avait pas d'importance.

Il poussa un soupir.

— Quand l'occasion se présentera, tuez-la, dit-il.

— Ça sera bientôt possible, répondit son correspondant. Très bientôt.

Après avoir raccroché, Luther ressentit une pointe de regret. Jocelyn Gerber était si belle. Dommage de ne plus pouvoir l'admirer plus longtemps…

Mais il haussa finalement les épaules.

Au fond, quelle importance ?

8

Landon poussa Jocelyn devant lui.

— Allonge-toi dans la baignoire, murmura-t-il.

Elle y serait en sécurité pendant la fusillade, sauf si le tireur parvenait à le descendre, lui. Dans ce cas, Jocelyn n'aurait plus aucun rempart.

Il n'y avait même pas de fenêtre par laquelle elle aurait pu s'enfuir. Mais elle obéit sans discussion.

Et de nouveau il se félicita qu'elle ait enfin peur. La protéger serait désormais beaucoup plus facile. Cependant, il s'inquiétait du nombre de leurs assaillants.

Combien étaient-ils, cette fois ?

La porte d'entrée s'ouvrit en grinçant et se referma. Le parquet craqua sous les pas des intrus. Apparemment, ils étaient au moins deux. Plaqué contre la porte, Landon ne les voyait pas, mais il entendait leur progression. Quand ils arrivèrent devant la première chambre, il comprit qu'il n'avait plus beaucoup de temps. La salle de bains était leur étape suivante. L'arme au poing, le doigt sur la détente, il se prépara à sortir.

— Ne tirez pas ! cria alors une voix féminine.

— Tout va bien, dit-il à Jocelyn en baissant son arme. Il s'agit de Keeli et de l'inspecteur Dubridge.

— Cessez de jouer les paravents, Keeli, gronda ce dernier.

— Je suis votre garde du corps, chargée de vous protéger.

La substitute de la procureure apparut dans l'embrasure de la porte de la salle de bains.

— Es-tu sûr que tout va bien ? demanda-t-elle à Landon en considérant avec une inquiétude feinte les deux autres, qui continuaient de se chamailler.

Il sourit. Qui aurait cru que Jocelyn Gerber avait le sens de l'humour ?

Il commençait à l'apprécier et à la comprendre. Cela l'ennuyait. Elle ne cessait déjà de le distraire.

Il reporta son attention sur les nouveaux venus.

— Clint n'est pas là, leur dit-il.

— Je ne cherchais pas Quarters, répondit Dubridge. Mais vous deux, ajouta-t-il en se tournant vers Jocelyn. Woodrow Lynch m'a chargé d'enquêter sur la fusillade au manoir. Mais au moment où je…

— Où *nous,* corrigea Keeli.

Dubridge soupira.

— Bref, vous n'y étiez plus. Que s'est-il passé ?

— Je ne sais pas, reconnut Landon.

— Tu n'as vu personne ? s'enquit Keeli d'un air perplexe.

— Tout s'est passé si vite. Le tireur n'est pas entré.

— Étais-tu à l'intérieur ou dehors ? demanda Dubridge.

— À l'intérieur.

— Et tu n'as pas riposté ? s'exclama-t-il en échangeant un regard surpris avec Keeli.

Landon rougit, embarrassé. Il n'avait pas été à la hauteur, et maintenant ses collègues le savaient aussi.

— Il n'a pas eu le temps d'intervenir, lança Jocelyn.

Il fut étonné qu'elle le défende.

— Il m'a sauvé la vie, ajouta-t-elle.

Keeli et Dubridge échangèrent un autre regard. Pour eux, Landon aurait dû faire davantage.

Et il aurait fait plus s'il avait été plus attentif. Moins

distrait… Moins sous le charme de la personne qu'il était censé protéger.

Certes, il lui avait sauvé la vie. Mais elle serait de nouveau visée. Landon ignorait qui l'avait attaquée. S'agissait-il des complices de Luther ou de l'une des personnes qui lui avaient envoyé ces lettres de menace ?

Jocelyn promena les yeux autour d'elle et frissonna. Elle n'avait pas demandé à s'installer dans ce manoir. Elle s'y était sentie obligée parce que ses parents le lui avaient offert. Néanmoins, le voir dans cet état la rendait malade. Les fenêtres de son bureau étaient brisées ainsi que certains bibelots. Des trous noircissaient les murs peints en blanc.

Heureusement, Lady était enfin sortie de sa cachette. Dès qu'ils avaient ouvert la porte, elle avait couru jusqu'à Landon. Il l'avait portée jusque dans la cuisine pour la nourrir.

— J'ai appelé l'entreprise que nous recommandons pour nettoyer les scènes de crime, annonça Spencer Dubridge. Ils sécuriseront l'endroit avant ce soir et commenceront les réparations dès que votre assureur aura accepté le devis.

Elle hocha la tête. Elle prenait soudain conscience de tout ce que ses parents avaient dû faire pour nettoyer la maison de ses grands-parents après le carnage, il y a vingt ans. Ensuite, ils l'avaient vendue. Personne n'avait voulu y retourner. Surtout pas elle.

Et à présent elle n'avait pas eu envie non plus de revenir dans ce manoir, mais Spencer avait insisté. Landon et elle n'auraient pas dû quitter les lieux avant l'arrivée des secours, mais celui-ci ne faisait plus confiance à la police.

Du moins le prétendait-il.

Elle reporta son attention sur l'inspecteur Dubridge. Pouvait-elle se fier à lui ? Il était ambitieux. Cela dit, tout le monde croyait qu'elle l'était aussi parce qu'elle travaillait dur. Peut-être poursuivait-il le même but qu'elle : mettre les criminels derrière les barreaux.

— Et les techniciens des scènes de crime ? demanda-t-elle. Sont-ils déjà venus ici ?

En général, il fallait beaucoup de temps à la police scientifique pour traiter une scène, mais elle n'avait pas vu leur camionnette. Ni même le ruban noir et jaune censé délimiter et protéger la zone.

Dubridge secoua la tête.

— Non. Le chef ne veut surtout pas ébruiter l'affaire. Je suis censé être le seul à enquêter, ajouta-t-il avec un coup d'œil à Keeli Abbott, qui se déplaçait dans la pièce, inspectant les dégâts. J'ai pris des photos et ramassé les douilles que j'ai trouvées dans la rue. Le tireur a fait feu depuis son véhicule.

— L'attaque vient sans doute de Luther, conclut-elle.

Spencer secoua la tête.

— Luther n'envoie jamais un seul homme faire le sale boulot. Je ne pense pas qu'il ait quoi que ce soit à voir avec ces tirs.

— Alors qui ? demanda-t-elle.

Spencer brandit les lettres anonymes qu'il avait trouvées dans son bureau.

— N'importe laquelle de ces personnes… Pourquoi n'avez-vous pas signalé que vous faisiez l'objet de menaces ?

Elle haussa les épaules.

— Je ne les prenais pas au sérieux. Il est courant que des criminels jurent de se venger quand ils sont condamnés à finir en prison. Parfois, ils me promettent mille morts au sein même du tribunal.

Cela dit, elle gardait son Taser à portée de main, au cas où.

Dubridge montra les vitres brisées de la façade du bureau.

— Ces menaces n'étaient visiblement pas des paroles en l'air, dit-il. Vous auriez dû en parler à la police.

— Je ne m'estimais pas en danger, pas vraiment. Du moins, pas ici. Je ne suis pas dans l'annuaire.

— Tout le monde peut lancer une recherche auprès des notaires, répliqua l'inspecteur.

— Mon nom ne figure pas sur l'acte de vente, objecta-t-elle. Officiellement, ce manoir appartient à un fonds d'investissement détenu par mes grands-parents maternels. Il n'y a aucun moyen de remonter jusqu'à moi.

Ses parents avaient redoublé de prudence pour la protéger.

— Alors quelqu'un a dû vous suivre, murmura Dubridge.

Landon sortait de la cuisine après avoir sans doute nourri Lady. Il était en pleine conversation avec Keeli. S'ils gardaient tous deux un œil sur les personnes qu'ils étaient chargés de protéger, ils n'avaient pas l'air de les espionner.

Keeli était ravissante. Landon était-il attiré par elle ? s'interrogeait Jocelyn. Avaient-ils déjà vécu une relation amoureuse ?

— Leur faites-vous confiance ? murmura-t-elle.

— Si j'ai confiance en Myers et Keeli ? répéta Dubridge, interloqué. Totalement, assura-t-il avec conviction. J'ai travaillé avec tous les gars de Payne, lui rappela-t-il. Ce sont des gens bien. Je leur confierais ma vie. Vous et moi devons plutôt nous inquiéter de nos collègues actuels.

Elle frissonna.

— Vous croyez donc que des taupes sévissent dans nos services ?

— En fait, j'ai tendance à soupçonner l'un de *vos* collègues. Myers aurait tout de suite repéré quelqu'un du commissariat vous prenant en filature.

Il avait en effet remarqué qu'ils étaient suivis après leur visite auprès de Rosie Mendez. Et il avait semé leur poursuivant. Sans doute devait-elle accepter la vérité. Quelqu'un avec qui elle travaillait essayait de la tuer. Quelqu'un avec qui elle travaillait renseignait Luther.

Dubridge lui enlaça les épaules d'un geste rassurant.

— Nous allons découvrir de qui il s'agit, promit-il.

— Je ne m'inquiète pas pour moi, répondit-elle.

Du moins, pas uniquement…

Elle craignait que Luther Mills ne se contente pas d'un seul assassinat. Et qu'il ne s'en prenne également à Rosie Mendez, à l'experte scientifique, à la fille du juge et…

Et à elle aussi.

Il avait l'impression d'être à la barre des témoins et de subir un interrogatoire en règle. Il trouvait la situation très désagréable. Certes, ils étaient au téléphone, mais sa supérieure hiérarchique exigeait des explications.

— Comment avez-vous appris la fusillade chez Jocelyn ? demanda Amber Talsma-Kozminski.

Il n'aurait pas dû l'appeler. Mais il était curieux de savoir si Jocelyn avait survécu. Surtout, il voulait être le premier à parler à la procureure de la fusillade, qui serait attribuée à Mills. Ainsi, il multipliait ses chances d'obtenir le dossier avant qu'elle ne le donne à quelqu'un d'autre.

Il n'arrivait toujours pas à comprendre pourquoi, au départ, Amber l'avait confié à Jocelyn. Il avait plus d'expérience que sa consœur. Il était le meilleur substitut.

Il serait également le meilleur procureur du district, bien meilleur qu'Amber Talsma-Kozminski. Et voilà pourquoi il était certain qu'il assumerait ces responsabilités. Un jour…

À condition de ne pas se faire pincer.

Amber Kozminski n'avait sans doute pas seulement envie d'apprendre qui lui avait parlé de la fusillade. Elle semblait avoir des doutes.

Quelqu'un s'était-il rendu compte qu'il y avait une taupe au bureau du procureur ? Qu'il était cette taupe ?

Il devait se montrer prudent – extrêmement prudent. Il lui

serait difficile de prétendre que Jocelyn l'avait appelé. Si elle avait survécu et était interrogée, elle le traiterait de menteur. Il lui fallait jeter le doute sur quelqu'un d'autre dans le bureau. Il y réfléchit mais, il eut beau se torturer la cervelle, aucun nom à part celui de Jocelyn ne lui vint à l'esprit.

À l'autre bout de la ligne, Amber s'impatientait et devenait de plus en plus suspicieuse.

— Êtes-vous là ? Je vous ai posé une question. Je vous ai demandé…

— J'ai entendu parler de la fusillade par un ami policier, répondit-il.

— De qui s'agit-il ? J'ai impérativement besoin de savoir qui vous a renseigné.

Il poussa un soupir désolé.

— Je regrette, mais j'ai promis à cette personne que je ne dirais rien. Tous les policiers savent que le chef essaye de ne pas ébruiter l'affaire et mon ami risque d'avoir des ennuis.

Tout cela était vrai.

— C'est important, insista Amber. Jocelyn aurait pu être tuée.

Aurait pu.

Donc elle ne l'avait pas été.

Cette garce avait survécu alors qu'il avait vidé son chargeur sur le manoir. Comment était-ce possible ?

Puis il se souvint du gars qui traînait autour d'elle. Comme Luther l'avait dit, il s'agissait sûrement de son garde du corps. Et il l'avait bien protégée.

Cette fois-ci.

La prochaine fois, il veillerait à les tuer tous les deux. Et il devait le faire rapidement, avant qu'on ne découvre qu'il était la taupe de Luther.

9

Où étaient passés Clint et Rosie ? Depuis la fusillade, personne n'avait eu de leurs nouvelles. De plus en plus préoccupé, Parker avait décidé de réunir plusieurs personnes dans la salle de conférences. Il n'était en effet pas le seul à s'inquiéter de leur sort. En tout cas, Jocelyn et Landon allaient bien et assistaient à cette réunion.

— Es-tu sûre que Clint a été blessé ? demanda Parker à sa sœur, Nikki.

— Il y avait du sang sur le trottoir à l'endroit où il avait garé le SUV, dit-elle. Et je l'ai vu se faire toucher par une balle.

Le cœur serré, Parker hocha la tête. Landon Myers était livide. Clint et lui étaient très amis, et même colocataires.

Clint n'était pas chez lui. Landon l'avait déjà vérifié. Jocelyn Gerber avait l'air angoissée, elle aussi.

Elle ne s'inquiétait pas pour Clint. Mais pour le témoin.

— Et Rosie Mendez ? demanda-t-elle à Nikki. A-t-elle été blessée ?

— Comme je viens de le dire à mon frère, le SUV a essuyé des tirs nourris. Peut-être l'a-t-elle été.

— C'est inacceptable, protesta Jocelyn. La Payne Protection Agency devait s'assurer que rien n'arriverait à Rosie…

Plutôt patient d'habitude, Landon perdit son sang-froid.

— Si tu avais effectué correctement ton travail, tu n'aurais pas eu besoin du témoignage de Rosie.

— Que veux-tu dire ? demanda-t-elle, visiblement sur les nerfs. J'ai toujours bien effectué mon travail.

— Propose aux complices de Luther de le dénoncer en échange d'une réduction de peine. Beaucoup d'entre eux sont en détention, grâce à la Payne Protection Agency, qui a permis leur arrestation, poursuivit Landon avec fierté. Même toi tu devrais réussir à en retourner un.

Jocelyn le dévisagea.

— Tu as raison. Mais pour leur parler je dois me rendre à la prison, dit-elle en se levant. Allons-y. Nous perdons notre temps ici.

Avec un soupir, Landon repoussa sa chaise pour la suivre mais, une fois devant la porte, il se retourna vers Parker.

— Prévenez-moi quand vous aurez retrouvé Clint.

— Où peut-il être ? Il ne répond pas au téléphone.

— Et je n'arrive même pas à capter le signal de son appareil, ajouta Nikki.

Landon secoua la tête, mais fut traversé par une idée subite.

— Et son chalet ? Êtes-vous allés voir là-bas ?

— Quel chalet ? Je n'en ai jamais entendu parler, dit Parker.

— Il l'a acheté il y a peu de temps, répondit Landon.

Parker ressentit un pincement au cœur. Maintenant, il comprenait ce que son frère Logan avait traversé lorsqu'il avait embauché ses amis. Depuis qu'ils étaient devenus ses employés, il était compliqué de maintenir les liens d'amitié.

— Pourquoi me l'aurait-il caché ?

— C'était le chalet de Cooper. Du policier Cooper, précisa Landon.

L'homme qui avait assassiné le père de Parker…

— Il l'a eu pour une bouchée de pain.

— Quelqu'un d'autre le sait-il ? demanda Parker.

Landon haussa les épaules.

— Tout le monde à la brigade des mœurs est au courant.

En clair, tout le monde sauf Parker était dans la confidence.

— Vous souvenez-vous où il se trouve ? s'enquit Landon.

Parker hocha la tête. Il ne l'oublierait jamais. Et à présent il devait y retourner. Il espérait que cette visite ne se terminerait pas comme la dernière fois.

Par une mort.

Depuis que le manoir de Jocelyn avait été la cible de tirs, un poids pesait sur la poitrine de Landon, un mélange de culpabilité et d'anxiété. Voilà pourquoi il s'en était pris à Jocelyn pendant la réunion, quelques instants plus tôt.

Ce qui, bien sûr, n'avait fait qu'intensifier sa culpabilité. Il avait eu tort de lui reprocher de mal faire son travail. Mais sa façon de s'inquiéter pour le dossier et non pour les personnes susceptibles d'être blessées le heurtait. Pour ne rien arranger, elle avait dénigré la Payne Protection Agency, ce qui l'avait l'exaspéré.

Elle aussi semblait en colère.

— Allons-y, répéta-t-elle d'un ton impatient.

— Je suis désolé.

Elle pivota sur ses talons pour lui faire face.

— Pour quelle raison ? demanda-t-elle, les sourcils froncés.

— Pour avoir dit que tu n'effectuais pas bien ton travail. Je sais que tu travailles énormément.

Elle soupira.

— Je suis désolée, moi aussi, dit-elle. Tu t'inquiètes pour ton ami. Si tu veux, pars à sa recherche pendant que je vais à la prison…

Il secoua la tête.

— Il est exclu que tu te rendes en prison sans moi.

— Que pourrait-il m'arriver là-bas ? Il y a des gardiens.

— Des gardiens qui aident Luther à communiquer avec sa bande de truands. Tu ne peux pas leur faire confiance.

Elle pencha la tête comme si elle se demandait si elle

pouvait lui faire confiance à lui. N'avait-il pas fait ses preuves ? Ne lui avait-il pas montré qu'il ne travaillait pas plus qu'elle pour Luther ?

— Tu préférerais accompagner Parker dans ce chalet pour y chercher Clint plutôt que d'aller en prison avec moi.

Il ne pouvait pas nier qu'il s'inquiétait pour son ami. Mais après la fusillade chez elle il était également angoissé pour elle.

— Je suis chargé de te protéger.

Mais elle était plus qu'une simple mission pour lui. Il commençait à l'aimer.

Au départ, il pensait qu'ils n'avaient rien en commun – parce qu'il la soupçonnait de travailler pour Luther –, mais maintenant il se rendait compte qu'ils avaient trop en commun. L'un et l'autre se souciaient de leur travail, voulaient mettre les criminels derrière les barreaux.

Comme il n'avait pas été aussi efficace qu'il l'aurait voulu en tant que policier, il était devenu garde du corps. Mais il craignait de ne pas être plus performant dans ce nouveau rôle – s'il la laissait le troubler.

Sans doute valait-il mieux qu'ils continuent à se détester.

Le cœur serré, Jocelyn mesurait le dilemme de Landon. Clint n'était pas seulement un collègue pour lui, mais un ami.

Elle avait hâte que Parker retrouve Clint et Rosie sains et saufs. Et à présent elle ne s'inquiétait plus uniquement à cause du procès. Elle ne voulait pas que Landon perde un ami. Il n'avait déjà plus de famille.

Alors qu'ils étaient encore dans le couloir, ils durent s'écarter pour laisser les autres sortir de la salle de conférences.

— Je vais les retrouver, annonça Parker à Landon. Je fais également appel à l'équipe de Logan en renfort, afin que tout le monde bénéficie d'une protection supplémentaire.

— Nous n'en avons pas besoin, répondit Landon. Dubridge lui-même ne pense pas que la fusillade chez Jocelyn a quelque chose à voir avec Luther ou sa bande.

Parker dévisagea Jocelyn d'un air interrogateur.

— Avez-vous des ennemis ?

— Beaucoup, reconnut-elle. Quoi qu'en pense Landon, je gagne plus de procès que je n'en perds. J'ai donc envoyé beaucoup de gens en prison. Ils me détestent, en général.

Mais aucun de ces condamnés n'aurait pu la localiser, ses parents ayant pris grand soin de cacher l'adresse de son domicile. Non. La personne qui travaillait pour Luther Mills était sans doute l'un de ses collègues. Mais, par fierté, elle refusait d'admettre qu'il y avait une taupe dans son bureau.

Parker hocha la tête.

— Peu importe. Vous avez besoin d'une protection supplémentaire.

Landon soupira.

— Vous avez raison.

— Je pensais que vous étiez déjà partis pour la prison, poursuivit Parker.

— Nous y allons maintenant, lui assura Jocelyn alors qu'elle reprenait sa marche dans le couloir. Je vais parler à ces hommes de main et leur demander de dénoncer Luther.

Derrière eux, Landon émit un grognement dubitatif et elle se retourna vers lui.

— Tu m'estimes vraiment incapable d'effectuer mon travail, murmura-t-elle. Merci de ta confiance !

— Je pense surtout qu'il sera difficile de retourner qui que ce soit contre Luther. Surtout depuis qu'il a tué Javier Mendez pour le punir d'être devenu un informateur. Cela a refroidi les autres.

— C'était ton idée que nous allions là-bas, lui rappela-t-elle.

Parker poussa un soupir agacé et secoua la tête.

— Pourquoi aucun d'entre vous ne peut-il s'entendre avec son garde du corps ? demanda-t-il à voix haute.

Ils le pourraient. Il semblait plus sûr – pour eux deux – de se détester. Mais elle doutait que Landon soit sur le point de l'admettre.

— Je n'ai pas le temps d'arbitrer cette querelle, ajouta Parker. Vous réglerez le problème par vous-mêmes.

— Partez, le pressa Landon. Allez retrouver Clint et Rosie.

Parker hocha la tête et se dirigea vers le parking. Landon ouvrit la porte et regarda autour de lui avant de laisser sortir Jocelyn du bâtiment.

Il l'entraîna vers son véhicule.

— Parker ne devrait pas y aller seul, murmura-t-il alors qu'un des SUV de la Payne Protection Agency quittait le parking.

— Peut-être qu'une partie de l'équipe de son frère Logan le retrouve au chalet, suggéra-t-elle.

Parker semblait si catégorique sur la nécessité pour tout le monde d'être protégé par un garde du corps qu'il ne se déplacerait pas sans quelqu'un pour le défendre.

Landon hocha la tête.

— Tu as raison.

— Et je suis sûr que Clint va bien, ajouta Jocelyn. Il ne sait sans doute plus très bien à qui se fier, voilà tout.

Elle connaissait le sentiment. Quelqu'un dans son bureau avait-il vraiment fait feu sur sa maison ? Cette éventualité la glaçait.

Elle frissonna, et pas seulement à cause de l'air frais de la nuit, qui soufflait autour d'eux.

— Il sait qu'il peut me faire confiance, répliqua Landon.

Il tendit la main et repoussa des cheveux de son visage.

— Et toi aussi tu peux me faire confiance.

Elle avait envie de croire, comme l'inspecteur Dubridge, que personne au sein de la Payne Protection Agency ne travaillait également pour Luther. Mais elle craignait d'accorder sa confiance à la mauvaise personne.

Peut-être était-il plus prudent de ne faire confiance à personne. Voilà sans doute ce que Clint Quarters avait conclu, pourquoi personne n'avait eu de ses nouvelles. À moins qu'il ne soit mort et que Rosie ne se méfie de tout le monde.

Jocelyn ne souhaitait pas que Landon perde son ami. Même si elle avait du mal à se résoudre à lui faire entièrement confiance, elle l'appréciait beaucoup. Peut-être trop…

Il devait l'apprécier aussi, parce qu'il commençait à se pencher vers elle. Soulevée par une vague de désir, elle se hissa alors sur la pointe des pieds et pressa la bouche sur la sienne. Tendrement, elle posa les doigts sur sa nuque pour maintenir sa tête contre la sienne alors qu'elle l'embrassait avec passion.

Avec un gémissement, il la serra contre lui. Mais soudain, brutalement, il la repoussa et la fit tomber au sol.

Et au moment précis où son corps heurtait l'asphalte elle entendit les coups de feu.

Quelqu'un leur tirait dessus. Mais Landon, au lieu de rouler à terre avec elle, avait dégainé son arme et ripostait.

— Couche-toi ! lui cria-t-elle, craignant qu'il ne soit blessé.

Trop tard. Elle venait de prononcer ces mots quand il tomba sur le sol.

Il avait été touché.

10

Landon grimaça à la vue de la prison.

— Nous ferions mieux d'aller à l'hôpital, lâcha-t-il.

— Tu es blessé, je le savais ! s'exclama Jocelyn, paniquée. Tu disais que tu n'avais pas été touché.

— Moi non, mais toi oui, dit-il en lui montrant sa veste déchirée. Tu saignes. Tu as sans doute besoin de points de suture.

Elle secoua la tête.

— Ce n'est rien, je vais bien. Grâce à toi.

Elle s'était écorché l'épaule en tombant brutalement à terre. Trois fois rien. Le véhicule d'où avait fait feu le tireur roulait trop vite pour que le conducteur ait eu la possibilité de viser.

Si Landon avait continué à l'embrasser, ils seraient tous les deux morts, à présent. Leur assaillant aurait eu alors le loisir de s'arrêter et de les abattre.

Landon secoua la tête.

— Tu aurais pu être tuée.

— Nous ne savons pas s'il nous visait, nous, objecta-t-elle. Peut-être voulait-il tuer n'importe qui de la Payne Protection Agency.

Peut-être. Mais Landon était certain que le tueur les avait dans son collimateur. Eux. Elle, surtout.

Au premier coup de feu, les autres gardes du corps s'étaient précipités vers eux. Nikki Payne-Ecklund aurait préféré qu'ils annulent leur déplacement et restent à l'agence.

Mais Jocelyn avait insisté pour se rendre à la prison. Elle pensait vraiment avoir une chance de convaincre les complices de Luther de le dénoncer. Landon en doutait. Elle n'y avait jamais réussi avant que le narcotrafiquant n'assassine Javier Mendez. Aucun des malfrats ne se risquerait à trahir le baron de la drogue, maintenant.

Néanmoins, il se devait de la soutenir.

Malheureusement, il n'avait pas été autorisé à la suivre, à entrer avec elle dans le petit parloir réservé aux échanges des détenus avec les avocats.

— Ne vous inquiétez pas, nous sommes à côté, assura l'un des gardiens.

Ce qui ne le rassura pas. Dans leur grande majorité, les gardiens étaient corrompus, soudoyés par Luther…

Landon décida donc de monter la garde devant la pièce. Seulement, la porte était en acier. Si Jocelyn appelait à l'aide, il ne l'entendrait pas. Il ne comprendrait que trop tard qu'elle avait eu besoin de lui.

Jocelyn jeta un coup d'œil à la suite de l'hôtel où Landon l'avait conduite après la visite à la prison. Elle aurait préféré rentrer chez elle et retrouver son chat.

Il lui avait assuré qu'il avait enfermé l'animal dans la buanderie, où se trouvait sa litière, avec de la nourriture en abondance et de l'eau.

Outre Lady, Jocelyn regrettait sa salle de bains. Après sa chute, elle avait besoin de prendre une douche. Et surtout elle espérait que le jet d'eau chaude emporterait les commentaires douteux des voyous à qui elle avait parlé. Les surnoms qu'ils lui avaient donnés. Leurs propositions salaces…

Elle frissonna.

— C'était dur à ce point-là ? s'enquit Landon.

Elle se tendit, sur la défensive. Depuis des années, ses parents la poussaient à démissionner. Ils ne comprenaient pas qu'être substitute du procureur était sa vie.

— Ne me dis pas que je devrais cesser de me charger de ces dossiers, dit-elle. Que je ne suis pas équipée pour les gérer.

— Pourquoi dirais-je une telle bêtise ? Je sais bien que tu es capable de gérer toutes les situations.

À ces mots, une douce chaleur envahit Jocelyn.

— Merci. Je suis contente que tu le penses.

— Tu es solide. Mais pas invincible. Et voilà pourquoi il vaut mieux rester quelque temps ici, à l'hôtel.

Il avait loué une suite de deux chambres avec une grande salle de bains entre elles. Jocelyn se demandait s'il pouvait se le permettre ou si la Payne Protection Agency payait la note.

Le ciel s'éclaircissait. L'aurore pointait déjà à l'horizon.

— Nous sommes en sécurité ici, affirma Landon. Les renforts promis par Parker sont à l'extérieur et protègent le périmètre.

Et il était à l'intérieur avec elle.

— J'aurais aimé être autorisé à entrer dans le parloir de la prison, poursuivit-il. T'imaginer seule là-dedans avec ces truands me rendait malade.

— Malheureusement, ces entretiens n'ont servi à rien, tu avais raison. Ils ont tous trop peur de Luther pour témoigner contre lui.

Et Rosie Mendez ? Aurait-elle trop peur pour témoigner, maintenant ?

Jocelyn ne le lui reprocherait pas. Se faire tirer dessus l'avait terrorisée.

— Je ne sais pas, dit Landon en souriant. Tu es terrifiante à ta manière. Je suis sûr que tu les as fait réfléchir.

En général, elle était imperméable aux compliments. Son

commentaire n'en était peut-être même pas un, mais elle le prit comme tel et sourit.

Il en fut surpris.

— Tu es contente d'être terrifiante.

Elle hocha la tête, mais ensuite elle leva les yeux vers lui, et ce fut elle qui eut peur de ce qu'il lui faisait ressentir.

Le sourire de Landon s'envola.

— As-tu peur de moi ? demanda-t-elle, amusée.

Il lui caressa le visage du bout des doigts.

— Mesurer à quel point je te désire me terrifie.

Puis sa bouche captura la sienne et il l'embrassa.

Il y avait une telle chaleur, une telle passion, dans ce baiser qu'aussitôt son cœur se mit à battre la chamade… Et cette peur qu'elle avait ressentie s'intensifia. Mais à présent elle craignait que des coups de feu ne les interrompent.

Cependant, aucune déflagration ne retentit.

Ne voulant pas qu'il s'écarte, elle glissa les mains autour de sa nuque. Ses cheveux épais étaient doux sous les doigts.

Pourtant il recula et rompit le baiser. Peut-être avait-il seulement besoin de reprendre son souffle parce qu'il ne la lâcha pas.

Elle le désirait si fort qu'elle décida de prendre l'initiative. Elle saisit sa chemise et la tira hors de son jean pour caresser son ventre chaud et musclé.

Son holster l'empêchait de lui enlever le vêtement et elle poussa un petit gémissement frustré.

Il sourit. Mais il ne détacha pas son holster. Au lieu de quoi, il se mit à déboutonner la veste de son tailleur. Il fit attention à ne pas toucher son épaule égratignée lorsqu'il fit glisser la veste le long de ses bras.

Puis il posa les lèvres sur son épaule et embrassa doucement la blessure.

— Je suis désolé, dit-il.

— Tu m'as sauvé la vie !

— As-tu envie de faire l'amour avec moi par gratitude ?

— Oh non ! Par désir. Par passion. Pour le plaisir. Peux-tu m'en donner ? lança-t-elle d'un air de défi.

Pour toute réponse, il la prit dans ses bras et l'emporta dans sa chambre. Le jour se levait. La lumière filtrait à travers les stores de la fenêtre.

Il la déposa sur le lit, enleva enfin son arme et son holster pour les laisser sur la table à côté du lit. Et enfin il se déshabilla à la hâte.

Le cœur de Jocelyn s'accéléra avec le bruit de la fermeture Éclair qui s'abaissait. Il était tellement sexy…

Il retira son jean, mais resta en boxer. Son érection se devinait sous le tissu. Elle tendit la main vers lui mais, au lieu de la rejoindre sur le lit, il s'agenouilla près d'elle et entreprit de la dévêtir, lentement.

Elle retint son souffle. Son cœur battait la chamade. Elle avait envie qu'il promène les mains sur elle, qu'il la touche.

Finalement, pour accélérer le mouvement, elle retira elle-même son chemisier sans se soucier de sa peau égratignée. Puis elle dégrafa sa jupe et baissa la fermeture Éclair. Enfin, elle s'allongea sur le lit, ne gardant que sa lingerie.

Un gémissement s'échappa de la gorge de Landon.

— Que tu es belle…

Il fit courir ses doigts sur la peau, sur chaque courbe. Il dégrafa son soutien-gorge et prit ses seins dans les mains, en excitant la pointe du bout des pouces.

Elle se cambra.

Elle le désirait comme elle n'avait jamais désiré quelqu'un. Elle avait besoin de lui pour apaiser la tension qui l'habitait, pour lui donner le plaisir qu'il lui avait promis.

Lentement, savourant le moment, il lui enleva sa culotte, caressant au passage ses fesses, ses cuisses. Et tandis que ses mains se promenaient sur elle sa bouche s'aventura sur sa poitrine, son ventre.

Quand il enfouit la tête entre ses cuisses pour explorer de la langue sa grotte secrète, elle devint folle de jouissance et se mit à crier.

Elle s'agrippa à ses épaules, essayant de le tirer sur le lit avec elle, sur elle.

Mais avant de la rejoindre il déroula un préservatif sur son érection.

Finalement, il s'allongea sur elle et l'embrassa profondément, encore et encore.

Elle noua les jambes autour de sa taille, alors qu'il la pénétrait. Elle devenait folle. Quand il se mit à aller et venir entre ses cuisses, elle cria en balbutiant son nom.

Enfin, un orgasme la souleva. L'intensité de celui-ci la fit hurler et son corps fut parcouru de longs frissons.

Foudroyé à son tour, il s'abattit sur elle avec un cri rauque. Il resta ainsi un moment.

Le souffle court, il se laissa tomber sur le dos à côté d'elle et lui sourit.

— Tu es tellement effrayante, Jocelyn Gerber.

Mais maintenant c'était elle qui avait peur. Elle n'avait jamais rien vécu d'aussi intense, ni connu un plaisir plus grisant que celui qu'il venait de lui donner. Elle craignait que Landon et leur complicité sensuelle ne prennent bientôt trop de place dans sa vie, au détriment du reste.

Il y a quelques années, elle s'était engagée à se concentrer exclusivement sur son travail. Elle s'était promis que rien ne la détournerait de sa mission : mettre les criminels en prison…

Mais elle n'avait jamais rencontré quelqu'un comme Landon Myers. Il l'affolait. Il représentait pour elle une menace beaucoup plus grande que Luther Mills.

Luther s'allongea sur sa couchette inconfortable et ferma les yeux. Il avait appris que Jocelyn Gerber avait survécu à une autre fusillade et il ne décolérait pas. Il était en prison à cause d'elle, parce qu'elle avait manœuvré pour le priver d'une libération sous caution.

La garce avait passé l'après-midi à essayer de monter les membres de sa bande contre lui, à les pousser à le dénoncer pour leur avoir donné l'ordre de tuer Rosie Mendez et Clint Quarters. En échange de quoi, elle leur avait promis des allègements de peine.

Il se mit à rire. Elle n'avait aucune chance d'y arriver. Ses gars savaient qu'ils ne vivraient pas longtemps s'ils le trahissaient. Il les tuerait jusqu'au dernier, tout comme il avait l'intention de descendre toutes les personnes liées à son procès.

Peut-être avait-il commis une erreur en commençant par Rosie Mendez. Peut-être aurait-il dû commencer par se débarrasser de Jocelyn Gerber.

Mais en réalité cela n'avait aucune importance. Ses hommes ne le trahiraient pas. Depuis qu'il avait tué Javier Mendez, personne n'avait jamais osé se retourner contre lui. Il avait buté le gamin pour cette seule raison, d'ailleurs. Pour que personne ne se risque à le dénoncer. Il n'était pas question d'écoper d'une condamnation pour meurtre et d'une peine d'emprisonnement à perpétuité.

Jocelyn Gerber espérait l'envoyer en prison pour le restant de ses jours. La substitute de la procureure allait mourir avant d'avoir concrétisé son ambition…

11

Qu'avait-il fait ?

Landon ne s'était pas contenté de franchir la ligne blanche avec Jocelyn Gerber. Il l'avait piétinée. Il n'en revenait pas d'avoir été aussi stupide. Sa mission était de la protéger, pas de faire l'amour avec elle, pas de tomber amoureux d'elle. Cela dit, il n'était pas amoureux.

Il n'avait pas de temps à consacrer à une relation sentimentale. Et il ne pouvait se permettre aucune distraction actuellement, alors que Luther Mills essayait une fois de plus de s'en tirer après avoir tué tant de gens.

Depuis des années, Landon s'efforçait de traduire Luther en justice. Il n'était pas question de se relâcher maintenant alors qu'il était si près d'aboutir. S'il arrivait malheur à Jocelyn, le narcotrafiquant ne serait jamais condamné.

Comme Spencer Dubridge, Landon était persuadé que l'individu qui avait tiré sur son manoir travaillait avec elle et savait où elle habitait.

Ils se trouvaient pour l'heure dans les locaux du bureau du procureur. Alors que Jocelyn discutait au téléphone, Landon regardait par les parois vitrées les gens qui allaient et venaient dans les couloirs. Il reconnut les deux hommes qu'il avait déjà rencontrés, mais ils n'étaient visiblement pas les seuls à s'intéresser à Jocelyn et à lui.

— Je vais prendre un café, annonça Landon.

Comme il ouvrait brusquement la porte, il fit sursauter un jeune homme, qui laissa tomber le dossier qu'il portait sous le bras.

Landon se pencha pour l'aider à le ramasser et remarqua que le gars tremblait.

— Je suis désolé de vous avoir effrayé, dit-il. Tout va bien ?

Le jeune homme hocha la tête.

— J'ai... Je dois remettre ces documents à Mme Gerber. Je suis juriste.

— Donnez-les-moi. Je m'en charge.

— Merci, dit-il d'un ton reconnaissant avant de s'éloigner.

Comme il le lui avait dit, Jocelyn était terrifiante. Encore plus effrayante pour Landon maintenant qu'il avait couché avec elle. Il n'avait jamais rien ressenti d'aussi intense que ce qu'ils avaient partagé.

Mais à peine avaient-ils eu le temps de redescendre sur terre que le réveil du smartphone de Jocelyn avait sonné... et elle s'était précipitée dans la salle de bains pour se préparer à aller travailler. Landon s'était alors rappelé qu'il était payé pour veiller sur elle. Pas pour lui faire l'amour.

Il ne savait pas exactement qui avait séduit qui. Elle avait semblé le désirer autant qu'il l'avait désirée...

Il jeta un coup d'œil au dossier et constata qu'il s'agissait d'un topo sur les collègues de Jocelyn. Bien qu'elle ait soutenu que personne dans son bureau ne pouvait être la taupe de Luther, elle devait avoir des doutes, sinon elle n'aurait pas demandé au jeune juriste de se renseigner sur eux.

Pas étonnant que le pauvre ait eu l'air si nerveux. Sans doute craignait-il que ses collègues n'apprennent qu'il avait enquêté sur eux.

Ainsi, après s'être assuré que les gardes du corps en renfort étaient à portée de vue de Jocelyn, Landon remonta le couloir en direction de la salle de repos des employés. Il n'était pas un grand buveur de café, mais il voulait mener quelques investigations de son côté.

Mike Forbes et Dale Grohms le regardèrent avec une surprise feinte. Ils l'avaient forcément entendu dire à Jocelyn où il allait.

Il sourit en s'emparant de la cafetière.

— Bonjour, messieurs.

— Jocelyn était en retard ce matin, dit Mike Forbes. Que se passe-t-il ? Vous y êtes pour quelque chose ?

— Pourquoi aurais-je quelque chose à y voir ?

— Vous la suivez comme son ombre ces derniers temps, répondit Forbes. Et je ne crois pas à l'histoire du petit ami. Qui êtes-vous vraiment ?

— N'êtes-vous pas au courant ? intervint le jeune juriste. Il est garde du corps à la Payne Protection Agency.

Comment le savait-il ? Landon observa le gamin avec attention, se demandant s'il l'avait déjà rencontré, à l'époque où il travaillait aux mœurs.

Pourrait-il être un membre de la bande de Luther ?

— Vraiment ? s'enquit Dale. Êtes-vous son garde du corps ?

— Oui, dit Landon, comprenant qu'il ne servait à rien de nier.

— Pourquoi a-t-elle besoin d'un garde du corps ? s'enquit Dale.

— N'avez-vous pas entendu parler de la fusillade survenue chez elle, avant-hier soir ? demanda le juriste.

Maintenant, les deux autres l'observaient aussi attentivement que Landon. Manifestement, ils étaient surpris qu'il le sache. En revanche, ils n'avaient pas l'air étonnés par la fusillade. Ils étaient déjà au courant. Comment ? Parce que l'un d'eux était le tireur ? Ou parce que des bruits de couloir les en avaient informés ?

— Je vous plains, reprit Dale Grohms.

Ce qui étonna Landon, qui avait pensé que Dale avait

le béguin pour Jocelyn. Et depuis ce matin Landon n'était plus seulement son garde du corps. Il n'était pas non plus son petit ami. En fait, il ne savait plus très bien qui il était, mais il avait des ennuis. De graves ennuis…

— Pourquoi ? demanda Landon.

— Vous faites un travail très dangereux, précisa Grohms.

— Jocelyn Gerber a beaucoup d'ennemis, renchérit Forbes.

Un frisson parcourut Landon lorsqu'il prit conscience de la justesse de leurs analyses. Jocelyn avait beaucoup d'ennemis. La protéger exigeait toute sa concentration. Il devait s'assurer qu'il ne franchirait plus jamais la ligne blanche.

Leurs vies en dépendaient.

Jocelyn regarda avec confusion la chemise cartonnée que Landon posait sur son bureau.

— D'où vient ce dossier ?

— D'un jeune juriste. Je n'ai pas compris son nom.

— Je ne lui ai pas demandé cette étude, indiqua Jocelyn.

Elle connaissait ses collègues, elle n'avait pas besoin d'une liste de noms avec leurs adresses, états matrimoniaux et casiers judiciaires. Heureusement, la plupart n'avaient récolté que quelques contraventions pour excès de vitesse.

— Tu aurais dû, dit Landon. Pour découvrir qui travaille pour Luther.

— Je ne pense pas que ce soit l'un d'eux.

— Ne sois pas naïve, Jocelyn, répondit-il. C'est forcément l'un d'eux. Si quelqu'un nous avait suivis jusque chez toi, je l'aurais remarqué. Le tireur savait où tu habitais.

— Quelqu'un du commissariat aurait pu le découvrir.

Il hocha la tête à contrecœur.

— Peut-être…

— Il est possible que quelqu'un au sein du commissariat se soit également débarrassé des preuves.

— Pas quelqu'un de la brigade des mœurs, répliqua-t-il, sur la défensive. Nous étions tous déterminés à faire tomber Luther.

Elle espérait qu'il avait raison.

Le simple fait de le regarder chassa en elle le frisson de la peur et raviva la passion qui l'avait emportée, la veille au soir. Landon était si séduisant. Et maintenant elle savait à quel point son corps musclé était magnifique.

Elle résista difficilement à l'envie d'agiter le dossier devant son visage pour se rafraîchir.

— Cela pourrait être l'un des experts scientifiques, dit-elle.

— Wendy Thompson ? demanda-t-il, s'étranglant presque.

— Pas Wendy. Elle ne travaillait pas sur les autres affaires, uniquement sur celle-ci.

Et voilà pourquoi Jocelyn avait réussi à présenter le dossier devant un grand jury – parce que, cette fois-ci, exceptionnellement, les preuves n'avaient pas mystérieusement disparu avant qu'elle ne les ait montrées.

— Cela a du sens, reconnut-il. Mais les experts scientifiques ne sont pas les seuls à avoir accès aux indices.

Le casier des preuves et des éléments à charge étant placé au commissariat, tous les policiers ou presque y avaient accès. Et quand les preuves étaient envoyées au bureau du procureur…

— Je sais, dit-elle. Mais commençons par les experts scientifiques. Parlons-en au chef de la police.

Elle aurait pu passer un coup de fil au chef Woodrow Lynch, mais comme elle n'avait pas à se rendre au tribunal aujourd'hui elle avait besoin d'une excuse pour sortir du bureau.

Landon la troublait trop. Elle avait envie d'enfouir le visage dans son cou, de s'enivrer de l'odeur de sa peau. Elle se consumait de désir. Elle voulait qu'il la touche, elle voulait le toucher.

Rester avec lui dans son petit bureau devenait trop difficile. Elle se leva d'un bond.

— Allons-y. S'il n'est pas disponible, nous parlerons à Wendy Thompson. Il faut la protéger de toute façon. Rosie Mendez ayant disparu de la circulation, Luther va concentrer son attention sur Wendy.

S'il arrivait quelque chose à Wendy ou à Rosie, le dossier de Jocelyn contre Luther serait fragilisé.

Landon lui tint la porte ouverte et, quand elle passa près de lui, elle comprit qu'elle avait des problèmes. Avec lui.

Depuis des années, des rumeurs prétendaient que quelqu'un au bureau du procureur travaillait pour Luther.

Certaines personnes soupçonnaient Jocelyn. La véritable taupe sourit à son reflet dans le rétroviseur.

Parfait. Il devait lui faire porter le chapeau. Mais il craignait qu'elle ne le démasque.

Elle était intelligente. Et elle travaillait dur.

Ou du moins travaillait-elle d'arrache-pied jusqu'à l'arrivée de ce garde du corps. Bien sûr, elle était trop occupée à essayer de rester en vie pour se soucier du travail, à présent.

Et une fois morte elle ne découvrirait jamais la vérité. Il les regarda se diriger vers le parking et il courut vers le véhicule qu'il avait loué, quelques jours plus tôt.

Il n'avait pas voulu risquer que quelqu'un reconnaisse le sien. Il rabattit sa capuche sur le visage et rajusta ses lunettes noires. Il ne fallait pas que quelqu'un le voie, lui non plus. Mais il devait essayer une nouvelle fois de la tuer.

Plus Jocelyn vivait longtemps, plus elle avait de chances de découvrir ses liens avec Luther Mills.

Il ne devait pas attendre qu'ils montent dans le SUV. S'ils s'éloignaient, ils lui échapperaient. Le garde du corps roulait trop vite.

Au moment précis où ils sortirent sur le parking, il démarra et fonça sur eux.

À en juger par ses réflexes et ses instincts protecteurs, l'homme était bien garde du corps. Il poussa Jocelyn entre deux voitures garées et bondit de côté au moment où le pare-chocs s'approchait de lui.

Au lieu de les frapper, il heurta d'autres véhicules. Un bruit de tôle froissée se fit entendre.

Il manœuvra pour reculer et écrasa l'accélérateur.

Le garde du corps se redressa, pointa son arme sur le SUV et fit feu.

Le pare-brise explosa, mais il garda le pied sur l'accélérateur. Il avait besoin de les éliminer, il fallait qu'ils meurent. Emporté par son élan, il s'encastra dans le mur en béton de la structure du parking. Soit Jocelyn Gerber et le gars étaient sous sa voiture, soit ils étaient écrasés contre le muret.

Il sourit. Dans tous les cas, ils étaient morts.

Il leva les yeux, regardant à travers le pare-brise cassé.

Il devait s'en aller avant de se faire pincer. Alertés par les bruits de tôle froissée et les déflagrations, des gens s'étaient précipités à sa poursuite.

S'agissait-il de vigiles ou de gardes du corps ?

En tout cas, ils commençaient à tirer sur son véhicule.

Il fonça jusqu'à la sortie du parking. Il devait s'assurer que rien ne le relierait à l'accident. Il ne serait alors plus simplement accusé de complot ou de complicité. Il serait accusé de meurtres.

Jocelyn Gerber était certainement morte. Ni elle ni son garde du corps n'avaient pu survivre.

Il guetta chez lui un éclair de culpabilité ou de regret… mais il ne ressentit rien d'autre qu'un sentiment de triomphe.

Bien sûr, s'il avait une conscience, il ne travaillerait pas pour Luther Mills.

12

La structure du parking avait été conçue de telle manière que chaque niveau avait une zone de stationnement non couverte. Voilà pourquoi, quand la voiture leur avait foncé dessus, Landon n'avait pas eu le choix. Il avait pris Jocelyn dans ses bras et avait sauté avec elle par-dessus le muret pour se retrouver au niveau inférieur. Heureusement, la hauteur n'était pas très élevée.

Et il s'était arrangé pour supporter le poids de la chute, se positionnant de façon à lui servir de matelas au moment de l'impact. Ils avaient atterri sur le toit d'un SUV. Et Jocelyn étant légère, elle ne lui avait pas fait mal.

Pourtant il s'aperçut qu'elle ne bougeait plus.

Paniqué, il posa la main sur son cou pour lui prendre le pouls.

Elle ouvrit alors les yeux.

— Ça va ? demanda-t-elle avec inquiétude.

Avant qu'il ne puisse répondre, un grand blond se pencha par-dessus le muret au-dessus d'eux et cria :

— Tout va bien ?

Il reconnut Garek Kozminski, l'un des policiers envoyés en renfort.

— Une ambulance est en route, ajouta-t-il.

Jocelyn l'avait reconnu, elle aussi. Aidée par Landon, elle se laissa glisser du toit de la voiture. Mais elle ne tenait pas debout tant elle tremblait. Ses jambes se dérobaient sous elle. Il la rattrapa avant qu'elle ne s'étale par terre.

— Tu ne vas pas bien, dit-il.

— J'ai eu très peur. Mais je ne suis pas blessée. Et toi ?

Elle promena les yeux sur lui, lui rappelant la façon dont elle l'avait regardé et touché, la nuit précédente.

À ce souvenir, une vague de chaleur l'envahit. S'il ressentait du désir, il n'avait sans doute rien de cassé.

— Moi non plus. Tout va bien. Nous n'avons pas besoin d'ambulance, dit-il à Garek.

— Le vigile a été renversé quand le gars a reculé, répondit Garek. Avez-vous vu le chauffard ? s'enquit-il.

— Non, répondit Landon. Il avait rabattu sa capuche sur le visage et portait des lunettes noires.

— Je suis surpris que vous en ayez vu autant malgré les vitres teintées, répliqua Garek.

Landon n'aurait rien vu s'il n'avait pas fait exploser le pare-brise. Malheureusement, l'assaillant avait réussi à s'enfuir.

Le garde du corps suppléant n'y était pour rien. Landon était seul responsable. Il aurait dû le neutraliser.

Il n'avait toujours pas réussi à identifier l'agresseur de Jocelyn. Mais, quel qu'il soit, l'individu prenait de plus en plus de risques, ce qui signifiait qu'il était prêt à tout.

Ce n'était pas bon signe. Les gens désespérés étaient imprévisibles. Il était impossible de savoir quand il s'attaquerait de nouveau à Jocelyn.

La seule certitude de Landon était qu'il continuerait jusqu'à ce qu'il réussisse à la tuer.

Voilà pourquoi il devait à tout prix l'arrêter.

Quelqu'un voulait sa mort. Jocelyn aurait préféré le nier, continuer de se persuader que les lettres de menace ne signifiaient rien. Mais la politique de l'autruche n'était plus tenable. Manifestement, quelqu'un était déterminé à mettre ses menaces à exécution.

Quelqu'un était décidé à la tuer.

— Le vigile va-t-il s'en tirer ? demanda-t-elle à Landon alors que l'ambulance quittait le parking, emportant le blessé.

— Apparemment, il a juste une jambe cassée.

Comment Landon avait-il fait pour ne pas se briser lui-même le cou ? s'interrogeait-elle. Il avait amorti le plus gros de la chute en les propulsant sur le toit d'un SUV.

— Es-tu sûr d'aller bien ? demanda-t-elle.

— Non, reconnut-il. Je m'en veux et je suis furieux que ce type ait de nouveau réussi à s'enfuir. Je n'ai pas bien fait mon travail.

Et l'agresseur n'était pas un sbire de Luther, mais quelqu'un de plus intelligent, de plus mature. Peut-être s'agissait-il en effet de l'un de ses collègues, se dit-elle en frissonnant.

Plusieurs d'entre eux étaient descendus sur le parking et se tenaient derrière le ruban jaune et noir délimitant la scène de crime. Ils avaient raconté à l'inspecteur Spencer Dubridge ce qu'ils savaient. Et ils ne savaient pas grand-chose. Et, vu le temps écoulé entre l'attaque et l'arrivée de l'inspecteur, leur chauffard avait eu dix fois le loisir d'abandonner son véhicule et de retourner sur le parking pour se mêler aux curieux.

Landon et elle n'avaient été d'aucune utilité pour l'enquête. Trop occupés à rester en vie, ils n'avaient pas bien vu le conducteur ni sa voiture.

Une fois de plus, Landon avait mis sa vie en danger pour sauver la sienne. Mais il n'effectuait que son travail. Elle devait s'en souvenir et s'interdire de tomber amoureuse de lui.

Pour la première fois depuis des années, elle se sentait au bord des larmes. Mais elle les refoula. Elle ne voulait montrer aucune faiblesse devant ses collègues et les policiers présents. Et encore moins devant Landon.

Il lui suggérerait sans doute alors de demander à être

dessaisie de l'affaire. Elle craignait que le dossier ne lui soit retiré, cela dit. Elle avait reconnu le policier aux cheveux blonds sur le parking. Garek était le beau-frère d'Amber et sans doute la mettrait-il au courant de cette attaque.

L'inspecteur Dubridge revenait vers eux, Keeli sur les talons.

— Merde, Myers, je pensais que toi et les autres aviez opté pour la solution de facilité lorsque vous avez quitté les mœurs pour devenir gardes du corps, dit-il. Maintenant, je mesure à quel point votre travail est dangereux.

— Le danger est toujours le même. Il se nomme Luther Mills.

— Tu crois que Luther était derrière tout ça ? demanda Dubridge, sceptique.

— Il était à la manœuvre, c'est évident, affirma Landon.

Et il avait raison. Si l'un de ses collègues avait essayé de les renverser, il l'avait fait pour le compte de Luther. Voilà pourquoi Jocelyn ne voulait pas être dessaisie de l'affaire. Elle devait s'assurer que Luther serait traduit en justice.

Et qu'il ne s'attaquerait à personne d'autre.

Parker l'avait échappé belle. Sans Clint, il serait mort. Et il avait trop à perdre : sa femme, ses enfants, son agence. Ses amis. Pour les protéger, il leur avait donc passé un coup de fil à chacun et les avait avertis que Luther était susceptible de les prendre tous pour cible. Le narcotrafiquant n'avait pas uniquement dans son collimateur les personnes mêlées à son procès, mais aussi celles qui étaient chargées de les protéger.

Malheureusement, peu d'entre eux avaient semblé surpris.

— Que s'est-il passé ? demanda-t-il à Landon.

— La substitute a échappé à une autre tentative de meurtre…

— Et vous allez bien ? demanda-t-il. Jocelyn Gerber aussi ?

— Oui et oui, répondit Landon.

Mais il semblait furieux contre lui-même. Pourtant. Jocelyn était indemne. Il avait donc fait correctement son travail.

Landon ne voulait pas se contenter de protéger sa cliente. Il tenait à capturer son agresseur. Et à l'empêcher de nuire. Définitivement. Il était resté un policier dans l'âme.

Parker devinait que cette mission était devenue personnelle pour Landon.

Il se passait quelque chose entre Jocelyn Gerber et lui, tout comme il se passait quelque chose entre Clint et Rosie Mendez, Parker en était certain.

Avait-il commis une erreur lors de l'attribution des clients ?

Personne ne protégerait mieux Rosie Mendez que Clint, il le savait. Clint se sentait coupable de la mort de Javier, le frère de celle-ci, et ferait tout pour s'assurer que la jeune femme ne soit pas blessée.

Personne ne culpabilisait à propos de Jocelyn Gerber. Ils se méfiaient tous d'elle, surtout Landon. Il avait donc chargé ce dernier de la protéger parce qu'il était convaincu que l'ancien policier découvrirait la vérité à son sujet.

En revanche, il n'avait pas prévu que Landon tomberait amoureux d'elle.

— Je suis désolé, dit Parker. Je n'aurais pas dû vous désigner pour protéger Jocelyn Gerber.

— Pourquoi ? s'écria Landon, visiblement perplexe.

— Vous ne vouliez pas de cette mission, lui rappela Parker. Alors, je vais vous la retirer maintenant. Je demanderai à l'un des membres de l'équipe de Logan de se charger d'elle. Cela vaudra mieux, pour tout le monde.

Parker n'avait pas envie de risquer de perdre un membre de son équipe. Et il craignait déjà que Clint ne survive pas à sa mission.

Il n'était pas question non plus de perdre Landon.

13

Landon se maudit d'avoir mis l'appel de Parker sur haut-parleur. Assise sur le siège passager à côté de lui, Jocelyn n'avait pas perdu une miette de l'échange. Et elle semblait de plus en plus tendue. Il avait terminé la conversation téléphonique depuis un moment, mais elle n'avait encore rien dit.

S'assurer que le vigile blessé allait bien et donner à Dubridge leur témoignage avait pris tellement de temps qu'ils avaient décidé de remettre à plus tard leur entretien avec le chef de la police. Jocelyn avait demandé à Landon de la reconduire chez elle pour s'assurer que Lady avait de l'eau et des croquettes.

L'artisan engagé par Dubridge pour réparer le manoir avait bien travaillé. Les fenêtres avaient déjà été remplacées.

Jocelyn poussa un soupir de soulagement.

— Nous pouvons rester ici maintenant.

Elle n'avait évidemment aucune envie de retourner dans cet hôtel avec lui. Regrettait-elle ce qui s'était passé entre eux ? Pour sa part, il ne regretterait jamais ce qui avait été l'expérience sensuelle la plus puissante de sa vie.

Il n'avait jamais rien connu de plus intense, mais il se reprochait d'avoir cédé à la tentation. Franchir une ligne blanche avec une cliente était toujours une erreur.

— Pourquoi n'as-tu pas laissé Parker te retirer cette mission ? demanda-t-elle. C'est ce que tu voulais, non ?

— Je ne souhaitais pas me charger de ta protection au départ, c'est vrai, répondit-il. Je pensais alors que tu travaillais pour Luther. Mais j'avais tort. À propos de toi…

S'il ne s'était pas trompé sur elle, peut-être aurait-il été capable de résister à sa beauté, à sa sensualité.

Mais comprendre qu'elle travaillait beaucoup pour rendre la justice la rendait encore plus attirante.

Il soupira.

— Oui, j'aurais dû demander à Parker de me réaffecter.

— Dubridge préférerait probablement que tu sois son garde du corps, plutôt que Keeli Abbott.

— C'est surtout Keeli qui s'en réjouirait.

Mais Keeli était la femme la plus forte de sa connaissance, à l'exception notable de Jocelyn Gerber. Cette dernière semblait contrariée par l'échange qu'il avait eu avec Parker.

— Accepterait-elle de me protéger ? demanda Jocelyn. Ou pense-t-elle, comme tout le monde, que je me suis toujours arrangée pour que Luther ne soit jamais condamné ?

Il se remémora les conversations passées avec Keeli au sujet de Jocelyn et ne répondit pas.

— Je vois, murmura Jocelyn, avant de se précipiter dans la cuisine comme si elle voulait s'éloigner de lui.

Mais en fait elle ouvrit la porte de la buanderie à Lady qui miaulait à fendre l'âme. Pourtant, derrière elle, le bol d'eau et celui de croquettes étaient pleins. Peu de temps après la fusillade, Jocelyn avait appelé quelqu'un pour lui demander de venir nourrir l'animal.

S'agissait-il d'une voisine ou de ce stagiaire de bureau ?

Jocelyn se pencha pour prendre la chatte dans ses bras.

— Je ne bouge plus d'ici, dit-elle. Le manoir est un endroit sûr, surtout avec mon système d'alarme. Et les nouvelles vitres sont à l'épreuve des balles. Je suis plus en sécurité qu'à l'hôtel.

Elle avait raison.

— Et tu n'as plus besoin de rester, ajouta-t-elle.

Elle avait vraiment envie de se débarrasser de lui. À cause de ce qui s'était passé entre eux ? Ou à cause de la conversation avec Parker qu'elle avait entendue ?

— Je reste, répliqua-t-il. Je suis ton garde du corps.

Il posa un doigt sous le menton de Jocelyn, lui releva le visage pour la regarder en face.

— Et désormais je fais partie de ton fan-club.

Elle rougit et ses yeux se remplirent de larmes.

— Pourquoi ?

— Parce que tu es solide, tu résistes, répondit-il.

— Peut-être suis-je seulement difficile à tuer.

Il l'espérait, parce qu'il ne voulait pas qu'elle meure.

— Ou peut-être es-tu un très bon garde du corps, ajouta-t-elle.

— Je dirais plutôt que tu es difficile à tuer.

Parce qu'il n'avait pas bien effectué son travail, du moins pas aussi bien que d'habitude. En cédant à la tentation de l'embrasser.

Le téléphone de Jocelyn sonna et elle s'en empara. Elle prit l'appel, mais elle n'actionna pas la fonction haut-parleur.

Landon se demanda pourquoi elle devenait livide. En voyant la peur crisper son ravissant visage, il lança :

— Quel est le problème ? Que se passe-t-il ?

Elle secoua la tête, comme incapable de parler. Comme si ce qu'elle venait d'apprendre était trop terrible pour être répété.

Finalement, elle lui dit dans un murmure :

— C'est Rosie Mendez. Le témoin…

Landon n'était plus très sûr de vouloir savoir sur quoi portait cet appel. Il craignait d'avoir perdu son meilleur ami.

Jocelyn se reprochait d'avoir inquiété Landon. Mais elle ne voulait pas lui parler de cet appel, pas encore. Elle avait besoin d'une confirmation avant d'y croire pleinement.

Mais au malaise qui lui nouait le ventre elle devinait que ses craintes étaient fondées. Elle ne prêta aucune attention à la route jusqu'à la maison sécurisée de la Payne Protection Agency, bâtie sur les rives du lac Michigan, où se trouvaient – ils l'espéraient – Clint et Rosie. Landon ne lui posa aucune question. Il semblait concentré sur le rétroviseur pour s'assurer qu'ils n'étaient pas suivis.

Elle avait envie de le rassurer. Sans doute imaginait-il le pire. Et, pour lui, ce qu'elle venait d'apprendre n'était pas le pire. Pour elle, en revanche…

Landon entra dans le garage d'une maison de ville. Une fois la porte refermée derrière eux, il se précipita pour lui ouvrir sa portière, mais elle avait déjà sauté à terre. Elle doutait d'être en danger dans un garage privé.

En voyant apparaître Clint et Rosie Mendez, Landon poussa un soupir, visiblement soulagé qu'ils semblent indemnes. Mais il devina une certaine tension entre eux. Il se passait quelque chose.

Dès que Rosie aperçut Jocelyn, elle se tourna vers Clint :

— Peux-tu nous laisser un moment ? J'aimerais lui parler seule à seule ?

Clint jeta un regard suspicieux à Jocelyn et le poids sur son estomac s'alourdit. Manifestement, tout le monde pensait qu'elle travaillait pour Luther. Cette idée la rendait malade.

Clint secoua la tête.

— Ce n'est pas possible.

— Je ne vous laisse pas non plus, déclara Landon.

Jocelyn aurait préféré, elle aussi, s'entretenir en privé avec Rosie. Il lui serait alors plus facile de la convaincre.

— Les gardes du corps devraient comprendre que nous avons parfois besoin d'être seules, dit-elle avec un regard entendu en direction de Landon, espérant qu'il comprendrait l'allusion.

Elle aurait probablement dû lui parler du coup de fil.

Comme elle reportait son attention sur Rosie, elle remarqua que la jeune femme frissonnait.

— Avez-vous perdu la tête ? s'écria Jocelyn. Vous avez peut-être compromis toute l'affaire ! Et vous, Clint, pourquoi avez-vous accepté de la conduire en prison ? C'est irresponsable !

Landon semblait abasourdi et Jocelyn lui expliqua :

— Rosie est allée voir Luther Mills en prison. Et Clint l'y a emmenée !

Landon se tourna vers Clint, les sourcils froncés.

— Pour quelle raison ? Portait-elle un micro dissimulé ?

— Comme si Luther Mills allait dire quoi que ce soit de compromettant ! s'exclama Jocelyn. Il n'a rien dit, n'est-ce pas ?

Rosie secoua la tête.

Jocelyn sentait l'affaire lui filer entre les doigts, Luther allait échapper de nouveau à la justice.

— Son avocat va vous démolir lorsqu'il procédera au contre-interrogatoire à la barre des témoins. Mills est un requin.

Clint serra les poings. Maintenant, il se comportait en protecteur, s'étonna Landon. Pourquoi avait-il laissé Rosie s'approcher de Luther Mills ?

— Il n'en aura pas la possibilité, dit Rosie. Parce que je ne témoignerai pas.

— Quoi ? s'exclama Clint.

Et voilà pourquoi Jocelyn n'en avait pas parlé durant le trajet. Elle avait anticipé la catastrophe.

— Il ne fallait pas la conduire là-bas. Il l'a intimidée pour qu'elle change d'avis.

Landon, comme il fallait s'y attendre, prit la défense

de son meilleur ami. Il se tourna vers Jocelyn pour lui demander :

— Les attaques qu'elle a subies ne suffisaient pas pour l'intimider, à ton avis ?

Clint chuchota à Rosie d'une voix douce :

— J'ai promis que je te protégerais.

— Je ne risque plus rien maintenant.

Jocelyn les observa tous les deux, surprise de l'intensité de leurs émotions. Rosie était-elle allée voir Luther pour elle ou pour Clint ?

Clint soupira.

— Crois-tu vraiment que Luther Mills tiendra parole ? Il te tuera à la minute où tu sortiras d'ici sans protection.

— Il a raison, intervint Jocelyn. Luther ne vous laissera pas la vie sauve. Vous représentez une trop grande menace pour sa liberté. Voilà pourquoi vous avez intérêt à témoigner.

— Vous devriez être contente que j'aie changé d'avis, dit Rosie à Jocelyn. Parce que maintenant vous êtes en sécurité, vous aussi. Il n'a aucune raison de vous menacer ni de menacer qui que ce soit s'il n'y a pas suffisamment de preuves pour le traduire en justice.

Horrifiée, Jocelyn ne put que secouer la tête.

— Il y en a encore un bon nombre et, maintenant, la personne qui les a récupérées est encore plus en danger.

— Wendy Thompson, l'experte scientifique, fit Landon. Hart Fisher la protège.

— Elle n'a pas changé d'avis, elle va témoigner, n'est-ce pas ? Nous devons lui parler, affirma Jocelyn. Et nous assurer que Mills ne l'a pas retournée comme il a retourné Rosie.

Elle le craignait et se sentait au bord de la nausée. Elle ne parvenait pas à croire que tant de personnes puissent aider un monstre comme Luther à échapper à la justice.

Elle reporta son attention sur Rosie Mendez et demanda :

— Que vous a-t-il donné en échange de votre silence ? De l'argent ? Combien vous a-t-il promis pour que vous renonciez à rendre justice à votre frère ?

— Vous ne connaissiez pas mon frère, répliqua la jeune femme. Vous ne savez pas ce qu'il voulait.

Jocelyn avait connu d'autres victimes. Elle aurait pu en parler à Rosie, évoquer ses grands-parents. Mais l'urgence était de protéger Wendy Thompson. Aussi tourna-t-elle les talons pour se diriger vers le garage.

Jocelyn était contente que Landon ait l'air aussi dégoûté qu'elle. Mais lorsqu'il la rejoignit dans le SUV il prit la défense de son ami.

— Clint ne savait sûrement pas qu'elle…

— Il n'aurait pas dû la conduire à la prison, coupa Jocelyn.

— Je t'y ai conduite, lui rappela Landon.

— Je ne suis pas témoin, répliqua-t-elle. Et je n'ai pas vu Luther. Mais qu'est-ce qui a bien pu passer par la tête de Clint ? Travaille-t-il pour lui ?

Les mains de Landon serrèrent le volant avec force.

— Absolument pas. Clint veut autant que toi obtenir justice pour Javier.

— Mais pas sa propre sœur, apparemment.

— Je pense que Rosie a surtout peur. Elle a échappé à la mort tant de fois.

— Clint aussi, murmura Jocelyn.

Il ne travaillait donc pas pour Luther.

— C'est sa mission, dit Landon. Les gardes du corps risquent leur vie pour protéger leurs clients.

Jocelyn se souvint du regard qu'elle avait surpris entre Clint et Rosie – un regard intime. Ils étaient plus qu'un garde du corps et une cliente. Rosie ne semblait pas si préoccupée par sa propre sécurité auparavant. Et peut-être s'inquiétait-elle plutôt pour Clint.

Au souvenir de l'agression sur le parking, Jocelyn frissonna. Elle aurait souhaité que Landon laisse son patron lui retirer cette mission, qu'il cesse de risquer sa vie pour la protéger. Comme Rosie Mendez, elle s'était un peu trop attachée à son garde du corps.

Mais contrairement à Clint Quarters Landon n'était pas épris d'elle. Il effectuait juste son travail. Jocelyn devait se le rappeler, pour ne pas tomber amoureuse de lui comme Rosie était tombée amoureuse de Clint.

Luther se sentait plus léger. Il avait conclu un deal avec Rosie Mendez, un deal qu'il n'avait évidemment pas l'intention de respecter. Mais cela n'avait pas d'importance.

De toute façon, elle ne témoignerait pas contre lui. Et maintenant il pouvait se concentrer sur cette jeune experte scientifique qui devenait agaçante. Il n'aurait plus à s'inquiéter longtemps pour elle non plus.

Il ricana et sortit son portable de sa poche. Il rappela le dernier numéro composé. Le gars pensait avoir éliminé Jocelyn Gerber.

Mais Luther avait appris que les gardes du corps de Payne étaient bons dans leur travail – trop bons.

— Allô ? répondit timidement son correspondant.

— Laissez tomber Jocelyn Gerber. J'ai changé d'avis, dit Luther. Je tiens à voir sa tête quand elle perdra le procès.

Peut-être lui proposerait-il alors de boire un verre pour la consoler d'avoir encore échoué à le faire condamner. Il aimait beaucoup la regarder.

— Il est de mon intérêt de poursuivre le plan original, répliqua son interlocuteur de manière énigmatique. Pour éviter de me retrouver moi-même au tribunal.

Il pensait que Jocelyn nourrissait des doutes sur lui. Et peut-être était-ce le cas. Elle était plutôt intelligente.

Luther soupira.

— Dans ce cas, faites ce que vous avez à faire…

Alors qu'il déconnectait le portable, il ressentit un éclair de déception. Quel dommage. Jocelyn Gerber était si belle…

14

— J'exige que vous vous débarrassiez de la Payne Protection Agency sur-le-champ ! asséna Jocelyn Gerber, hors d'elle, tout en arpentant le bureau du chef de la police.

De l'autre côté des parois vitrées, Landon Myers les observait. Woodrow Lynch réprima un soupir.

— Vous craignez que l'un de ses gardes du corps ne travaille pour Luther Mills, lui dit-il. Et je vous garantis que ce n'est pas le cas.

Jocelyn s'arrêta un instant de marcher pour lui jeter un regard dubitatif. De toute évidence, elle ne pensait pas qu'il avait mené une enquête approfondie sur la question.

— Non seulement l'un des gardes du corps de l'agence travaille certainement pour Luther mais, le pire, c'est qu'aucun d'eux ne travaille pour moi, aucun ne défend mes intérêts dans cette histoire.

Lynch glissa de nouveau un œil vers Landon. Ce dernier restait focalisé sur elle tout en discutant avec Spencer Dubridge.

— Vous vous trompez, madame Gerber, répondit Lynch. Myers prend son travail très au sérieux. J'ai entendu dire qu'il vous avait sauvé la vie plusieurs fois.

Elle rougit et baissa les yeux.

— Je ne parle pas de Landon.

Perplexe, Woodrow l'étudia avec attention. Voulait-elle se passer des services de la Payne Protection Agency pour une raison plus personnelle ? Parce qu'elle était tombée amoureuse de son garde du corps par exemple ?

— Je parle de Clint Quarters, ajouta-t-elle.

Il gémit. Il avait été mis au courant de la visite à Luther Mills en prison et du fait que Rosie Mendez avait changé d'avis.

— Je comprends.

— Que comptez-vous faire à ce sujet ?

Il avait une idée sur la façon de protéger la jeune femme. Malheureusement, comme Jocelyn, Rosie Mendez ne voulait plus entendre parler de la Payne Protection Agency. Et Woodrow ne faisait confiance à aucun de ses policiers pour assurer sa sécurité.

— Ne vous inquiétez pas pour Rosie Mendez, dit-il. Et vous avez toutes les preuves recueillies par l'experte scientifique.

Elle prit une profonde inspiration.

— Je l'espère. Malheureusement, au cours d'affaires précédentes, je pensais disposer d'éléments à charge, mais ceux-ci avaient bizarrement disparu au moment de les présenter à un grand jury.

— Ce ne sera pas le cas cette fois, assura-t-il. Wendy Thompson vous les a fournis et les produira lors du procès.

— Wendy, oui, reconnut Jocelyn. Mais qu'en est-il des autres experts scientifiques pour les autres instructions ? Pourquoi n'ont-ils pas présenté les preuves que nous avions ?

— Je vais me renseigner là-dessus.

— J'ai besoin de Wendy, insista Jocelyn. Vous devez absolument vous assurer qu'elle est protégée.

— Et voilà pourquoi remercier la Payne Protection Agency ne me semble pas judicieux. J'ai besoin d'eux pour veiller sur elle.

Elle jeta un coup d'œil à Landon à travers la vitre et ses yeux bleus habituellement glacés parurent fondre un peu.

Il se demanda si elle avait eu une autre raison de vouloir virer les gardes du corps.

Peut-être commençait-elle à aimer Landon Myers…

— Je comprends ta colère, dit Landon à Jocelyn.

Après son entretien avec le chef de la police, ils étaient retournés dans son bureau.

Comme elle levait les yeux vers lui, il ajouta :

— En revanche, je ne comprends pas pourquoi tu es furieuse contre moi. Je suis d'accord avec toi, lui rappela-t-il. Clint n'aurait pas dû conduire Rosie Mendez auprès de Luther Mills.

— Es-tu sûr qu'il est digne de confiance ? s'enquit Jocelyn.

— Je vis avec lui. S'il était de mèche avec un narcotrafiquant, je le saurais.

Et, comme elle l'observait attentivement, il gémit.

— Tu n'en es plus à croire que je travaille aussi pour Luther, n'est-ce pas ?

Elle ferma les paupières en soupirant et il secoua la tête.

— Qu'est-ce qui ne va pas entre nous ? murmura-t-il. Pourquoi sommes-nous incapables de nous faire mutuellement confiance ?

Jocelyn rouvrit les yeux et le regarda, visiblement perdue.

— Je ne sais pas. Peut-être en avons-nous trop vu, tous les deux.

— Ou peut-être avons-nous, l'un et l'autre, peur d'être blessés.

— Nous avons été blessés, répliqua-t-elle. En tombant du muret sur le toit d'une voiture dans le parking.

— Je ne parle pas de blessures physiques, tu le sais aussi bien que moi…

Elle bondit de sa chaise comme pour s'éloigner de lui. Mais il l'attrapa par le poignet.

— Laisse-moi partir, lui dit-elle.

Mais au lieu d'obéir il referma les bras autour d'elle, la serrant contre lui.

Elle se sentait si bien au creux de son épaule.

— Landon, murmura-t-elle, les yeux rivés à sa bouche.

Elle le dévisageait avec intensité. Et dans son regard il n'y avait plus aucun soupçon maintenant. Il n'y brillait qu'un désir ardent, désir qu'il partageait.

— Retournons chez toi, proposa-t-il.

— Non, il ne faut pas.

— Pourquoi ? Tu as assez travaillé pour aujourd'hui.

Cela dit, tout le monde ou presque était déjà parti… Peut-être pourrait-il la prendre ici, sur son bureau. Il avait tellement envie d'elle.

Il fit glisser sa main le long de son dos jusqu'à sa taille.

Sentait-elle à quel point elle le troublait ?

Sans doute, parce qu'elle secoua la tête.

— C'est une mauvaise idée, dit-elle alors qu'elle se cambrait contre son érection.

Il hocha la tête. Une très, très, mauvaise idée. Mais, incapable de s'en empêcher, il captura sa bouche.

Il voulait la toucher partout.

Elle recula. À bout de souffle, elle secoua la tête et répéta :

— Il ne faut pas…

Il jeta un coup d'œil autour de lui et remarqua quelques ombres à l'extérieur du bureau. Probablement les gardes du corps venus en renfort.

— Retournons chez toi, alors, dit-il. Ta journée a été bien remplie, tu peux partir.

— Nous n'avons pas le droit faire ça, répliqua-t-elle, sans réussir pourtant à se détacher de lui. Nous n'avons pas le droit de nous laisser distraire de l'essentiel.

Dans l'immédiat, il avait oublié ce qui était essentiel. Il la désirait tellement.

— Clint et Rosie se sont laissé distraire, déclara-t-elle. Ils ont oublié à quel point Luther était dangereux, à quel point il est important de le mettre en prison pour de bon. Et tu as vu ce qui leur est arrivé…

Landon laissa échapper un soupir résigné.

— Tu as raison…

Il devinait que Clint et Rosie étaient tombés amoureux. Et ce genre d'attachement causait toujours des problèmes.

Dans leur métier, il valait mieux demeurer célibataires… Il était alors plus facile de rester concentrés.

Toutefois, Jocelyn ne s'éloigna pas de lui. Au contraire, elle se hissa sur la pointe des pieds et pressa de nouveau sa bouche contre la sienne. Il l'embrassa en retour avec toute la passion dont il brûlait pour elle.

Pourtant, quand il entendit la porte s'ouvrir derrière lui, il mesura à quel point il était en effet dangereux de se laisser distraire.

S'il oubliait que le plus important était de garder Jocelyn en sécurité, tous deux risquaient de se faire tuer.

Le rouge envahit le visage de Jocelyn. Elle se sentait extrêmement gênée de découvrir Dale Grohms dans l'embrasure de la porte de son bureau. Dès qu'il était apparu, Landon s'était positionné de façon à servir d'écran entre elle et le nouveau venu.

Elle voulait croire qu'il l'aimait et se souciait vraiment d'elle, mais il ne faisait que son travail, elle le savait bien.

Dale sourit.

— Désolé, dit-il. Je ne voulais pas vous déranger.

Jocelyn en doutait et s'apprêtait à le lui dire quand il poursuivit :

— J'ai pensé que vous aimeriez être mise au courant de la dernière tentative d'assassinat visant votre témoin.

Elle blêmit. Rosie Mendez aurait dû savoir qu'il ne fallait pas faire confiance à Luther Mills. Elle lui avait dit lors de sa visite en prison qu'elle n'avait pas l'intention de témoigner. Mais soit il ne l'avait pas crue, soit il avait décidé de ne pas prendre le risque qu'elle change d'avis.

— Comment va-t-elle ? demandèrent-ils en même temps.

Grohms regarda Landon et il sourit.

— Je pensais que vous en aviez entendu parler avant moi. C'est vous qui travaillez pour la Payne Protection Agency. Ne communiquez-vous donc pas entre vous ?

Landon lui lança un regard noir et serra les poings. Jocelyn lui saisit le bras pour le retenir au cas où il aurait l'intention de sauter à la gorge de Dale.

Cela dit, elle avait elle-même envie de l'étrangler.

— Comment va-t-elle ? répéta Jocelyn.

— Bien. Son garde du corps l'a sauvée.

— Et lui, il va bien ? s'enquit Landon, visiblement énervé d'avoir à le demander à Grohms.

Dale haussa les épaules.

— Aucune idée. En tout cas, le gars qui a tenté de la tuer est mort. Il s'agissait d'un policier qui avait été chargé de la protéger avant que le chef Lynch n'apprenne l'existence d'une taupe au sein de son propre commissariat. Le chef de la police a bien fait de faire appel aux services de la Payne Protection Agency.

Il se tourna vers la porte pour sortir.

— Attendez ! dit-elle. Comment savez-vous tout cela, Dale ?

— À propos de la fusillade au cimetière ? On en parle partout.

— À propos de la Payne Protection Agency, précisa-t-elle. Comment avez-vous appris que le chef Lynch avait fait appel à eux ?

— Par des rumeurs, répondit Dale. Nous avons tous

entendu dire que quelqu'un au sein de la police renseignait Luther. Nous savons de qui il s'agissait, maintenant. Il reste à identifier qui, au sein de notre bureau, travaille pour Luther.

Il la regardait fixement à présent, comme s'il attendait qu'elle avoue.

Cette sensation de malaise donna de nouveau la nausée à Jocelyn. Tous les collègues de Landon la soupçonnaient. Et, apparemment, les siens aussi.

Avant qu'elle ne puisse dire quoi que ce soit pour sa défense, Dale haussa les épaules et quitta son bureau.

Landon jura, puis grommela :

— J'espère vraiment qu'il est la taupe.

— Je le souhaite aussi, mais j'en doute.

Elle avait lu le contenu du dossier que la procureure avait chargé le stagiaire de lui apporter. Rien d'incriminant n'avait été découvert sur Dale Grohms. Mike Forbes en revanche croulait sous les dettes de jeu. Et Eddie Garza avait un jour été condamné pour conduite sous l'emprise de produits illicites.

— Et je doute qu'une jeune recrue soit la taupe au sein du service de police, dit Landon. Ce doit être quelqu'un de plus haut placé que ça. Un inspecteur, peut-être…

Soupçonnait-il Spencer Dubridge ?

— Ou un expert scientifique, lui rappela-t-elle.

Il sortit son portable de sa poche et composa un numéro. Très vite, la voix de Parker émana du haut-parleur.

— Vous allez bien ? demanda-t-il anxieusement à Landon.

— Nous allons bien, répondit Landon. Et Clint et Rosie ?

— Vous êtes déjà au courant de l'attentat contre Rosie Mendez au cimetière ? s'écria Parker, visiblement surpris.

Elle devait être allée se recueillir sur la tombe de son frère.

— Clint l'a sauvée, reprit Parker. Elle va bien. Lui aussi.

— Où sont-ils ? demanda Jocelyn.

Elle avait besoin de parler à Rosie tout de suite. La tentative de meurtre était sans doute encore fraîche dans l'esprit de cette dernière et elle avait certainement compris que le seul moyen de se protéger de Luther était de le faire condamner à la prison à vie.

Parker ne répondit pas.

Et comme le silence se prolongeait Jocelyn gémit :

— Vous n'en avez aucune idée, n'est-ce pas ?

— Non, répondit Parker. Et tant mieux. Moins il y a de gens qui le savent, plus elle sera en sécurité. Mais elle reviendra pour le procès, cependant. Elle est à présent déterminée à témoigner.

— Dieu merci ! s'écria Jocelyn.

— Ne vous réjouissez pas trop vite, la prévint Parker. Mills est encore plus dangereux maintenant. Comme il ne pourra pas atteindre Rosie Mendez, il fera tout pour éliminer les autres personnes associées à son procès.

— Avez-vous averti Hart et Tyce ? demanda Landon.

— Oui, dit Parker. Mais vous devez faire attention, vous aussi. Il y a toujours une taupe au sein du bureau du procureur, ne l'oubliez pas. Une taupe que nous devons démasquer au plus vite.

Landon prit un dossier sur son bureau.

— Nous y travaillons, assura-t-il à son patron.

Travaillons…

C'est ce qu'ils auraient dû faire. Travailler. Au lieu de s'embrasser.

Après avoir mis fin à l'échange, Landon se tourna vers elle pour dire quelque chose. Mais elle pressa un doigt sur ses lèvres pour lui intimer le silence.

— Je sais, lui assura-t-elle.

Ce qui s'était passé entre eux ne devait plus se reproduire. Leurs vies en dépendaient.

15

Être avec Jocelyn vingt-quatre heures sur vingt-quatre et sept jours sur sept sans pouvoir la toucher, l'embrasser, était une torture. Landon la désirait de tout son être. Mais il voulait surtout veiller sur elle.

Il ne faisait aucun doute que le danger s'était accru depuis que Rosie et Clint avaient disparu. Wendy, l'experte scientifique, avait elle aussi été visée. Hart l'avait heureusement sauvée d'une fusillade. Tyce ne chômait pas non plus avec la fille du juge.

Seuls Dubridge et Keeli savaient ce qui se passait entre eux deux. Landon refusait de s'y intéresser. Sa seule préoccupation était la sécurité de Jocelyn.

Il aurait préféré que Jocelyn disparaisse elle aussi des écrans radars et qu'elle s'évanouisse dans la nature. Malheureusement, elle tenait à travailler sur ses autres dossiers tout en suivant les pistes concernant ses collègues.

Là, elle interrogeait Mike Forbes, assis en face d'elle, tandis que Landon se tenait derrière elle pour la protéger.

Bien sûr, il y avait peu de risques que quelqu'un essaye quoi que ce soit dans son bureau. Mais vu la dureté avec laquelle Jocelyn questionnait les suspects il n'était pas exclu qu'elle les pousse à bout.

— Mike, je suis au courant de vos dettes de jeu, dit-elle.

— Ce ne sont pas vos affaires, Jocelyn ! s'écria-t-il avec un juron.

— Amber Talsma-Kozminski, notre supérieure, en a fait mon affaire, répliqua-t-elle. Elle m'a donné un dossier sur nous tous.

— Pourquoi ? Dans quel but ?

— Parce qu'elle veut que j'identifie la taupe qui sévit au bureau du procureur.

— Je peux l'aider. Qui vit dans un luxueux manoir et roule dans une voiture haut de gamme ? Pas moi…

— Vous avez dû vendre votre maison pour régler vos dettes de jeu, lui rappela Jocelyn.

— Si j'avais travaillé pour Luther, je n'y aurais pas été contraint. Il aurait payé mes créanciers pour moi, non ? Réfléchissez ! Faites preuve d'un peu de jugeote au lieu de…

Exaspéré, il bondit de sa chaise, mais Landon s'avança.

Mike lui jeta un coup d'œil en serrant les mâchoires.

— Vous avez été policier, dit-il. Vous savez qu'elle a le profil pour être la taupe de Mills. Tout la désigne.

— Je l'ai longtemps cru, reconnut Landon. Mais elle ne travaille pas pour lui, non.

— Ouvrez les yeux ! Un salaire comme le sien ne lui permet pas de s'offrir un manoir.

— En fait, Mike, vous gagnez plus que moi, dit-elle. En grande partie à cause de l'ancienneté.

Il la dévisagea.

— Si l'ancienneté comptait ici, j'aurais été chargé de cette affaire, pas vous !

— Luther ne peut pas m'acheter, répliqua-t-elle. Ma famille a plus d'argent que lui.

Au lieu d'apaiser Mike, sa réponse parut le faire enrager. Il sortit de son bureau en claquant la porte.

En la voyant tressaillir, Landon lui lança :

— Tu devrais dire à ta supérieure hiérarchique qu'elle t'en demande beaucoup.

— Elle est occupée à avoir un bébé, lui rappela Jocelyn.

Amber Talsma-Kozminski était à l'hôpital et Jocelyn s'inquiétait visiblement pour elle.

— Pourquoi ne pas aller la voir, proposa Landon. Elle a accouché.

— J'ai encore un entretien à mener.

Comme au théâtre, un léger coup fut donné à la porte.

— Entrez, cria-t-elle. Voici Eddie Garza, murmura-t-elle à Landon alors qu'un jeune brun entrait dans le bureau.

Il n'avait pas l'air beaucoup plus vieux que le juriste qui lui avait apporté ce dossier. Comment des personnes si jeunes assumaient-elles la responsabilité de substituts du procureur ?

— Vous vouliez me voir ? demanda-t-il.

Il semblait nerveux. Beaucoup trop nerveux.

Bien sûr, peut-être avait-il vu Mike Forbes quitter la pièce en claquant la porte et était-il inquiet de se confronter à son tour à Jocelyn.

Le nouveau venu était plus grand que Mike Forbes et Landon se rapprocha encore de Jocelyn. Il devait la protéger.

— Je suis sûre que vous avez entendu les rumeurs qui circulent, commença-t-elle.

Eddie Garza jeta un coup d'œil à Landon.

Quelles étaient les rumeurs à son sujet ? Qu'il était son garde du corps ? Ou qu'il était davantage ?

— Quelqu'un au sein du bureau du procureur travaille pour Luther Mills, précisa-t-elle.

Il blêmit.

— Vraiment ?

— J'espère que ces ragots ne sont pas fondés. Mais je dois examiner la question.

Le jeune homme se tendit.

— Vous savez que j'ai été condamné pour prise de substances illicites, j'imagine, balbutia-t-il.

Elle hocha la tête.

Le visage de son interlocuteur s'empourpra.

— Il ne s'agissait pas de drogues ni d'alcool. Jamais je n'aurais…

— Pourquoi pas ? s'enquit Jocelyn.

Eddie jeta un nouveau un coup d'œil à Landon.

— J'avais un frère qui est devenu junkie. Et il en est… Je n'ai jamais eu envie de suivre son exemple.

Jocelyn dut comprendre parce qu'elle murmura :

— Je suis désolée.

— Et voilà pourquoi je ne travaillerais jamais pour Luther…

— Quelles substances illégales aviez-vous prises ? demanda Jocelyn.

Il avait l'air encore plus nerveux que lorsqu'il était entré.

— Euh, je ne veux pas le dire.

— Pas devant moi ? s'enquit Landon.

Pourtant, il n'avait jamais vu Eddie Garza auparavant.

Jocelyn se tourna vers lui.

— Pourrais-tu sortir un instant ?

— Je ne te laisse pas seule…

— Tu seras devant la porte, dit-elle.

Si Eddie Garza était armé, Landon n'aurait pas la possibilité de l'empêcher de la tuer. D'ailleurs, il était si grand qu'il réussirait sans doute à l'étrangler à mains nues.

— S'il te plaît, l'implora-t-elle.

Landon comprit comment Rosie avait réussi à convaincre Clint de la conduire en prison. Et pourquoi Clint n'avait pas été capable de refuser. Comme Clint, Landon ne put dire non et il se leva.

Il s'arrêta devant Garza et lui lança d'un ton menaçant :

— Ne tentez rien.

Le gars hocha la tête. Landon n'était pas content, mais il sortit dans le couloir et referma la porte.

Il tomba sur Dale Grohms, qui montra avec un sourire narquois le bureau de Jocelyn.

— À quand mon tour ?

— Votre tour ?

— Pour l'interrogatoire, dit-il avec un petit rire.

— Vous semblez presque impatient.

— Je n'ai rien à cacher, répondit-il en haussant les épaules.

En effet, il n'était pas sur la liste. Mais Landon craignait que quelque chose ne leur ait échappé.

Dale poursuivait :

— Dommage qu'Eddie ne puisse pas en dire autant.

— Que voulez-vous dire ? s'enquit Landon.

— Il a eu des ennuis, de gros ennuis.

— Parce qu'il a été arrêté un jour pour consommation de produits illicites ? demanda Landon.

Cela n'avait sans doute pas été trop grave puisqu'il n'avait été condamné qu'à des travaux d'intérêt général.

— Il était mineur à l'époque. Le casier doit être sous scellés.

Landon réprima un juron. Ils n'avaient pas pensé aux casiers judiciaires sous scellés.

— Nous devrions sans doute creuser davantage, reconnut-il.

Mais il regardait Dale d'un œil suspicieux, pas Garza.

Grohms se contenta de ricaner en s'éloignant.

La porte de Jocelyn s'ouvrit et Garza sortit. Landon revint dans le bureau.

— Qu'a-t-il dit ?

Jocelyn était livide.

— Il m'a expliqué avoir pris des médicaments sans prescription pour pouvoir rester éveillé toute la nuit et étudier. Il a obtenu son diplôme universitaire très jeune. S'automédicamenter était dangereux et stupide, il le sait.

Avait-il eu ou non un casier judiciaire quand il était mineur ?

Landon ne savait que croire. Mais il soupçonnait Jocelyn de lui cacher quelque chose. Elle semblait troublée, effrayée. Que ne lui disait-elle pas ?

Elle se leva et attrapa sa serviette.

— J'aimerais aller voir Amber, maintenant.

Il se demandait si elle voulait s'assurer que sa supérieure allait bien ou si elle avait envie de lui parler de ce qu'elle avait appris.

Seule certitude, elle ne lui soufflerait pas un mot, à lui…

Jocelyn ne pouvait pas répéter à Landon ce que Garza lui avait appris au cours de leur entretien. Elle préférait ne pas savoir s'il était déjà au courant et le lui avait caché. Elle n'avait pas envie de comprendre qu'il l'avait trahie. Mais elle devait se confier à quelqu'un.

Pourtant, une fois dans la chambre d'hôpital de sa supérieure, elle prit conscience qu'Amber était la dernière personne à qui elle devait en parler. La pauvre avait l'air épuisée. Elle était blafarde et de nombreuses machines bipaient autour d'elle.

— Tout va bien, Amber ? demanda-t-elle avec inquiétude.

— Oui, oui, répondit-elle, mais sa voix était faible.

Depuis qu'Amber avait accouché, Jocelyn se faisait du souci. Sa supérieure avait eu tellement de difficultés avec cette grossesse.

Et maintenant…

Jocelyn frissonna. Pourquoi une femme s'infligeait-elle les affres de la maternité ? Pour sa part, elle avait décidé depuis longtemps qu'un mari et des enfants n'étaient pas pour elle. Elle ne voulait pas de complications. Elle n'avait pas envie que Landon, par exemple, gêne sa vie professionnelle.

Il se tenait si près d'elle qu'elle sentait sa chaleur corporelle. Et son cœur battait la chamade. Bien sûr, il avait pour mission de la protéger. Mais elle se demanda s'il essayait de la rendre folle de désir.

En tout cas, il y réussissait.

Un homme entra dans la chambre. Il portait quelque chose comme un trésor.

— Regardez qui j'ai trouvé.

Avec ses longs cheveux blonds et ses yeux verts, il ressemblait au policier qui les avait aidés sur le parking.

Milek Kozminski s'installa sur le lit à côté de sa femme et l'embrassa.

— Elle dort. Tu devrais en faire autant.

Il jeta un regard contrarié à Jocelyn, qui rougit.

— Je suis désolée, murmura-t-elle. Je n'aurais pas dû venir.

— De toute façon, Amber n'aurait pas voulu dormir avant d'avoir vu notre petite princesse, répondit-il.

Amber sourit.

— Tu me connais bien.

Milek posa tendrement la tête contre la sienne.

— Oui.

Jocelyn ressentit un pincement au cœur, un soupçon d'envie. Mais bien sûr elle ne souhaitait pas vivre un grand amour. Pas vraiment. Elle avait d'autres priorités.

Amber baissa les yeux sur son bébé et l'expression peinte sur son visage provoqua un autre pincement au cœur de Jocelyn. Elle n'avait jamais vu un tel regard.

— J'aimerais la tenir, dit Amber. Mais je suis si faible.

— Non, tu n'es pas faible, lui assura Milek.

Il l'aida alors qu'elle prenait son bébé, enroulant les bras autour d'elles.

— Nous… nous allons vous laisser, balbutia Jocelyn, se sentant stupide de s'être immiscée dans un moment aussi intime.

Elle recula vers la porte et buta contre Landon.

Mais Amber lui lança :

— Tu ne veux pas la prendre, Jocelyn ?

Paniquée, elle hésita. Elle ne saurait pas. Elle ne s'était jamais occupée d'un nouveau-né.

Cependant, Amber était sa supérieure. Et elle n'avait pas envie de sembler indifférente à ce qui comptait tant pour son mentor. Alors elle s'avança.

Milek lui désigna une chaise.

— Asseyez-vous. Et ne prenez pas cet air terrifié. Elle ne mord pas. Elle n'a pas encore de dents.

— Je… j'ai peur de la faire tomber, bredouilla-t-elle.

Elle se força à sourire et ajouta :

— Félicitations à vous deux pour votre fille.

— Oui, tu peux commander les ballons roses pour le bureau, dit Amber. Mais attends quelques mois. Je ne suis pas pressée de reprendre le travail.

— Mettez vos bras comme j'ai les miens, lui indiqua Milek.

Quand elle l'imita, il colla l'enfant contre elle. Le bébé bougea et Jocelyn, crispée, ferma les yeux. L'enfant allait probablement se mettre à hurler maintenant. Mais celle-ci poussa un petit soupir et se blottit plus étroitement contre Jocelyn.

Et un autre pincement au cœur lui coupa le souffle, cette fois. Elle était heureuse pour Amber d'avoir réussi à tout conjuguer : mari, carrière, enfants.

Jocelyn n'avait pas envie de jongler pour tout mener de front.

— Comment l'avez-vous appelée ? s'enquit Landon. Penny ?

— Penny ? répéta Jocelyn.

— Tout le monde aime donner aux bébés le prénom de Penny Payne, expliqua Milek.

— La femme du chef de la police ? s'étonna Jocelyn.

— Tu ne la connais pas, déclara Landon avec certitude. Si tu l'avais rencontrée, tu comprendrais.

Jocelyn haussa les épaules et le bébé bougea de nouveau, ouvrit un œil et la dévisagea. Elle se prépara, attendant le cri. Mais la petite se contentait de la regarder.

— Elle ne peut pas encore voir, n'est-ce pas ? demanda-t-elle.

Elle ne savait pas grand-chose sur les bébés. Et elle ne se souciait pas vraiment d'apprendre.

— Elle n'est pas aveugle, dit Milek. Mais elle ne voit pas très loin. Elle vous voit, cependant.

— Alors pourquoi ne pleure-t-elle pas ? s'enquit Jocelyn.

Les hommes se moquèrent d'elle.

Amber sourit et dit quelque chose que Jocelyn lui fit répéter. Elle avait forcément mal compris.

— Pardon ?

— Jocelyn Gerber, je te présente Jocelyn Talsma-Kozminski.

Elle dévisagea fixement sa supérieure.

— Je… je ne comprends pas…

Toutes deux n'étaient pas amies. Mais comme elles travaillaient énormément elles passaient beaucoup de temps ensemble. Amber savait des choses sur elle, sur son passé, que peu de personnes à part ses parents et Landon connaissaient.

— Elle est tenace, solide et déterminée, dit Amber. Alors elle m'a fait penser à toi.

Jocelyn regardait vraiment le bébé maintenant, mais elle ne le voyait pas. Trop de larmes brouillaient sa vision.

— Je… je ne sais pas quoi dire…

Elle ne se souvenait pas de la dernière fois où elle avait été si bouleversée. Puis elle jeta un coup d'œil à Landon et se rappela – c'était avec lui, dans ses bras.

Et elle sentit un nouveau pincement au cœur. Mais cette fois la peur en fut la cause. Après avoir entendu ce que Garza lui avait confié, elle craignait d'avoir commis une erreur… d'avoir eu tort de faire confiance à Landon Myers.

Elle n'aurait pas dû tomber amoureuse de lui. Mais sans doute était-il déjà trop tard.

Jocelyn Gerber était sur le point de découvrir la vérité. Il devait se débarrasser d'elle. Maintenant.

Le parking de l'hôpital avait été aménagé de la même manière que celui qui se situait entre le palais de justice et le bureau du procureur. S'il essayait de les écraser, la substitute et son garde du corps parviendraient à s'échapper en sautant au niveau du dessous. Et ils ne seraient pas plus blessés qu'ils ne l'avaient été lors de l'attaque précédente.

Il décida donc de leur tirer dessus. Il sortit son arme de la poche de son trench-coat. Celle qu'il avait utilisée pour cribler le manoir de balles. Celle qu'il avait volée dans le casier des preuves. En la faisant disparaître, il avait sauvé Luther d'une lourde condamnation.

Tout se compliquait désormais, parce que Amber, Jocelyn et l'experte scientifique devenaient très prudentes.

Et Landon Myers l'empêchait d'approcher Jocelyn. Il était toujours là, et il bénéficiait de renforts.

Il avait donc mis un somnifère dans le café des gardes du corps suppléants pour les neutraliser quelques heures. Alors qu'ils étaient censés suivre Landon et Jocelyn à l'intérieur de l'hôpital, ils s'étaient endormis sur le parking, dans leur voiture, la tête contre la vitre.

Il ricana. Mais il ne savait pas combien de temps il lui restait avant qu'ils ne se réveillent.

Que fabriquaient donc Landon et Jocelyn ? Que disait Jocelyn à Amber ? Qu'elle le soupçonnait d'être la taupe ?

Non, personne ne s'en doutait pas. Et Jocelyn allait mourir. Son garde du corps aussi.

Par la vitre ouverte de son véhicule de location, il entendit un claquement de talons aiguilles sur le bitume. Il aurait pu provenir d'une autre femme, mais il reconnaissait la démarche de Jocelyn, reflet de sa personnalité, froide et autoritaire.

Luther l'avait envoyé changer le pare-brise explosé chez un garagiste qui savait se montrer discret. Il ne dirait rien ni à la police ni aux gardes du corps de la Payne Protection Agency.

Et bientôt Jocelyn et Landon seraient morts.

Il attendit qu'ils se rapprochent et que Landon remarque que ses collègues dormaient dans leur véhicule.

Il leva alors son arme et commença à tirer.

Ils tombèrent au sol et, cette fois, il fut certain de ne pas les avoir ratés. Il vit le sang jaillir. Il entendit aussi les portes du SUV s'ouvrir alors que les autres gardes du corps se réveillaient.

Et il s'enfuit du parking avant qu'ils ne puissent l'attraper.

Il ne s'inquiétait pas outre mesure.

Ils seraient trop groggy pour le suivre. Et trop préoccupés par les blessés. Ou les morts…

16

Woodrow Lynch était déjà en route pour l'hôpital lorsqu'il apprit par téléphone qu'une fusillade avait éclaté sur le parking des visiteurs. D'une main tremblante, il appela aussitôt sa femme. Ils avaient prévu de se retrouver là-bas, mais un problème de dernière minute l'avait retardé.

Et si Penny se trouvait sur le parking au moment des coups de feu ? Et si elle faisait partie des blessés ?

Et il y avait des blessés…

Il vit le sang répandu sur le bitume alors qu'il fonçait vers l'entrée de l'hôpital. Son smartphone collé à l'oreille, il prit la direction des urgences. Quand il tomba sur la messagerie vocale de Penny, il sentit son ventre se serrer.

Mais l'appareil vibra alors et il découvrit le texto qui s'affichait sur l'écran.

Où es-tu, chéri ? Je câline déjà notre jolie petite-fille.

Il sourit de soulagement. Biologiquement parlant, ils n'étaient pas vraiment les grands-parents de ce bébé mais, pour Penny, ce genre de détail n'avait aucune importance. Elle était pétrie d'amour et d'indulgence.

Elle lui pardonnerait d'être en retard lorsqu'elle en comprendrait la raison. Si elle avait été au courant de la fusillade, elle se serait rendue là où il était à présent, aux urgences, pour s'enquérir des blessés. Surtout si elle apprenait que l'un de ces derniers travaillait à la Payne Protection Agency.

Elle traitait les gardes du corps comme s'ils étaient ses enfants. Bien sûr, bon nombre d'entre eux l'étaient. L'angoisse serra le cœur de Woodrow. Pourvu que le blessé ne soit pas l'un de ses beaux-fils ou sa belle-fille. Quelques jours plus tôt, Parker avait échappé de justesse à la mort. Et la dangerosité de Luther Mills l'avait poussé à demander aux équipes de ses frères de venir en renfort.

Si Woodrow avait mesuré à quel point cette mission était risquée, il n'aurait peut-être pas prié Parker de s'en charger. Cela dit, il n'avait pas d'autre solution. En effet, il n'avait plus confiance en ses propres policiers. Et voilà que le laboratoire criminel était devenu, lui aussi, sujet à caution.

En entrant dans le hall des urgences, il présenta son badge au gardien.

— Je suis le chef de la police, dit-il.

Au début, il avait trouvé étrange de se présenter ainsi – après tant d'années à exercer en tant qu'agent spécial responsable d'un bureau extérieur du FBI. Mais il s'y était habitué.

À River City, entouré de sa femme et de sa famille toujours plus nombreuse, il était chez lui. Mais maintenant l'un des leurs avait peut-être été blessé.

— Savez-vous où ont été transportées les personnes touchées au cours de la fusillade sur le parking ? demanda-t-il.

— Suivez-moi, dit le gardien en poussant une porte réservée au personnel. Un inspecteur est déjà passé prendre la déposition de la jeune femme.

Une femme avait donc été blessée, mais avait survécu. Il s'agissait soit de Jocelyn Gerber, soit de Nikki Payne-Ecklund. Nikki travaillait peut-être comme garde du corps suppléante pour Landon. Si quelque chose était arrivé à la fille de Penny…

Il frissonna, mais refusa d'y penser. Nikki avait survécu

à tant de balles qu'elle devait être invincible. Lorsque le gardien écarta le rideau, il fut soulagé de découvrir Jocelyn Gerber avec Nikki debout à côté d'elle.

Très vite, il apprit qu'elles allaient bien toutes les deux. Jocelyn s'était égratigné les genoux et avait une petite coupure à la joue.

— Comment allez-vous ? demanda-t-il, parce qu'elle avait l'air pâle et vulnérable, assise sur la civière.

Il n'avait pas toujours eu des relations faciles avec Jocelyn Gerber, mais à présent il ressentait une profonde sympathie et de l'inquiétude pour elle. S'il déplorait son côté autoritaire, il reconnaissait volontiers qu'elle était surtout une grande travailleuse et une magistrate solide. Il éprouvait beaucoup de respect et d'admiration pour les femmes fortes.

Elle hocha la tête.

— Moi, bien, mais Landon est au bloc, répondit-elle d'une voix tremblante.

— Qu'est-il arrivé ?

— Landon et moi nous apprêtions à regagner notre voiture lorsque nous avons remarqué la présence des gardes du corps envoyés en renfort. Ils étaient dans leur SUV, affalés contre les vitres. Nous avons d'abord pensé qu'ils étaient morts.

Instinctivement, Woodrow prit Nikki dans ses bras.

— Que s'est-il passé ?

Nikki le serra brièvement avant de reculer, gênée.

— Lars et moi avons dû être drogués, dit-elle. Nous nous sommes endormis… Et les coups de feu nous ont réveillés.

— Quelqu'un nous tirait dessus, expliqua Jocelyn.

— Avez-vous aperçu le tireur ? demanda Woodrow.

Elle secoua la tête.

— Landon m'a fait tomber si vite que je n'ai même pas vu d'où venaient les coups de feu.

Spencer Dubridge passa la tête entre les rideaux. Keeli Abbott était à ses côtés.

— Landon est sorti du bloc, annonça-t-il.

— Comment va-t-il ? demanda Jocelyn avec angoisse.

— Le chirurgien est confiant. Il est certain qu'il va vite se rétablir. La balle a touché une artère dans son cou et voilà pourquoi il y avait tant de sang sur le bitume. Mais ils ont jugulé l'hémorragie. En revanche, il n'est pas encore réveillé.

Dubridge semblait furieux que Landon soit inconscient.

Keeli s'en aperçut et lui lança :

— Donne-lui un peu de temps pour récupérer avant de le harceler pour obtenir son témoignage.

— Nous devons identifier et arrêter au plus vite ce criminel, dit-il. Il s'agit certainement de quelqu'un du bureau du procureur.

Nikki hocha la tête.

— Il a raison. C'est dans la salle de repos du bureau du procureur que Lars et moi avons bu le café drogué.

Jocelyn pâlit davantage encore.

— Vous aviez raison, dit-elle au chef de la police.

— Je suis désolé, répondit-il. Comprendre que vous côtoyez un traître depuis des mois n'est certainement pas facile.

Elle se mit alors à rougir. Promenant les yeux autour d'elle, elle lança aux autres :

— J'aimerais m'entretenir en privé avec Woodrow Lynch. Pourriez-vous nous accorder un instant ?

Nikki secoua la tête.

— J'ai promis à Landon de ne pas vous quitter des yeux. Il aurait refusé de se faire opérer sans cette promesse.

— Je sais, dit Jocelyn. Mais il s'agit d'un sujet privé.

Woodrow réprima un gémissement. Pensait-elle toujours que Landon travaillait pour Luther, alors qu'il lui avait sauvé tant de fois la vie ?

Cela dit, lui aussi devait lui parler.

— Ça va, dit-il aux autres. J'ai une certaine expérience. Je crois être capable de la protéger un petit moment.

Dubridge se mit à rire.

— Et en cas de problème nous serons à côté.

Nikki hésitait encore.

— Es-tu sûr ?

Woodrow hocha la tête.

— Et ton mari ? Comment va-t-il ? Il n'a pas été touché ?

Elle était mariée à Lars Ecklund, le garde du corps dont elle avait parlé et qui avait également été drogué.

— Il est retourné dans le parking, à la recherche de tout ce que l'inspecteur Dubridge aurait pu manquer.

Manifestement, plus personne ne faisait confiance aux policiers. Mais, vu qu'un jeune bleu, entré depuis peu au commissariat, avait failli tuer Rosie Mendez, Woodrow comprenait leur méfiance. Les événements sur le parking l'avaient sans doute intensifiée.

Une fois Nikki partie, il se tourna vers Jocelyn et lui dit :

— Vous aviez raison.

— À quel sujet ?

— À propos des experts scientifiques. Comme vous le pensiez, l'un d'eux faisait disparaître les preuves.

Elle blêmit.

— Ne me dites pas qu'il s'agissait de Wendy Thompson.

— Non. De Terrance Gibbs.

— Je le pensais à la retraite.

— Il était en effet parti en retraite, il y a peu de temps. Mais il est revenu récemment pour donner un coup de main. Cependant, il s'avère qu'il ne voulait pas aider le commissariat de River City, mais Luther Mills, qui l'avait payé pour détruire les preuves contre lui.

Le front de Jocelyn se plissa comme si elle cherchait dans sa mémoire. Puis elle hocha la tête.

— Je me souviens lui avoir confié certains des éléments à charge qui ont disparu…

— Eh bien, il ne sera plus un problème, lui assura Woodrow. Il est mort alors qu'il tentait de tuer Wendy.

— Tant mieux. Parce que nous avons un autre souci.

Et voilà pourquoi elle avait voulu s'entretenir avec lui en tête à tête.

— Lequel ?

— Je vous avais dit que je nourrissais des inquiétudes au sujet de l'équipe de gardes du corps de Parker Payne…

— Comment pouvez-vous les soupçonner ? s'écria-t-il avec colère. Combien de fois Landon a-t-il risqué sa vie pour vous ?

— J'ignore s'il est au courant. Voilà pourquoi je tenais à vous en informer en premier. Mais le juge doit être prévenu, lui aussi.

— De quoi ?

— Le frère de Luther Mills travaille pour la Payne Protection Agency.

Cela ne faisait pas très longtemps que Woodrow Lynch était chef de la police et résidait à River City. Il ne connaissait donc pas l'histoire que personne n'ignorait dans la région.

— Je ne savais pas qu'il avait un frère.

— Moi non plus. Je viens de l'apprendre. Il s'agit de Tyce Jackson. L'homme qui protège la fille du juge.

Choqué, Woodrow secoua la tête.

— En êtes-vous certaine ? Qui vous l'a dit ?

— Quelqu'un de mon bureau.

— Lui faites-vous confiance ?

— Je n'ai plus confiance en personne.

Elle le regarda, les yeux plissés, comme si elle se demandait si elle pouvait lui faire confiance à lui.

— Alors vous n'êtes pas certaine qu'il vous a dit la vérité, lui fit-il remarquer.

— Je doute que cette personne, un autre substitut du procureur, m'ait menti.

Woodrow avait besoin d'étudier cette thèse… pour la réfuter, il l'espérait. Comme les autres gardes du corps, Tyce Jackson avait risqué sa vie plusieurs fois pour sauver la fille du juge. Voilà pourquoi Woodrow ne pouvait pas croire qu'il était une menace pour elle.

— Je vais tirer cette histoire au clair, promit-il.

Et il s'en alla.

Il ne vit pas Nikki ni les autres. Mais il doutait que Jocelyn, avec ses genoux en sang, aille où que ce soit. Et, comme elle l'avait dit, elle ne faisait confiance à personne en ce moment.

Il ne s'inquiétait donc pas pour elle. Il s'inquiétait pour la fille du juge et se demandait quelle était l'étendue de l'influence de Luther Mills.

Depuis le début, Jocelyn avait eu des doutes sur l'équipe de Parker. Il espérait qu'elle se trompait. Cependant, si elle disait vrai, il avait mis tout le monde en grand danger, tout comme elle l'avait craint.

Une vive douleur traversa le cou de Landon, du sang jaillit de sa blessure. Instinctivement, il tendit la main vers Jocelyn, la poussa au sol.

Mais était-il trop tard ? Avait-elle été abattue ?

Paniqué, il se réveilla en sursaut.

— Jocelyn !

— Elle va bien, fit une voix grave.

Il se retourna, pour découvrir Spencer Dubridge assis à côté de son lit.

— Elle discute avec le chef Lynch aux urgences. Et voilà pourquoi elle n'est pas là.

— Aux urgences, répéta Landon. Alors elle est blessée !

Spencer fit signe que non.

— Quelques égratignures, rien de grave. Tu lui as sauvé la vie, vieux. As-tu vu qui vous tirait dessus ?

Il secoua la tête.

— Le tireur conduisait une voiture de la même marque et du même modèle que celle qui a essayé de nous écraser, l'autre jour. Mais le pare-brise avait été remplacé.

— J'ai appelé tous les garagistes et réparateurs de la région.

Landon haussa les épaules. Il y avait beaucoup d'endroits où les gens n'aimaient pas renseigner les policiers, même si un mandat judiciaire leur enjoignait de le faire. Il se souciait moins de trouver la voiture que d'identifier le conducteur. Il avait le sentiment que le gars était assez intelligent pour s'assurer que son véhicule ne pouvait pas être tracé.

— De quoi parlent Jocelyn et le chef Lynch ? demanda-t-il.

— Elle ne voulait pas qu'on le sache, répondit Keeli, de la porte où elle se tenait, comme si elle protégeait à la fois l'inspecteur et lui.

Dubridge hocha la tête.

— Oui, elle tenait à s'entretenir avec lui en privé.

Landon se tendit. Il n'aimait pas ce genre de messes basses. Essayait-elle de nouveau de convaincre le chef de la police de se débarrasser de la Payne Protection Agency ?

Depuis qu'elle avait parlé à Garza seul à seul, elle se comportait étrangement. Il avait besoin de la voir, il avait besoin de vérifier qu'elle allait bien.

Il agrippa les barres de son lit et s'assit. Il essaya de balancer les jambes sur le côté. Mais il parvenait à peine à les remuer.

— Que fais-tu ? demanda Keeli en s'avançant vers lui. Doucement, Landon. Tu as perdu beaucoup de sang.

Il promena les doigts sur son cou et sentit le pansement sur sa blessure.

— Ce n'est rien…

— Tu as eu de la chance.

Il avait le sentiment que la chance était sur le point de tourner et un étrange frisson lui parcourut l'échine.

— Il faut protéger Jocelyn, dit-il.

— Je dois d'abord prendre ta déposition, annonça Dubridge.

— Je n'ai rien vu de plus que la dernière fois. Je ne sais pas qui s'attaque à Jocelyn.

— Quelqu'un de son bureau, dit Dubridge. Nikki et Lars ont été drogués alors qu'ils se trouvaient là-bas.

— Lars est très grand, indiqua Keeli. Donc, le somnifère n'a pas fonctionné aussi vite sur lui que sur Nikki.

— Une autre raison pour laquelle les femmes de petite taille ne devraient pas être gardes du corps, murmura Spencer.

Ignorant leurs querelles, Landon réussit à se lever. La chambre tournoya un instant, et des mouches dansèrent devant ses yeux. Mais il parvint à se mettre debout. Ce n'était pas seulement sa force qui le guidait. C'était son angoisse pour Jocelyn.

Et une fois habillé, avec l'aide de Dubridge, il se rendit aux urgences. Là, il découvrit que son inquiétude était justifiée. Jocelyn était partie.

Jocelyn savait qu'elle n'aurait pas dû quitter l'hôpital sans en parler à personne. Mais elle pensait qu'elle serait peut-être plus en sécurité seule. Elle ne savait plus à qui se fier.

Bien sûr, Landon n'arrêtait pas de lui sauver la vie, mais avait-il toujours su qui la mettait en danger ? Se doutait-il qu'un des membres de son équipe, que l'un de ses amis, était le frère de Luther Mills ? Et le lui avait-il caché sciemment ?

Elle avait envie de lui faire confiance. Surtout, elle voulait s'assurer qu'il allait bien. Dubridge lui avait dit qu'il s'en tirerait. Pourtant, elle avait le ventre noué alors qu'elle sortait du taxi devant l'entrée principale du bureau du procureur.

Si elle souhaitait faire confiance à Landon, elle ne pouvait se résoudre à se fier aux autres. Elle ignorait ce qu'ils savaient sur la relation de Tyce Jackson avec Luther – s'ils le tenaient au courant de l'endroit où se trouvaient les autres.

Par prudence, elle ne leur avait donc rien dit de là où elle se rendait.

En revanche, elle avait prévenu le juge que Tyce, qui protégeait sa fille, était le frère de Luther. Comme elle, le juge Holmes en avait été profondément choqué.

Elle avait besoin de découvrir qui dans son bureau travaillait avec Luther, qui était la taupe. Elle ne pouvait plus nier que quelqu'un l'était. Depuis que les gardes du corps suppléants avaient été drogués, le doute n'était plus permis.

Dubridge avait probablement déjà envoyé un technicien de scène de crime pour récupérer la cafetière. Comme tous ses collaborateurs et collègues étaient accros à la caféine, les empreintes de tout le monde seraient dessus. Et la salle de repos n'était pas équipée de caméras de sécurité, qui auraient permis de prendre le coupable en flagrant délit.

Ils n'avaient pas assez de raisons pour fouiller sous mandat les bureaux des uns et des autres.

Elle passa son badge d'identification dans le lecteur à l'extérieur et les portes s'ouvrirent. Elle se dépêcha de traverser le hall jusqu'à l'ascenseur. Il fonctionnait. Le personnel de nettoyage était dans le bâtiment.

Jocelyn chercha jusqu'à ce qu'elle trouve l'un des chariots du personnel oublié dans un coin et s'empara du trousseau de clés qui y était accroché.

Tout ce qu'elle trouverait ne serait pas recevable auprès d'un tribunal, mais elle avait l'intention de fouiller les bureaux de tous ses collaborateurs.

Elle avait besoin de savoir qui travaillait pour Luther.

Le premier bureau qu'elle déverrouilla fut le sien. Elle préférait en effet y déposer son attaché-case pendant qu'elle inspectait les autres. Ne comptant pas s'attarder, elle laissa la porte ouverte derrière elle.

Mais, lorsqu'elle ouvrit son armoire de rangement pour y glisser sa serviette, elle fut surprise d'y trouver plusieurs objets qui n'avaient rien à faire là.

Des objets qu'elle n'y avait pas mis.

Un flacon de somnifères avec l'étiquette arrachée, ainsi qu'un téléphone portable…

Quelqu'un d'autre avait donc pris le trousseau du chariot. Et utilisé ces clés pour mettre des preuves dans son bureau…

Cela n'avait aucun sens. Pourquoi aurait-elle drogué les gardes du corps qui la protégeaient ? Elle avait failli être tuée, plusieurs fois. Et elle n'avait aucun intérêt à se faire tirer dessus ou à se faire écraser.

Elle baissa les yeux sur le flacon. Elle avait besoin d'un sac en plastique ou de quelque chose pour le mettre. Elle le confierait ensuite au laboratoire criminel afin d'identifier les empreintes. Si la cafetière allait être couverte de celles de tous ses collaborateurs et employés, elle doutait qu'il y en ait beaucoup sur ce flacon. Pareil avec le téléphone portable.

Elle était prête à parier qu'il s'agissait d'un appareil jetable, un appareil qui contenait sans aucun doute un enregistrement des appels à Luther Mills ou à son avocat.

Celui qui avait mis le flacon et le téléphone dans son armoire de rangement craignait sans doute de se faire démasquer. Voilà pourquoi ces objets avaient été placés dans son bureau.

Avec un peu de chance, même avec l'étiquette arrachée, il y aurait un moyen de tracer les pilules – un numéro de série de pharmacie ou quelque chose du genre.

Elle se penchait pour examiner le flacon de plus près sans le toucher quand elle devina une présence derrière elle. Avant de pouvoir se retourner, elle sentit quelque chose s'enrouler étroitement autour de sa gorge. Et la serrer.

Elle tenta de se débattre, griffa, appela à l'aide.

Non. Elle n'aurait pas dû partir sans ses gardes du corps, parce que maintenant il n'y avait plus personne pour la sauver de son agresseur…

17

Landon avait hésité : devait-il se précipiter au manoir de Jocelyn ou à son bureau ? Il avait finalement choisi de se rendre en priorité dans les locaux du procureur. En effet, à l'hôpital, Jocelyn avait paru décidée à découvrir qui, parmi ses collègues, travaillait pour Luther Mills.

Il avait dû attendre que l'agent de sécurité l'autorise à pénétrer dans le bâtiment. Le gardien lui avait confirmé que Jocelyn y était entrée peu de temps auparavant.

Mais « peu de temps » était déjà trop si elle était seule avec quelqu'un qui était déterminé à la tuer. Son agresseur ne laisserait passer aucune opportunité de s'attaquer à elle et, en partant sans escorte, elle lui en avait donné une…

Landon courut vers l'ascenseur et appuya sur le bouton d'appel. Vu son état de faiblesse, emprunter l'escalier lui aurait fait perdre un temps précieux. Il s'engouffra dans la cabine. L'angoisse le taraudait. Jocelyn aurait été plus en sécurité si elle était rentrée chez elle avec son chat et son système d'alarme high-tech.

Au bureau du procureur, la seule personne susceptible de la protéger était un gardien qui n'avait aucune chance de l'entendre appeler au secours du cinquième étage.

L'ascenseur s'arrêta brusquement, accentuant les vertiges contre lesquels Landon luttait depuis sa sortie de l'hôpital. Il avait perdu beaucoup de sang, d'où ce malaise. Il pressa les doigts sur ses tempes et respira profondément pour tenter de se ressaisir.

Peut-être aurait-il dû attendre Keeli et Dubridge. Il regrettait de s'être pressé, à présent. Il craignait de ne pas être assez fort pour sauver Jocelyn si elle était en danger.

Comme il se ruait vers son bureau, il vit deux silhouettes sombres, l'une penchée sur l'autre.

Il s'élança.

L'assaillant lâcha aussitôt sa proie et bondit vers la porte, renversant Landon au passage. Jocelyn tomba par terre. Blanche comme un linge, elle semblait inconsciente. Quand il remarqua la marque rouge sur sa gorge, il comprit que son agresseur avait tenté de l'étrangler.

— Jocelyn ! cria-t-il.

Mais elle ne réagit pas.

Il refusa d'envisager le pire. Impossible d'imaginer qu'il soit arrivé trop tard.

Il s'accroupit près d'elle. Et de deux doigts tremblants il chercha son pouls. Comme il ne sentait rien d'autre que la fraîcheur de sa peau, il fut saisi de panique.

— Jocelyn !

Il pressa les lèvres contre les siennes. Par chance, il savait pratiquer la respiration artificielle et les massages cardiaques.

Il ne pouvait pas la perdre.

Il devait absolument la faire revenir à la vie.

Jocelyn étouffait. Elle manquait d'air et ses poumons la brûlaient. Terrifiée, elle tenta d'écarter de son cou la corde qui l'étranglait, mais ses doigts fiévreux ne la trouvèrent pas. Elle voulut crier, mais n'y parvint pas.

— Tout va bien, murmura une voix grave. Respire, respire à fond. Tu es en sécurité. C'est moi.

Landon. Toute tremblante, elle noua les bras autour de

lui, s'accrochant à ses épaules. Elle n'aurait pas dû quitter l'hôpital sans lui. Et à présent elle était consciente qu'elle l'avait mis en danger.

Elle lui saisit la main.

— Nous devons sortir d'ici au plus vite.

— Détends-toi, il est parti, dit Landon. Il a filé dès que je suis entré, ajouta-t-il en décrochant le téléphone sur son bureau. J'appelle la sécurité pour voir s'ils l'ont vu partir.

— As-tu… L'as-tu reconnu ? Sais-tu de qui il s'agissait ? demanda-t-elle.

Il secoua la tête.

— Non, et il doit être loin maintenant. Je n'ai pas aperçu son visage, mais il était assez grand pour me renverser.

— Ta blessure s'est-elle rouverte ?

— Non, non. Je vais bien. Il nous faut une ambulance, cela dit. Pour te conduire à l'hôpital.

— Je n'en ai pas besoin.

— Tu ne respirais pas quand je suis arrivé, répondit-il, la voix rauque d'émotion. Tu dois être examinée par un médecin.

— Je respire bien maintenant.

Et même si sa gorge lui faisait mal elle arrivait à parler.

— Tout va bien, assura-t-elle.

— Tu aurais pu mourir. Tu n'aurais pas dû quitter les urgences sans protection.

— C'est vrai. J'ai eu tort de partir sans toi, je m'en rends compte à présent.

Il lui avait sauvé la vie à plusieurs reprises, se mettant en danger chaque fois. La veille, pour la protéger, il avait pris une balle à sa place. Et elle ne s'était même pas rendue à son chevet à sa sortie du bloc.

— Pourquoi as-tu fait ça ? insista-t-il.

Elle culpabilisait de s'être comportée aussi mal.

— Je ne savais pas quoi faire.

— Et tu te moquais des conséquences…

— Non, pas du tout. Je m'en soucie.

En réalité, voir tout ce sang – le sang de Landon – jaillir de sa blessure au cou l'avait tellement terrifiée qu'elle en était restée pétrifiée. Elle avait eu si peur. Pour lui…

S'il ne l'avait pas jetée au sol, elle aurait été touchée, elle aussi. Il l'avait sauvée, alors qu'il risquait d'être lui-même abattu. Et alors qu'il n'était pas complètement remis de ses précédentes blessures.

Elle glissa les mains le long de ses bras.

— Je me soucie de toi, répéta-t-elle.

— Et tu le regrettes, tu préférerais t'en moquer, dit-il. Parce que tu ne me fais pas confiance. Même maintenant…

Elle ferma les yeux et soupira.

— Je… je…

— Tu me caches quelque chose. Quelque chose que tu as confié au chef de la police lorsque tu as demandé à lui parler en privé.

Elle ouvrit les yeux pour observer le visage de Landon. Elle avait besoin de voir sa réaction quand elle lui révélerait la terrible vérité.

— Luther Mills a un frère qui travaille pour la Payne Protection Agency et qui, comme toi, faisait partie de la brigade des mœurs auparavant.

— Que racontes-tu ? L'un de mes amis est le frère de Luther ? Ce n'est pas possible ! Qui est-ce ?

— Tyce Jackson.

Il se mit à rire, mais très vite son hilarité s'envola.

— Frère ou pas frère, cela ne change rien, assura-t-il. Aux mœurs, Tyce était encore plus déterminé à faire tomber Luther que tous les autres réunis. Plus motivé encore que Clint, qui ne lui pardonnera pourtant jamais d'avoir tué son cousin.

Elle soupira.

— Clint Quarters avait donc une raison personnelle de vouloir obtenir justice.

Landon poursuivit :

— Si Tyce et Luther sont liés, c'est uniquement par le sang. Ils n'ont pas été élevés ensemble et ils ne se ressemblent pas.

Si elle admirait la loyauté sans faille de Landon envers ses collègues, elle se demandait s'il ne se leurrait pas.

— Tu aurais dû m'en parler avant de le dire au chef Lynch, lui reprocha-t-il.

— Et voilà pourquoi je ne t'en ai rien dit, répliqua-t-elle. Parce que je savais que tu chercherais à le protéger.

Comme sa loyauté féroce, son côté protecteur était une seconde nature pour Landon. Il avait fait le bon choix en quittant le commissariat de police de River City pour devenir garde du corps.

Elle espérait seulement que sa nouvelle carrière ne lui coûterait pas la vie…

— Je ne le protège pas, protesta-t-il. Je le défends. En tant qu'avocate, tu devrais voir la différence et savoir que tout le monde est innocent jusqu'à preuve du contraire.

— Tout le monde ? Y compris Luther Mills ?

— Luther n'a jamais été innocent. Si les ragots sont vrais, il n'était qu'un enfant quand il a tué pour la première fois.

— J'ai entendu parler de cette rumeur, moi aussi. Il aurait tué son père. Peut-être était-ce aussi celui de Tyce Jackson.

— Donc, Tyce pourrait vouloir se venger de Luther, dit Landon. Et non pas l'aider à échapper à la justice.

Elle soupira.

— Tu aurais dû être avocat. Tu montes une défense solide pour ton ami.

— Tyce est un ami, approuva-t-il. C'est un homme bien. Je sais qu'il ne travaille pas pour Luther. Il cherche à le faire tomber. Tout comme toi. Tout comme moi. Voilà pourquoi nous devons trouver qui, parmi tes collègues, le renseigne. Et découvrir qui vient d'essayer de te tuer.

— Tu as raison. Allons parler au gardien.

Quand il l'aida à se relever, il sentit brusquement son cœur s'emballer dans sa poitrine. La pièce tournait autour de lui. Au bord du malaise, il faillit tomber.

— Cela ne va pas ? s'enquit-elle. Tu es tout pâle. Tu as quitté l'hôpital trop tôt.

À cause d'elle. Parce qu'il s'inquiétait pour elle.

— Nous devons y retourner, dit-elle.

Il venait de subir une intervention chirurgicale lourde après une grave blessure par balle. Elle doutait que les chirurgiens l'aient libéré si vite.

— Oui, fit-il. Nous devons y retourner pour que tu sois soignée.

Et bien sûr il était plus inquiet pour elle que pour lui. Tout comme il défendait son ami qui ne lui avait pourtant pas dit toute la vérité… Il la protégeait, sans se soucier de sa propre vie ou de sa santé.

De nouveau, la panique qui l'avait saisie sur le parking après la fusillade s'empara d'elle. Elle avait l'impression d'une chute vertigineuse…

Elle comprit qu'elle était tombée amoureuse de son garde du corps.

Il tremblait comme une feuille. Il ne parvenait pas à cesser de trembler. Il était passé si près de se faire pincer.

Il s'en était fallu d'un cheveu.

Comment ce garde du corps était-il encore en vie ?

Il avait vu le sang jaillir de son cou. Il aurait dû mourir. Mais tel un ange vengeur il avait surgi de l'ombre et s'était précipité au secours de Jocelyn Gerber. Cela dit, il était sans doute arrivé trop tard pour la sauver.

Quand il l'avait lâchée, elle avait cessé de se débattre et elle ne respirait plus. Elle avait dû mourir.

Mais, si Landon Myers avait réussi à revenir d'entre les

morts, peut-être en était-elle capable, elle aussi. Il attendit donc dans la rue à l'extérieur du bâtiment, dans l'ombre, où, il l'espérait, personne ne le remarquerait. Il pencha la tête, tendit l'oreille, guettant les sirènes d'une ambulance ou d'une voiture de police.

Curieux que le garde du corps n'ait pas déjà appelé à l'aide ? N'aurait-il pas dû tout faire pour tenter de la sauver ? Et prévenir la police ? Que se passait-il ?

Puis, après un long moment, il les vit… dans le hall. Tous les deux. Ils avaient survécu ! Ils étaient vivants.

Pourquoi ne parvenait-il pas à les tuer ? Combien de fois avait-il essayé de les éliminer ? En vain.

Il saisit son arme. Au point où il en était, il se sentait prêt à leur tirer dessus de nouveau. Au risque d'être vu, peut-être reconnu. Il devait à tout prix les tuer.

Mais avant qu'il ne puisse retourner dans le bâtiment son téléphone se mit à vibrer. Pas son téléphone officiel, mais celui qui lui servait à communiquer avec Luther.

Il ne pouvait pas lui parler maintenant. Il avait si peur. Et s'ils l'avaient identifié ?

Il avait de nouveau rabattu sa capuche sur son visage. Il portait des gants. Ils n'auraient pas dû s'en tirer, ils ne devraient pas être encore en vie…

En tout cas, mieux valait qu'ils ne l'aperçoivent pas ici.

Ne pas prendre l'appel de Luther n'était pas une option non plus.

Il s'enfonça plus profondément dans l'ombre d'une ruelle non loin du bureau du procureur.

— Oui ? demanda-t-il à voix basse.

— Il est temps, lui dit Luther.

Sans attendre son ordre, il avait déjà essayé de les tuer, mais il préféra ne pas avouer son échec, d'autant que le narcotrafiquant lui avait demandé de laisser Jocelyn Gerber tranquille. Tous les hommes tombaient-ils donc amoureux d'elle ?

— Maintenant ?

Il serra plus fort son arme. Peut-être donnerait-il à Luther la satisfaction d'entendre les coups de feu…

— Non, non, répondit Luther. Je me fous de Jocelyn Gerber. Nous avons d'autres chats à fouetter.

Son estomac se noua d'effroi. Quelqu'un l'avait-il démasqué ?

Luther poursuivit :

— Certains éléments compromettants ont disparu, mais pas comme je l'aurais souhaité. Je suis à peu près certain qu'ils vont resurgir au pire moment.

Au cours de son procès…

Il savait que Rosie Mendez se cachait dans une maison sécurisée que personne n'avait pu localiser. Mais à présent l'experte scientifique avait également disparu. Avec les preuves ?

— Il nous faut mettre en œuvre cette petite police d'assurance dont nous avons parlé, annonça Luther.

— Quel rapport avec moi ? demanda-t-il.

— J'ai besoin de quelqu'un de confiance pour mener le projet à bien, déclara Luther.

La confiance de Luther ne lui procura aucune fierté. Au contraire. En fait, il eut l'impression que les murs se refermaient sur lui. Les murs de la prison.

Il ne voulait pas se retrouver dans une cellule en compagnie de Luther Mills. Mais, s'il ne l'aidait pas, Luther en savait assez sur lui pour le faire tomber.

Il soupira.

— Que voulez-vous que je fasse ?

— Prenez cette police d'assurance pour moi, répondit Luther. Assurez-vous qu'on sache que nous l'avons.

Paniqué, il secoua la tête.

— C'est trop risqué.

— C'est indispensable, répliqua Luther. Notre police d'assurance ne servirait à rien si personne ne sait que nous l'avons.

Luther ne prenait aucun risque en souscrivant cette assurance. Contrairement à lui. Sa liberté était en jeu. Luther avait déjà perdu la sienne.

Luther était prêt à tout pour sortir de prison. Et il avait besoin d'argent. Un besoin impératif.

Surtout maintenant. Plus Jocelyn Gerber vivrait longtemps, plus elle avait de chances d'identifier celui qui aidait Luther. Et ensuite il aurait besoin de cet argent pour s'enfuir avant le procès…

— D'accord…

Luther se mit à ricaner.

— Comme si vous aviez le choix.

Il comprit que sa seule chance de s'en tirer était de tuer Jocelyn Gerber. Puis de disparaître avant qu'on comprenne ce qu'il avait fait.

18

Landon ouvrit la porte de la chambre d'hôtel avec une carte-clé et invita Jocelyn à passer devant lui. Dès qu'ils furent à l'intérieur, il tira le verrou.

— Nous sommes en sécurité ici, assura-t-il en allumant. Personne ne nous a suivis. Pas même les renforts…

Sans doute ces derniers avaient-ils préféré se rendre au manoir. Ou peut-être avaient-ils été chargés de la protection de la fille du juge, Tyce ayant probablement été démis de ses fonctions.

Tyce Jackson était un homme bien, à qui on pouvait se fier, Landon le savait. Mais Jocelyn n'avait confiance en personne à la Payne Protection Agency, à part lui. Voilà pourquoi il avait accepté sa requête de ne dire à personne où ils allaient.

— Merci, murmura-t-elle, la voix toujours rauque.

La marque rouge sur son cou était encore plus enflée que lorsqu'il l'avait trouvée inanimée.

Il secoua la tête.

— Ne me remercie pas, dit-il. J'aurais dû te conduire à l'hôpital plutôt qu'à l'hôtel.

— C'est toi qu'ils auraient gardé, répliqua-t-elle en souriant.

— Je vais bien, protesta-t-il.

— Moi aussi.

— Je n'en suis pas si sûr. Je ne sais pas combien de temps tu as été privée d'oxygène…

Sa voix se brisa lorsqu'il se remémora sa terreur au moment où il avait cherché son pouls en vain. Là, il le sentait battre sous ses doigts et en éprouva un intense soulagement.

— Tu m'as ramenée à la vie, dit-elle en se hissant sur la pointe des pieds pour l'embrasser. Merci.

Ce baiser le secoua au plus profond de son être, déclenchant une vague de désir mais aussi une autre émotion, plus forte encore. Sa blessure et l'hémorragie qu'elle avait provoquée l'avaient rendu faible. Mais, là, elle…

— Maintenant, c'est toi qui me ramènes à la vie, Jocelyn.

Comme ses beaux yeux bleus se remplissaient de larmes, il les essuya du bout des pouces.

— Que se passe-t-il ? demanda-t-il. Pourquoi pleures-tu ?

— Je ne veux pas que tu meures à cause de moi.

Il appuya le front contre le sien et soupira.

— Ce ne serait pas à cause de toi. Mais à cause de Luther et de ses sbires.

— Es-tu sûr que Tyce Jackson n'est pas l'un de ses complices ?

Un léger sourire passa sur les lèvres de Landon.

— Tu n'arrêtes jamais. Tu continues le contre-interrogatoire du suspect.

— Tu n'es pas suspect, répliqua-t-elle.

— Vraiment ? Quand tu as découvert que l'un de mes meilleurs amis était le frère de Luther Mills, n'as-tu pas craint que j'aie été recruté pour travailler, moi aussi, pour le compte de Luther ?

— J'ai été bouleversée par ces révélations, oui, reconnut-elle en rougissant. Je ne savais plus quoi penser.

Il n'était pas surpris qu'elle ait douté de lui. Et il ne pouvait le lui reprocher. Lorsqu'il était policier, tant de gens lui avaient menti qu'il avait désormais, lui aussi, des réticences à accorder sa confiance.

— Je suis désolée, répéta-t-elle. Je n'aurais pas dû douter de toi.

— J'ai besoin que tu me fasses confiance, dit-il. Et, surtout, que tu n'ailles plus jamais où que ce soit toute seule.

Il se força à s'écarter d'elle et ajouta :

— Mais je comprends. Tu as peut-être raison de te méfier de tout le monde.

Jocelyn l'affolait. Il en perdait son sang-froid et son professionnalisme. Certes, il lui avait sauvé la vie, mais elle n'aurait jamais dû se retrouver dans cette situation. Par sa faute, elle avait échappé de peu à la mort.

Il devait lutter contre l'attirance qu'il ressentait pour elle.

Pour leur permettre de rester en vie…

Qu'il la rejette la blessait en plein cœur. Mais Jocelyn comprenait la colère de Landon. Elle avait failli se faire tuer. Et plus grave encore : il avait failli mourir à cause d'elle.

Parce qu'elle était incapable de lui faire confiance…

Il n'avait rien fait pour mériter ses doutes. Il ignorait que son ami avait des liens familiaux avec Luther Mills, cela sautait aux yeux.

Meurtrie, elle se retira dans la salle de bains. Elle avait besoin de prendre une douche. Mais elle n'avait rien pour se changer, se recoiffer ou se maquiller.

Elle considéra son reflet dans le miroir mural. Son visage était pâle, cerné. La marque rouge sur son cou, impressionnante.

L'homme avait-il utilisé une cravate ? Une corde ?

Un coup fut porté contre la porte.

— Tout va bien, Jocelyn ?

Non, elle n'allait pas bien. Comme à l'hôpital, elle s'inquiétait de l'importance que Landon prenait dans sa vie.

Alors que pour lui elle n'était qu'une mission, une mission dans laquelle il craignait d'échouer.

En tout cas, parce qu'elle avait douté de lui, il avait failli mourir. Elle n'aurait pas dû partir seule.

— Jocelyn ? répéta-t-il d'une voix inquiète. Ça va ?

Elle se força à ouvrir la porte.

— Je vais bien…, dit-elle.

— J'ai commandé du thé et un petit en-cas. Tu dois être affamée.

Elle n'avait faim… que de lui.

Mais il s'était éloigné d'elle.

Oserait-elle risquer un autre rejet ?

Elle dénoua lentement la ceinture de son peignoir et un gémissement sourd lui arracha la gorge.

— Jocelyn, tu me tues…

Il la prit dans ses bras et fit glisser son peignoir par terre. Quand elle fut nue, elle voulut cacher de sa main la marque rouge, si disgracieuse, qu'elle avait au cou. Mais il ne regardait pas sa blessure.

Les yeux dans les siens, il cherchait à voir son âme.

— Que tu es belle…

Il se pencha et lentement captura ses lèvres.

Sans doute aurait-il préféré que ce baiser soit tendre, doux, mais elle était trop affamée pour se contenter d'une brève étreinte. Submergée par la passion, elle noua les bras autour de son cou et fouilla sa bouche. Elle l'embrassa profondément, avidement.

Il la souleva et la porta jusqu'au lit. Après l'avoir allongée, il la regarda de nouveau fixement. Une lueur de désir ardent brillait dans ses prunelles. Il se déshabilla rapidement pour être aussi nu qu'elle.

Et elle sut qu'ils partageaient la même faim.

Pourtant, il prenait son temps, promenant les mains et

les lèvres sur chaque centimètre de sa peau avec une lenteur délibérée.

Elle le caressa, elle aussi.

— Tu as un corps magnifique, lui dit-elle.

En frissonnant, elle s'agrippa à lui. Elle avait tellement envie de lui.

Très vite, il lui fit l'amour avec sa bouche, sa langue, et elle se mit à crier. Mais ce n'était toujours pas suffisant. Elle sentait au creux de son ventre un vide que lui seul pouvait combler.

Il s'éloigna, le temps de mettre un préservatif. Puis il revint vers le lit. Il s'allongea sur le dos et l'attira à lui. Sans hésiter, elle le chevaucha et s'empala sur lui.

Les mains sur ses hanches, il la fit aller et venir et ils s'envolèrent vers le ciel.

— Tu me rends fou, répéta-t-il, les yeux brillants de passion.

Elle haletait, sentant monter en elle un intense plaisir.

Il fit glisser ses mains de ses hanches jusqu'à ses seins. Il passa les pouces sur ses mamelons, en excita les pointes.

Et finalement un puissant orgasme la souleva et déferla sur elle comme un tsunami. Elle cria son nom.

Il remit les mains sur ses hanches pour la pousser à accélérer le rythme. Et une nouvelle jouissance la submergea.

Elle s'effondra sur son torse musclé. Mais il ne la laissa pas se reposer. Il la prit dans ses bras et la porta jusqu'à la salle de bains.

— Que fais-tu ? balbutia-t-elle.

— Je prends une douche, dit-il en ouvrant le robinet.

— J'en ai déjà pris une, lui rappela-t-elle.

— Pas avec moi.

Et il la tira sous le jet avec lui. Ils firent une nouvelle fois l'amour, laissant l'eau chaude cascader sur eux.

Quand il la plaqua contre le mur carrelé, elle enroula les jambes autour de sa taille. Il s'enfonça en elle.

Et enfin il jouit à son tour.

Le souffle court, elle passa les doigts sur le pansement humide sur son cou.

— Landon, tu as eu tort de le mouiller.

Il haussa les épaules et l'embrassa.

Blottie contre lui, Jocelyn eut de nouveau peur… d'être tombée folle amoureuse de son garde du corps.

Parker jura alors que la messagerie vocale de Landon s'enclenchait une nouvelle fois. Pourquoi ne répondait-il pas ? Lui était-il arrivé quelque chose ? Allait-il bien ?

Landon avait quitté l'hôpital contre les conseils du médecin vendredi soir, et il avait semé ses gardes du corps. Finalement, Parker avait dû les envoyer sur une autre mission.

Il espérait que Landon et Jocelyn Gerber n'avaient pas subi de nouvelles attaques.

Finalement, il laissa un message : « Rappelez-moi dès que possible. Mme Gerber doit apprendre la dernière de Luther, qui aura des conséquences sur le dossier. »

Elle aussi avait disparu. Bien sûr, ils étaient en plein week-end, mais elle avait la réputation de travailler tous les jours.

Il avait également essayé de la joindre sur son portable – en vain – et lui avait laissé un message similaire.

Elle fut la première à le rappeler.

Pour s'isoler, il s'éloigna dans un couloir de la maison du juge Holmes. Il ne voulait pas déranger ce dernier.

— Qu'est-ce qui va affecter mon dossier ? lança Jocelyn Gerber sans préambule.

— Tout d'abord, répondit Parker, comment allez-vous ? Et Landon ? Je m'inquiétais.

Il n'aurait pas dû quitter l'hôpital.

— Il va bien, dit-elle. Nous allons bien.

Mais elle n'en avait pas l'air. Elle semblait troublée, à fleur de peau. Ses messages avaient peut-être provoqué cet émoi. La justice était la préoccupation première de Jocelyn Gerber.

— Que se passe-t-il ? demanda-t-elle.

— Bella Holmes a été kidnappée.

Elle jura.

— J'avais pourtant dit au juge de congédier sans délai Tyce Jackson et de faire appel à quelqu'un d'autre pour assurer la protection de sa fille. Tyce Jackson est le frère de Luther et…

— Je sais, interrompit Parker. Le juge lui avait demandé de cesser ses fonctions de garde du corps et voilà sans doute pourquoi elle a été enlevée. Tyce se serait assuré qu'il ne lui arrive rien.

Il le soupçonnait d'être tombé amoureux de la belle héritière.

— Nous devons la retrouver, dit Jocelyn. Ou le juge devrait se récuser. Et je ne fais confiance à personne d'autre.

— Vous pensez que Luther pourrait avoir un juge à sa solde ?

— S'il a des policiers à sa solde, des experts scientifiques à sa solde et un substitut du procureur à sa solde, pourquoi n'aurait-il pas un juge à sa solde ? asséna Jocelyn.

Parker gémit. Si tel était le cas, Luther aurait ainsi manœuvré afin que le juge Holmes se déclare incompétent et qu'un autre juge préside son procès. Cela signifiait qu'il n'avait aucune raison de garder Bella Holmes en vie.

— Nous devons absolument la retrouver, renchérit Parker.

— Oui, dit Jocelyn. Je me rends de ce pas chez le juge.

— Il ne veut pas de vous ici, contra Parker.

Il aurait même préféré qu'elle ne soit pas prévenue.

Mais Parker estimait qu'elle avait le droit de savoir.

— Bien sûr, fit-elle. Il craint la moindre irrégularité.

En réalité, le juge ne se souciait pas de cela pour le

moment. Il se reprochait probablement d'avoir prié Tyce de cesser de protéger sa fille.

Que Tyce soit ou non le frère de Luther n'avait aucune importance, en réalité. Il aimait Bella Holmes. Il aurait donné sa vie pour la défendre.

— Il faut la récupérer, murmura Parker à voix haute.

— Je vais parler à Luther, annonça Jocelyn.

Derrière elle, une voix grave s'insurgea contre cette idée.

Landon ne voulait évidemment pas que Jocelyn approche Luther Mills. Le narcotrafiquant la menaçait. Et, légalement, Landon ne serait pas autorisé à assister à cette réunion.

Jocelyn Gerber se retrouverait donc seule avec un tueur impitoyable et son avocat corrompu. Pas étonnant que Parker ait entendu Landon protester à l'arrière-plan.

Mais Landon cherchait-il seulement à la protéger ? Voulait-il seulement exercer son métier, jouer les gardes du corps ?

Ou était-il tombé amoureux de la belle substitute de la procureure ?

19

Depuis deux jours, personne n'avait pris Jocelyn pour cible, personne ne leur avait tiré dessus, personne n'avait tenté de les écraser. Landon s'en étonnait. Le seul danger auquel il était confronté était son amour de plus en plus fort pour la belle substitute.

Cela dit, le coup de fil de Parker lui avait rappelé pourquoi une relation entre eux était vouée à l'échec. Jocelyn ne se souciait que de sa carrière.

— T'entretenir avec Luther Mills est trop dangereux, lui dit-il alors qu'il conduisait le SUV de la Payne Protection Agency vers la prison. C'est de la folie.

— Je ne serai pas seule avec lui, répliqua-t-elle. Son avocat sera là et un gardien sera posté derrière la porte.

— Très rassurant, en effet ! Son avocat est un truand, comme tous ceux qui défendent Luther. Tu ne peux pas lui faire confiance. Quant aux gardiens, ils sont encore moins fiables. Surtout maintenant. Ils doivent savoir qu'ils font l'objet d'une enquête. Ils t'en veulent sans doute et ne lèveront pas le petit doigt pour t'aider si Luther t'attaque.

— Le chef de la police et moi collaborons sur cette enquête, c'est vrai, reconnut-elle. Mais ils n'ont rien à craindre…

— À moins qu'ils ne travaillent pour Luther.

Luther avait acheté, manipulé ou fait chanter trop de gens afin qu'ils lui obéissent et se plient à ses quatre volontés. Et dans l'immédiat le narcotrafiquant voulait la mort de Jocelyn Gerber, sans doute pour permettre à la taupe qui opérait au bureau du procureur de récupérer le dossier.

— N'y va pas, répéta Landon alors même qu'il s'engageait sur le parking de la prison. Ce n'est pas prudent.

— Je suis beaucoup plus en sécurité que la fille du juge en ce moment, rétorqua Jocelyn. Je préfère ne pas imaginer ce qui pourrait lui arriver…

Elle frissonna. Il était donc évident qu'elle songeait aux risques qu'elle prenait… et s'efforçait de les relativiser.

— Nous devons tout faire pour la retrouver, insista Jocelyn.

Il hocha la tête et se gara.

Après avoir passé deux jours dans cette chambre d'hôtel, ils avaient dû faire un saut chez elle pour prendre des vêtements propres et s'assurer que la voisine avait bien nourri Lady. Jocelyn avait emporté quelques foulards pour cacher l'affreuse marque autour de son cou.

— Es-tu sûre d'être prête pour cette épreuve ? demanda Landon.

— Il le faut. La situation s'aggrave.

— Es-tu consciente que Luther a failli réussir à te faire disparaître ?

— Nous ne sommes pas sûrs qu'il était derrière l'attaque.

— Tu préfères encore croire que c'était quelqu'un d'autre.

— Je ne sais plus quoi croire, admit-elle. Je me suis trompée à propos de ton ami. D'après Parker, si Tyce n'avait pas été démis de ses fonctions, Bella n'aurait pas été enlevée.

— Il n'en sait rien, riposta Landon.

Jocelyn avait failli mourir plusieurs fois alors qu'elle était sous sa protection.

— Tyce aurait peut-être été tué en essayant de la protéger, ajouta-t-il.

— C’est ce que voulait dire Parker, dit Jocelyn. Ils auraient dû passer sur le cadavre de Tyce pour l’atteindre, elle.

— Alors tu as sauvé la vie de Tyce. Et nous sauverons celle de Bella. Si elle est encore de ce monde…

Il se demandait à quoi jouait Luther. Pensait-il vraiment parvenir à manipuler le juge pour qu’il tranche en sa faveur ? Imaginait-il que Jocelyn laisserait faire ? Il devait se douter qu’elle obligerait le juge à se récuser s’il y avait le moindre risque.

Cela dit, peut-être le narcotrafiquant le souhaitait-il. Il avait sans doute un juge dans sa poche, comme il avait un substitut du procureur à sa solde et Dieu sait combien de policiers…

— D’accord, dit-il.

Il ouvrit sa portière et contourna le véhicule, prenant soin de vérifier qu’aucune menace ne se trouvait aux alentours. Il s’était assuré que personne ne l’avait suivi.

Cela dit, un tireur les attendait peut-être ici, sur ce parking. Jocelyn avait en effet dû appeler cet avocat véreux pour organiser l’entretien. Si elle ne l’avait pas prévenu, elle se serait mise dans l’illégalité.

Comme Jocelyn sortait de l’habitacle, une image s’imposa à la mémoire de Landon, celle de ses longues jambes fuselées enroulées autour de sa taille…

Une bouffée de désir le traversa, lui chauffant le sang. Ils avaient fait l’amour plusieurs fois, mais il n’était toujours pas rassasié d’elle.

Jocelyn inspira profondément, comme pour se préparer à ce qui l’attendait.

Elle n’aimait pas plus visiter Luther Mills en prison que Landon n’appréciait qu’elle s’y rende. Mais cela faisait partie de son travail et elle ne reculait devant aucune épreuve pour effectuer sa mission, quelles que soient les difficultés, ou les dangers.

Escortée d'un gardien, Jocelyn se dirigea vers la petite salle où elle rencontrerait le narcotrafiquant et son avocat. Pour tenter de se rassurer, elle fit claquer ses talons sur le sol.

— Son avocat est déjà à l'intérieur, lui annonça le gardien. L'un de mes collègues est allé chercher Luther dans sa cellule. Il sera là dans un instant.

« Luther ». Pas « le détenu ». Ni même « Mills »…

Landon avait raison. Elle ne pouvait pas faire confiance aux gardiens – du moins, pas à ceux qui appelaient un dangereux tueur par son prénom. Elle jeta un coup d'œil derrière elle, espérant apercevoir Landon. Mais les employés chargés de la fouille ne devaient pas encore en avoir terminé avec lui. Elle l'avait subie la première et avait ensuite été introduite dans les locaux, seule.

Le quitter l'avait glacée, surtout après les deux jours qu'ils avaient passés ensemble. Deux jours qui avaient semblé un rêve. Ils l'étaient sans doute. Elle n'aurait jamais éprouvé autant de plaisir avec un homme.

Pourtant, avec lui, elle avait touché le ciel chaque fois.

Le gardien déverrouilla la porte et la lui tint ouverte.

L'avocat était déjà assis devant la petite table. Malgré l'heure tardive, il était très bien coiffé, ses cheveux noirs lissés en arrière. Son costume était lui aussi impeccable.

Jocelyn porta les doigts à sa gorge, vérifiant que l'écharpe n'avait pas glissé. Elle l'avait mise pour cacher les marques à son cou, mais maintenant elle prenait conscience que le carré de soie pouvait être utilisé comme une arme contre elle. Son agresseur avait d'ailleurs dû se servir de sa propre cravate pour l'étrangler, l'autre soir. Peut-être n'aurait-elle pas dû porter ce foulard.

Mais il était trop tard pour y changer quoi que ce soit. La porte de l'autre côté de la pièce s'ouvrit et Luther Mills entra, un sourire aux lèvres.

— J'ai l'impression d'un fantasme devenu réalité, murmura-t-il en s'asseyant en face d'elle. J'ai si souvent imaginé tout ce que nous pourrions faire ensemble, Jocelyn…

Comme ses yeux noirs se promenaient sur elle, elle réprima un frisson de dégoût. Il espérait la déstabiliser, elle en était certaine. Aussi le regarda-t-elle froidement.

— Je ne suis pas ici pour discuter de vos fantasmes, monsieur Mills.

— C'est bien dommage, répliqua-t-il. Vous aimeriez ce que je vous ferais.

Elle avait envie de vomir, mais s'efforça de rester impassible. Luther Mills était un prédateur, toujours à la recherche des failles de ses victimes pour mieux les dominer. Elle ne devait montrer aucune faiblesse.

— Monsieur Mills, intervint son avocat, dont le front se perlait de sueur. Mme Gerber a sollicité cet entretien parce qu'elle craint que vous ne soyez derrière l'enlèvement de la fille du juge Holmes.

Et il était manifeste qu'il partageait ses inquiétudes.

Luther écarquilla les yeux avec une innocence feinte.

— Le juge a une fille ? Je l'ignorais.

Jocelyn ne fut pas dupe.

— Tout le monde sait à quel point Bella compte pour lui.

— Plus que la justice ? ricana Luther. J'ai du mal à le croire.

Luther n'avait apparemment jamais aimé personne d'autre que lui-même ou l'argent. Il ignorait donc jusqu'où une personne était capable d'aller pour protéger les siens.

Elle pensa à Landon, à cette balle qui l'avait frappé au cou. Il aurait pu mourir, elle aurait pu le perdre. Et pourtant il n'était pas vraiment à elle, malgré leur week-end idyllique. Il n'était encore que son garde du corps.

Et elle avait besoin d'un garde du corps à cause de ce narcotrafiquant.

— Votre plan ne fonctionnera pas, dit-elle à Luther.

Il se pencha vers elle et, écœurée, elle dut faire appel à toute sa volonté pour ne pas reculer.

Il l'observa très attentivement.

— À votre avis, quel est mon plan ? demanda-t-il.

— Utiliser la fille du juge pour faire pression sur lui et qu'il tranche en votre faveur, répondit Jocelyn.

— Croyez-vous qu'il le ferait ? Qu'il compromettrait le système pour un intérêt personnel ?

Il semblait suspendu à ses lèvres comme si la réponse l'intéressait au plus haut point.

Et cette réaction inquiétait Jocelyn. Elle devait être honnête, cependant.

— Non. Votre plan ne fonctionnera pas, répondit-elle. Le juge Holmes se récusera et un autre juge sera désigné.

Il sourit, sans doute incapable de ne pas se réjouir de ce qu'il considérait comme une autre victoire sur la justice.

Elle blêmit en prenant conscience qu'elle venait de lui donner la réponse qu'il attendait.

— C'est ce que vous espérez, dit-elle. Qu'un autre juge récupère le dossier, si possible celui qui travaille pour vous.

— Tout le monde est persuadé que *vous* travaillez pour moi, vous savez, Jocelyn, la railla Luther.

Le rouge lui monta au front. Tout le monde le pensait, en effet. Quelle honte.

Elle secoua la tête en signe de déni.

Mais il poursuivit :

— Parce que vous avez, comme un fait exprès, perdu tous les procès contre moi.

— Rien n'était fait exprès, protesta-t-elle.

Il ricana.

— Mais ces échecs répétés ont nui à votre carrière, non ? Vous n'auriez pas été chargée de cette affaire si votre supérieure n'était pas en congé maternité, n'est-ce pas ?

— Dans toutes ces autres affaires contre vous, le juge Holmes ne siégeait pas aux procès.

— Bien sûr, et vous ne l'aurez pas non plus cette fois-ci. S'il arrive quelque chose à sa fille…

— Ça ne marchera pas, répéta-t-elle.

Elle décida de bluffer, de prêcher le faux dans l'espoir d'obtenir le vrai.

Il n'était pas question de perdre le juge Holmes.

— Tyce Jackson a retrouvé Bella, lança-t-elle.

Luther plissa les yeux, l'étudiant encore plus attentivement.

— Vraiment ? demanda-t-il. Il l'a retrouvée ?

Elle hocha la tête.

— Vivante ? insista-t-il.

Jocelyn perçut la surprise dans sa voix et son cœur cogna contre ses côtes.

Luther semblait certain qu'elle était morte. Et il n'avait qu'une seule raison d'en être certain…

Il avait ordonné de la tuer.

Elle blêmit.

Il n'en était pas tout à fait sûr, cependant, car il ne cessait de la dévisager.

— Vous mentez, n'est-ce pas, madame Gerber ? dit-il enfin. Tyce ne l'a pas retrouvée, n'est-ce pas ?

Il avait l'air inquiet pour l'homme dont elle savait maintenant qu'il était son frère. Pensait-il que Tyce avait été tué en essayant de la sauver ?

C'était une éventualité. Et elle se sentit malade en comprenant que Landon avait peut-être perdu son ami. Elle espérait que, si Tyce avait bien retrouvé la fille du juge, tous deux s'en étaient sortis vivants.

Elle se leva et se dirigea vers la porte. Tout comme Landon l'avait prévenue, cette visite avait été une perte de temps. Pour elle…

Elle avait l'horrible impression que Luther, en revanche,

avait obtenu plus d'informations d'elle qu'elle n'en avait tirées de lui. Elle n'avait aucune preuve qu'il avait ordonné l'enlèvement de la fille du juge, ou pis.

Elle n'avait rien à utiliser contre lui pour le contraindre à libérer Bella. Elle ne pouvait qu'espérer que Tyce Jackson était aussi bon garde du corps que Landon et qu'il sauverait la jeune femme tout comme Landon l'avait sauvée, elle.

Luther sifflotait alors que la substitute se levait et sortait de la petite pièce. Il n'avait pas menti en lui disant qu'il fantasmait sur elle. Mais sans doute serait-il plus amusant de l'affronter au tribunal. Et ils se dirigeaient vers ce scénario. Il n'avait pas été en mesure de faire rejeter les charges qui pesaient contre lui.

Il devait donc à tout prix gagner le procès.

Et, pour l'emporter, il avait besoin que le juge Holmes soit de son côté ou qu'il soit hors jeu.

Son avocat se tourna vers lui.

— Qu'avez-vous fait ? demanda-t-il. Non, ne me dites rien, ajouta-t-il en levant une main couverte de bagues pour lui interdire de parler. Je ne veux rien savoir.

Comme son défenseur commençait à se lever, Luther le retint d'un geste.

— Vous n'irez nulle part tant que je ne vous en aurai pas donné l'ordre.

Et il tendit la main en claquant des doigts… pour obtenir le téléphone de l'avocat. Il avait laissé son smartphone clandestin dans sa cellule, au cas où Jocelyn aurait ordonné qu'il soit fouillé avant leur entretien.

Elle était tellement intelligente.

Voilà pourquoi elle était encore en vie, ainsi que Landon Myers. Landon avait toujours été un emmerdeur avec son côté protecteur. Pas étonnant qu'il soit un si bon garde du corps.

Le demi-frère de Luther était-il aussi bon dans ce rôle ?

Tyce avait-il retrouvé Bella Holmes ?

Luther tapa brièvement sur le smartphone de son avocat et le colla à son oreille.

— Dites-moi que vous l'avez toujours.

— Je ne suis pas avec elle, répondit le substitut à sa solde.

— Pourquoi ?

Mais Luther savait qu'il craignait de se faire pincer.

— Elle ne s'en sortira pas. Vos gars s'en occupent.

Ses sbires étaient jeunes et peu nombreux, songea Luther. Il avait besoin d'envoyer des renforts plus expérimentés. Mais à cause de la Payne Protection Agency il n'arrêtait pas de perdre des hommes.

Comme Tyce. À une époque, Tyce avait fait partie de sa bande. Mais il était alors sous couverture, essayant de faire tomber Luther. S'il était mort en tentant de sauver la fille du juge, tant mieux.

De toute façon, il n'était sûrement pas son unique demi-frère.

— Avez-vous remarqué quelqu'un qui aurait surveillé l'endroit ? reprit-il.

— Non. Vous pensez que quelqu'un l'a retrouvée ? demanda son interlocuteur, une pointe de panique dans la voix.

Tyce pourrait l'avoir repérée, songea Luther, lui aussi inquiet.

— Je ferais mieux d'envoyer plus de gars là-bas, au cas où.

Au cas où la petite Mme Gerber n'aurait pas bluffé.

Avant qu'il ne puisse se déconnecter pour passer un autre appel, le substitut continua :

— Je n'aurais pas dû m'impliquer dans ce rapt. J'ai croisé la fille du juge à l'entrepôt. Peut-être a-t-elle reconnu ma voix.

— Alors vous auriez dû vous assurer qu'elle était morte avant de quitter l'endroit, répliqua Luther.

Son avocat gémit.

— Manifestement, vous n'avez pas l'étoffe d'un tueur,

vous n'avez pas le cran nécessaire, asséna Luther à son correspondant. Si vous étiez à la hauteur, Mme Gerber ne m'aurait pas rendu visite.

— Elle est venue à la prison ?

— Oui. Et elle était bien vivante.

— Je l'avais pourtant étranglée, l'autre soir.

Voilà pourquoi elle portait cette écharpe autour du cou.

— Vous n'avez pas réussi à la tuer. Comme je l'ai dit, vous n'êtes pas à la hauteur.

— Vous m'aviez dit de laisser tomber, lui rappela le substitut. Je m'étais donc contenté de glisser des preuves dans son armoire de rangement.

— Des preuves ? Contre moi ?

— Contre elle, répondit l'homme. Le téléphone avec lequel j'avais l'habitude de vous parler, en particulier.

— À qui essayiez-vous de faire porter le chapeau, imbécile ? À elle ou à moi ? demanda Luther.

Peut-être avait-il besoin de se débarrasser au plus vite de cet idiot au lieu de s'attaquer à Jocelyn Gerber en priorité.

— Ces éléments ne seront pas recevables devant un tribunal, mais ils pouvaient la faire paraître coupable, répliqua l'homme. Je l'ai vue arriver alors que j'étais sur le point de partir.

— Alors vous avez décidé de l'étrangler, même si je vous avais ordonné de laisser tomber.

— J'avais envoyé son garde du corps au tapis, il était à l'hôpital, et elle était enfin seule, expliqua l'homme. Je devais profiter de l'occasion.

— Landon Myers est à l'hôpital ?

— Il l'était… Malheureusement, il en est sorti à temps pour la sauver.

Ces gardes du corps avaient fait leur métier, s'étaient précipités à la rescousse. Il devait faire venir une plus grande partie de son équipe à l'entrepôt pour s'assurer que la fille du juge n'en sortirait pas vivante.

Mais avant de raccrocher il lança au gars :

— Vous feriez mieux de ne pas échouer la prochaine fois que vous tenterez de la tuer.

— Quand ?

— Maintenant.

Son informateur avait réussi à s'approcher d'elle parce que personne ne l'avait encore soupçonné. Mais, si la fille du juge survivait et parvenait à l'identifier, il n'aurait plus jamais l'occasion de s'attaquer à Jocelyn Gerber.

De plus, si le jeune substitut mourait en essayant de tuer sa collègue, comme le policier était mort en essayant de tuer Rosie, ce ne serait pas très grave.

En fait, ce serait un problème de moins à régler pour Luther.

20

Landon ferma les yeux et s'efforça de faire abstraction des bruits d'eau qui émanaient de la salle de bains. Dès qu'ils étaient rentrés chez elle, Jocelyn avait tenu à prendre une douche. Elle se sentait sale après avoir vu Luther Mills en prison.

Il avait envie de la rejoindre sous le jet d'eau chaude, mais la culpabilité l'en empêchait. Sa mission était de protéger Jocelyn. Pas de lui faire l'amour. De plus, il n'avait pas soutenu son équipe autant qu'il l'aurait dû. Il s'inquiétait pour ses amis.

Heureusement, Clint et Hart étaient en sécurité maintenant, puisque celles qu'ils protégeaient avaient accepté de se réfugier dans des maisons sécurisées, hors d'atteinte de Luther. En revanche, Keeli et Tyce étaient encore en danger. Surtout Tyce, qui se démenait pour retrouver la fille du juge.

Landon ne voulait pas le déranger, mais il était préoccupé et avait envie de vérifier que son ami allait bien.

En l'appelant, il pensait tomber sur sa messagerie vocale ; lorsque Parker prit l'appel, son angoisse grimpa de plusieurs crans.

La gorge nouée d'effroi, il demanda :

— Pourquoi répondez-vous sur le téléphone de Tyce ?

— Il a été blessé. Il est au bloc, dit Parker.

— Que s'est-il passé ?

— Tyce a retrouvé la fille du juge et l'a sortie, tout seul, de l'entrepôt où elle était enfermée. Mais au cours du sauvetage il s'est fait tirer dessus. Nous sommes arrivés au moment où les renforts de Luther débarquaient.

— Quelqu'un d'autre a-t-il été touché ? s'enquit Landon.

— Aucun des sbires de Luther n'a survécu.

— Et parmi les gardes du corps de la Payne Protection Agency ?

— Tout le monde est sain et sauf, à l'exception de Tyce. Nous n'avions pas remarqué qu'il était blessé jusqu'au moment où il s'est écroulé, précisa Parker.

— Est-il gravement touché ? insista Landon.

— Je ne sais pas, répondit Parker. Il est au bloc depuis un moment. Ce qui signifie que la balle a fait des dégâts. Le plus bizarre dans cette histoire, c'est la façon dont les hommes de Luther se sont présentés. Comme s'ils avaient été prévenus que Tyce avait retrouvé Bella. Que lui a dit Mme Gerber à la prison ? Vous l'y avez conduite, non ?

— Oui, mais je n'ai pas assisté à leur entrevue.

— Vous ignorez donc la teneur de leurs échanges.

— Elle n'aurait jamais révélé que Tyce avait retrouvé Bella. D'autant plus que, jusqu'à maintenant, j'ignorais que Tyce savait où elle était retenue prisonnière.

Parker soupira.

— Je me demande si nous devons faire confiance à Jocelyn, dit-il. Vous aviez peut-être raison à son sujet depuis le début.

— Non, je me trompais, répliqua Landon. Toutes les attaques qu'elle a subies prouvent qu'elle ne travaille pas pour Luther.

— C'est vous qui avez été blessé chaque fois. Pas elle…

Landon n'avait pas encore parlé à Parker de l'agression dont elle avait été victime dans son bureau, lorsqu'elle avait failli être étranglée. Il la lui raconta.

— Voilà pourquoi nous avions disparu des écrans radars, conclut Landon.

— Parce que vous doutiez de tout le monde ? Parce que vous l'avez crue quand Jocelyn Gerber prétendait que Tyce et Luther étaient complices ? Je ne veux pas nier la réalité de l'attaque qu'elle a subie dans son bureau, mais je maintiens qu'il ne faut pas lui faire confiancc. Et après ce qui est arrivé à Tyce je vous exhorte à vous méfier d'elle.

Landon avait envie de défendre Jocelyn, mais il devina que ce n'était pas le moment.

— Prévenez-moi quand Tyce sortira du bloc.

— Ne conduisez pas Jocelyn à l'hôpital, l'avertit Parker. Personne ne veut d'elle ici.

Comprenant que Parker s'inquiétait à juste titre pour Tyce, Landon abrégea l'appel. Il glissait son smartphone dans sa poche quand il entendit le tintement d'un autre portable, signalant la réception d'un SMS.

Il ne s'agissait pas du sien.

Et il aurait juré que Jocelyn avait emporté son appareil avec elle dans la salle de bains. Comme le petit signal résonnait à nouveau, il comprit qu'il venait de son attaché-case, posé sur une chaise.

Curieux de savoir pourquoi elle possédait deux téléphones, il s'en approcha. Elle avait dû y mettre quelque chose depuis qu'ils étaient rentrés parce que sa mallette n'était pas verrouillée comme elle l'était d'habitude.

Sa gorge se serra en découvrant ce qu'elle contenait. Au sommet d'une pile de dossiers se trouvaient un téléphone portable et un flacon de cachets dont l'étiquette avait été arrachée. De quoi s'agissait-il ?

Des somnifères qui avaient drogué leurs gardes du corps suppléants ? Mais pourquoi vouloir les endormir ?

Il baissa les yeux sur le téléphone. Le texto affiché sur l'écran disait :

Merci de m'avoir prévenu à propos de Tyce.

Il eut l'impression d'un coup de poing en pleine figure. Il avait voulu assister à l'entretien de Jocelyn avec Luther pour la protéger. Mais il comprenait qu'il aurait eu besoin d'y être pour protéger son vieil ami et lui-même.

Il eut l'impression que son cœur se brisait. Qu'il avait été bête de lui faire confiance ! Et surtout de tomber amoureux d'elle…

Jocelyn avait espéré que Landon la rejoindrait sous la douche. Le profond malaise qu'elle avait ressenti lors de sa rencontre avec Luther Mills et son avocat véreux ne s'était pas dissipé. Elle se sentait encore glacée. Elle craignait que Luther ne s'en tire, une fois de plus.

Elle avait besoin des bras de Landon pour la rassurer, la réconforter. Seule la passion qui les unissait parviendrait à chasser ses peurs et ses inquiétudes.

Dans l'espoir de ranimer la flamme, elle descendit dans le salon, enveloppée dans sa serviette.

En le voyant penché sur son attaché-case ouvert, elle blêmit.

— Tu fouilles dans mes affaires ? Tu crois encore que je travaille pour Luther ?

— Ai-je tort de m'inquiéter ? rétorqua-t-il en se tournant vers elle, rouge de colère. Quand il t'envoie un texto pour te remercier de l'avoir prévenu que Tyce savait où Bella Holmes était retenue en otage ?

— Quoi ? D'abord, mon smartphone est à l'étage.

Par habitude, elle l'avait emporté avec elle dans la salle de bains. Elle ne savait jamais quand sa supérieure l'appellerait.

— Je te parle de *cet* appareil, dit-il en montrant le téléphone portable posé sur les dossiers de sa mallette. Celui que tu utilises pour communiquer avec Luther Mills.

Elle secoua la tête.

— Ce n'est pas mon téléphone.

— Les somnifères non plus ?

— Non, dit-elle, furieuse qu'il la soupçonne. Je les ai trouvés dans l'armoire de rangement au bureau… juste avant que quelqu'un n'essaye de m'étrangler, ajouta-t-elle avec colère.

Avant qu'ils ne quittent le bâtiment, elle les avait fourrés dans sa serviette avec l'intention de les remettre au chef de la police. Mais les événements s'étaient enchaînés et…

De toute évidence, maintenant, Landon ne lui faisait plus confiance.

Elle lui lança, écœurée :

— Avec tout ce que tu sais sur moi, à présent, comment peux-tu penser que je sois capable de travailler pour Luther Mills ?

Il soupira.

— Je suis désolé. Je viens de parler à Parker…

— Ont-ils retrouvé la fille du juge ? Elle va bien ?

— Oui, mais Tyce a été pris pour cible en la sauvant, répondit Landon. Parker est persuadé que quelqu'un a prévenu Luther et que celui-ci a envoyé des renforts.

Il brandit le téléphone portable.

— Et pendant ce temps-là Luther a adressé ce texto à ce téléphone. Avoue que c'est troublant, non ?

Elle regarda l'écran, lut le SMS et frissonna.

— Ce n'est pas mon téléphone, répéta-t-elle. Et malheureusement il n'y a aucun moyen de prouver que ce message vient bien de Luther.

Mais pourquoi l'avait-il envoyé ? Savait-il qu'elle avait l'appareil maintenant ? Se moquait-il d'elle ?

Les larmes lui brûlaient les paupières, mais elle les réprima.

— C'est ma faute, murmura-t-elle, le ventre noué de culpabilité. Je voulais lui faire peur pour qu'il me communique des informations qui pourraient conduire à l'endroit où Bella était retenue en otage. Alors j'ai bluffé. J'ai prétendu que Tyce l'avait déjà retrouvée.

Elle secoua la tête en mesurant sa propre stupidité.

— J'aurais dû me douter que Luther était intelligent et ne tomberait pas dans le piège.

— Tu ne bluffais pas. Tyce avait en effet compris où elle était enfermée.

— Comment va-t-il ? demanda-t-elle, le cœur battant.

— Il est au bloc opératoire. Mais il est solide. Il avait sorti Bella de l'entrepôt où elle était séquestrée et l'avait conduite à l'hôpital pour qu'elle soit examinée avant que quiconque ne se rende compte qu'il avait été touché.

Les gardes du corps de Payne Protection étaient-ils des surhommes ? Une balle dans le cou, du sang jaillissant de sa blessure, Landon avait réussi, lui aussi, à la sauver.

Elle montra du doigt le flacon de cachets.

— Il s'agit sans doute des somnifères utilisés pour droguer les gardes du corps, dit-elle. Pourquoi serais-je complice d'une ordure comme Luther Mills ? Pourquoi voudrais-je l'aider ? Je n'ai pas besoin d'argent. Je n'ai jamais cherché que la justice.

Et elle avait besoin de Landon. Mais il ne lui faisait pas confiance. Tous deux n'avaient donc pas d'avenir commun à espérer. De toute façon, cela valait sans doute mieux ainsi. Elle devait se concentrer sur son travail, s'assurer que des criminels comme Luther Mills soient traduits en justice.

Landon s'approcha et posa les mains sur ses épaules.

— Je suis désolé, dit-il. Je n'aurais pas dû douter de toi.

— Je comprends pourquoi tu l'as fait, reconnut-elle. Je n'arrive pas à croire que Luther ait envoyé ce texto.

— Qui d'autre aurait…

— C'est lui. J'en suis certaine. Mais je ne comprends pas pourquoi.

— Pour jouer avec toi, suggéra Landon. Pour te faire culpabiliser, parce qu'il sait qu'il y aura un procès, maintenant.

Elle inspira profondément en se rendant compte qu'il avait raison. Elle devrait bientôt affronter de nouveau Luther Mills, devant le tribunal. Et cette fois il n'était pas question de perdre. Sinon le narcotrafiquant serait libre et encore plus dangereux qu'il ne l'était derrière les barreaux.

Mais Landon poursuivait :

— Il va intensifier ses efforts pour t'éliminer, afin que la personne qui travaille pour lui au bureau du procureur puisse se charger du dossier.

Elle frissonna. Pourtant, au-delà de la peur liée à Luther Mills, elle se rendait compte qu'elle désirait toujours Landon, d'un désir impérieux. Elle avait besoin de lui aussi. Peut-être pourrait-elle même l'aimer. Elle noua les bras autour de son cou.

Comme elle plantait les yeux dans les siens, elle vit briller dans les prunelles de Landon du désir et quelque chose d'autre.

De la peur. Pour elle ou pour lui ?

Il voulait manifestement en dire plus – sur Luther, sur l'affaire –, mais elle n'avait pas envie de l'entendre. Ni même d'y penser.

Elle n'aspirait qu'à ressentir cette passion qui la faisait se consumer pour lui. Elle se hissa sur la pointe des pieds et pressa la bouche contre la sienne.

Un gémissement s'échappa de ses lèvres alors qu'il lui rendait son baiser avec la même fougue. Il la prit dans ses bras et la porta vers l'escalier. Une fois dans sa chambre, il la remit sur pied.

La serviette se dénoua, tomba, et Jocelyn apparut nue devant lui. Mais elle n'était pas seulement nue physiquement. Elle se sentait aussi intérieurement à nu, vulnérable.

L'aimait-elle déjà ?

Elle le craignait. Elle ne voulait pas être amoureuse.

Mais Landon était son héros.

Elle entreprit de déboutonner sa chemise, éprouvant le besoin de sentir sa peau contre sa propre peau, son cœur battant à l'unisson du sien. Pour lui faciliter la tâche, il retira son holster et le posa sur la table de chevet. Puis il arracha sa chemise, son jean, son boxer.

Il la désirait visiblement autant qu'elle le désirait. Il chercha dans sa poche un préservatif. Mais sans lui laisser le temps de le mettre elle s'agenouilla pour lui faire l'amour avec la bouche.

Les doigts dans ses cheveux, il bredouilla d'une voix rauque de désir :

— J'ai besoin d'être en toi.

Lorsqu'ils faisaient l'amour, ils ne faisaient plus qu'un. Elle s'étendit sur le lit et lui ouvrit les bras.

Il la rejoignit, s'allongea sur elle avant de se glisser entre ses cuisses. Aussitôt, elle noua les jambes autour de lui.

Un faible gémissement s'échappa de sa gorge alors que le premier orgasme la soulevait.

Il baissa la tête et l'embrassa.

Puis il fit descendre ses lèvres sur son cou, sa gorge, sa peau meurtrie.

— Je suis désolé…, dit-il.

Il ne s'excusait pas de la tentative d'étranglement dont elle avait été victime. Il n'y était pour rien. Elle avait eu tort de quitter l'hôpital seule, sans escorte. Sans doute s'excusait-il d'avoir douté d'elle.

Une douce chaleur l'envahit. Elle ne ressentait pas uniquement du désir pour Landon, mais des sentiments qu'elle n'avait jamais voulu éprouver, préférant se focaliser exclusivement sur son travail.

Comme il s'enfonçait en elle, il l'embrassa avec passion et se mit à aller et venir de plus en vite entre ses reins pour l'entraîner vers le ciel. Parfaitement synchronisés, ils ne faisaient qu'un et la jouissance les foudroya en même temps.

Quand il s'abattit sur elle, le souffle court, elle l'étreignit. Son cœur battait à tout rompre.

Le plaisir en était la cause, mais pas seulement.

Elle l'aimait. Maintenant, elle n'avait plus le moindre doute.

Il s'empara de son sac, préparé depuis longtemps pour les situations d'urgence. Il contenait un faux passeport et une importante somme d'argent liquide. Il obtiendrait sans doute plus – beaucoup plus – d'argent s'il restait et s'assurait que Luther Mills s'en sortirait une fois de plus. Mais il risquait de se faire pincer et de perdre sa liberté.

S'il avait gagné une petite fortune en travaillant pour Luther, il n'avait pas assez d'argent pour se tirer d'affaire s'il se faisait arrêter. Et, dès lors qu'il se retrouverait derrière les barreaux, il n'aurait plus d'alliés, uniquement des ennemis.

Un téléphone vibra sur la table près de son lit. Deux appareils y étaient posés côte à côte, celui sur lequel Luther l'appelait et son vrai smartphone.

Il se demanda lequel sonnait.

Luther l'appelait-il pour demander s'il avait réussi à tuer Jocelyn Gerber ? Ou Jocelyn l'appelait-elle pour demander pourquoi il n'était pas encore arrivé au bureau ?

Il examina les téléphones.

Le juge Holmes cherchait à le joindre…

Le contactait-il pour le mettre sur haut-parleur afin que sa fille identifie sa voix ? Il avait pris soin de déguiser celle-ci lorsqu'il avait parlé au juge. Il avait même utilisé un appareil spécial pour en modifier le timbre. Mais il n'avait pas imaginé que Bella Holmes sortirait vivante de son entrepôt et il n'avait pas changé son intonation quand il l'y avait vue. Une erreur.

Bien sûr, il ne l'avait croisée qu'à de rares occasions dans le cabinet du juge. Il doutait qu'elle soit capable de le resituer.

Alors il prit d'appel.

— Juge Holmes à l'appareil. J'essaye de joindre la substitute Gerber. Avez-vous une idée de l'endroit où elle se trouve ?

Avant de répondre il toussa, pour que le juge pense qu'il était enrhumé.

— Non, Votre Honneur. Je suis désolé. Je n'en ai aucune idée.

— Elle n'est pas au bureau.

— Moi non plus, répondit-il. Je me bats contre un méchant virus depuis quelque temps.

Cette prétendue maladie expliquerait ses absences au cours des deux dernières semaines.

— J'en suis navré, dit le juge. Je pensais que vous étiez chargé de seconder Mme Gerber au procès de Luther Mills.

— Jocelyn tient à gérer seule l'accusation. Et ce procès n'est pas attendu avant quelques semaines, n'est-ce pas ?

— En fait, il va commencer plus tôt que prévu.

Jocelyn devait absolument mourir avant le début du procès, comprit-il.

— Je vais bientôt me rendre au bureau, Votre Honneur, reprit-il. Si je vois Jocelyn, je lui dirai de vous contacter.

— Merci, répondit le juge avant de raccrocher.

Maintenant, il n'avait plus le choix. Il n'avait plus droit à l'erreur.

Il devait tuer Jocelyn Gerber au plus vite.

Et ne pas la rater.

21

Jocelyn tremblait contre lui. Son sommeil était agité. Incapable de dormir, tant il était inquiet pour elle, Landon resserra un bras autour d'elle et caressa son dos nu pour tenter de la rassurer.

— Calme-toi, murmura-t-il. Je suis là.

Elle se réveilla brusquement et le regarda, les yeux écarquillés par la peur.

Elle passa une main tremblante sur son visage.

— Tu es vivant, tu vas bien…

Son cauchemar le concernait, lui, apparemment. Pas elle.

Il secoua la tête.

— Je ne vais pas bien, répondit-il, parce que je m'inquiète pour toi. J'aimerais que tu te dessaisisses de l'affaire.

Elle se tendit. Sa peur se mua en confusion, puis en colère.

— Comment peux-tu me demander une chose pareille ?

— C'est trop dangereux.

— Ce qui serait dangereux serait de laisser Luther Mills s'en tirer une fois de plus. Sa place est en prison.

— Quelqu'un d'autre se chargera de l'y envoyer.

— Tu es toi-même persuadé qu'une taupe travaille pour lui au sein du bureau du procureur. Si je lâche l'affaire, cette personne récupérera sans doute le dossier et Luther échappera une fois de plus à la justice. Je refuse de prendre un tel risque.

— Peut-être s'en tirera-t-il aussi si tu es chargée du procès.

— Tu estimes toujours que je suis nulle professionnellement.

— Je n'ai pas confiance en Luther Mills. Et toi non plus. Il est trop dangereux pour toi de l'affronter.

— C'est trop tard. Et je ne renoncerai pas.

La peur serra le cœur de Landon.

— Même pas pour moi ? insista-t-il.

— Je n'arrive pas à croire que tu me demandes de faire ça… Tu cherches à faire tomber Luther Mills autant que moi.

— C'est vrai. Mais je ne veux pas te perdre.

Il l'aimait, mais avant qu'il n'ait la possibilité de le dire elle posa les doigts sur ses lèvres pour lui intimer le silence.

— Non…

Elle se dégagea brusquement de ses bras et se précipita dans la salle de bains. Il entendit alors, lui aussi, la sonnerie de son smartphone.

Elle préférait prendre un appel plutôt que d'écouter sa déclaration d'amour…

Cela voulait-il dire qu'elle ne partageait pas ses sentiments ?

— Vous voilà bien vite de retour, dit Luther en entrant dans la salle où l'attendait son avocat. Quoi de neuf ?

Il se frottait les mains, sentant que le vent tournait en sa faveur. Son substitut du procureur préféré avait dû réussir enfin à se débarrasser de Jocelyn Gerber.

— Votre procès a été avancé, répondit l'avocat. Il se tiendra dans quelques jours. Le juge Holmes l'a demandé.

Le juge cherchait-il à se venger de l'enlèvement de sa fille ? Rien ne prouvait que Luther y soit lié. La seule personne encore en vie susceptible de témoigner de son implication était trop intelligente pour risquer de le dénoncer. Une telle trahison mettrait fin à ses jours.

Le cœur de Luther se mit à battre la chamade.

— Il n'en est pas question. C'est trop tôt. Nous n'avons pas encore retrouvé Rosie Mendez ni détruit les preuves contre moi. Pourquoi avez-vous accepté ? Je vous paye pour m'aider. Pas pour me nuire.

— Je n'avais aucun argument à présenter au juge pour repousser la date, répliqua l'avocat. Je pensais que vous seriez impatient de sortir d'ici.

— Vous *pensez* maintenant ? lança Luther avec ironie. J'ai hâte de sortir d'ici pour de bon. Pas de me rendre à un procès que je vais perdre.

Cependant, un autre plan prenait déjà forme dans son esprit. Si Jocelyn Gerber mourait brutalement, le procès devrait être reporté, le temps qu'un autre substitut du procureur soit mis au courant du dossier. Cela lui donnerait la possibilité de mettre au point une nouvelle stratégie, plus efficace que la précédente. Éliminer toutes les personnes associées à son procès avait échoué.

L'idéal aurait été que les charges retenues contre lui soient abandonnées. Mais comme cela n'avait pas fonctionné il devrait s'adapter.

Il n'était pas question pour Luther de passer le reste de sa vie en prison. Une fois sorti de sa cellule, il avait l'intention de ne jamais y revenir. Il n'était pas du genre à tomber pour les crimes qu'il avait déjà commis ni pour ceux qu'il se préparait à commettre.

Jocelyn aimait Landon. Et voilà pourquoi elle l'avait empêché de parler. S'il s'apprêtait à lui déclarer ses sentiments, elle n'avait pas envie de l'entendre. S'il ressentait la même chose pour elle…

Il lui fallait poursuivre Luther Mills en justice. Et elle le ferait plus tôt que prévu à en croire l'appel qu'elle venait de recevoir du juge Holmes.

Elle ne parviendrait pas à consacrer toute son attention à ce procès si elle savait Landon exposé au danger à cause d'elle. Et s'il continuait d'être son garde du corps pendant le procès il serait en danger.

Cependant, elle était consciente qu'elle n'avait pas le pouvoir de le suspendre de sa mission. Après s'être trompée sur Tyce Jackson, elle doutait que Parker Payne l'écoute. Comme le reste de son équipe, Parker ne l'aimait pas. Et de toute façon, si elle survivait au procès, Landon et elle ne pourraient jamais avoir de véritables relations amoureuses.

Elle devait le pousser à bout pour qu'il renonce à la protéger. Cela dit, elle n'était pas sûre que le procédé fonctionnerait.

Elle inspira profondément, se préparant à ce qu'elle s'apprêtait à lui dire. Elle avait enfilé le peignoir qu'elle avait laissé accroché à la porte et priait pour ne pas s'effondrer.

Elle ne voulait pas perdre Landon. Mais il valait mieux le perdre en tant qu'amant que lui faire perdre la vie. Il la détesterait, mais elle s'en moquait, tant qu'il serait vivant et en sécurité.

Elle sortit de la salle de bains.

— Qui était-ce ? demanda Landon.

Il avait mis son jean. Il était si beau qu'elle en ressentit un pincement au cœur.

Elle le désirait toujours. Mais elle l'aimait trop pour continuer de l'exposer au danger.

— Le juge Holmes.

— Tyce va bien ?

— Oui. Bella et lui quittent le pays pour une destination inconnue, donc personne ne peut plus les atteindre. Le juge a également réussi à avancer la date du procès.

— Pourquoi ? demanda-t-il en blêmissant.

— Pour en finir. Tout sera bientôt terminé.

— C'est trop dangereux, dit Landon.

Elle partageait son avis, mais secoua la tête.

— C'est intelligent. Nous devons faire condamner Luther et le faire enfermer dans un établissement pénitentiaire de haute sécurité avec des gardiens qui, espérons-le, ne se laisseront pas acheter.

Elle n'avait pas encore identifié ceux qui l'aidaient dans sa prison actuelle, mais elle y travaillait avec le chef de la police. Woodrow Lynch était aussi déterminé qu'elle à arrêter Luther.

— Laisse quelqu'un d'autre se charger de l'affaire, je t'en conjure.

— La seule personne, à part moi, en qui j'ai confiance pour condamner Luther est en congé de maternité, répondit-elle. Je dois le faire.

Il inspira profondément.

— D'accord, alors je ferai tout ce qui est en mon pouvoir pour te protéger.

Il venait de confirmer sa plus grande peur.

Elle secoua la tête.

— Je ne pense pas que ce soit une bonne idée, dit-elle.

— Pourquoi ?

Elle fit un geste vers le lit défait.

— Nous avons franchi une ligne blanche, Landon.

— Nous avons fait bien davantage, répliqua-t-il, les bras tendus.

Mais elle recula. S'il la touchait, elle n'arriverait peut-être pas à s'en tenir à son plan.

— Être avec toi m'évitait de trop m'inquiéter à propos de l'affaire, Landon. Mais maintenant je ne dois plus me permettre ce genre de distractions.

— Je n'étais donc qu'une simple distraction…

Peut-être la connaissait-il mieux qu'elle ne le pensait. Peut-être savait-il déjà qu'elle l'aimait.

Elle se détourna de lui pour qu'il ne voie pas le désir sur

son visage. Elle ouvrit la porte de son placard et regarda à l'intérieur, mais les larmes lui brouillaient la vue.

— Oui, reprit-elle. Tu sais aussi bien que moi que nous n'avons pas d'avenir ensemble. Mes parents n'approuveraient jamais une relation avec un garde du corps, ajouta-t-elle d'un ton hautain.

Elle mentait. Comme elle, ses parents adoreraient Landon.

— J'ignorais que je n'étais pas assez bien pour toi.

Il était trop bien, et voilà pourquoi elle devait le laisser partir.

— Allons, Landon. Regarde où j'habite. Et je travaille dur. J'ai de grandes aspirations. Je n'ai pas de place dans ma vie pour quelqu'un comme toi, continua-t-elle froidement.

— D'accord, lâcha-t-il en serrant les mâchoires.

C'était ce qu'elle voulait : le mettre en colère, l'humilier, pour qu'il abandonne sa mission. Mais elle se reprocha de lui avoir causé une telle douleur.

Elle l'aimait tellement… qu'elle détestait le blesser. Mais cela valait mieux que de le faire tuer.

— Bien, poursuivit-elle. Alors tu peux comprendre que j'aie besoin d'un autre garde du corps pour la durée du procès.

— D'accord, répéta-t-il. Tu n'as pas besoin de moi.

Comme il sortait de la chambre, elle paniqua.

Le reverrait-elle ? Partait-il maintenant ? Sans même dire au revoir…

Mais elle avait déjà tout dit – et si cruellement.

Et il ne lui pardonnerait probablement jamais.

22

Elle ne lui pardonnerait jamais ce coup bas, Landon le savait. Mais elle ne lui avait pas laissé le choix. Il tenait à la garder en vie et, puisqu'elle ne voulait pas de lui comme garde du corps, il ne lui restait qu'une option : s'assurer qu'elle ne serait pas le substitut du procureur qui poursuivrait Luther Mills.

Si elle ne menaçait plus sa liberté, Luther n'aurait plus aucune raison de vouloir sa mort. Elle serait en sécurité. Et furieuse.

Sa colère avait-elle de l'importance ? À en juger par ce qu'elle venait de déclarer, il n'avait de toute façon aucun avenir à espérer avec elle. Cela dit, il n'était pas tout à fait sûr de la croire. Peut-être avait-elle juste essayé de le dégoûter pour qu'il renonce à la protéger.

Il en eut confirmation lorsqu'elle descendit l'escalier.

— Je suis surprise que tu sois encore là.

Sans doute avait-elle espéré qu'il céderait à la colère et partirait aussitôt.

— Je ne te laisse pas sans protection.

La dernière fois qu'elle était partie seule, elle avait failli se faire étrangler. Ignorait-elle à quel point elle était vulnérable ?

Elle posa la main sur son cou.

— Parker envoie-t-il quelqu'un d'autre ? demanda-t-elle.

Elle avait l'air impatiente qu'il s'en aille.

Avant qu'il ne puisse répondre, la sonnette retentit. Elle se précipita, pensant sans doute que son remplaçant arrivait. Quand elle comprendrait, elle ne serait pas contente.

Mais il ferait n'importe quoi pour la protéger, même si elle le haïssait pour le reste de sa vie.

— C'est Dubridge, lança une voix grave à travers la porte.

— Est-ce que Keeli est désormais chargée de ma protection ? s'enquit Jocelyn d'une voix pleine d'espoir.

Keeli était excellente, mais Landon ne lui faisait pas confiance pour protéger Jocelyn. Luther était trop dangereux. Pour mener à bien leurs missions, les personnes chargées de les protéger en étaient réduites à emmener leurs clients là où Luther ne parviendrait pas à les localiser.

Or, Jocelyn refuserait de quitter River City. Luther saurait exactement où la trouver : au palais de justice. Ou à son bureau, en train de se préparer pour le procès. Landon était certain qu'elle comptait s'y rendre maintenant. Mais elle n'y arriverait pas.

Il ouvrit la porte, reculant pour laisser Dubridge et Keeli passer devant lui.

Dubridge semblait sceptique, Keeli triomphante. Elle serra la main de Landon avec effusion. Jocelyn et Dubridge le remarquèrent et froncèrent les sourcils comme s'ils étaient jaloux.

Ce qui était drôle, puisque Jocelyn avait prétendu ne se soucier que de sa carrière et que Dubridge faisait tout pour contrarier Keeli depuis qu'elle était son garde du corps.

— Tu fais une erreur, dit Dubridge à Landon.

— Non, il a raison, répliqua Jocelyn. Je préfère être protégée par un autre garde du corps. Cela vaut mieux.

— Pourquoi ? demanda Keeli. Parce que Landon a compris qui vous étiez et ce que vous complotiez ?

— Comment ça ? balbutia-t-elle, un peu perdue.

Incapable de la regarder en face, Landon détourna les yeux.

— Les preuves sont dans l'attaché-case, annonça-t-il.

Heureusement, elle n'avait pas encore eu le temps de le refermer, de sorte que le téléphone et le flacon étaient bien visibles, en évidence.

— Je m'apprêtais à les apporter au chef de la police, dit-elle.

Landon secoua la tête.

— C'est faux, dit-il à Dubridge. Si je n'avais pas entendu l'arrivée du texto que Luther lui a envoyé, je ne l'aurais pas vu.

Keeli semblait choquée.

— Luther lui a envoyé un texto ?

— Il la remerciait de l'avoir prévenu que Tyce avait retrouvé la fille du juge.

Dubridge poussa un juron.

Mais Keeli se précipita vers Jocelyn.

— Comment avez-vous osé ! cria-t-elle. Il aurait pu mourir.

— Je n'ai rien fait de mal, se défendit Jocelyn.

Mais il était trop tard pour être crue. Les mains gantées, Dubridge inspectait le téléphone et le flacon de cachets.

— Si je comprends bien, elle a drogué les gardes du corps venus en renfort, dit-il. Mais pourquoi ? Dans quel but ?

— Pour se débarrasser de Landon, répondit Keeli. Tout comme elle a tenté de se débarrasser de Tyce. Elle cherche à nous tuer tous, cela fait partie de son plan et de celui de Luther.

Jocelyn blêmit.

— Je ne travaille pas pour Luther Mills. Mais contre lui.

Dubridge se contenta de prendre des menottes.

— Je dois vous conduire au commissariat, Jocelyn.

— C'est ridicule, répliqua-t-elle. Je vais tout vous expliquer. Quelqu'un a mis ce téléphone et ce flacon de somnifères dans mon bureau. Pour me faire porter le chapeau.

— Un bureau fermé à clé, lâcha Landon en secouant

la tête. Et elle n'a prétendu cela qu'après que j'ai trouvé les objets dans sa mallette.

— Tu ne l'as pas crue ? demanda Dubridge à Landon.

Il ne voulait pas mentir. Mais il devait… la garder en sécurité et en vie.

— Non.

Jocelyn poussa un cri, comme s'il l'avait giflée.

— Pourquoi fais-tu ça ? Je ne comprends pas. Tu sais très bien que je déteste Luther autant que toi. Que je veux le traduire en justice !

Sans discuter davantage, Dubridge la menotta.

Landon avait honte de lui. Il avait provoqué cette arrestation alors qu'il savait Jocelyn innocente. Mais la présence de ces objets dans sa mallette la désignait comme coupable.

— Tu vas bousiller tout le dossier contre Luther, cria-t-elle. Tu vas retarder le procès et obtenir qu'un autre substitut du procureur soit nommé. C'est toi qui travailles pour lui, c'est évident. Tu veux que je me retire pour lui laisser une chance de s'en tirer.

Il ne travaillait pas pour Luther. Il voulait seulement la protéger, elle. Mais, tout comme il avait eu des doutes sur elle lorsqu'il avait trouvé ces objets dans sa serviette, elle avait encore des doutes à son sujet.

Peu importe à quel point il tenait à elle – à quel point il l'aimait –, il prit conscience qu'elle avait raison. Ils ne parviendraient jamais à nouer de véritables relations amoureuses. Non parce qu'il n'était pas assez bien pour elle comme elle le prétendait, mais parce qu'ils étaient incapables de se faire confiance.

Et maintenant il venait de détruire un peu plus ses chances d'un avenir avec elle.

Mais au moins, si l'affaire lui était retirée, Luther n'aurait plus aucune raison de la tuer.

En revanche, Landon se sentait en danger. Comme l'inspecteur Dubridge l'emmenait menottée, Jocelyn se tourna vers lui. Elle avait l'air de vouloir le tuer.

Landon avait prévenu Dubridge avant de claquer la portière de sa voiture banalisée.

— C'est une avocate. Elle est douée pour se défendre, alors ne la laisse pas t'ébranler.

Assise à l'arrière, Jocelyn l'avait alors fusillé du regard.

Et elle le dévisageait avec la même haine maintenant alors qu'il assistait à la réunion qu'elle avait sollicitée. En effet, elle avait prié Dubridge d'appeler Amber Talsma-Kozminski, la procureure de district, et Parker Payne pour s'expliquer. Heureusement pour elle, l'inspecteur avait accepté.

— Elle t'a eu, chuchota Landon à Dubridge.

L'inspecteur secoua la tête.

— C'est toi qu'elle a eu.

Non. Landon l'avait poussée à lui faire confiance. Puis il l'avait trahie. Il aurait pu gagner si elle n'avait pas convaincu l'inspecteur de lui retirer les menottes et d'attendre de s'entretenir avec les autres pour décider de son sort.

— Si je travaillais pour Luther, pourquoi aurait-il essayé tant de fois de me faire tuer ? demanda-t-elle. J'ai failli me faire étrangler au moment où j'ai trouvé le flacon de somnifères et le téléphone dans l'armoire de rangement. Quelqu'un les avait mis là pour me faire porter le chapeau, puis a tenté de m'étrangler.

Sans Landon, elle serait morte. Comment avait-il pu la sauver et la trahir quelques heures plus tard ? Son cœur se serrait d'une douleur si intense qu'elle avait envie de se plier en deux et de hurler. Mais elle leva le menton avec fierté, veillant toutefois à ne pas le regarder, lui.

Elle sentait que, si elle posait les yeux sur lui, son cœur se briserait en songeant à sa trahison.

Amber Talsma-Kozminski se dirigea vers Jocelyn et la prit dans ses bras.

— Je suis tellement soulagée que tu ailles bien.

— Pourquoi n'avez-vous parlé à personne de cette attaque ? demanda le chef de la police à Landon.

Ce fut elle qui répondit :

— Je ne savais plus à qui faire confiance à ce moment-là. Je venais de découvrir que Tyce Jackson était le frère de Luther.

— Vous vous êtes trompée à son sujet, intervint Keeli.

— Oui, j'avais tort de croire que Tyce travaillait pour lui, reconnut Jocelyn. Et vous avez tort de croire que je travaille pour un narcotrafiquant.

Elle jeta alors un coup d'œil à Landon. Mais il détourna la tête. Et elle savait que, malgré un bref moment de doute, il ne croyait pas qu'elle travaillait pour Luther Mills.

Alors pourquoi avait-il essayé de convaincre l'inspecteur qu'elle était la complice du baron de la drogue ?

Amber lui serra les épaules et lui assura :

— Je ne pense pas que tu sois de mèche avec Luther Mills. J'ai une confiance absolue en toi, Jocelyn. Et personne ne t'empêchera d'effectuer ton travail.

Rien ni personne ne le ferait. Ni Luther Mills ni Landon.

— Merci, dit Jocelyn. Merci de croire en moi.

Amber se tourna vers Woodrow Lynch, le chef de la police.

— J'ai confiance en elle, déclara-t-elle. Et je ne porterai aucune accusation contre elle.

— Elle n'a pas signalé son agression. Ni les éléments à charge, intervint l'inspecteur Dubridge.

Le chef de la police le dévisagea, puis Keeli.

— Et vous ? M'avez-vous signalé tout ce qui s'est passé entre vous deux ?

Keeli rougit. Et Dubridge baissa la tête.

Que s'était-il passé entre eux ?

Woodrow Lynch reporta son attention sur Jocelyn. Il

commençait à faire son âge avec ses quelques rides et ses cernes sous les yeux.

— Je sais que vous n'êtes pas la taupe du bureau du procureur, assura-t-il à Jocelyn. J'estime que vous êtes le meilleur substitut pour poursuivre Luther Mills.

Elle poussa un soupir de soulagement. Elle n'avait pas voulu s'avouer à quel point elle avait craint que quelqu'un ne la croie coupable d'avoir conspiré avec un monstre comme Luther Mills.

Mais elle savait maintenant qu'elle avait couché avec l'ennemi. Landon s'avérait être son pire ennemi.

— Alors je ferais mieux de retourner au travail, dit-elle.

Elle se tourna vers la porte et fit face à Landon. Elle ne vit aucun regret ou remords sur son visage. Il ne se reprochait pas de l'avoir désignée comme coupable aux yeux des autres.

Et tout son amour pour lui se mua en dégoût.

— Je te déteste, murmura-t-elle en se dirigeant vers la porte.

Mais le chef de la police la rappela.

— S'il vous plaît, restez encore quelques instants.

La croyait-il vraiment ? Ou voulait-il seulement l'interroger en tête à tête ? Il renvoya tout le monde jusqu'à ce que seuls Parker Payne et elle restent avec lui dans le bureau.

Elle se prépara à subir un interrogatoire en règle.

Parker devinait que des excuses ne suffiraient pas. Il ne fut donc pas surpris que Jocelyn Gerber ne les accepte pas.

— Je suis désolé, dit-il pourtant. Je pensais que mon équipe était plus professionnelle.

La culpabilité pesait lourdement sur les épaules de Parker et s'aggrava lorsqu'il remarqua que Jocelyn s'était détournée pour cacher ses larmes.

Cette femme forte et indépendante en était réduite à pleurer et il se sentit ignoble.

— Je suis désolé, répéta-t-il. Je vous protégerai moi-même, madame Gerber.

Il avait été assez près pour entendre ce qu'elle avait chuchoté à Landon et se doutait qu'elle ne le laisserait plus l'approcher.

Elle secoua la tête, les yeux secs.

— Non. Vous et votre équipe avez cru que j'étais la complice de Luther. Personne ne me protégera.

— Je peux nommer un policier pour cela, proposa Woodrow Lynch.

— Quelqu'un susceptible de travailler pour Luther ? Non, merci, dit-elle. Je serai plus en sécurité seule.

Comme elle s'en allait, Parker cria :

— Vous savez pourquoi Landon a fait ça, n'est-ce pas ? Parce qu'il tient à vous. Il veut que vous lâchiez l'affaire, pour que Luther arrête de tenter de vous tuer.

— S'il s'en souciait, répondit-elle, sa voix se brisant légèrement, il saurait que je dois veiller à ce que Luther soit enfin traduit en justice.

— Il se soucie plus de vous que de la justice, répliqua Parker.

Jocelyn refusait d'en discuter et s'en alla, seule et sans protection.

Parker comprit alors que les efforts de Landon pour la protéger n'avaient abouti qu'à l'exposer davantage au danger.

23

Jocelyn le détestait maintenant.

Plusieurs heures après la réunion au commissariat, Landon l'entendait encore le lui dire. Il l'aimait et elle le haïssait.

Il l'avait perdue. Il n'avait pas seulement perdu sa confiance. Il l'avait perdue, elle, Jocelyn, cette femme merveilleuse. Et tout l'amour qu'elle avait éprouvé pour lui.

Il avait été stupide, il le savait. Parker l'avait convoqué à la Payne Protection Agency, probablement pour lui dire qu'il avait échoué sur toute la ligne et peut-être même pour le virer.

Landon ne se souciait pas de son travail. Tout ce qui l'intéressait était de s'assurer que Jocelyn était en sécurité.

— Qui avez-vous désigné pour la protéger ? demanda-t-il dès qu'il entra dans le bureau de Parker.

Ce dernier semblait furieux.

— Vous avez délibérément menti et induit Dubridge en erreur.

— C'était pour la protéger.

— Vous auriez pu le faire sans tenter de détruire sa carrière.

Landon savait à quel point sa carrière comptait pour elle. Il n'avait pas l'intention de lui nuire. Il avait seulement voulu semer le doute pour que le dossier Mills lui soit retiré.

— Si elle s'attaque à Luther au procès, elle va mourir.

Parker soupira.

— Elle est en danger de mort, oui. À cause de vous, elle

refuse désormais que quiconque la protège. Elle ne fait plus confiance à personne.

La gorge serrée, Landon secoua la tête.

— Elle ne peut pas rester seule. Elle va se faire tuer !

Il jeta un coup d'œil à sa montre. Son cœur se mit à battre à grands coups dans sa poitrine. Il avait tout raté. Il espérait que cela n'avait pas déjà mis Jocelyn en danger.

Les mots se brouillaient devant les yeux de Jocelyn. Voilà des semaines qu'elle travaillait sur sa déclaration liminaire, depuis qu'elle avait appris qu'elle avait été désignée pour poursuivre Luther Mills. Mais elle ne parvenait plus à distinguer le texte qu'elle avait rédigé. Elle ne voyait que le beau visage de Landon.

Comment avait-il fait l'amour avec elle si passionnément pour la trahir si froidement si peu de temps après ?

Se souciait-il d'elle comme le prétendait Parker ? Avait-il voulu qu'elle se désiste pour ne pas se faire tuer ?

Elle avait été tellement choquée par ce qu'elle avait découvert dans son bureau qu'elle n'avait pas entendu sa porte s'ouvrir, lors de la dernière agression. Elle n'avait deviné la présence de l'intrus que lorsque quelque chose s'était enroulé autour de son cou. Quelque chose en soie. Une cravate. Une cravate en soie…

Mike Forbes et Eddie ne portaient pas de cravates mais des nœuds papillon. Le seul à aimer les cravates en soie était…

Dale Grohms. Elle fut surprise de le découvrir dans l'embrasure de la porte. Il jouait avec sa cravate déjà dénouée.

Son cœur s'accéléra dans sa poitrine. Elle voulut prendre son sac à main, et surtout le Taser qu'elle gardait à l'intérieur. Mais elle s'aperçut alors que, bêtement, elle l'avait enfermé dans l'armoire de rangement avec son attaché-case.

Maintenant, elle savait qui avait essayé de la tuer, mais

mieux valait ne pas lui laisser deviner qu'elle avait tout compris…

— Bonsoir, Dale. Vous travaillez tard, vous aussi ?

— Vous avez l'air étonnée, fit-il.

Dale lui avait toujours paru suffisant, mais maintenant elle comprenait pourquoi. Il se sentait supérieur parce qu'il avait trompé tout le monde.

Y compris elle.

— Je savais qu'Eddie et Mikc étaient toujours là, mcntit-elle. Mais je pensais que vous étiez parti.

— Eddie et Mike ont quitté les locaux il y a quelque temps déjà, dit-il avec un sourire.

— Pour aller acheter de quoi dîner. Ils vont revenir.

— Je ne pense pas qu'ils reviennent, répliqua-t-il. Il n'y a que nous. À moins que vos gardes du corps ne traînent quelque part.

— Bien sûr. Ils ne sont jamais loin.

— Sauf en ce moment…

Maintenant, elle n'avait plus aucun doute. C'était lui qui avait essayé de l'étrangler. C'était lui qui avait tiré sur eux et avait tenté de les écraser sur le parking.

Il était donc armé.

— Mais Landon ne devrait plus tarder, prétendit-elle en se forçant à sourire. Je l'attends.

Dale haussa les épaules, comme s'il s'en fichait. Ou peut-être savait-il ce qui s'était passé aujourd'hui.

Elle avait lancé à Landon qu'elle le détestait, qu'elle ne voulait plus jamais le revoir. Mais à présent elle avait envie de le voir, et pas seulement pour qu'il puisse une nouvelle fois lui sauver la vie.

Elle l'aimait. Elle l'aimait plus que tout…

Cependant, elle ne devait plus compter sur lui. Elle ne pouvait compter que sur elle-même. Elle décroisa les jambes et appuya les pieds au sol. Il lui fallait agir rapidement pour avoir une chance d'accéder à l'armoire et à son Taser. Mais quand elle se leva d'un bond Dale s'avança et lui bloqua le passage.

Le sourire aux lèvres, il s'adossa contre le meuble.

— Votre sac à main et votre attaché-case sont enfermés ici, non ?

Elle tendit la main vers le téléphone, mais il secoua la tête.

— Au moment où la sécurité arrivera, vous serez déjà morte, Jocelyn. Et quiconque se précipitera à votre secours mourra aussi.

— Pourquoi ? demanda-t-elle, voulant vraiment comprendre. Pourquoi faites-vous ça ?

— Que souhaitez-vous savoir ? Pourquoi je vais vous tuer ou pourquoi je travaille pour Luther Mills ?

Il était sûr qu'elle allait mourir. Alors il se fichait de tout lui expliquer…

Elle frissonna. Mais le Taser n'était pas la seule arme à sa disposition. Un coupe-papier était posé sur son bureau. Sa lame n'était pas assez tranchante pour faire beaucoup de dégâts, mais elle lui permettrait peut-être de gagner du temps.

Du temps pour quoi, cela dit ?

Pour que le gardien de nuit monte faire sa ronde ? Ou que Landon arrive ? S'il se souciait vraiment d'elle, comme Parker le prétendait, pourquoi l'avait-il laissée seule ?

Dale vit la peur et le dégoût sur le beau visage de Jocelyn. Elle avait perdu son air hautain et supérieur.

Il sourit.

— Pourquoi vais-je vous tuer, Jocelyn ? répéta-t-il comme s'il y réfléchissait à voix haute. Parce que nous vous détestons tous. Vous êtes tellement moralisatrice.

— Je ne me suis jamais plainte de vous.

— Vous ne m'avez jamais complimenté non plus, répliqua-t-il. Vous n'avez jamais montré le moindre intérêt pour moi. Vous ne m'avez même pas interrogé comme les autres quand vous cherchiez qui travaillait pour Luther.

— Vous n'étiez pas sur la liste des suspects.

Il se mit à rire. Il l'avait bien bernée.

— Vous avez de l'argent, grâce à vos parents, poursuivit-elle. Vous n'êtes ni drogué ni accro au jeu. Alors pourquoi ?

— Il faut être pauvre ou drogué pour vouloir vous tuer ? rétorqua-t-il avec un sourire narquois. C'est amusant.

Plus amusant que de lui tirer dessus ou d'essayer de l'écraser… Ou de l'étrangler.

Il trouvait plaisant de jouer avec elle comme un chat avec une souris, d'attiser sa peur avant de la regarder mourir. Et cette fois elle mourrait à coup sûr.

— Pourquoi renseigner Luther ? insista-t-elle. Je ne comprends pas pourquoi vous l'aidez. Qu'avez-vous à y gagner ?

Il ne devrait pas parler de Luther. Il le savait. Mais ce n'était pas comme si elle allait le répéter, comme si elle allait vivre.

Pourtant, il hésitait.

— Pourquoi, Dale ? répéta-t-elle.

— Pour l'argent. Vous avez beaucoup plus d'argent que moi.

Et s'il avait fait croire qu'il avait hérité de sa grand-mère, en réalité, l'essentiel de sa fortune venait de Luther Mills.

Jocelyn hocha la tête comme si elle était au courant. Sans aucun doute, elle avait enquêté sur lui, même s'il n'était pas sur la liste des suspects.

Et voilà pourquoi elle devait mourir.

— Contrairement à vous, j'ai beaucoup d'argent, déclara-t-elle. Et si c'est tout ce que vous convoitez je vous le donnerai.

Il s'écarta de l'armoire de rangement pour s'approcher de son bureau.

— J'espérais autre chose de vous, Jocelyn, dit-il. Mais vous avez refusé.

— Nous travaillons ensemble, lui rappela-t-elle. Une liaison nous est interdite.

— Vous aviez des relations professionnelles avec le garde du corps, ce qui ne vous a pas empêchée de coucher avec lui, rétorqua-t-il.

Elle rougit, confirmant ce qu'il soupçonnait. Elle avait noué une relation amoureuse avec Landon Myers. Alors où était-il, à présent ? Où était Landon Myers ?

Dale jeta un coup d'œil vers la porte ouverte et dans le couloir. Mais rien ne bougeait, pas même les ombres.

— C'était une erreur, dit-elle.

Les épaules redressées, la tête haute, elle avait adopté une posture d'attaque, remarqua-t-il. Avait-elle l'intention de se battre avec lui ?

Elle était grande, mais il était fort. Bien plus fort qu'elle ne le pensait.

— Dale, poursuivit-elle. Vous n'avez encore tué personne. Il n'est donc pas trop tard pour faire machine arrière, pour trouver un accord.

— Je suis au courant de vos accords, Jocelyn. Ils incluent toujours des peines de prison. Et je n'irai pas en prison.

Elle secoua la tête.

— Non, non, bien sûr que non. Vous serez un héros, Dale. Celui qui fera tomber Luther Mills.

Il soupira.

— Vous êtes pathétique, Jocelyn. Vous me prenez pour un imbécile. Pensez-vous vraiment que je vais marcher dans vos combines ? Je vous connais trop bien.

Pourtant, il fut surpris quand elle se jeta sur lui.

Le coupe-papier le frappa à l'œil. Il battit des paupières, tentant de réprimer la douleur et le flot de sang qui jaillissait.

Il lui attrapa le poignet, serrant fort, jusqu'à ce que le coupe-papier tombe sur son bureau.

— Salope !

Et il la frappa au visage, la giflant avec violence.

Puis il la saisit à la gorge. Il n'allait pas utiliser sa cravate, cette fois. Non. Cette fois, il voulait l'étrangler à mains nues, extirper la vie de son corps de ses propres mains.

Mais elle n'avait pas renoncé à se battre. Elle continuait de lui envoyer des coups de pied.

Hors de lui, il bondit sur elle et la jeta à terre.

Il sourit en la regardant étendue sur le sol, à sa merci.

Elle avait si peur.

Elle était si belle…

Peut-être mettrait-il du temps pour la tuer. Peut-être prendrait-il d'abord ce qu'elle lui avait toujours refusé… et qu'elle avait donné à son garde du corps.

24

Le ventre noué par la peur, Landon se précipita dans la cage d'escalier. Le gardien l'avait informé que Jocelyn n'était pas seule à l'étage du procureur. Dale Grohms s'y trouvait encore, lui aussi.

Grohms était certainement la taupe de Luther, comprit Landon, celui qui avait essayé de la tuer. Mais allait-il risquer de s'attaquer de nouveau à elle alors que le gardien savait qu'il était présent dans le bâtiment ? Et au même étage que Jocelyn ?

Pour ne pas alerter Grohms de sa présence, Landon n'avait pas pris l'ascenseur. Alors qu'il parvenait au cinquième, il entendit Jocelyn crier.

Et son cœur qui battait déjà à grands coups s'affola dans sa poitrine. Si elle avait été confrontée à de multiples dangers, ces derniers jours, elle n'avait jamais hurlé ainsi.

Son cri de bête le glaça. Elle semblait terrifiée.

Il dégaina son Glock et courut vers son bureau. Alors qu'il s'approchait, Grohms l'aperçut et fit feu. Une balle passa tout près de sa tête et brisa une cloison vitrée derrière lui.

Un autre cri parvint aux oreilles de Landon, mais il ne reconnut pas la voix de Jocelyn. Sans doute avait-il été poussé par son agresseur.

L'arme au poing, il s'élança dans la pièce. Dale ne lui tira pas dessus, mais le chargea tel un taureau avant de bondir vers la cage d'escalier pour dévaler les marches vers le hall.

Au lieu de courir après lui, Landon se rua auprès de Jocelyn pour s'assurer qu'elle respirait encore.

— Jocelyn, ça va ? demanda-t-il avec angoisse.

Elle hocha la tête. Elle serrait un coupe-papier dans la main, un coupe-papier dont la lame était couverte de sang.

En s'attaquant à Dale, elle avait probablement sauvé la vie de Landon. En effet, le pistolet de Dale gisait sur le sol. Elle avait dû le poignarder pour le lui faire lâcher.

Landon avait envie de la prendre dans ses bras, non pas pour la réconforter, mais pour se rassurer lui-même, pour se persuader qu'elle était vivante.

Elle fit un geste vers la porte.

— Rattrape-le, je t'en prie. Ne le laisse pas s'enfuir.

Puis, épuisée, elle recula et s'affala dans son fauteuil.

— Jocelyn…

Elle secoua la tête.

— Je vais bien. Mais nous avons besoin de lui. Maintenant, il sera d'accord pour témoigner contre Luther en échange d'une remise de peine. Il le fera, j'en suis certaine. Après ce qu'il a fait, il risque, s'il refuse, de passer sa vie derrière les barreaux.

Landon partageait son opinion. S'ils arrivaient à obtenir des aveux de Dale et s'il acceptait de charger Luther, il n'y aurait peut-être même pas de procès. Luther se rendrait sans doute compte qu'il devait plaider coupable.

Il se précipita à la poursuite de Dale.

À sa suite, il dévala l'escalier.

La blessure que Jocelyn avait infligée à Dale saignait abondamment et à plusieurs reprises Landon glissa sur des petites flaques de sang.

— Dale, arrêtez-vous ! cria-t-il. Vous avez besoin d'aide.

Et il en aurait probablement encore plus besoin si Landon

le rattrapait. En effet, Landon avait envie de l'étrangler pour le punir de ce qu'il avait fait subir à Jocelyn, pour toutes les fois où il avait essayé de la tuer.

Mais Dale ne ralentit pas. Il poussa une porte et s'élança dehors sur le parking.

Landon courut derrière lui.

— Arrêtez ! répéta-t-il.

Soudain, des coups de feu claquèrent et Dale se pétrifia. Son corps se raidit et il s'écroula sur le sol.

Landon jura. Quelqu'un, dissimulé dans l'ombre, venait de le prendre pour cible.

— Qui que vous soyez, sortez ! cria Landon. Montrez-vous !

Mais il n'entendit que les bruits de pas du type qui s'enfuyait. Devinant qu'il avait peu de chances de le rattraper, il s'agenouilla près du corps criblé de balles de Dale.

— Tenez bon, dit-il en appuyant sur sa blessure à la poitrine pour tenter de juguler l'hémorragie.

Le sang continuait de jaillir. Une artère avait été touchée. De sa main libre, Landon saisit son portable et composa le 911.

Mais il devinait que les secours n'arriveraient pas à temps pour sauver Dale Grohms. Le jeune substitut était livide, il perdait beaucoup trop de sang.

Des bruits de pas venant du bâtiment poussèrent Landon à se retourner brusquement, l'arme au poing.

Jocelyn accourut vers lui.

—. Qu'est-il arrivé ? Tu l'as abattu ?

— Pas moi. Quelqu'un l'attendait pour le descendre.

Il ignorait si cette personne guettait Dale ou si elle avait l'intention de tuer Jocelyn et Landon dans l'hypothèse où Dale n'y serait pas parvenu.

— L'individu qui lui a tiré dessus s'est enfui, ajouta-t-il.

Et il regarda autour de lui, essayant de repérer le tireur.

Jocelyn tomba à genoux à côté de son confrère.

— Dites-moi, Dale. Dites-moi que Luther était derrière vos attaques. Dites-le-moi, je vous en prie ! l'exhorta-t-elle.

Mais Dale la fixait d'un regard vide.

Il était déjà mort.

Woodrow Lynch, le chef de la police, n'était pas content. Pourtant, ils avaient identifié la taupe qui sévissait au bureau du procureur. Ils en avaient d'ailleurs deux puisque le gardien était apparemment celui qui avait abattu Grohms. Interrogé, il avait affirmé qu'il pensait que ce dernier était armé. Mais Dale ne l'était pas. Avant de s'enfuir, il avait laissé tomber son pistolet dans le bureau de Jocelyn quand elle l'avait poignardé.

Les images des caméras de surveillance prouvaient la complicité du gardien. En effet, après que Landon s'était précipité dans la cage d'escalier pour rejoindre Jocelyn, le gardien avait passé un appel sur son téléphone portable. À Luther Mills ?

Luther lui avait sans doute donné l'ordre de tuer Grohms et non d'abattre Landon et Jocelyn Gerber. Ou peut-être le narcotrafiquant l'avait-il également sommé de les descendre eux aussi, mais l'homme avait eu peur de s'en prendre à eux et d'être ensuite accusé des meurtres. Maintenant que l'inspecteur Dubridge l'avait arrêté, le gardien essayait de jouer les héros. Il tentait de convaincre la police que, n'écoutant que son courage, il avait fait feu sur un tueur.

Tout en soupirant de frustration, Lynch arpentait son bureau au commissariat de River City. Un petit coup fut donné à sa porte avant que le visage de sa femme n'apparaisse.

Penny se jeta dans ses bras, comme si elle savait à quel point il avait besoin de sa chaleur et de son amour. Il la serra contre son cœur, qui battait follement.

La tête penchée en arrière, elle le dévisagea, les yeux brillants d'inquiétude.

— Comment vas-tu ?

— Je vais bien, mais je suis inquiet.

— À propos de quoi ? demanda-t-elle en ébouriffant ses boucles auburn.

Elle était adorable et aimante.

— À propos de tout, dit-il. Nous avons failli perdre Mme Gerber, ce soir. Landon Myers l'a sauvée in extremis.

Son geste suffirait-il pour qu'elle lui pardonne ? Le garderait-elle comme garde du corps ?

Même avec la mort de Dale Grohms, elle était toujours en danger. Ils l'étaient tous.

La date du procès ayant été avancée, Luther Mills était forcément aux abois, de plus en plus désespéré. À présent, avec Rosie Mendez d'accord pour témoigner et toutes les preuves contre lui, il n'avait plus aucune chance d'échapper à la justice.

Et avec Jocelyn Gerber comme substitute de la procureure, chargée de l'accusation, il écoperait d'une lourde peine.

Penny lui caressa la joue.

— Quelque chose d'autre te tracasse.

Woodrow poussa un gémissement.

— Je suis la proie d'un mauvais pressentiment. Toi aussi, non ?

Penny Payne-Lynch était tristement célèbre pour ses prémonitions. Elle était dotée d'un don qui n'était pas toujours un cadeau. En effet, elle savait d'avance qu'un malheur allait se produire.

Elle se garda de prétendre qu'elle ne sentait pas l'imminence d'un drame, sans doute parce qu'elle ne lui avait jamais menti. Elle se contenta de l'étreindre, lui offrant un peu de réconfort.

Jocelyn ne parvenait pas à cesser de trembler et pas uniquement parce qu'elle avait vu la mort de près. Dale était déterminé à la violer avant de la tuer. Il commençait à lui arracher ses vêtements quand Landon avait surgi. Dale avait alors sorti une arme et l'avait pointée sur Landon.

D'instinct, elle avait saisi le coupe-papier sur le bureau et frappé. Elle ne voulait pas le tuer, elle vouait juste qu'il lâche son arme, ce qu'il avait fait. Blessé, il s'était enfui, sans se douter que la mort l'attendait en bas, sur le parking.

— Penses-tu vraiment que le gardien agissait sur ordre de Luther ? demanda-t-elle à Landon, qui vérifiait toutes les portes et fenêtres de sa maison.

Le système d'alarme haut de gamme de Jocelyn était branché, mais il préférait être prudent.

S'il essayait de la rassurer, il avait abouti à l'effet inverse. Elle se sentait plus vulnérable maintenant qu'elle ne l'avait jamais été.

Mais sa peur n'avait rien à voir avec Luther Mills et tout à voir avec Landon.

Il se détourna des fenêtres et se dirigea vers le canapé où elle était assise, Lady sur les genoux.

Il hocha la tête.

— Oui. Malheureusement, beaucoup d'autres personnes travaillent pour Luther. Il est impossible de savoir à qui se fier.

Avec un gémissement, elle ferma les yeux et murmura :

— Je ne peux plus te faire confiance, Landon.

Pas après ce qu'il avait fait, après avoir tout tenté pour qu'elle soit arrêtée et considérée comme la taupe de Luther.

Mais il lui avait sauvé la vie. Une fois de plus.

— Je suis désolé, Jocelyn, dit-il. Je suis vraiment désolé. Je pensais bien faire.

Il se laissa tomber sur le canapé à côté d'elle. Il ne la touchait pas, mais elle ressentait sa chaleur, sa proximité.

— Je me suis comporté comme un idiot, se reprocha Landon. Un idiot amoureux.

Elle ouvrit les yeux et le regarda.

— L'idée que tu sois en danger m'était devenue insupportable, poursuivit-il. Je voulais m'assurer que tu serais en sécurité.

Elle l'aimait aussi – tellement –, mais elle ne voyait plus comment envisager l'avenir avec lui.

— Je suis en permanence exposée au danger et tu le sais, répliqua-t-elle. Le danger est inhérent à mes fonctions. Mais je ne vais pas cesser d'exercer ce métier que j'aime à cause de ces menaces ou même de ces attaques. Tu dois l'accepter.

— Dans ces conditions, bénéficier d'un garde du corps à plein temps te serait utile, non ?

— Comment ça ?

— Même lorsque ce procès sera terminé, je ne veux pas te quitter. Jamais…

Il prit sa main dans la sienne.

— S'il te plaît, Jocelyn, pardonne-moi. Ne me demande pas de partir.

Elle sentit son cœur se serrer, puis se gonfler d'espoir et se remplir d'amour. Mais, même si elle l'aimait, lui faire confiance allait être difficile pour elle.

— Me promets-tu de ne pas faire pression pour que je renonce à mon travail ou à ce dossier ?

— Oui. J'ai conscience que ton travail signifie tout pour toi. Il fait partie de ce que tu es, de toi, la femme que j'aime. Si tu n'avais pas cette soif de justice, je ne t'aimerais pas autant.

— Landon…

Elle prit son visage entre ses mains.

— Je t'aime aussi… à la folie.

Il laissa échapper un soupir.

— Je pensais que je n'étais pas assez bien pour toi.

Elle secoua la tête, regrettant les paroles cruelles qu'elle lui avait lancées.

— En le prétendant, j'essayais seulement de te pousser à démissionner, je voulais te protéger.

Ce qui n'était pas très différent de ce qu'il avait fait. Elle lui avait fait du mal dans l'espoir de le protéger.

— Nous sommes tous les deux idiots.

— Oui, des idiots amoureux.

Elle sourit, le cœur débordant d'amour.

— Je t'aime, Landon… tellement…

Il se pencha plus près et effleura sa bouche de la sienne.

Le baiser fut si tendre que les larmes lui montèrent aux yeux. Il mettait tout son amour dans ce baiser et dans le regard chaleureux qu'il dardait sur elle.

Elle noua les bras autour de son cou et s'accrocha à lui alors qu'il la soulevait du canapé pour la porter jusqu'à la chambre. Ils se déshabillèrent en vitesse, arrachant les boutons dans leur hâte d'être peau contre peau.

Une fois nue, elle lui tendit les bras.

Il secoua la tête.

— J'aimerais seulement te contempler, dit-il Tu es magnifique…

Mais il s'avança et pressa son corps musclé contre le sien.

Elle avait besoin de faire l'amour, de le sentir en elle. Mais il était occupé à l'embrasser dans le cou.

Ses jambes se mirent à trembler, menaçant de se dérober sous elle. Alors elle tomba sur le lit.

Il l'y rejoignit, colla son corps au sien et promena la bouche sur chaque centimètre de sa peau.

Quand ses lèvres se refermèrent sur un mamelon, elle se cambra en criant de plaisir.

Elle s'agrippa à ses épaules, à son dos, essayant de l'attirer en elle, mais il picora son ventre de baisers avant de lui faire l'amour avec sa bouche.

Pourtant, elle en désirait davantage. Elle le supplia des yeux de la prendre.

Il s'écarta, le temps de dérouler un préservatif sur son sexe, avant de la pénétrer. Elle s'accrocha à lui, alors qu'il allait et venait entre ses cuisses.

Très vite, ils trouvèrent un rythme qui n'appartenait qu'à eux. Ils bougeaient ensemble, parfaitement synchronisés dans cette danse sensuelle.

Lorsqu'un orgasme la souleva, elle cria le nom de Landon. Et son amour.

— Je t'aime ! Je t'aime !

Il se tendit et jouit à son tour.

Le souffle court, il posa le front contre le sien. La regardant dans les yeux, il murmura avec gravité :

— Je t'aime.

Puis il la prit contre lui, l'enlaçant tendrement avant de rabattre les couvertures sur eux.

Elle n'avait plus peur. Elle se sentait en sécurité et au chaud… avec lui.

Il caressa son dos, mais ses doigts tremblaient légèrement. Était-il inquiet pour le procès ?

— Tout va bien ? demanda-t-elle.

— Oui…

Mais elle perçut l'inquiétude dans sa voix. Elle posa la tête contre son épaule et murmura :

— Nous devons nous faire mutuellement confiance.

— Bien sûr, dit-il. Et c'est le cas. Nous avons survécu à toutes les attaques de Luther. Nous allons continuer.

Jocelyn devinait cependant que Luther ne renoncerait pas. Il chercherait jusqu'au bout à les prendre pour cible. Il avait probablement déjà commencé à concevoir un plan pour s'en tirer.

Landon le savait aussi, et son bras se resserra de manière protectrice autour d'elle.

Il affirma avec assurance :

— Ensemble, unis par notre amour, nous sommes trop forts pour que Luther Mills ait une chance de l'emporter.

Il avait raison.

Mais le trafiquant ne cesserait pas le combat, elle en était certaine…

Épilogue

Le procès…

L'instruction s'était mieux déroulée que Landon ne l'avait espéré. Il faut dire que Jocelyn, dès qu'elle avait eu les preuves et un témoin capital déterminé à parler, avait fait du bon travail. Si dans le passé elle avait eu les mêmes cartes en main, elle aurait eu les moyens de poursuivre Luther pour ses nombreux crimes. Et Javier Mendez ne serait pas mort.

Et il n'aurait pas été nécessaire de faire appel à la Payne Protection Agency pour veiller sur tant de personnes.

Landon se reprochait toujours d'avoir si longtemps douté de Jocelyn et cru qu'elle avait délibérément manœuvré pour que le narcotrafiquant ne soit jamais inculpé. Maintenant qu'il la connaissait, il savait que Jocelyn Gerber était trop droite pour être soudoyée et trop affamée de justice pour être sensible aux menaces et aux manipulations.

Y compris celles qui émanaient de Luther Mills.

Comme prévu, le baron de la drogue continuait ses tentatives d'intimidation. Du box des accusés, il ne cessait de la fusiller du regard.

Pourtant quand Mills se tourna vers Landon, assis derrière la substitute de la procureure, celui-ci le vit ricaner. Et Landon se rendit compte qu'il les provoquait exprès.

Le narcotrafiquant fanfaronnait comme s'il ne craignait pas d'aller en prison.

Pourquoi ?

Le juge avait pourtant rejeté toutes les combines et les stratagèmes bon marché que l'avocat véreux de Luther avait tenté de mettre en avant, alors que toutes les preuves et tous les témoignages présentés par Jocelyn avaient été acceptés. L'affaire serait vite réglée. La culpabilité ne faisait aucun doute pour personne. La défense de Luther ne pourrait rien faire. Mills irait en prison.

Forcément.

Il devait le savoir.

Alors pourquoi avait-il l'air de s'en moquer ? Pourquoi cette mine réjouie ? Qu'avait-il prévu ?

En tout cas, Landon en était certain, Luther avait quelque chose dans sa manche, quelque chose de dangereux qui provoquerait davantage de morts.

Landon promena les yeux dans la salle du tribunal. Après avoir parlé, les témoins étaient partis, escortés de leurs gardes du corps. Ils resteraient sous protection jusqu'au prononcé du jugement.

Les seules personnes assises près de Landon étaient Parker Payne, quelques gardes du corps et Woodrow Lynch, le chef de la police.

En revanche, les bancs derrière Luther s'étaient étonnamment remplis.

Au cours des dernières semaines, beaucoup des malfrats de sa bande étaient morts ou avaient été mis en prison. Dès lors, comment le narcotrafiquant avait-il réussi à réunir autant de partisans ? La façon dont ces hommes souriaient à Luther et ricanaient en désignant le juge inquiétait Landon au plus haut point.

Il se tramait quelque chose. Soudain il surprit le regard que Luther et l'huissier échangeaient.

Landon n'eut que le temps de s'élancer vers Jocelyn.

— Couche-toi ! cria-t-il.

Et la fusillade commença.

Jetée au sol par Landon, Jocelyn poussa un cri. Il retourna la table pour utiliser le plateau en bois massif comme bouclier alors que les balles fusaient autour d'eux.

Le juge s'était lui aussi abrité sous son pupitre.

Landon, qui avait été autorisé à porter son arme au tribunal, riposta, bientôt imité par les autres gardes du corps et le chef de la police.

Des coups de feu retentissaient de tous côtés… jusqu'à ce que finalement tous les tireurs soient à court de munitions comme Landon ou… morts.

Le silence qui tomba soudain fut assourdissant.

Landon continuait de protéger Jocelyn de son propre corps. Il y a peu, ils s'étaient mutuellement engagés à survivre au procès.

Mais le procès n'était pas terminé, loin de là.

— Luther s'est enfui, dit Landon en jetant un coup d'œil par-dessus la table. Il est sorti de la salle de tribunal avec une bande de malfrats. Espérons qu'il ne parviendra pas à quitter le bâtiment.

Manifestement, la fusillade se poursuivait ailleurs dans le palais de justice.

— Et les autres gens ?

Landon voulut se lever pour voir, mais elle le retint, craignant qu'il ne prenne une balle.

— Attends, attends ! cria-t-elle.

Certains des sbires de Luther auraient pu rester sur place. Peut-être n'étaient-ils pas tous à court de munitions.

Il se pencha vers elle et l'embrassa.

— C'est bon, lui assura-t-il. Les voyous de Luther sont soit partis avec lui, soit morts.

Il l'aida à se relever.

Elle s'aperçut que l'huissier avait perdu la vie. Il avait dû travailler pour Luther. Il avait sans doute introduit clandestinement toutes ces armes dans la salle pour Luther et sa bande.

— Juge Holmes ! cria-t-elle.

Le juge aux cheveux gris se mit debout en tremblant et regarda autour de lui. Il frissonna en découvrant le carnage.

Comme Jocelyn promenait à son tour les yeux autour d'elle, elle vit ce qu'il voyait… les cadavres qui jonchaient le sol, les trous dans les murs et le sang partout.

Tous les voyous qui avaient été assis du côté de Luther dans la salle d'audience étaient morts. Certains étaient très jeunes, des adolescents, constata-t-elle, accablée.

L'avocat de Luther gisait aussi sur le sol, sa serviette sur la tête.

Elle craignait de regarder de l'autre côté, là où Landon était assis avec son patron et certains des gardes du corps de la Payne Protection Agency.

Landon cria :

— Tout le monde va bien ?

Parker et son équipe examinaient les cadavres des malfrats tombés au combat et récupéraient leurs armes. Le seul qui était toujours assis était le chef de la police. Affalé sur la banquette, une main pressée contre son épaule, il était livide. Il avait été touché.

— Chef Lynch ! hurla Jocelyn en se précipitant vers lui.

Parker se hâta de les rejoindre, mais il leur fit signe de partir.

— Poursuivez Luther ! Ne le laissez pas s'échapper !

Tous les gardes du corps s'empressèrent de suivre ses ordres et bondirent hors du tribunal.

Sauf Landon…

Il composa le 911.

— Les secours sont en route, dit-il à Lynch.

— Je vais bien, répondit-il. La balle n'a fait que traverser mon épaule.

Vu la quantité de sang qui jaillissait de la blessure, Jocelyn craignait cependant que le projectile n'ait fait des dégâts. Elle retira son écharpe de son cou et la plaqua contre la plaie pour tenter de juguler l'hémorragie.

Lorsque le chef couvrit sa main de la sienne, qui était ensanglantée par sa blessure, sa prise était ferme.

— Luther, murmura-t-il d'un ton pressant. Ils doivent rattraper Luther…

Contrairement au chef de la police, qui avait été blessé, et à toutes ces autres personnes qui gisaient mortes sur le sol, le narcotrafiquant s'en était sans doute tiré sans une égratignure. Mais il n'était pas invincible, même s'il en était persuadé.

— Il vient de quitter la salle du tribunal, dit-elle au chef Lynch. Il ne sortira pas du palais de justice.

Il y avait des gardiens à toutes les sorties et les gardes du corps l'avaient poursuivi.

Il ne s'en tirerait pas.

Pourtant, Jocelyn et Landon échangèrent un regard inquiet.

En tout cas, même si Luther réussissait à s'échapper, tous deux iraient bien.

Renforcés par l'amour qu'ils partageaient, ils se protégeraient mutuellement, comme ils l'avaient fait pendant la fusillade, et comme ils continueraient de le faire le reste de leur vie.

Pour toujours…

Retrouvez prochainement,
dans votre collection
BLACK ROSE

Rejointe par son passé, d'Amanda Stevens - N°707

LES MYSTÈRES DU PASSÉ – 2/2

Muette de surprise, Eve fixe la pièce percée posée près du squelette qu'on vient de découvrir dans une grotte de Floride. Ce porte-bonheur, elle le connaît : c'est celui que son père portait autour du cou, vingt-huit ans plus tôt, la nuit où il a disparu. Pourtant, Eve se tait. Car, si elle parle, elle craint que Nash, son chef qu'elle aime en secret, ne l'empêche d'enquêter sur cet étrange *cold case*...

Le danger en embuscade, de Rachel Lee

Blessée par balle au cours d'une enquête, Kerri a quitté la police pour enseigner le droit criminel. Dans la petite ville du Montana où elle réside, elle apprend qu'un violeur en série sème la terreur parmi les femmes. Aussitôt, elle décide d'apporter son concours à Stuart Canady, le séduisant shérif avec qui elle s'est liée d'amitié. Une relation à hauts risques car, bientôt, c'est sur elle que le criminel jette son dévolu...

Deux vies à sauver, de Delores Fossen - N°708

Une clinique louche. Des femmes mortes dans des circonstances suspectes... Missionné pour éclaircir cette étrange affaire, le shérif Daniel Logan flaire un trafic criminel. Mais son enquête prend une tournure très personnelle le jour où Kara – sa belle-sœur, enceinte et séparée depuis peu – se sent menacée et implore sa protection...

La proie du doute, de Nicole Helm

En entendant sa chef de section nommer les trois hommes qui viennent de s'évader de prison pour rejoindre la frontière canadienne, Selena sent son cœur s'arrêter. Car l'un des fuyards n'est autre que Peter, son demi-frère, le mouton noir de sa famille. Et si la traque qu'elle s'apprête à mener avec Axel, son troublant coéquipier, tourne mal, elle ignore si elle sera capable d'ouvrir le feu sur Peter...

Retrouvez prochainement,
dans votre collection

BLACK ROSE

L'instinct d'un père, de Tara Taylor Quinn - N°709

Un enfant ! Jamais Riley Colton, célibataire endurci, n'a envisagé de devenir père. Pourtant, en apprenant que Charlize, avec qui il a partagé une nuit de passion, est enceinte de lui, il sent naître en lui quelque chose de nouveau : la fibre paternelle. Un sentiment troublant auquel vient bientôt s'ajouter un féroce instinct de protection. Car depuis peu, pour de mystérieuses raisons, Charlize est la cible d'un dangereux criminel…

Un chalet au bout du monde, d'Elizabeth Heiter

Tu m'as manqué… Les yeux écarquillés par la peur, Sabrina relit la carte qu'on a glissée sous la porte de son chalet. Ainsi, le fou qui la harcèle depuis deux ans l'a retrouvée. Mais, aussi douloureuse soit-elle, sa décision est prise : elle va fuir à nouveau. Quitter l'Alaska, où elle a trouvé refuge, et Tate… Tate, le policier dont elle aime tant le sourire et la présence rassurante. Tate dont elle refuse qu'il risque sa vie pour la protéger…

À l'épreuve de la vérité, de Paula Graves - N°710

Décidément, tu n'es pas raisonnable… Consciente de l'erreur qu'elle est en train de commettre, Nicki écoute le récit de l'homme qui errait sur la route, amaigri, blessé, perdu… Elle sait qui il est. Il s'appelle Dallas Cole, et le FBI le recherche depuis des semaines. Pourtant, Nicki le croit lorsqu'il prétend avoir été piégé. Et, qu'importe le danger, elle va l'aider à traquer ses ennemis et à prouver son innocence…

La clé du secret, de Julie Miller

Retrouver le tueur en série qui a assassiné sa sœur… Tel est l'objectif de l'agent du FBI Sam O'Rourke. Pour atteindre son but, il n'a qu'un moyen : approcher Jessica Taylor, la seule rescapée des forfaits macabres de ce détraqué… Mais bientôt il comprend qu'il est dans une impasse : traumatisée par l'agression dont elle a été victime, Jessica est devenue partiellement amnésique et refuse tout contact avec les hommes…

Retrouvez prochainement,
dans votre collection

BLACK ROSE

Pour retrouver Lucy, de Joanna Wayne - N°711

« Lucy… Lucy, c'est toi ? » D'une voix tremblante, Alonsa questionne en vain la fillette qui, au téléphone, lui a murmuré quelques mots… Désespérée, elle raccroche et, consciente qu'elle doit des explications à Hawk, le séduisant détective dont elle vient de faire la connaissance, elle commence un récit entrecoupé de larmes : deux ans plus tôt, peu après la mort de son mari, sa petite fille de six ans a disparu…

Enquête à risques, de Marie Ferrarella

Agacée, Moira dévisage Davis Gilroy avec qui elle va devoir mener sa prochaine mission. Si la palme de l'équipier le plus désagréable existait, c'est à lui qu'elle devrait être décernée. En effet, aussi sexy que déplaisant, Davis ne cesse de la contredire depuis qu'ils ont commencé à enquêter sur une série de tombes mystérieusement profanées…